KB076564

차가운 밤공기 속으로, 장미처럼
아름다운 마왕이 까르르-
웃는 소리가 맑게 울렸다

Wittenweier

피도눈물도 없는 용사 2

✎ 박제후　　✎ GAMBE

피도 눈물도 없는 용사 2

I. 죽은 아버지의 어리석은 딸

당연한 얘기겠지만 슈바르체토이펠은 내 제안을 거절했다. 아마도 나라도 그렇겠지. 수상쩍은 이가 수상쩍은 제안을 하면 누가 수락하겠는가?

애초에 처음부터 잘 될 거로 생각하지 않았다. 일단 말을 꺼냈다는 게 중요한 거다.

"당분간 여기서 지내겠소."

나는 물러나지 않고 산지에 머물렀다. 슈바르체토이펠이 내게 관용을 베풀었기에 가능했다. 이 마룡은 인간을 수도 없이 죽인 악당이지만 거래에선 공정한 편이었다. 예지몽의 대가로 내 생명을 보장한 것이다. 다시 한 번 그를 공격하지 않는 이상 안전했다.

"적당히 있다 꺼져라."

그런 경고에도 불구하고 심심하면 찾아가서 눈도장을 찍었다. 마치 사이비 종교인 같은 권유가 계속 이어졌다.

"사령술 믿고 축복받으시오. 죽음에서 당신을 구하는…."

"아! 왜 자꾸 찾아와! 그런 요사스러운 술법은 필요 없다!"

"허허! 가까운 시일 안에 재액이 덮칠 줄도 모르고. 어리석은…."

"에잉! 이놈! 그딴 소리 하지 말고 꺼져라!"

문전박대가 이어졌지만 크게 신경 쓰지 않았다. 그를 찾아가지 않을 때는 산지를 돌아다니며 영약을 뽑으러 다녔다. 이 거대한 산에는 영약이 곳곳에서 자라고 있었다. 특히 맨드레이크가 유명했다.

"오, 이건 500년 묵은 맨드레이크구나!"

맨드레이크는 어릴 때는 마법사의 시약 정도로 사용되지만, 500년이나 묵으면 영약으로 분류된다. 귀한 물건이라 약초꾼들은 온종일 걸려서라도 잔뿌리 하나 안 상하 게 뽑아낼 것이지만, 나는 거침이 없었다.

두둑!

그냥 잡아 뜯었다.

"끼아아아아악-!"

사람 모양의 뿌리가 비명을 질러댔다.

툭. 툭. 툭.

그러거나 말거나 대강 흙을 털고서 산 채로(?) 씹어 먹었다.

"끼아아아아악-! 까아아!"

산지에 그로테스크한 비명이 울려 퍼졌다. 맨드레이크에선 사람의 혈액을 떠올리게 하는 붉은 진액이 흘러내렸다. 나는 입가에 묻은 진액을 쓱 닦고는 만족스럽게 웃었다.

<생명력이 +200 올랐습니다! 건강이 +40 올랐습니다!>

그걸로 그치지 않고 더 많은 맨드레이크를 찾아 나섰다. 이후 다섯 시간이 지나자, 나의 부지런함은 이 일대의 맨드레이크를 초토화시켰다. 500년 내외의 맨드레이크를 10개나 뽑아버린 것이다.

"필리, 너도 먹을래?"

어차피 같은 영약은 한 번 밖에 효용을 볼 수 없었다. 팔아서 돈을 마련할 생각이었는데 필리에게도 하나 내밀었다. 누가 보면 천고의 영약을 군마에게 먹인다고 깜짝 놀랄지도 모르겠다. 그도 그럴 게, 이것 하나면 보통 군마 100마리도 살 수 있기 때문이었다. 하지만 필리는 특별하다.

와드득!

필리는 맨드레이크를 당근처럼 씹어 먹었다.

<필리의 생명력이 +205 올랐습니다!>
<필리의 건강이 +38이 올랐습니다!>

효과가 바로 나타났다.

"아이구, 예쁘다. 우리 필리."

잘 먹고 건강하게만 지내다오. 그렇게 녀석을 껴안고 즐거워하고 있는데 뒤에서 고함이 들려왔다.

"이, 이런! 미친놈이! 500년 묵은 맨드레이크를 말에게 처먹이는 놈이 어딨어!"

"아? 오셨소?"

슈바르체토이펠이었다. 내가 산지를 온통 헤집고 다니자 결국 참다못해 튀어나온 모양이었다. 흑의를 입은 노인이 게거품을 물고 있었다.

"이놈! 남의 산을 엉망으로 만들다니 제정신이냐!"

"풀 좀 뽑았기로서니 산이 엉망이 된다니 과장이 심하시구려."

"아니, 네놈이 맨드레이크를 몇 개나 뽑아낸 거야? 산에 남아나는 게 없겠다!"

"나 참, 있는 놈이 더하다더니."

"아니, 뭐야!"

나는 손바닥의 흙을 털며 툭 한 마디 던졌다.

"살날도 얼마 안 남은 거 같은데 베풀고 살면 좋잖소."

"누가 뒤진다고 그래!"

근래에 계속 이렇게 아옹다옹이다. 마룡이라 불리던 말든 내겐 그저 꼬장꼬장한 늙은이 그 이상도 이하도 아니었다.

"그건 그렇고, 네놈 사령술의 근원은 무엇이냐? 전부터 보니 아주 특이하구나. 아직 성취는 별로지만 술법의 수준이 매우 높다."

그럴 수밖에. 어둠의 대군인 '무덤에서 웅크리고 있는 자'가 내린 힘이니까. 하지만 중요한 비밀이었기에 말해줄 수 없었다.

"도시를 만들면 자연히 알 게 될 것이오."

"흥, 나보고 재산을 쏟아 부우라면서 자기 밑천은 드러내지 않으려 하는구나. 고얀 놈."

"당신도 음흉하게 감추고 있는 게 한둘이 아니잖소?"

우리의 대화는 늘 이렇게 평행선을 그었다. 서로 터놓고 얘기할 만한 관계가 아니기도 했고.

며칠 뒤에 또 그의 둥지에 갔는데, 평소처럼 투닥투닥하던 중 갑자기 그가 정색했다.

"잠깐."

슈바르체토이펠의 안색이 굳어있었다.

"왜 그러시오?"

"닥쳐라!"

그는 서둘러 허공에 마법의 영상을 만들어낸다. 영상은 마치 비행기에서 그로스글로크너 일대를 찍은 것과 비슷했다. 넓긴 엄청 넓구나, 이 산.

새삼 그 장엄함에 감탄하고 있는데 슈바르체토이펠이 특정 부분을 확대하기 시작했다. 그러자 산의 초입 부분에 나타난 일단의 무리가 보였다.

"아니!"

영상이 선명했기에 산에 나타난 인물이 누군지 알아볼 수 있었다. 정말 생각지도 못한 거물이었다.

"저 자는 서열 3위의 마왕 오드가쉬가 아니오?"

"잘 알고 있군."

슈바르체토이펠의 목소리는 침중하게 굳어 있었다. 영상에 보이는 마왕과 마족의 수는 100명가량. 나는 앞뒤 자르고 물었다.

"저들이 당신의 적이오?"

"……."

"내 예상보다 일찍 왔구려."

의외였다. 앞으로 몇 년 정도는 문제가 없을 거라고 여겼는데. 게다가 슈바르체토이펠의 목숨을 노리는 게 서열 3위 마왕 오드가쉬일 줄이야. 어째서 이 강력한 마룡이 죽나 싶었는데 저 정도 마왕이 오니까 결국 사달이 났던 모양이다.

"저자가 협정을 깰 줄은 몰랐구나."

협정이라. 내가 알지 못하는 부분이었다. 이 부분을 나중에 캐봐야 겠는데.

"저들을 감당할 수 있겠소?"

슈바르체토이펠의 힘은 인정하지만, 서열 3위 마왕 오드가쉬는 지독하게 강하다. 치가 떨릴 정도라 수호자로 플레이하던 시절 정말 싫어했다.

그는 반쯤 불사신이나 마찬가지다. 죽일 수 있는 조건이 극히 까다롭다. 잘난 수호자로도 단독 상대가 불가능하고, 영웅을 여럿 데리고 덤벼야 해치우는 게 가능했다.

"이 몸을 뭐로 보고!"

"당신의 힘은 인정하지만 상대가 저 오드가쉬라면 백중지세라 생각하오."

"……."

슈바르체토이펠은 입을 다물었다. 나는 옆에서 그가 조작하는 영상을 유심히 지켜보았다. 그러다 아는 인물을 발견했다.

하얀 갑옷을 입은 은발의 절세가인. 영상으로 보는 것임에도 사람의 혼을 빨아들이는 듯한 매력의 미녀였다.

"칼리오네!"

내가 그녀의 이름을 부르자 슈바르체토이펠도 관심을 보였다.

"아는 자인가?"

"그렇소."

슈바르체토이펠이 어서 설명해 보라는 듯 눈으로 재촉한다.

"그녀는 서열 3위 마왕 오드가쉬의 간부 중 하나이오. 서열 3위나 되는 마왕의 간부라 그런지 어지간한 중위권 마왕과 맞먹는 힘을 가졌소이다. 본인이 마왕의 위에 오를 수도 있었지만 오드가쉬에 대한 충성심 때문에 그의 막하에 있는 인물이오."

"마왕급이 둘이나 오다니…."

슈바르체토이펠의 침중한 표정을 보니 적의 전력에 부담을 느끼는 듯했다. 하지만 내가 칼리오네를 보며 놀란 건 그 때문이 아니다.

저 칼리오네란 마족은, 진행하기에 따라서 인간 진영으로 넘어오는 정말 몇 안 되는 마왕급 영웅이었기 때문이다.

현재 그녀는 오드가쉬에게 충성을 다하고 있으나 그건 감춰진 진실을 몰라서 그런 거다. 칼리오네는 오드가쉬를 부모처럼 생각하고 있지만 실제로 그는 그녀의 부모를 죽인 원수다.

어려서 오드가쉬에게 거둬진 탓에 아무것도 모르고 충성을 바친 칼리오네는 후일 플레이어가 진실을 알려주자 복수를 위해 진영을 바꾼다.

칼리오네는 마왕급의 강함을 자랑하는 데다가 플레이어에게 절대적인 충성을 바치기 때문에 무척이나 인기 많은 영웅이었다. 물론 이 세계에서도 손에 꼽히는 미희라는 점도 한몫했다.

곁에서 보면 정말 꿈결같이 아름다운 여자였다.

나는 그녀와 연애 루트를 탄 적은 없지만 몇 번이고 동료로 맞이해 왔다. 그런데 칼리오네를 등용하기 위해서는 어려운 조건이 하나 있다. 플레이어가 직접 그녀를 쓰러뜨린 후에 진실을 들려줘야 한다는 것.

칼리오네가 워낙 강해서 힘들지만 일단 성공만 하면 그 고생 이상의 가치를 보장한다. 그나저나 설마 이 시간대에 여기 있을 줄이야. 만났으니까 어떻게든 동료로 삼고 싶어졌다.

일단 쓰러뜨리기만 하면 출생의 비밀을 알리고 회유할 수 있을 터. 정상적으로면 게임 후반에나 등용 가능한 칼리오네를 극 초반에 얻을 수 있다니, 그야말로 하늘이 내린 기회였다.

이번 싸움이 위험하긴 하지만 포기할 순 없었다. 해피엔딩을 위해서라면 이런 기회를 놓쳐서는 안 된다. 마음속으로 결심이 섰다. 하지만 일단 그런 의도를 감추고 물었다.

"오드가쉬야 어떻게 막는다 해도 그의 간부인 칼리오네와 다른 정예 마족들은 어쩔 생각이오?"

"그거야 부락에 소집령을 내려서….'

그리 말하면 마법으로 산지의 오거, 오크 등에게 연락하던 슈바르체토이펠은 의아한 표정을 지었다.

"왜 이 하등한 놈들이 반응을 안 하지? 단체로 돌았나?"

그야 그럴 수밖에. 그 하등한 놈들은 내 흉계에 휘말려서 대부분 멀리 떠났으니까. 슈바르체토이펠은 둥지에서 잠을 자느라 내가 며칠 사이 산지에서 벌인 이간질을 알지 못했다.

그는 당연히 복종할 줄 알았던 산지의 마족이 응답하지 않자 당혹한 기색이었다. 지금은 거들어줄 손이 하나라도 귀할 때니까.

"이 하등한 놈들! 일이 끝나면 반드시 벌을 내리겠다!"

설마 사령술을 연습하겠다고 부락을 쓸어버린 게 이런 식으로 도움이 될 줄이야. 상황이 이렇게 되자, 내가 먼저 돕겠다고 제안할 수도 있겠지만 일단 시치미를 떼며 물러났다.

"무운을 빌겠소. 그 언데드 도시에는 관심이 없는 것 같으니 이만 가보겠소이다. 바쁜데 괜히 시간을 빼앗았구려."

모른 척하고 빠지려는 그 순간 앞쪽에 있던 종유석이 폭발한다.

콰아아앙!

와르르-.

이 양반, 감정이 격해졌구먼.

돌아보니, 마법으로 날 멈춰 세운 슈바르체토이펠은 맹수처럼 흉흉한 안광을 빛내고 있었다. 최근에 어째 동네 할아범 같은 느낌이었지만 지금 보니 마룡은 과연 마룡이란 생각이 들었다.

"이렇게 된 이상 네놈이 도와줘야겠다. 그 잘난 사령술을 발휘해 보란 말이다. 이 몸이 오드가쉬를 맡는 동안 너는 칼리오네와 나머지를 막는다."

물론 칼리오네 때문에 기꺼이 수락하고 싶긴 한데 기왕 돕는 거면 손에 떨어지는 게 있어야지.

"글쎄, 상관도 없는 싸움에 끼어들 생각은 없소. 수지타산이 안 맞는 일 아니오."

괜히 귀를 후비적거리며 심드렁한 표정을 지었다. 그러자 슈바르체토이펠이 분통을 터뜨렸다.

"지금 이 몸의 부탁을 거절하겠다는 것이냐! 네놈! 정녕 목숨이 아깝지 않은가 보군!"

동굴이 쩌렁쩌렁 울리는 고함. 당장이라도 날 씹어 먹을 듯한 기세였다. 일반인이라면 여기서 속옷을 지려야 정상이겠지만 나는 다르다.

"목숨이 아깝지 않은 게 아니라 드래곤의 약속이 갖는 무게를 믿는 거요. 당신은 예지몽의 대가로 날 살려준다 했소. 지금 딱히 당신에게 피해준 것도 없는데 그 약속을 철회하겠다는 거요? 기분이 상해서?

허허! 참 대단한 드래곤의 약속이로군!"

"크으……."

할 말이 없는지 슈바르체토이펠은 침통한 표정을 짓는다. 그러니까 어서 내가 원하는 걸 제안하라고 이 답답한 양반아.

"더 할 말 없으면 빠지겠소. 공연히 남의 다툼에 끼어들어 봐야 어리석은 일이지."

다시 몸을 돌리려는 그때 슈바르체토이펠이 으르렁거리며 말해 왔다.

"언데드 도시를 만들겠다고 하지 않았느냐!"

옳거니. 속으로 웃음이 터졌다. 진작 그렇게 나올 것이지.

참 인생은 얄궂은 것 같다. 남의 불행은 내 행복인 경우가 많으니까.

서열 3위 마왕 오드가쉬가 쳐들어오는 바람에 칼리오네를 비정상적으로 조기 등용할 기회가 왔다.

또한 군사와 방어시설의 필요성을 실감하게 된 슈바르체토이펠에게 언데드 도시에 대한 약속을 받아내게 생겼다.

나는 그를 돌아보며 환하게 웃었다.

"걱정하지 마시오. 어려울 때 돕는 친구가 진정한 친구 아니겠소이까?"

이번 일에 끼어들기로 결정을 내렸지만, 목숨이 간당간당할 정도로 위험한 일이었다. 그러니 언데드 도시에 대한 확답을 받아낼 필요가 있었다.

나는 일부러 앓는 소리를 했다.

"당신을 돕기로 했지만 저 칼리오네는 마왕급이란 말이오. 쉽게 당해낼 수는⋯."

"그것도 못하겠다면 꺼져라! 그런 놈이 도시를 갖는 건 가당치도 않으니까."

맞는 말이다. 하지만 드래곤의 이름을 건 약속은 받아야 한다.

"이번 일에 도움이 된다면 언데드 도시 건설을 확실히 약속하시오."

"이놈이!"

그는 확답을 미루고 싶은 눈치였지만 물러나지 않았다. 원래 화장실 들어가기 전이랑 나온 후의 심경이 다른 법이다. 설령 그게 드래곤이라고 해도 마찬가지.

"드래곤의 이름을 걸고 약속하시오."

"흐음⋯."

그는 눈을 감은 채 수염을 쓰다듬더니 결국 고개를 끄덕였다.

"알겠다. 이 슈바르체토이펠이란 이름을 걸고 약속하지."

좋아, 이걸로 언데드 도시는 확정이다.

슈바르체토이펠의 악명은 전설적이자 역사적이니까. 그런 그의 이름을 걸었으니, 이건 그가 무너뜨린 도시와 몰살시킨 인명만큼의 무게를 가진다. 이번 싸움만 이기면 나는 빛나는 성공을 트로피처럼 움켜쥐겠지.

"네놈도 짐작했겠지만, 이 몸은 그로스글로크너를 떠날 수 없다. 협정이 깨진 이상 앞으로 방어에 집중할 필요가 있다. 그러니 네놈 능력을 보여 봐라. 믿고 일을 맡길 수 있을지 판단하겠다."

"좋소."

"바로 준비에 들어가자. 네놈의 잘난 사령술을 부려 방어 병력을 만들도록. 놈들이 여기까지 오기까지 오래 걸리지 않을 테니."

"알겠소. 다만 도움이 필요하오."

마왕이 무서운 건 그들의 뛰어난 육체적 능력과 더불어 마법에도 달인이기 때문이다. 현재 나는 레벨이 낮아 마법 방어능력이 취약했기에 대책이 필요했다. 그 점을 얘기하자 슈바르체토이펠은 물약 10개를 내밀었다.

"마법 방어 물약이다. 물약 당 1번, 적의 마법을 무효화 시킨다. 10개니 총 10번 방어할 수 있다. 이 정도로도 안 된다면 네놈은 쓰레기니 죽어버리는 게 낫겠지."

이 귀하고 비싼 마법 방어 물약을 10개나 내놓다니. 슈바르체토이펠이 이번 싸움에 얼마나 안달하는지 짐작할 만했다.

"필요하면 저 보물 더미에 묻혀 있는 마법 물품도 맘대로 써도 좋다."

저곳을 뒤지기에는 시간이 모자란다. 적당한 거라도 하나 챙겨야겠는데….

"음."

고민하던 나는 품질 좋은 마법검 하나를 택했다.

"그 검이 좋은 물건이긴 하지만 네놈의 류블라냐에 못 미친다."

"알고 있소. 다 작전이 있으니 그런 것이오."

"못돼먹은 얼굴이로다. 뭔가 또 비열한 수작질을 생각 중인 거 같구나."

이런, 표정 관리 좀 해야겠는데. 머릿속으로 칼리오네를 얻을 욕심이 가득해 음흉한 웃음이 나왔나 보다.

"사령술사의 일은 과정이 아니라 결과로 평가받아야 할 것이오."

"비열한 힘을 쓰는 놈다운 말이로군."

"잠시 나갔다 오겠소."

의욕이 넘치는 나는 슈바르체토이펠의 둥지 밖으로 뛰쳐나갔다. 그리고 언데드를 일으켜서는 일대의 시체를 옮기기 시작했다.

"모두 둥지 안으로 나른다!"

얼어붙은 오거, 오크 따위의 시체들이 줄줄이 드래곤의 둥지로 운반되기 시작했다. 나는 그것들을 작전에 필요한 곳마다 쌓아 올렸다.

"이놈! 남의 집을 공동묘지로 만들 셈이냐!"

슈바르체토이펠은 볼멘소리를 내었지만, 고개만 가로저었다. 그 정도로 상황이 심각했기 때문이다. 우리는 바쁘게 움직였다.

"네놈은 둥지에서 침입자들을 막아라."

슈바르체토이펠의 말에 의하면 어차피 그와 마왕 오드가쉬의 일대일 싸움이 될 거라고 했다.

"칼리오네가 끼어들지 않겠소?"

"아니다. 오드가쉬와 이 몸은 서로 원한을 품은 지 오래 되었다. 놈은 반드시 일대일로 결판을 내려고 할 터. 부하가 끼어들게 놔두진 않을 거다."

"그럼 왜 데려온 거란 말이오. 백여 명이나."

"전투 중 이몸의 둥지를 뒤지려는 속셈이겠지."

아마 산지의 마족이나, 둥지를 지키는 골렘과 전투를 예상한 것 같다. 사령술사가 있을 줄은 꿈에도 모르겠지.

"오드가쉬는 이 몸에게 빼앗고자 하는 게 있다. 싸움 중에라도 빠르게 확보하고 싶은 거겠지. 네놈 역할은 그들을 막아내는 거다."

"알겠소."

"밖의 상황을 파악할 수 있도록 해주고 가겠다."

슈바르체토이펠은 영상 마법 몇 개를 띄워주고는, 변신을 풀고 본체로 되돌아갔다. 산만 한 덩치가 위용을 과시하자, 둥지의 천장에서 빛나고 있는 마법의 등불이 모두 가려져 밤이 온 것처럼 어두워졌다.

쿠와아아아아!

거구의 늙은 용은 산이 무너트릴 기세로 포효했다. 그리고는 동굴 밖으로 지축을 울리며 걸어나갔다.

쿵! 쿵! 쿵!

일대 결전을 각오한 그의 모습이 실로 웅대했다. 어째서 저 드래곤을 볼품없다고 생각했는지 모르겠다. 나는 바로 작전 구상에 들어갔다.

칼리오네와는 과거 여러 차례 전투 경험이 있다. 정면으로 부딪치기에는 싫은 적이지만 방법이 없는 건 아니다.

"병사로 온 죽음의 투사들이여, 그대들의 주인 앞에 진을 짜라!"

언제나 그렇지만, 위기란 곧 기회다.

처음에는 칼리오네가 유리하겠지. 하지만 점점 상황이 이상해져 가는 걸 깨닫게 될 거다. 원래 사령술은 늪과도 같아서, 빠져들기 시작하면 헤어 나올 수 없는 기술이니까.

"음, 벌써 도착했나."

서두른다고 했는데 마왕 무리는 근처까지 와있었다. 나는 긴장해 침을 꿀꺽 삼키며 슈바르체토이펠이 띄워준 영상을 보았다. 이 훌륭한 마법은 음성까지 착실히 전달해줬다.

- 오랜만이군! 마룡이여!

장중한 덩치를 자랑하는 오드가쉬가 두 팔을 벌리며 외친다. 그의 시커먼 칠흑빛 갑옷은 부러진 칼날같이 뾰족한 가시가 온통 돋은 모습이다.

- 쿠아아아아!

분노로 포효하는 슈바르체토이펠의 박력은 굉장했다. 영상으로 보는데도 움찔할 정도였다.

- 천박한 마족 놈이 감히 협정을 깨겠다는 것이냐!

- 하하하핫! 마룡과 협정을 맺은 건 서열 1위, 서열 2위 마왕이 아닌가. 본왕은 그것과 전혀 무관하다.

- 네놈들 수작을 모를 줄 아느냐! 오냐! 오늘 실력의 차이를 느끼게 해주마! 이 슈바르체토이펠이 이 산을 지켜온 건 그깟 종이쪼가리 협정이 아니라 오로지 순수한 힘에 의해서였다는 걸 뼈과 살에 사무치도록 알려주마!

마왕 오드가쉬는 슈바르체토이펠의 일갈에 껄껄 웃어대더니 묵직한 폴액스를 허공에서 소환한다. 그 폴액스에선 푸른 전격이 사납게 튀어 오르고 있었다.

- 그것참 반가운 말이로다! 좋다! 산지의 늙은 퇴물에게 본왕의 힘을 느끼게 해주지!

그리 외친 마왕 오드가쉬는 거의 슈바르체토이펠의 크기에 육박하는 어둠의 마수를 소환해 올라탔다. 차원이 갈라지고 그 틈에서 끔찍한 마수가 기어 나온 것이다.

둘은 곧장 하늘로 날아올랐고 공중전을 벌이기 시작했다. 슈바르체 토이펠의 드래곤 브레쓰가 작렬하면, 마왕 오드가쉬의 폴액스에서 전격이 난무했다.

쿠와아아앙!

콰아앙!

실로 인세의 규격을 벗어난 존재들의 신화적인 싸움이었다. 갑자기 이 그로스글로크너 일대에 먹구름이 드리워지며 천재지변이 일어나고 있었다.

"정말 대단하군⋯."

지켜보기만 해도 피가 끓어오르는 광경이었지만 지금 중요한 건 그게 아니었다. 칼리오네가 이끄는 100여 명의 마족 정예부대가 둥지의 입구로 들어오고 있었다.

"애초에 저들은 마룡이랑 싸울 생각조차 없는 것 같군요."

홉고블린 뱀파이어 쿠르라크의 말에 나는 고개를 끄덕였다.

"둥지를 뒤져 물건을 확보하란 명을 받았겠지. 솔직히 저 마왕과 마룡의 싸움을 봐라. 끼어들 수준이 아니잖나."

"⋯나서봐야 방해만 될 것 같군요."

"우린, 우리가 할 일을 하면 된다."

내 곁에는 명령만 떨어지길 기다리는 언데드 120마리가 있었다. 이들을 이용해 둥지 방어 및 칼리오네 생포까지 해야 한다. 솔직히 객관적으로 보아도 전력에서 상당히 밀렸다.

언데드들이 용감하다고는 하나 저 정예 마족들에겐 상대가 안 된다. 게다가 나 역시 마왕급의 힘을 자랑하는 칼리오네에게 비하기 어려웠다.

하지만 언데드의 가장 큰 장점은 끈질김이다. 그걸 살려 난국을 헤쳐 나갈 작정이었다.

"이 일대에 대형을 갖추겠다."

나는 터널 가운데에 부대를 자리 잡게 하고 간이 장벽을 설치했다.

"최대한 버티는 게 우리 임무다!"

"키에에에!"

언데드들은 무기를 머리 위로 들며 소리를 질러댔다. 확실히 언데드가 이럴 때는 좋다. 지금처럼 적이 우리보다 강해도 겁을 집어먹지 않으니까.

앞에서 적이 몰려오는 소리가 들렸다. 잠시 기다리고 있자, 머리에 산양 뿔이 돋은 마족이 가장 먼저 나타났다. 그는 우리를 발견하고 비웃음을 터뜨렸다.

"아니! 아니! 이 시체 떨거지들은 뭐야? 하하핫!"

그는 덩치가 컸고, 훌륭한 무구를 갖춘 게 딱 봐도 한 가닥 하는 자였다. 차림새가 화려한 걸 봐서 귀족이지 싶은데, 몰려온 다른 100여 명의 마족 역시 별반 다르지 않았다. 다들 확실히 정예였다.

그 가운데 내 시선을 제일 잡아끄는 건 바로 차가운 인상의 칼리오네였다. 트레이드마크나 다름없는 은발의 긴 사이드테일은 여전했다. 마치 동화 속, 눈의 나라 공주님 같았다.

지금은 숨 막히는 압박감에 감탄을 터뜨릴 여유가 없었다. 역시 아직 마왕급은 무리인가. 칼리오네를 보기만 해도 무언가 가슴을 꽉 누르는 기분이었다. 게다가 그녀는 불사의 일족인 마왕 오드가쉬의 능력을 받아 죽이기 무척 까다로웠다.

"비켜라, 사령술사. 네놈 따위와 아옹다옹할 시간이 없다."

칼리오네의 경고에도 나는 앞으로 나서 고개를 흔들었다.

"거절합니다."

"자비를 베풀겠다는 거다. 물러나라."

칼리오네는 자신들이 더 강하긴 하지만 120마리의 언데드와 일부러 싸울 필요는 없다고 생각한 모양이다.

"죄송합니다만 그건 어렵겠습니다."

"어째서지? 네놈은 이기지 못한다."

"원래 보석을 캐려면 광산이 무너질 것도 각오하고 일해야 하는 법입니다."

"보석?"

나를 바라보는 그녀의 투명한 연보라색 눈이 무척이나 아름다워 탐욕이 솟구쳤다.

"바로 당신을 말하는 겁니다. 칼리오네."

내 말에 처음에 우리를 비웃었던 산양 뿔 마족이 분통을 터뜨렸다.

"감히! 천한 버러지 주제에 칼리오네님께 무슨 무례를!"

어찌나 목청이 좋은지 사자후라도 터지는 것 같았다. 거, 꽥꽥 되게 시끄럽네.

"천한 버러지라. 틀린 말은 아니긴 한데 다음부터는 좀 더 정중한 표현을 부탁하지. 산양 뿔 돋은 언데드여."

"뭐라! 나는 언데드가 아니다!"

"지금은 아니겠지. 하지만 곧 그렇게 될 걸세."

나는 그를 향해 마치 사령술을 거는 것처럼 손가락을 꼼지락거리며 도발했다. 혀를 내밀며 입맛을 다시는 표정까지 지었다. 내가 봐도 엄청 악당 같은 도발이었다.

"이 비천한 놈이 감히! 긍지 높은 귀족을 뭐로 보고!"

아니나 다를까 놈은 광분해서는 돌격해 왔다. 저렇게 눈이 뒤집혀 나서는데 응해주는 게 인지상정이겠지. 나는 느긋하게 걸어나가며 허리춤에서 슈바르체토이펠의 둥지에서 가져온 마법검을 뽑아 들었다.

"흥! 네깟 놈이 검을 다룬다는 것이냐!"

철저히 나를 얕잡아 보는 게 느껴졌다.

"크아압!"

돌격해온 산양 뿔의 마족이 태산과도 같이 덮쳐왔다. 단번에 이쪽을 가루로 만들어 버릴 기세였다. 하지만 그때 칼리오네가 다급히 외쳤다.

"안 돼! 피해!"

늦었어. 네 부하는 뻔한 도발에 넘어오는 멍청한 놈이니까.

놈의 도끼가 내 머리를 쪼개려는 그 순간, 월영검법의 반격기인 몬트글란츠하우(Mondglanzhau)가 허공을 그었다.

번쩍.

달빛 베기란 이름처럼 은은한 빛의 궤적을 그리며 이뤄진 반격이었다.

그걸로 끝이었다.

툭.

방금까지 그의 몸에 붙어 있었던 머리가 땅바닥으로 떨어졌고 피가 분수처럼 쏟아져 나왔다.

촤아아아!

이 광경이 충격이었는지 일대가 침묵에 휩싸였다.

"……."

"……."

기세 좋게 소리를 쳐대던 마족들은 입을 멍하니 벌린 채 얼이 빠져 버렸다. 아마 한 가닥 하는 자나 본데 이쪽을 너무 얕보면 곤란하지. 마왕급인 칼리오네게 상대가 안 되는 건 사실이지만 정예 마족 따위가 이 피도 눈물도 없는 자를 어찌해 보려고 하다니.

"주제도 모르고 어딜 감히. 킥킥킥."

질 나쁜 웃음이 입가에서 흘러나와 입매가 비틀어졌다. 나는 땅바 닥에 뒹구는 죽은 마족의 머리를 주워들며 이리저리 살폈다. 따뜻한 피가 흘러내려 내 손목을 끈적하게 적신다.

"듀라한으로 만들면 되겠는데?"

나를 믿게, 눈을 감은 젊은 마족이여.

죽음은 끝이 아니야. 시작일 뿐이라고.

<뛰어난 반격에 성공했습니다!>
<월영검법의 숙련도가 2단계로 오릅니다!>

때마침 좋구나. 나는 검을 앞으로 내밀었다.

"쳐라!"

명령이 떨어지자 언데드들이 귀곡성을 지르며 돌진했다. 이미 방어 벽이 중요한 게 아니었다. 상대가 기가 죽은 때를 찔러야 했다.

내가 왜 일부러 껄렁거리며 도발을 했겠는가? 초전부터 놈들을 물 먹이기 위해서다. 그리고 그건 아주 제대로 먹혔다.

"키에에에에!"

스펙터가 악귀와 같은 모습으로 달려들자 마족들은 놀라서 허둥댔다. 특히 가장 앞으로 나선 오거 뱀파이어들의 파상공세는 가히 쏟아진 포탄 같았다.

콰아앙!

오거의 몽둥이가 마족을 때리자 그들은 비명을 지르며 우르르 무너졌다.

"쿠아아아!"

오거 하나가 흥분을 참지 못하고 포효하더니, 쓰러진 마족을 붙잡아 머리를 잡아 뜯기 시작했다.

부욱! 찌이익!

피가 쏟아지며 마족의 머리가 통째로 뜯겼다. 그 오거는 그걸로 성에 안 찼는지 머리가 없어진 마족을 바닥에 몇 번이고 패대기치고 던져버렸다. 마족들은 사기가 꺾여 속수무책으로 밀리는 모습이었다.

"놈들이 생각 이상으로 강합니다!"

"아니, 이상할 정도로 강한… 으아악!"

그들의 목소리에 당혹감이 묻어났다. 그럴 수밖에 없다. 지금 아군은 S등급 스킬인 언데드 통솔의 영향을 받고 있으니까.

<반경 150미터 안의 언데드는 생명력 +15% 방어력 +15% 공격속도 +7%를 얻습니다!>

하지만 그때 얼음처럼 맑고 투명한 목소리가 마족들을 휘어잡았다.

"전방을 똑바로 주시해!"

칼리오네의 외침에 흔들리던 마족들은 그제야 정신을 차렸다.

"진영을 이룬다! 주문 사용자들을 안쪽으로!"

잠깐 사이에 칼리오네는 효과적으로 마족들을 재배치한 효과가 나왔다. 단단한 갑옷을 입은 마족이 앞에서 적을 막는 동안, 주문에 능한 마족은 뒤쪽에서 마법을 쏴대기 시작했다.

콰앙! 쿠앙!

파괴 마법이 작렬하자 날뛰던 뱀파이어들이 외마디 비명과 함께 잿가루로 흩어져 사라져갔다. 이에 쿠르라크가 경악을 감추지 못했다.

"전하!"

"걱정할 것 없다."

칼리오네가 지휘에 나설 것은 예상하던 바다. 그녀는 매우 뛰어난 무력을 지녔지만 직접 나서기보다 부하를 통솔하는 것을 더욱 선호한다.

발푸르기스와는 성향이 정반대였다. 발푸르기스라면 나를 따르라! 라고 외치고 선두에서 돌격해 오겠지. 반면 칼리오네는 필요한 순간이 아니면 잘 나서지 않는다.

나는 이런 그녀의 성향을 이용해야 한다. 불리한 싸움이나, 한 가지 이점이 있다면 그녀는 나를 모르지만 나는 그녀를 안다는 점이었다.

"전하! 아군이 밀려납니다!"

밀린다면 힘을 더해주면 되지. 언데드를 추가로 소환한 뒤, 얼마 전에 얻은 '무자비한 지도자'를 발동했다.

<무자비한 지도자를 사용합니다!>
<일시적으로 언데드의 잠력을 폭발시킵니다!>
<전투가 끝나면 해당 언데드는 소멸합니다!>

스킬이 발동되자 언데드들이 자주색 빛에 휩싸인다.

쿠아아앙!

분위기가 일변했다. 언데드들의 안광이 악귀처럼 붉어지더니 폭발적으로 강해진 것이다. 오거들이 한 번 쳐서 마족을 3~4명 날려버렸다면, 갑자기 6~7명씩 우르르 쓰러뜨리기 시작했다.

애초에 소멸을 각오하고 힘을 끌어내는 방법이다. 위력이 극렬할 수밖에 없었다. 뱀파이어가 주먹을 휘두르자 마족의 갑옷이 엉망으로 구겨졌다.

"이놈들이 갑자기 미쳤나!"

"저 극악한 사령술사가 또 무슨 짓을!"

"죽은 자들 주제에 어찌 이리도 강… 크악!"

기세등등하던 화려한 차림의 마족들이 형편없이 두들겨 맞기 시작했다. 마치 귀하신 귀족 도련님들이 뒷골목의 거지들에게 봉변을 당하는 꼴 같았다.

상황이 이렇게 되자 칼리오네조차 놀란 기색이 역력했다. 그녀는 나를 향해 곧장 마법을 날려 왔다. 아주 치명적인 주문으로 일격에 목숨을 앗아가는 것이었다.

번쩍!

"크윽!"

주문의 충격에 나는 휘청였다.

치이익- .

전신에서 연기가 솟았다. 마치 산 채로 영혼이 뽑히는 것 같은 경험을 했다. 하지만 슈바르체토이펠이 준 마법 방어 물약 덕에 목숨을 구할 수 있었다.

그때 새로운 메시지가 떴다.

<강력한 마법을 맞고도 살아남았습니다!>
<마법 저항력이 생겨납니다! +2.2%>

이거 웬 떡이냐. 운이 좋다고 생각하며 두 번째 마법 저항 물약을 마셨다.

"칼리오네! 당신의 주문은 소용없을 겁니다!"

"그대는 누군가! 이렇게 많은 언데드를 다루고, 내 주문까지 막아내다니!"

그녀와 나 사이에 거리고 있고 사방이 혼란스러워 물약을 눈치채지 못한 것 같았다. 칼리오네는 내게 주문을 써봐야 소용없다고 생각한 건지 언데드에게로 방향을 돌렸다.

콰앙! 쿠아앙! 쾅!

갑자기 언데드들이 펑펑 터져나갔다. 나는 서둘러 언데드를 보충해 전투에 투입했다. 다친 언데드에겐 무차별적으로 언데드 회복을 뿌렸다. 그러자 마족의 공격으로 너덜너덜해졌던 오거 뱀파이어들이 생생히 살아났다.

"이놈들이 회복한다!"

"이런 게 어디에 있어! 언데드가 힐링이라니!"

"저 사령술사의 솜씨가 엄청납니다!"

이것이야말로 사령술 계열 최상위직업의 특권이다. 가뜩이나 끈질긴 언데드에게 힐링까지 먹일 수 있는 건 피도 눈물도 없는 자가 유일했다. 그래서인지 날 보는 마족들의 얼굴에는 경악이 가득했다.

"저자는 대체 누구요! 이건 마왕 페자무트 전하도 못하는 거란 말이오!"

"나라고 알겠소이까! 어디서 저런 괴물이!"

일단 상황은 박빙이다. 하지만 눈치가 빠른 자라면 마족이 밀리고 있음을 알아챌 것이다. 전투가 이어질수록 마족들은 죽어 나자빠졌지만, 이쪽은 비축한 시체를 이용해 계속 결원을 보충하고 있었으니까.

심지어 널브러진 마족의 시체까지 사용했다. 그들은 동료가 갑자기 언데드로 되살아나 덮쳐오자 큰 충격을 받았다.

"이런 사악한 수법을!"

"으아! 아아악!"

사방에서 비명이 터졌다. 하지만 이 유리한 형세는 얼마 가지 못하고 단 한 명에 의해 반전됐다. 마침내 칼리오네가 직접 나선 것이다.

"하앗!"

맑은 기합성과 함께 오거 뱀파이어가 일격에 갈라진다. 아군의 최고 전력이 단 한 방에 쓰러지고 말았다.

대단하구나. 어찌나 검이 빠른지 제대로 보이지도 않을 정도다. 정말 터무니없는 실력이었다. 사실 칼리오네가 나선 지금부터가 본 게임이라고 할 수 있었다.

"칼리오네를 한꺼번에 상대한다!"

오거 뱀파이어들에게 일제히 칼리오네를 공격하게 명했는데, 그 짧은 사이에 순식간에 셋이 더 죽었다. 그녀의 칼솜씨를 알고는 있다만, 어이가 없어서 입이 벌어졌다.

칼리오네는 이쪽으로 똑바로 오고 있었다. 역시 수괴인 나를 먼저 죽여야 한다고 생각하겠지. 지극히 당연한 판단이겠지만, 이 역시 내가 노리는 점이기도 했다.

그녀가 가까이 온다면 결국 내가 원하는 단 한 번의 기회가 만들어진다. 그 찰나를 이용해 불사 일족의 힘을 받은 그녀를 쓰러뜨려야 한다. 지독하게 난이도가 높다는 생각이 들었다. 하지만 포기할 수도 없다.

"막아라! 막아!"

나는 일부러 허둥지둥 대는 척하며 뒤돌아 도망쳤다. 쿠르라크만 대동하고 아군을 통째로 버렸다. 그러자 칼리오네가 분노를 터뜨리며 쫓아온다.

"부하들만 남기고 도망치다니! 이런 비겁한 놈!"

나는 일부러 그녀를 자극했다.

"보태준 거 있냐! 썩을 년아!"

본색을 드러낸 것처럼 거친 말투를 써서 말이다. 물론 다리는 쉬지 않고 놀렸다. 붙잡히면 바로 목이 달아날 테니까.

"서라! 이 사악한 자!"

"허허! 이년이 아주 옴팡지게 못된 년이로다! 그 칼에 도무지 자비가 없는데 이 다리를 멈추라는 네년도 참으로 진상 아니더냐!"

"그 입 닥치라! 절대 용서하지 않겠다."

"얼어 죽을! 마귀할멈처럼 냉기 풀풀 날리는 네년이 애초에 용서라는 걸 한 번이라도 해봤느냐! 이 오라질 년아!"

마왕의 궁전에서 기품있게 살아온 칼리오네에게 내 시정잡배 같은 입담은 정신이 아득해지는 종류일 거다. 결국 그녀는 폭발하고 말았다.

"칼리오네님! 혼자 가시면 위험합니다!"

"칼리오네님! 저희와 함께!"

급기야 칼리오네는 따르던 부하들을 내버리고 튀어나왔다. 가뜩이나 내가 달리면서 계속 뒤로 언데드를 소환해 보낸 탓에 애가 타고 있었다.

한데 내 주둥이까지 쉬지 않고 자극해대니 칼리오네가 참지 못하고 돌출됐다. 그녀 입장에선 어차피 나 정도야 한칼에 썰어버릴 수 있는 수준이라 여겼겠지.

지금 내 옆에는 홉고블린 뱀파이어인 쿠르라크 하나밖에 없다. 따라잡아 단번에 끝내버릴 수 있다고 자신한 모양인데…. 이 고귀한 마족 영애께선 아직 잘 모르겠지만 세상일이란 게 그렇게 만만하지 않다.

특히 타고난 강자는 모르겠지. 약자가 살아남기 위해 부단히도 머리를 굴려대고 있다는 사실을.

"전하, 거의 다 왔습니다."

"좋아."

두 번째 방어벽이 코앞이었다. 그리고 그 앞에는 미리 준비해 둔 함정이 기다리고 있었다.

동굴 천장에 구멍을 뚫고 엄청난 양의 폭약을 쑤셔 박았다. 슈바르체토이펠의 협찬을 받아 화약과 마법 폭탄, 폭발 마법이 내장된 아이템까지, 닥치는 대로 사용했다.

작업은 허공을 떠다니는 게 가능한 스펙터 무리가 해결해줬다. 터지기만 하면 일대가 와르르 무너져 내릴 터. 칼리오네는 그것도 모르고 나를 쫓아오고 있었다.

"전하! 지금입니다!"

쿠르라크의 신호에 뒤돌아섰다. 칼리오네가 사냥에 나선 암사자처럼 이쪽으로 쇄도해 오고 있었다. 하지만 곧 그녀의 표정이 딱딱하게 굳는다.

아마 지금 내 미소를 본 것 같다. 영문을 몰라 갑자기 불안과 의문이 피오르고 있겠지. 미안하지만 늦었다.

"병사로 온 죽음의 투사들이여, 그대들의 주인 앞에 진을 짜라!"

그 순간 칼리오네가 달리던 땅바닥에서 수십 개의 뼈다귀 손들이 올라왔다. 그리고 그 앙상한 다리들은 달리던 칼리오네의 발을 악착같이 휘감았다.

"이 무슨!"

깜짝 놀란 칼리오네가 칼을 휘둘러 해골들을 박살 낸다. 하지만 한꺼번에 수십 마리가 달려들었으니 10초쯤은 잡아먹을 터. 내겐 그걸로 충분했다. 그리고…….

콰아아아아아앙-!

폭발 함정이 작열했다. 그 폭발이 어찌나 강력한지, 대비하고 있던 쿠르라크와 나까지 뒤로 데굴데굴 굴러갔다.

"으윽… 빌어먹을."

땅바닥에 철퍼덕 달라붙은 꼴이 심히 폼 나지 않았다. 나는 머리를 흔들어 흙먼지를 털며 간신히 일어났다.

"전하, 그녀가 폭발에 휘말렸을까요?"

뱀파이어인 쿠르라크 쪽은 벌써 괜찮은 듯했다.

"콜록, 콜록. 그건 잘 모르겠구나. 하지만 애초에 폭발만으로 칼리오네를 죽일 수 있을 거라고 기대하지는 않았으니까."

"하오시면?"

"봐라."

나는 앞쪽의 거대한 먼지 속에서 보이는 검은 실루엣을 가리켰다. 그건 드래곤이 나다닐 정도로 거대한 동굴을 반쯤 막아버린 돌무더기였다.

"애초에 이 폭파는 칼리오네와 마족들을 차단하기 위한 것이다."

"실로 대단하십니다! 전하. 그녀만 홀로 떨어지게 됐습니다."

"그렇지. 이제 우리 쪽에서 사냥해보자."

나는 두 번째 방어선에 쌓아 놓은 시체를 이용해 다시 언데드 군대를 만들었다. 그리고 무너진 부분을 향해 포위망을 형성한 뒤, 좁혀 들어갔다.

"저기 있군."

예상대로 칼리오네는 폭발에 휘말려 죽지 않았다. 하지만 비틀거리는 게 온전한 모습은 아니었다. 몸 여기저기서 흘린 피가 먼지와 엉겨 붙어 엉망이었다.

특히 그녀의 아름다운 은발은 먼지가 수북이 쌓여 칙칙한 회색으로 변해 있었다. 하지만 암사자처럼 사나운 눈빛만은 여전했다.

"사령술사! 네놈의 이름은 무엇이냐?"

"그게 왜 갑자기 궁금한 건가?"

"네놈이 특별하다는 건 십분 이해했다. 그러니 오늘 네 목을 베고, 그 기쁨을 오래 기억하려 한다."

사납게 으르렁대는 게 여전히 기세가 좋은 아가씨였다. 나는 옆에 있던 언데드 오크가 허리춤에 매고 있던 채찍을 발견했다. 아마 생전에 가축들을 다루는데 쓰던 물건인 것 같았다.

"좀 빌리겠네. 여기 사나운 짐승이 있어서 말일세."

나는 그 채찍을 받아서 이리저리 흔들어 보다가 바닥을 때렸다.

짜악!

아주 경쾌하고 찰진 소리가 동굴 안을 울린다.

"칼리오네. 아직 반항할 기운이 남은 것 같구나. 아무래도 네년에겐 엄한 교육이 필요하겠군."

음? 분위기를 타서 말하고 보니까 어째 뉘앙스가 이상한데. 스스로 명예를 위해 변명해 보자면 정말 그런 의도는 아니었다. 그렇다고 그게 싫다는 건 아니지만……

"뭐라!"

다행히도 칼리오네는 엄한 뜻은 알아듣지 못했다. 그저 자신을 모욕하려 한다는 것만 느낀 모양이었다.

이 여자는 기본적으로 구중궁궐의 공주님이라 그런 방면에 관해서는 백지장이나 마찬가지였다.

"비겁한 함정부터 시작해서 나를 어디까지 욕보이려는 것이냐!"

오늘은 공주님께서 고생하시는 날이었다. 평생 처음 겪어보는 무례와 모욕에 이미 그녀의 자제력은 박살 난 지 오래였다.

"파르르 떨릴 정도로 수치스럽나? 크큭. 좋은 얼굴을 하고 있군."

"이놈!"

"그래, 그렇게 쏘아보는 눈빛도 괜찮아. 그것대로 각별한 맛이 있거든."

내 대사에 칼리오네는 소름 돋는다는 표정이었다.

"그 입 다물라! 네놈 말을 들으니 어쩐지 송충이가 몸 위를 기어 다니는 기분이다!"

그녀는 장검을 든 채 돌격해 왔다. 불사 일족의 힘을 가진 탓에 벌써 폭발로 입은 상처가 대부분 회복되어 있었다. 나도 이에 대항해 언데드를 돌격시켰다.

"충실한 군사들이여! 그대들의 진정한 힘을 보이라!"

무자비한 지도자 스킬을 사용해 120마리 언데드들의 잠력을 폭파시켰다. 그러자 새로운 메시지가 떴다.

<당신은 많은 언데드를 죽음 너머의 죽음으로 몰고 갔습니다.>
<이제 무자비한 지도자 숙련 2단계에 오를 수 있게 됐습니다!>

말할 것도 없다. 당연히 2단계를 찍었다.

<무자비한 지도자 숙련2단계에 올랐습니다!>
<이제 잠력을 끌어낸 언데드가 사망할 시에 화염 폭발을 일으킵니다!>

기술이 더욱 잔혹해졌다. 마지막 순간 폭탄으로까지 활용하게 되다니. 그 사이 눈앞에서 칼리오네 VS 언데드 120마리의 난타전이 벌어졌다.

"하앗!"

그녀의 검이 섬광을 번쩍일 때마다 언데드 서너 마리가 한꺼번에 갈라졌다. 그리고 마법이라도 터지면 삽시간에 십여 마리 이상 사라졌다.

언데드 통솔+무자비한 지도자를 중첩한 상황인데도 이렇다. 나는 어쩌다 운 좋게 한 방에 안 죽는 녀석들만 회복시킨 뒤, 결원을 보충하기 위해 언데드 소환을 계속했다. 빠른 소모 속도를 감당하기 위해 스스로 한계까지 쥐어짜냈다.

"사령술사! 언제까지 뒤에 숨어있을 것이냐! 비겁하다!"

칼리오네의 비난에 난 웃음을 터뜨렸다.

"하하핫! 장의사가 시체를 묻는다면 사령술사는 시체를 움직인다. 이것은 이 직업이 가지는 자연스러움인데 어찌 비겁한 게 있겠나!"

답답한 듯 칼리오네는 어떻게든 돌파구를 찾아내려고 노력했다. 하지만 상황은 더욱 그녀에게 어려워졌다. 지금부터 무자비한 지도자 숙련2단계를 사용한 언데드들이 투입됐기 때문이었다.

콰앙!

언데드 하나가 검을 맞아 죽는 순간 폭발을 일으켰다.

"크! 이 무슨!"

칼리오네는 놀란 기색이 역력했다. 하지만 그건 시작에 불과했다. 그녀가 죽이기 시작한 언데드가 모두 화염 폭발을 일으켰다.

쾅! 쾅! 콰앙!

그 때문에 칼리오네는 위축된 모습을 보였다. 거리를 벌리고 싸우기 시작하자 언데드를 베는 속도가 확연히 줄어들었다.

덕분에 한 방에 죽지 않는 언데드가 늘어났고 나는 언데드 회복을 더 많이 쓸 수 있었다. 칼리오네는 질렸다는 듯 외친다.

"사령술사! 네놈은 마력이 바닥나지도 않는 것인가!"

"남아도는 게 마력뿐이라서 말이지!"

현재 상황은 내게 유리했다. 원래라면 밀렸을 테지만 무자비한 지도자가 숙련 2단계를 찍는 바람에 판세가 바뀌었다. 칼리오네가 검을 휘두르는 걸 꺼리자 묘한 소강상태가 연출됐다. 나는 이 틈을 충실히 이용하기로 했다.

"잠시 대화를 하지 않겠나?

"무슨 꿍꿍이냐?"

"말 그대로다. 너에게도 나쁜 제안을 아닐 터. 체력적으로 부담이 되고 있지 않나? 숨을 돌린다고 생각하면 된다."

칼리오네는 혹하는 듯했다. 그녀는 공격력은 강하지만 체력적인 면에서는 부족한 듯했다.

좀 싸워보니 마왕급이라고 하긴 부족하군. 게임 후반부가 아니라 극 초반이라 그런 모양이다.

하지만 그렇다고 무시해선 곤란하다. 그녀는 불사 일족의 힘을 갖고 있어서 제압이나 죽이는 건 어지간한 마왕보다 더 힘드니까.

"대체 무슨 얘기가 하고 싶은 거냐? 사령술사."

"그저 내 이야기를 들어보지 않겠나? 그동안은 안전을 보장하지."

"믿을 수 없다."

"믿거나 말거나는 중요하지 않지. 잠시 쉬는 게 네게 유리하단 점만 생각하면 되잖나?"

나는 손가락으로 실시간으로 재생되고 있는 그녀의 상처를 가리켰다.

"…좋아. 맘대로 하라고."

"허락해줘서 기쁘군. 내가 해줄 건 옛날얘기다."

옛날 얘기란 말에 칼리오네는 좀 어이없는 듯했지만 일단 가만히 있다. 자신의 기력이 다 회복되길 기다리고 있는 거겠지.

"지금으로부터… 정확히는 41년 전이로군. 당시 서열 1위의 마왕은 현재와 다른 인물이었다."

"알고 있다. 우리 마족을 배신하고 인간과 내통한 배신자가 아닌가."

"그래. 마족에겐 그리 알려져 있겠지. 당시에 서열1위 마왕이었던 그의 이름은 카이마르스. 이건 그의 이야기다."

카이마르스는 마족에겐 역사의 죄인으로 기억되고 있다.

"카이마르스가 서열 1위의 마왕이 될 수 있었던 건 오직 그만이 가지고 있던 특별한 마법이 기인한다. 바로 성명제례술이라고 불리는, 성좌의 힘을 끌어들이는 방법이지."

이건 이제는 아는 이가 거의 없는 비밀이었다. 칼리오네도 중요한 얘기라는 걸 깨달은 듯 표정이 변했다.

"성명제례술?"

"그렇다. 천체가 상호작용하는 거대한 힘에서 기운을 가져오는 방법이지. 지금까지 알려진 마법과 그 수준을 달리하는 지고한 능력으로 어떤 고대의 악이 만들었다고 한다."

"믿을 수 없다. 그런 마법은 들어본 적이…."

"아직도 고위 마왕들은 실전된 그 마법을 기억한다. 믿을지 말지는 알아서 해라."

그리 잘라 말하고는 이어갔다.

"당연히 그 성명제례술은 다른 마왕들의 탐욕을 일으켰다. 하지만 카이마르스가 워낙 강했기에 엄두를 내지 못했지. 그러던 중 마침내 그들에게 기회가 생겼다. 성명제례술은 성좌의 힘을 빌려오는 주문이었기에 별의 운행에 따라 약해지는 시점이 있었던 거다."

칼리오네는 이제 완전히 집중해 듣고 있었다.

"100년마다 한 번씩, 별빛이 흐려지는 암흑천지의 밤이 도래하곤

했다. 카이마르스는 이걸 적당히 감춰왔지만 어리석게도 가장 신뢰하는 부하에게 알려주고 만다."

"왜 그런 짓을?"

"그에게 지켜야 할 가족이 생겨서 그런 거다. 자신이 약해지는 날이 걱정된 그는 의형제인 마왕 오드가쉬에게 도움을 요청했다. 사실 이 비밀은 별의 흐름을 읽을 수 있는 마왕들에겐 짐작할 수 있는 부분이었지. 확신은 없었지만, 추측은 할 수 있었다고 할까. 그래서 카이마르스는 더욱 불안해했다. 영원한 비밀은 없으니 믿을 만한 조력자가 필요했겠지."

결국 고민 끝에 그는 비밀을 오드가쉬에게 털어놓고 100년마다 보호를 부탁한 것이다. 아무래도 당시 마왕 카이마르스와 마왕 오드가쉬 사이에는 깊은 신뢰가 있었던 모양이다.

하지만 믿음은 결국 배신의 씨앗이 됐을 뿐이다. 믿으니까 배신당하는 것이다. 믿지 않으면 배신도 존재하지 않는다.

"그런데 마왕 오드가쉬는 자신의 의형제를 보호하는 대신 이 일을 마왕 칼투스와 고룩할감에 알린다. 바로 지금의 서열 1위, 서열 2위 마왕이지. 그러고 나서 어떻게 됐을 것 같나?"

뻔하다. 성명제례술과 서열 1위 마왕의 자리를 탐내던 그들이 움직이지 않았을 리 없다. 카이마르스는 후회했지만 이미 엎질러진 물이었다.

물론 성명제례술이 약해졌다고 해도 카이마르스는 최강자였다. 쉽게 당하지 않았다. 그때 싸움에서 입은 부상 때문에 칼투스, 고룩할감이 40년 넘게 아직도 상처를 치료하고 있다.

카이마르스는 성명제례술이 약해진 상태에서도 최강의 마왕 둘을 반병신으로 만들어 버렸으니 생전에 그의 힘을 짐작 할 만 했다.

"결국 카이마르스는 살해당하고 누명이 씌워졌다. 마족을 배신한 죄인이라고 말이다. 그 후 칼투스가 새로운 서열1위 마왕이 되었지."

상처뿐인 영광이었다. 지금 서열 1위 마왕 칼투스는 역대 서열 1위 중 가장 힘이 없었다. 계속 본인의 성에게 칩거 중이니 영향력을 발휘하기 어려울 수밖에.

대외적으로는 그가 절대자에 오른 뒤 세상에 관심을 잃어버렸다고 알려졌지만, 실상 나돌아다닐 형편이 못 되는 것뿐이다.

"카이마르스를 죽인 그들은 성명제례술의 흔적이나 비밀을 찾으려고 했지만, 아무것도 알아낼 수 없었다. 그렇게 성명제례술은 카이마르스와 함께 사라진 거로 보였다. 이제는 다들 옛날얘기 정도로만 취급하는 상태지. 하지만 딱 한 명, 포기하지 않은 자가 있었다."

"……."

"그가 바로 마왕 오드가쉬다."

나는 칼리오네에게 몇 걸음 더 다가갔다.

"오드가쉬는 그 마법이 어디로 갔는지 고민하다가 카이마르스의 외동딸을 주목하지. 아직 제대로 걷지도 못하는 그 아기는 원래 어둠의 의식을 치르는 제물로 쓰일 예정이었다. 하지만 오드가쉬가 아이를 바꿔치기해서 자기 품으로 빼돌렸지. 그후 아무 것도 모르는 아기는 오드가쉬를 부모처럼 생각하고 자라나게 되었다. 그의 궁궐에서 마치 공주님처럼 대접받으면서."

"…그만."

칼리오네는 입술을 깨물고 있었다. 하지만 난 그럴 생각이 없었다.

"마왕 오드가쉬는 마법이란 게 때로는 부모와 자식 간의 유산처럼 전수될 수 있음을 알고 있었지. 그래서 카이마르스의 딸을 주목한 거다."

그만이 가진 집요함이 장점으로 발휘된 거다.

"서열 1위, 2위조차 포기한 상황에서도 오드가쉬는 오랜 시간 공들여 아이를 키웠다. 그렇게 41년이 지나자 아이는 성년을 앞둔 아름다운 소녀로 자라났지."

"그만하라!"

결국 칼리오네가 폭발해서 달려 들어왔다. 나는 마법검으로 그녀의 공격은 받아낸 뒤 힘껏 밀어냈다.

"만약 마법이 유산처럼 상속된다면 그 아이가 성년이 되었을 때 변화가 생길 거라고 오드가쉬는 기대 중이다. 그리고 그때 그의 본색이 드러난다. 자기가 살해한 의형제의 딸에게서 힘을 빼앗고자!"

"개소리는 충분히 들었다!"

카앙!

다시 한 번 서로의 검이 부딪쳤다. 어느새 언데드들이 동그랗게 둘러싼 공간 안에서 우리는 격렬한 공방을 벌였다.

"하지만 소녀는 진실을 외면하고 있지! 지금까지 몇 번쯤 무언가 이상한 점은 느꼈을 거다. 그 소녀는 아버지를 닮아 똑똑하니까. 하지만 진실에 다가갈 용기가 부족했다. 소녀는 어쩔 수 없는 온실의 화초였다!"

"그만!"

결국 나는 칼리오네의 검술을 당해내지 못하고 곳곳에 상처가 생기기 시작했다. 하지만 언데드들이 끼어드는 걸 막았다.

"소녀의 힘은 매우 뛰어났다. 하지만 소녀는 진정한 강함이 뭔지 모르고 있지! 끝없이 진실에서 도망쳤다. 그리고 마침내 그 끝에서 자기 아버지와 같은 파멸을 맞이하고 말 거다!"

"닥치라고!"

칼리오네가 힘껏 내지른 공격에 내 마법검이 요란한 소리를 내며 부러졌다.

우우웅!

부러진 검신이 서글프게 울리고 있었다. 하지만 이것보다 더 크게 울리고 있는 건 칼리오네의 마음속이겠지.

"그 소녀는 똑똑하지만 어리석기도 하다. 단순히 눈에 보이는 게 전부가 아님을 모르니까. 보이는 것 너머에 있는 진실을 외면하고 있으니까."

"시끄러워!"

복부를 걷어차였다.

"크윽!"

뒤로 십여 미터는 날아가 데굴데굴 굴렀다.

"쿠악!"

입에서 피가 울컥 쏟아져 나왔다. 하지만 억지로 일어섰다. 그리고 허리춤에서 아주 허름해 당장이라도 부러질 것 같은 검을 뽑아 들었다. 나는 돌격해 오는 그녀에게 외쳤다.

"소녀는 모른다! 하지만 진실을 알아낼 기회는 있다! 바로 그날을 기억하는 증인들이 아직 살아있기 때문이지!"

"뭐?"

그녀가 멈춰섰다.

"소녀가 원한다면 그 증인들에 대해 알 수 있다. 그리고 아버지의 억울한 죽음에 얽힌 진실을 듣게 될 것이다."

"…거짓말."

"증인들은 그날의 증거 역시 가지고 있다. 소녀가 할 일은 그들을 찾아가 확인하는 것뿐이다."

"믿지 않는다! 사령술사! 네놈은 머리끝부터 발끝까지 거짓뿐이야!"

칼리오네는 악을 쓰듯 외쳤다. 하지만 나는 내 이야기에서 단 한 번도 그녀의 이름을 언급하지 않았다. 그런데도 저리 격렬히 반응하는 건, 지난 세월 마음속 깊은 곳에서 소용돌이치던 의문들 때문이겠지.

그녀는 흔들리고 있었다. 그리고 나는 그 틈을 놓치지 않았다. 낡은 검을 세워서는 전력으로 찔러 들어갔다.

월영검법 공격식, 몬트샤인 슈브크라프트.

덧없는 달빛처럼 상대를 관통하는 절예.

번쩍.

짧게 빛이 점멸하더니 제대로 들어갔다. 하지만 칼리오네는 놀라지 않고 침착하게 검을 세워 막아낸다. 왜냐하면 내 검이 너무나 낡고 볼품없었기 때문이다.

그런데 그때, 찔러 들어가는 검에 변화가 일어나기 시작했다. 낡고 녹슨 검신이 태양처럼 찬란하게 빛이 나며 영혼조차 베어버릴 것 같은 예기를 뿜어낸다.

바로, 이것이 팔츠 가의 보검 류블라냐다. 그 진가를 몰라보는 자에 겐 볼품없는 물건으로만 보이는 검이었다.

"이 무슨!"

칼리오네의 눈동자가 커진 순간 이미 류블라냐가 그녀의 검을 부러 트렸다.

카앙!

그리고 그 기세 그대로 배까지 관통해 버렸다.

캉!

갑주 일부가 깨어지며 칼끝이 무섭게 파고들어 갔다.

"으윽!"

몸이 관통된 느낌에 칼리오네는 몸서리를 치고 있었다. 나는 검으로 그녀를 꿰뚫어 완벽히 제압했다.

"소녀는 좋은 학생은 못 되겠군. 보이는 게 전부가 아니라는 말을 들려줘도 소용이 없었으니."

"크으윽….."

칼리오네는 제대로 대꾸하지도 못한 채 침통한 신음만을 흘렸다. 나는 고통스러워하는 그녀의 머리채를 잡고 귓가에 속삭였다.

"더는 도망치는 걸 허락하지 않겠다. 이제 진실과 마주 설 시간이다. 카이마르스의 어리석은 딸아."

2. 그 보석은 나의 것이다

칼리오네는 완전히 제압됐다. 아무리 불사 일족의 힘을 받았다고 해도 배에 칼이 꽂힌 상태에선 소용이 없었다. 하지만 분노로 이글거리는 눈빛만은 죽지 않았다.

"나는 그의 딸이 아니다!"

그래, 평소에 의혹이 있었다고 해도 쉽게 믿을 수는 없겠지. 40여 년 가까운 자신의 삶이 고작 몇 분 만에 부정당한다면 누가 그걸 받아들이겠나.

"선대인께서 슬퍼하시겠군."

나는 혀를 차고는 칼자루에 힘을 줘 밀어붙였다. 칼리오네가 막으려고 안간힘을 쓰며 비명을 내질렀다.

"아아아악!"

나는 그대로 칼자루를 밀어, 관통한 검 끝을 동굴 벽에다 꽂아버렸다. 마치 검을 못처럼 사용해 칼리오네를 동굴에 박아버린 것이다.

격통 때문인지 칼리오네의 이마가 식은땀으로 젖어 있었다.

파랗게 질린 그녀는 결국 참지 못하고 피를 토해냈다.

"쿨럭!"

칼리오네의 얼굴이 온통 피투성이가 됐다. 기도로 피가 흘러 들어간 듯 기침을 멈추지 못했다. 얼굴이 눈물과 콧물, 침과 피로 엉망이었다.

"이런이런. 조각상처럼 예쁜 얼굴이 엉망이 됐군."

나는 품에서 손수건을 꺼냈다.

"으윽! 필요 없다!"

단호하게 거절하는 칼리오네. 그러거나 말거나 정성껏 그녀의 얼굴을 닦아줬다.

"…차라리 죽여라. 사령술사. 이런 모욕을 가하다니 부끄럽지도 않나."

"부끄러운 건 자기 혈통을 모르는 게 진짜 부끄러운 거 아닌가."

"네놈…."

"그건 그렇고, 이럴 때는 아무리 나라도 신사답게 굴어야겠군."

어깨에서 망토를 끌렀다. 칼리오네의 갑옷이 부서지고 옷이 찢어져 예쁘게 부푼 가슴이나 잘록한 허리가 한껏 드러나 있었기 때문이다.

검은 의복과 대비를 이루는 눈처럼 하얀 살결은 매혹적이었지만 나는 시선을 두지 않았다. 그저 망토로 그녀를 가려주었다.

"한 가지 사실을 말하자면 난 널 죽일 생각이 없다."

물론 순순히 놔줄 생각도 없다.

"무슨 속셈이냐…?"

"그저 지켜봐 줬으면 한다."

"무엇을?"

"나와 오드가쉬의 대화를 말이다."

내 말에 그녀는 인상을 찌푸렸다.

"대체 무슨 꿍꿍이인가?"

"꿍꿍이는 무슨. 나 같이 마음이 투명하고 깨끗한 사람은 그런 걸 알지 못한다."

"하!"

성대하게 코웃음 치는구나. 나에 대한 평가가 상당히 야박한걸. 그건 그렇고 얼음 같은 인상 때문인지 비웃는 게 무척 잘 어울린다.

"여기서 나와 오드가쉬의 대화가 끝날 때까지 지켜본다면 쿠르라크가 널 해방해줄 것이다. 그 후에는 마음 가는 대로 행동하면 된다. 도망가도 되고, 다시 덤벼도 된다. 완전한 자유를 주지."

나는 그녀의 눈앞에 마법의 영상 세 개를 띄워주었다. 슈바르체토이펠이 만들어주고 간 것이다. 지금 산지에서 싸우는 마왕 오드가쉬와 슈바르체토이펠의 모습이 생생하게 보였다.

"쿠르라크."

"네, 전하."

"짐이 그녀에게 약속한 대로 하라. 류블라냐를 뽑아서 그녀를 해방해 주면 된다."

쿠르라크는 그리 하겠다고 했다.

"사령술사? 정말이냐?"

죽이지 않고 영상만 보면 해방해 주겠다고 하니 칼리오네는 선뜻 믿기는 않는 듯했다.

"정말이다."

나는 고개를 끄덕이며 주변에 떨어져 있던 검을 하나 집어 들었다.

"대신 팔 한 개를 좀 빌려 가야겠다."

"뭐?"

부웅! 퍽!

"으아아악!"

그녀가 얼굴을 찡그리고 고통에 발버둥을 쳤다. 나는 그 옆에 떨어진 칼리오네의 팔을 덤덤하게 주워들었다.

"역시 너는 미치광이야! 사령술사! 아아악!"

"이해해 달라고 하지는 않겠다. 어쩔 수 없는 일이니까. 나중에 돌려줄 테니까 걱정할 필요는 없다."

불사 일족에게 잘린 팔 붙이는 건 일도 아니었다. 나는 쿠르라크를 뺀 나머지 언데드들은 대동하고 둥지 밖으로 나섰다. 15미터 높이의 돌무더기로 막혀있었지만, 넘어가는 데는 문제없었다. 칼리오네는 언데드와 내가 공격해 견제하니 못 넘어간 거였고.

"통로에 있는 마족들은 다 쓸어버려라!"

가는 길에 걸리는 마족은 모조리 죽였다. 부상자가 태반이라 정리하는 데 어려움이 없었다. 나는 그들을 추가로 언데드로 만들었다.

<언데드 소환 숙련 5단계에 올랐습니다!>

"오!"

그간 정체되어 있던 언데드 소환의 숙련이 드디어 5단계를 찍었다. 기존과 다른 정예 마족의 시체에 사령술을 써서 돌파구가 열린 것이다.

<듀라한, 엘더 스펙터, 언데드 라마수, 데이워커를 소환할 수 있습니다!>

새로 강력한 언데드 4종을 소환할 수 있게 됐다. 이후 전투에서 활용할 생각에 절로 웃음이 나왔다.

"하하하. 가자."

시험 삼아 마족의 시체로 듀라한 다섯을 만들어 곁에 대동했다. 밖에 나와 보니, 산비탈에서 거대한 싸움이 벌어지고 있었다. 마왕 오드가쉬와 마룡 슈바르체토이펠, 둘 다 격렬한 싸움으로 엉망진창이었다.

둘이 뒹굴자 눈사태가 난 것처럼 눈이 와르르 쏟아져 내렸다. 장대한 파괴 마법으로 일대의 나무들이 무수한 파편을 날리며 연달아 쓰러졌다.

"음…."

가만히 지켜보니 마왕 오드가쉬가 승기를 잡은 모습이다. 슈바르체토이펠은 한때 어마어마했지만 지금은 전성기가 지난 상태였다. 반면 마왕 오드가쉬는 그야말로 떠오르는 태양과도 같다.

"어쩌지."

짧게 고민했다. 슈바르체토이펠의 죽음을 방관해야 할까? 그가 죽는 것도 나름대로 메리트가 있다. 하지만 그 이상으로 중요한 일이 있었기에 고개를 저을 수밖에 없었다.

바로 그에 대한 비밀이었다. 왜 슈바르체토이펠이 이 산을 떠나지 못하는지, 그리고 그가 서열 1위, 서열 2위 마왕과 무슨 협약을 맺었는지 파악할 필요가 있었다.

"따르라."

나는 언데드 무리를 이끌고 그들을 향해 다가갔다. 치열한 공격을 주고받은 뒤 떨어진 그들은, 서로를 노려보며 대치 중이었다. 마침 끼어들기 딱 좋은 타이밍이었다.

"마왕 오드가쉬여!"

내 외침에 그가 이쪽을 쳐다본다. 표정이 마치 이건 또 뭐야? 하는 느낌이었다.

"나는 슈바르체토이펠의 동맹자인 발러슈테드 발러라 하오."

"음? 천한 사령술사가 본왕에게 무슨 볼일인가? 아니! 이놈이 건방지게도 본왕의 수하들을 언데드로 만들어 놨구나!"

내 곁의 듀라한을 보더니 상당히 화가 난 모양이었다. 그의 분노를 마주하는 것만으로도 숨이 턱턱 막히고 마음이 꺾일 것 같았다. 하지만 겉으로는 내색하지 않았다.

"그대에게 제안할 것이 있소."

"뭐라? 네깟 놈이 본왕에게?"

"하지만 그 전에 한 가지 사실을 전달하겠소."

"허! 아주 제 맘대로군. 그래, 무엇이냐?"

"당신이 아끼던 칼리오네가 죽었다는 점을 말이오."

"뭐라?"

생각지도 못한 말인 모양인지 마왕 오드가쉬가 일순간 당황하는 모습이었다. 그도 그럴 게, 그에게 칼리오네는 성명제례술을 위한 열쇠였다.

그래서 애초에 위험한 임무도 맡기지 않았다. 호위로 마족까지 잔뜩 붙이기도 했고. 게다가 칼리오네는 어디 가서 당할 리 없는 고강한 실력자가 아닌가. 한데 갑자기 죽었다고 하니 황당할 거다.

"이놈! 그따위 망발을 믿으란 말인가!"

대답 대신 나는 마법 지퍼를 열고 잘라온 칼리오네의 팔을 앞에 던졌다.

"보시오. 그녀의 팔이오."

"아니!"

"당신이 둥지로 보낸 마족들은 전멸했소. 칼리오네란 여자 역시 마찬가지였지. 어리석게도 그들은 내가 어둠 속에 숨어있는지도 모르고 침입해 오더구려."

마왕 오드가쉬는 충격에 싸움도 잊은 모양이었다. 슈바르체토이펠은 몸을 추스르면서도 상황을 주시하고 있었다.

- 네놈, 무슨 수작이냐?

그는 마법으로 속삭여 왔다.

- 일단 보고 있으시오. 그 목숨을 구해줄 테니. 이번 일로 내게 큰 빚을 지게 됐다는 것만 알아두시오.

- 정말로 이 상황을 타개할 수 있단 말이냐?

- 그렇소.

- …좋다. 만약 그렇게만 한다면 이 몸의 명예를 걸고 보답하지.

슈바르체토이펠의 목소리에는 지친 기색이 역력했다. 마왕과 싸움이 상당히 버거웠던 모양이다.

- 믿으시오. 당신을 구하는 건 물론이고 저 마왕도 제대로 물 먹여줄 테니까.

슈바르체토이펠에게 호언장담한 뒤 마왕 오드가쉬에게 외쳤다.

"제법 강하긴 했다만 내 상대는 아니었소."

"믿을 수 없다! 그 녀석이 쉽게 죽을 리가….."

"불사 일족의 힘 말이오?"

내 물음에 마왕 오드가쉬는 다시 말문이 막혀버렸다.

"어찌 네놈이 그것을 알고 있는 것이냐?"

"그건 아무래도 상관없소. 불사 일족의 힘을 이어받은 이를 어떻게 죽이는지 알고 있는 게 중요하지."

불사 일족을 죽이는 방법은 이렇다. 죽이고자 하는 불사 일족의 신체를 일부 획득한 뒤, 그걸 무기로 삼아 찔러 죽이면 된다.

불사 일족은 뭐든지 회복하지만, 자신의 몸으로 만든 무기에는 회복력을 발휘하지 못했기 때문이다.

과거 마왕 오드가쉬를 죽였을 때 첫 번째 전투에서 그의 뿔을 자른 뒤, 두 번째 전투에서 그 뿔로 만든 단검을 놈의 심장에 박아 이겼다.

나는 이 점을 설명했다.

"칼리오네의 날카롭게 부러진 뼈로 그녀의 이마에 구멍을 냈지. 꽤 힘이 들었소."

"이놈!"

마왕 오드가쉬 주위로 기파가 폭발해 사방으로 눈발이 휘날렸다. 그는 타고 있던 검은 마수에서 뛰어내려서 걸어왔다.

"네놈이 정녕 무슨 짓을 한 건지 알고 있나!"

마왕 오드가쉬는 진정으로 분노하고 있었다. 얼마나 그 기세가 무서운지 걸음걸이를 옮길 때마다 대지가 울부짖으며 거미줄처럼 쩍쩍 갈라져 갔다.

"무슨 짓을 한 건지 알고 있냔 말이다!"

그의 폴액스가 장대한 전격을 일으키고 있었다. 저기서 번개가 쏘아진다면 나는 흔적도 없이 사라져 버리겠지. 지켜보던 슈바르체토이펠 조차 놀라서 움찔할 정도였다.

- 이 몸도 지켜주기 어렵다! 피해라!

하지만 나는 눈 하나 깜짝하지 않았다.

"사령술사! 네놈이 한 짓의 대가를 치르게 해주겠다!"

분노한 마왕 오드가쉬의 전격이 폭발하려는 때 나는 차갑게 대꾸했다.

"그랬다가는 후회할 것이오. 성명제례술의 행방을 영영 알지 못하게 될 테니까."

"뭐!?"

그 순간, 일렁이던 전격이 거짓말처럼 사라져버렸다. 마왕 오드가쉬는 폴액스를 쥔 손을 파르르 떨고 있었다.

"네, 네놈. 대체 어디까지 알고 있는 것이냐?"

"글쎄, 위대하신 마왕에게 도움이 될 정도로는 알고 있다고 생각하오. 괜찮으면 당신과 거래하고 싶소만?"

나는 거래를 미끼로 마왕 오드가쉬의 본심을 철저히 끌어낼 작정이었다. 그는 어차피 칼리오네가 죽었다고 생각하고 서슴없이 말하겠지. 그리고 그걸 칼리오네는 여과 없이 본다. 40년이나 감춰져 있던 진실이 드러나는 순간이다.

이 얼마나 근사하고 멋진 연극인가? 생각만 해도 희열에 몸이 파르르 떨려왔다.

오늘로 아름다운 공주님은 돌아갈 장소를 잃어버린다. 그렇게 되면 그녀는 누굴 의지하게 될까?

백마 탄 근사한 왕자님? 아니, 그딴 건 현실성 없는 얘기에 불과하다.

왜냐하면, 슬픔에 빠진 공주님 곁에는 속이 시커먼 사령술사 밖에 없을 테니까.

"지금 네놈이 감히 본왕과 거래를 하겠다는 거냐!"

마왕 오드가쉬는 분노해 폴액스를 땅에 내리찍는다.

쿠웅!

그러자 그를 중심으로 전격이 산호 줄기처럼 일어나더니 일제히 이쪽을 덮쳐왔다.

파지직! 쿠아아앙!

눈앞이 새하얗게 변했다. 잠시 뒤, 잃었던 시력이 돌아오자 주변의 광경이 완전히 변해 있었다. 땅바닥의 눈은 모두 증발해 사라졌고, 지면에선 온천 같은 수증기가 자욱이 올라왔다.

그럼에도 내 몸은 멀쩡했다. 마왕 오드가쉬는 성질이 폭발하긴 했지만 성명제례술 때문에 차마 건드리지 못한 것이다. 그건 그렇고 역시 성격이 참 지랄이야.

역시 그의 비위를 좀 맞추어 줘야 할 것 같았다. 마왕 오드가쉬는 굉장히 권위적이라 이 점을 잘 살리면 대화가 매끄러워질 터. 나는 말투를 바꾸고 공손한 태도로 허리를 숙였다.

"거래란 서로 사고 팔 게 있으면 이루어지는 것 아니겠습니까? 전하."

"크흠!"

일변한 내 태도에 그는 헛기침한다. 아마 자신의 힘과 권위에 고개를 숙였다고 생각했겠지. 하지만 쉽게 응해줄 생각은 없는 것 같았다.

"네놈과는 격이 맞지 않으니 거래란 당치도 않다. 본왕의 인내심이 닳아 없어지기 전에 성명제례술에 관한 걸 토설하라. 안 그러면 고문해서라도 알아내겠다."

마왕 오드가쉬는 고문을 운운하고 있었지만 그럴 수는 없다. 내 옆에 슈바르체토이펠이 있기 때문이었다.

다소 힘에서 밀리고 있긴 해도 그는 마왕 오드가쉬라도 방심할 수 있는 상대가 아니었다. 애초에 슈바르체토이펠이 있기 때문에 거래가 제안할 수 있었던 거다.

"전하. 그깟 고문이 사령술사에게 무슨 소용이겠습니까? 사령술이란 죽음을 초월하는 기술입니다."

"이놈! 죽음보다 더한 고통이 있다는 건 모르지 않을 터!"

나는 대답 대신 빙그레 웃으며 슈바르체토이펠에게 몇 발자국 다가갔다. 보란 듯이 말이다. 슈바르체토이펠도 눈치를 채고는 낮게 울며 호응해 왔다.

크르르릉.

마왕 오드가쉬는 어쩔 수 없을 거다. 슈바르체토이펠에 이어서 칼리오네를 죽일 정도의 사령술사가 싸움에 끼어들게 생겼으니까. 2대1은 아무래도 곤란하겠지.

나는 내심 난처해져 있을 그를 달랬다.

"그런 행동은 전하의 권위에 어울리지 않습니다. 그저 이 미욱한 자에게 은혜를 베푸신다면 모든 게 매끄러워질 것입니다."

그리 말하며 다시, 한번 허리를 숙여 보였다. 하지만 땅을 바라보는 내 얼굴은, 마치 가면 뒤에 감춰진 본심처럼 헤죽헤죽 웃고 있었다. 명백한 비웃음이었다. 하지만 비웃음이란 들키지만 않는다면 아무 문제

없다.

"천한 것이 주둥이를 놀릴 줄 아는구나! 좋다! 네놈의 제안을 들어보도록 하지."

"은혜에 감사드립니다. 전하. 제가 내놓을 것은, 현재 성명제례술을 누가 갖고 있냐에 관해서입니다."

"뭐라! 성명제례술은 사라져 버렸을 터! 지금 네놈은 그게 남아있다고 주장하는 것이냐!"

마왕 오드가쉬는 급격한 관심을 보였다.

"물론입니다. 전하. 전하께선 오늘날까지 속고 계셨습니다."

"본왕이 속았다는 말이냐! 누구에게! 어서 말하라!"

"물론 그럴 생각입니다만, 전하께서도 마왕의 이름을 걸고 약속해주셔야겠습니다. 이건 거래입니다. 제가 내놓은 비밀에 걸맞은 대가를 주시겠다고요."

"빌어먹을 놈!"

하지만 마왕 오드가쉬에겐 선택의 여지가 없었다. 성질이 급한 그는 궁금증을 참지 못하고 약속해 왔다.

"좋다! 마왕 오드가쉬의 이름을 걸고 약속하지."

해냈다. 하지만 좋아하긴 아직 일렀다. 이제부터 나는 목숨을 건 연기를 할 생각이었기 때문이다.

성공은 확신할 수 없다.

다행히 내가 준비한 극본에 모순이 적다는 게 다행이랄까. 메피스토펠레스의 연기는 개연성이 충분하다면 성공 확률을 올릴 수 있으니까. 다만 걱정되는 건 아직 이 스킬의 숙련도가 낮고 상대가 너무나 거물이란 점이었다.

꿀꺽.

긴장감에 마른침을 몇 번이고 삼켰다. 내가 생각해도 나란 놈이 참 기가 막히긴 했다. 아직 마왕급도 안 되는 칼리오네에게 쫓겨 다닌 주제에, 서열 3위 최고위급 마왕을 속이려 하고 있으니. 목숨이 10개라도 할 짓이 아니다. 하지만 해야만 하는 짓이기도 했다.

"전하께서 존성대명을 걸고 약조하셨으니 저도 진실만을 말하겠습니다."

<목숨을 건 연기를 시작합니다!>

SS등급 스킬 메피스토펠레스의 연기를 발동했다. 이제 되돌릴 수 없다. 속이느냐, 들켜서 죽느냐의 흑백처럼 명확한 결과만이 기다릴 뿐이다.

"현재 성명제례술은 서열 1위 마왕 칼투스님과 서열2위 마왕 고룩 할감님에게 있습니다."

내 말에 마왕 오드가쉬는 더 들어볼 것도 없다는 듯 발끈했다.

"뭐라! 이제 보니 이놈이 되는대로 말하는 사기꾼으로구나! 감히 본왕을 기만하다니! 그 대가를 치르게 해주마!"

"대가는 제 얘기를 다 듣고 치르게 해주시지요."

"닥쳐라! 더 들어볼 것도 없…."

쿠웅!

그때 드래곤의 거대한 앞발이 땅을 내리찍는다. 슈바르체토이펠이 끼어들었다. 하마터면 충격에 넘어질 뻔했다.

"그자의 이야기를 끝까지 들어보고 결정해도 되지 않겠나? 마왕."

"이놈!"

마왕 오드가쉬는 이를 갈았지만 어쩔 수 없었다.

"그 가냘픈 목숨이 몇 분 더 연장된 걸 감사해라. 그 두 마왕은 과거의 상처를 회복하느라…."

"전하. 그게 속임수라고 생각해 보신 적은 없습니까?"

"뭐?"

마왕 오드가쉬는 내 말에 허를 찔린 표정이었다.

"마법적으로 심한 상처를 받으면 완쾌까지 오랜 세월을 요할 수도 있습니다. 뭔가 수상하지 않으십니까? 참으로 공교롭지요. 과연 그때 입은 상처가 40년이나 칩거해야 할 정도였을까요?"

"…계속해라."

"이런 말씀을 드려서 죄송합니다만, 처음부터 전하께서는 그 두 마왕님께 속으셨던 겁니다. 서열 1위, 2위 마왕께서는 한통속이시지요. 전하가 필요해 함께하긴 했지만, 진정으로 손을 잡을 생각 따윈 없었던 겁니다."

원래 서열 1위, 2위 마왕과 서열 3위 마왕에는 보이지 않는 틈이 있었다. 1위와 2위가 은근히 3위를 견제하고 따돌려 왔다. 그만큼 서열 3위인 마왕 오드가쉬가 그들에게 위협적인 존재였다.

"본왕이 철저히 속았단 말이냐…?"

그는 평소 느낀 바가 있던 듯 얼굴이 참혹하게 일그러졌다.

"다시 한 번 죄송하다는 말씀드립니다만, 그렇습니다. 과거의 카이마르스 전하와 있었던 사건 이후, 칼루스 전하와 고룩할감 전하는 성명제례술을 차지하고 이를 교묘히 은폐했습니다."

"네놈! 그 당시의 일까지 알고 있는 것이냐! 도대체 정체가 무엇이냐!"

"그건 지금 중요한 문제가 아닙니다. 전하의 관심은 성명제례술이 아닙니까?"

"빌어먹을 새끼. 알겠다. 계속하라."

나는 그에게 지난 40년간 서열 1위, 2위 마왕이 칩거한 이유가 성명제례술을 익히기 위해서였다고 말했다.

"성명제례술은 극히 어려운 마법입니다. 하지만 흐른 세월이 적지 않으니 앞으로 10년 안에 두 분 다 대성하실 것으로 생각합니다."

마왕 오드가쉬는 말없이 날 노려보고 있었다. 과연 내 연기는 성공했을까? 확신할 수 없었다. 지금이라도 당장 그가 달려들어 내 얼굴을 주먹으로 뭉개버릴 것 같은 공포를 느꼈다.

주룩.

추운 날씨에도 불구하고 이마에 식은땀이 송골송골 맺힌다. 나는 필사적으로 고민했다. 담백하게 나가고자 했지만, 너무 설명이 부족했을까?

"전…."

급기야 참지 못하고 몇 마디라도 덧붙이려는 그때, 산자락이 쩌렁쩌렁 울렸다.

"이런 빌어먹을 자식들이!"

갑자기 산지가 포탄이라도 터진 것처럼 우르르! 진동했다. 그 정도로 마왕 오드가쉬의 분노가 컸던 것이다. 그리고 그 순간, 메시지가 떴다.

<낮은 확률을 뚫고, 개연성을 확보해 마왕 오드가쉬를 속이는 데 성공

했습니다!>

　　<당신은 대단한 배우입니다!>

　　<메피스토펠레스의 연기 숙련 3단계에 오르는 게 가능해졌습니다.>

　　연기력이 절실한 순간에 숙련도가 올랐다. 나는 주저 없이 숙련3단계를 찍었다.

　　<메피스토펠레스의 연기가 숙련 3단계에 오릅니다!>

　　<당신의 연기에 더 많은 배우을 끌어들일 수 있습니다.>

　　<점점 제국이 당신의 노름판으로 전락해 갑니다!>

　　역시 엄청난 스킬이었다. 내가 수호자 중 가장 무력이 떨어지는 강철 선제후를 최강으로 꼽는 이유가 바로 이런 사기적 스킬들로 무장하고 있었기 때문이었다. 세 치 혀를 잘 놀리면 구국의 영웅조차 쓰레기로 만들어버릴 수 있으니까.

　　- 해골쟁이.

　　슈바르체토이펠이 평정을 가장하면서도 속으로 다급한 말투로 불러왔다.

　　- 바쁜데 왜 그러시오?

　　- 지금 네놈이 한 말이 진실이더냐? 서열 1위, 2위 마왕이 성명제례술을 얻었으면 이는 매우 심각한 문제이다!

　　아무래도 내 연기의 정서적 성실성이 너무 뛰어났나 보다. 같은 편까지 속아버렸다.

　　- 그럴 리가 있겠소? 새빨간 거짓말이지.

- 뭐라?!

당황했는지 슈바르체토이펠은 상황도 잊고 거대한 머리로 날 내려다본다. 드래곤의 눈에는 놀란 기색이 가득했다. 다행히 혼자 분통을 터뜨리고 있는 마왕 오드가쉬는 눈치채지 못했다.

- 지금 뭐라 했느냐?

- 쯧쯧. 귀라도 먹은 것이오. 이러니까 늙으면 죽어야….

- 이놈! 그 소리가 아니잖느냐!

- 원, 알겠소. 사실대로 말하지. 지금 서열 1위, 2위 마왕은 진짜 아픈 게 맞소이다. 과거 카이마르스에게 얻어터진 상처가 도무지 낫질 않고 있는 거지. 치료하면 또 터지고, 치료하면 또 터지는 극악한 저주로 칩거 중이오오이다.

- 이 몸이 알던 것과 다르지 않구나. 하면 왜 그런 무모한 거짓말을 한 것이냐!

- 그거야 간단하지 않소. 서열 1위, 2위, 3위가 치고받으면 재미가 있을 테니까.

- 이, 이런 미친놈이! 이거 완전 정신 나간 놈이로다!

드래곤의 거대한 입이 쩍 벌어진다. 살다 살다 드래곤이 저렇게 채신머리없는 표정을 짓는 것도 처음 보네.

- 생각해 보시오. 그들이 아귀다툼에 빠지면 이 산도 그만큼 평화로워지지 않겠소?

마왕 오드가쉬가 성명제례술에 관한 문제를 제기하면 마왕 칼투스와 마왕 고룩할감은 황당하겠지. 얼마나 억울하겠냐? 자기들은 진짜 아픈데. 세상에 제일 속상한 게 아픈 걸 몰라주는 거다.

내 기억에 의하면 두 마왕 다, 이 시간대에는 사는 것도 서럽고 부귀

영화도 부질없다고 생각하고 있을 무렵이다. 아마 후계자 문제에 골몰하고 있을 거다.

한데 갑자기 마왕 오드가쉬가 성명제례술 내놔! 이러면 처음엔 황당하다가도 의심이 피어오르겠지. 저 새끼가 아무 생각 없이 저리 우기는 건 아닐 텐데 싶을 거다.

그렇다면 칼투스와 고룩할감은 서로를 의심하게 될 거다. 동맹자가 자기도 모르게 성명제례술을 빼돌린 거 아닐까 하는 생각이 안 들 리가 없다.

나는 마족의 생리를 잘 안다. 그들을 누구보다 오래 상대해 왔으니까. 강한 마족일수록 욕망의 덩어리들이었다. 그들의 강대한 힘에도 불구하고 공략할 약점이 있다면, 끝을 모르는 탐욕에 자주 판단이 흐려진다는 점에 있었다.

분명히 서열 1위, 2위, 3위 사이에서 음모가 난무할 터. 그 틈에 나는 언데드 도시를 세우는 등의 실속을 챙긴다.

이 얼마나 바람직한가?

나는 인생을 열심히 사는 남자였다. 마왕끼리 실컷 소모전을 벌이라고 해라. 그사이 필요한 일을 차곡차곡 준비할 생각이니까.

"전하. 고정하십시오."

일단은 차분한 말투로 열 내는 마왕 오드가쉬를 말렸다.

"지금 그렇게 생겼나! 네놈이 한 말이 분명 거짓이 없으렷다!"

"물론입니다. 다만 전하께서 그들에게 속으신 것에는 이유가 있습니다."

"무엇이냐?"

"영민하신 전하께서 속으셨다면 그 두 교활한 마왕이 전하의 시선을 다른 곳으로 돌렸기 때문입니다. 그럴싸해 보이지만 실속이 없는 일로 말입니다. 혹시 짐작이 가시는 일은 없으십니까?"

마왕 오드가쉬는 생각나는 게 있는 듯 얼굴이 붉으락푸르락해졌다.

"빌어먹을…."

"사실 소인이 추측하는 바가 있습니다만, 그에 관해 전하께 묻고 싶은 게 있습니다."

"무엇이냐?"

나는 잠시 살짝 고개를 옆으로 돌렸다. 영상 마법이 비추고 있을 만한 각도를 향해서 말이다. 지금 그녀는 내 표정을 보고 있을까?

만약 보았다면 잊지 말아줬으면 좋겠군. 이게 바로 누군가를 속이는 자의 얼굴이니까. 앞으로의 네 인생을 위해 기억해 두는 게 좋을 거다.

남을 속이는 자가 가장 선량한 미소를 짓는다는 걸.

"전하께서 보호했던 칼리오네는 과거 서열 1위 마왕 카이마르스의 여식이 맞습니까?"

내 질문에 마왕 오드가쉬는 입을 다물었다. 그저 침중한 얼굴로 묵묵부답이다. 아마 대답하기 쉽지 않겠지. 그건 잘못을 인정하는 것이니까.

그렇다고 그가 의형제를 배신한 과거 때문에 저러는 건 아니다. 본인의 패착을 인정하길 꺼리고 있을 뿐이다. 그건 속이지 못하고 속았다는 데서 오는 고통이었다.

참으로 마왕다운, 마왕의 우울함이 아닐 수 없었다. 그사이 나는 슈바르체토이펠에게 말을 걸었다.

- 슈바르체 영감.

- 뭐? 이 해골쟁이야! 이 몸은 슈바르체토이펠이다. 줄여서 부르지 말아라!

- 그러는 당신도 날 해골쟁이라 부르잖소. 그냥 좋은 게 좋은 거니 넘어갑시다.

슈바르체토이펠은 속으로 부글부글 끓는 모양이었지만 상황이 상황인지라 참을 수밖에 없었다.

- 왜, 무슨 일이냐?

- 본인을 위해 만들어주고 간 영상이 있잖소. 그거 혹시 실시간으로 저장되고 있는 것이오?

- 물론이다. 드래곤들은 기록을 좋아하지.

- 좋소. 대신 들키지 않아야 하오. 마왕이 눈치채면 말짱 꽝이오.

내 말에 슈바르체토이펠이 역정을 냈다.

- 이 몸을 뭐로 보고! 비록 전성기가 지나 저딴 마왕 놈에게 밀리고 있지만, 마법의 기예라면 어딜 가서 지지 않는다. 저 멍청이 녀석은 이 몸이 솜씨를 부리면 알아채지도 못해! 애초에 영상을 알아챘으면 당장 없애버렸겠지!

- 맞는 말이군.

- 드래곤에 비하면 저런 마왕은 힘만 센 바보다!

하긴 유구한 세월을 살아온 그의 마법 숙련도는 대단하겠지.

- 그러면 나중에 그 영상을 부탁하겠소. 긴히 써먹을 곳이 있소이다.

- 이제는 네놈 표정만 봐도 알겠다. 또 그 음흉한 음모에만 잘 돌아가는 머리가 번뜩인 모양이구나.

- 알면 어서 일하시오. 슈바르체 영감.

- 영감이라고 하지 마!

슈바르체토이펠은 투덜대면서도 시키는 대로 순순히 따랐다.

- 그리고 물어볼 게 있소.

- 또 무어야!

- 아주 중요한 일이오. 마왕과 협상하려면 반드시 파악할 필요가 있으니까.

- 알겠다.

- 대체 마왕이 무엇을 위해 이곳에 쳐들어온 것이오? 그리고 당신이 지키고 있는 게 뭐고?

- 그건….

슈바르체토이펠이 난처해 하는 기색이 역력했다.

- 내게 알려주지 않는다면 다시 마왕과 싸우는 수밖에 없을 것이오. 그리고 당신은 분투 끝에 살해되겠지.

- ……

- 시간이 많지 않으니 중요한 것만 알려주시오.

- 좋다. 어쩔 수 없지. 오드가쉬가 원하고 있는 건 '잘린 신체'다.

잘린 신체라? 그건 나조차 한 번도 들어보지 못한 아이템이었다.

- 그게 뭐요?

- 거대한 악의 잘려나간 일부다. 이 몸은 그걸 지키고 있다. 죽기 전에는 해방될 수 없는 의무이자 멍에지. 그래서 산을 떠날 수 없다고 한 것이다.

- 마왕 오드가쉬는 그걸 노린 거고?

- 맞다.

- 당신이 서열 1, 2위 마왕에 관해서도 언급한 것 같았는데.

협상을 고려해 볼 때, 그 잘린 신체에 큰 관심을 두고 있는 게 누구냐는 중요한 문제였다.

- 저 녀석은 기본적으로 그 잘린 신체에 관심이 없다. 그걸 탐내는 건 서열 1, 2위 마왕이겠지. 아마 그들에게 이득을 약속받고 온 것 같다. 겸사겸사 나와의 묵은 원한도 정리할 겸.

- 음…. 이거 이용할 수 있겠구려.

- 또 무슨 수작질을 하려고! 이제는 불안해서 못 견디겠다.

- 하하하. 보고만 있으시오. 흠, 더 얘기할 시간이 없겠구려.

마왕 오드가쉬가 그답지 않게 앓는 소리를 냈다.

"끄응…. 맞다. 그 아이는 바로 죽은 카이마르스의 여식이다."

결국, 인정하는구나. 아, 너무나도 궁금하다. 지금 칼리오네가 무슨 얼굴을 하고 있을지. 부디 이 고백이 마음에 들었으면 좋겠는데.

"당시 세 분 전하께서 카이마르스의 성명제례술이 약해진 날을 노리셨다고 알고 있습니다."

"상세히 아는구나. 카이마르스가 비록 대단하긴 했으나 칼투스, 고룩할감과 협공하자 결국 당해내지 못했다."

"대단하시군요!"

나는 일부러 감탄을 금치 못하는 표정을 지었다.

"본왕이 직접 그의 심장에 단검을 박아 넣었다. 실질적으로 일을 마무리 지은 건 본왕이라 할 수 있지. 그는 바보 같은 자였다. 가족을 염려해 본왕에게 비밀을 털어놓다니! 크하하하!"

마왕 오드가쉬는 으스대며 폭소했다.

"가족을 진짜로 염려했으면 본왕과 칼투스, 고룩할감을 모두 먼저 쳐 죽였어야지! 그는 진정 마왕답지 못한 자였다!"

마왕의 관점에서는 그의 말이 철저히 맞았다.

"그건 그렇고 네놈이 어찌 그 사실을 아는지 토설해야 할 것이다!"

마왕 오드가쉬가 나를 향해 눈을 부라렸다. 당연한 의심이었다. 이 부분을 막아 두지 않으면 앞으로 후환이 생길 것이다. 고민하던 나는 또 다른 스킬을 발동하기로 했다.

<SS등급 스킬, 제국선동을 사용합니다!>
<청자의 판단력을 떨어뜨려져 당신의 의도대로 움직입니다.>

제국선동. 이것이야말로 강철 선제후가 가진 최종오의다. 메피스토펠레스의 연기와 같은 SS등급이지만, 스킬의 끝이 SS등급이라 그렇지 실제로 그 이상의 무언가를 갖고 있었다.

이 스킬은 청자의 지력에 따라 성패가 갈리니, 마왕 오드가쉬를 상대로는 먹혀들 가능성은 충분하다.

그는 뇌까지 근육인 자로 무력은 천지개벽 수준이나 지력은 영 부족하다. 물론 그 격이 높은 존재라 여러 번 시도하면 눈치챌 거다. 하지만 한 번은 통할 거라 자신했다. 그래서 나는 지금 제일 위험한 부분을 제국선동으로 막기로 했다.

"물론입니다. 전하. 그저 소인은 전하의 편이 되고 싶다는 점만 알아주십시오. 하지만 그 얘기는 차후에 하시지요."

<제국선동이 발동합니다!>

"으음?"

"기왕이면 아주 나중에 말입니다."

강철 선제후의 최종오의가 발동하자 마왕 오드가쉬는 고개를 갸웃거린다. 그러더니 그의 눈이 일순간 탁해졌다 정상으로 돌아왔다.

"음? 그래. 뭐, 그건 중요한 게 아니겠지."

"실로 그렇습니다."

<제국선동이 성공했습니다! 강대한 존재를 조종했습니다!>
<숙련 2단계에 올라설 수 있습니다.>

잘 모르는 이들은 제국선동의 힘을 무시한다. 마왕을 죽이는 것도 아니고 마왕이 한두 가지 사안에 대해 착각하게 만드는 게 뭐 대단하냐는 것이다.

<제국선동이 숙련2단계가 되었습니다.>
<더 많은 군중, 더 강한 존재가 당신의 의도대로 행동하게 됩니다.>

하지만 그건 정말 모르는 소리다. 마왕을 죽이는 스킬은 마왕의 목만 친다. 하지만 마왕이 중요한 부분에서 잘못된 명을 내리면 그의 세력 전체가 구렁텅이로 떨어지니까.

요컨대, 제국선동은 스킬 사용 후 후속 조치가 무엇보다 중요했다. 이건 사용자가 승리를 만들어가야 하는 스킬이었다.

"전하, 당시의 승리 이후 칼투스와 고룩할감이 교활하게도 전하를 따돌린 게 사실입니다."

제국선동이 발동됐다는 사실은 흔적도 없이 사라졌다. 그저 마왕 오드가쉬의 뇌 한구석에 미묘한 인식장애가 남았을 뿐이다.

"쓰레기 같은 놈들!"

마왕 오드가쉬는 크게 자존심이 상하는 듯 주먹을 불끈 쥔다.

"자신들이 성명제례술을 차지했다는 일을 감추고 전하의 시선을 다른 쪽으로 돌렸습니다. 칼리오네에게 말입니다. 그들은 일을 교묘하게 조작해서 전하를 착각하게 했습니다. 그리고 그 긴 세월, 전하께서 마법의 유전을 기다리는 동안 정작 본인들은 성명제례술의 수련을…."

"으아아아!"

결국 참지 못하겠는지 마왕 오드가쉬의 성질이 폭발하고 말았다. 그가 폴액스로 땅을 내려찍자 지진이 일어난 것처럼 사방이 흔들렸다.

구우우우웅!

그걸로 그치지 않고 저 멀리 보이는 산봉우리 하나에서 눈사태가 일어났다. 옆에서 보면서 좀 어이가 없었다. 대체 이 녀석의 힘은 어느 정도인 건가.

"전하, 고정하시지요."

"지금 그럴 수 있을 것 같나!"

"아직 소인이 전하께 알려드릴 게 많이 있습니다. 물론 전하께서 원하신다면 말입니다."

나는 바로 입을 열지 않고 빙글빙글 웃었다. 그러자 그는 내 뜻을 알아채고 역정을 냈다.

"이 건방진! 그래! 술술 말하는 건 여기까지라는 거구나. 대가를 원한다고 했지. 좋다! 무엇을 원하느냐?"

이제부터 진짜 중요한 순간이었다. 여기서 실수하면 지금까지 한 노력이 허사가 된다. 내 목숨도 날아갈 게 뻔하고.

"우호협정을 원합니다. 전하."

"뭐? 우호협정?"

뜬금없는 소리를 들었다는 듯 마왕 오드가쉬가 의아해한다. 곁에서 우리를 내려다보고 있던 슈바르체토이펠 역시 같은 표정이었다.

"네, 전하와 여기 있는 마룡, 슈바르체토이펠 간의 우호협정입니다."

"뭐라! 누가 그딴 걸 할 줄 알고!"

마왕 오드가쉬는 대번에 격렬한 반감을 나타냈다. 그뿐만이 아니었다. 슈바르체토이펠 역시 포효했다.

쿠아아아!

드래곤의 눈동자가 분노로 이글거렸다.

- 해골쟁이! 더는 못 참겠다!

- 참으시오.

- 닥쳐라!

- 내 약속하지 않았소? 우리 눈앞에 이놈에게 한 방 먹여주겠다고.

- 그렇긴 했다만….

- 하면 좀 드래곤답게 참고 기다리시오. 누가 진짜 평화협정을 할 줄 아시오.

내가 핀잔을 주자 그제야 슈바르체토이펠은 입을 다문다. 뭔가 꿍꿍이가 있다고 여긴 모양이었다.

"사령술사! 제법 본왕을 감탄시켰다만 이번에는 실수한 거다!"

반면 마왕 오드가쉬는 화가 나 내게 삿대질까지 하고 있었다.

"전하. 제 얘기가 아직 끝나지 않았습니다.

"듣기 싫다!"

"이 평화협정이 칼투스와 고룩할감을 엿 먹일 기회가 될 것임에도 듣지 않으시겠습니까?"

"뭐?"

서열 1위, 2위를 엿 먹일 수 있단 말에 마왕 오드가쉬는 솔깃한 모양이었다. 하지만 여태 소리친 게 있어서 그런지 입만 다물고 있다.

"별다른 말씀이 없으시니 허락하신 거로 여기고 말씀드리겠습니다. 전하께선 이 산에 잘린 신체를 가지러 오신 거겠지요?"

"…흠."

"하지만 그건 전하보다 마왕 칼투스와 마왕 고룩할감이 원하고 있는 물건이지요. 아니 그렇습니까?"

"맞다."

하지만 마왕 칼투스와 마왕 고룩할감은 슈바르체토이펠과 불가침협정을 맺고 있으니 직접 나설 수 없었다. 그래서 이 일을 마왕 오드라쉬에게 사주한 거겠지.

"하면 전하께서 슈바르체토이펠과 우호협정을 맺으면 그 두 마왕이 어떻게 반응하겠습니까?"

내 말에 순간 마왕 오드가쉬의 얼굴이 환하게 펴진다.

"옳다! 그 개새끼들이 완전 똥 씹은 얼굴이 되겠지."

"그뿐 아니라 앞으로 전하께서 그 자들을 압박하는데 유리한 상황을 얻을 수 있으실 겁니다. 그들이 원하는 걸 전하의 동맹자가 가지고 있으니까요."

"실로 묘안이구나!"

마왕 오드가쉬에겐 성명제례술에 비하면, 슈바르체토이펠과의 원한 따위는 중요한 일이 아니겠지. 그는 열띤 목소리로 외쳤다.

"마룡이여! 이 다툼은 무의미하다! 본왕에겐 잘린 신체 따위는 크게 중요하지 않다!"

"흥! 네놈을 어떻게 믿겠나."

"그렇다면 본왕이 먼저 사과하도록 하겠다!"

"뭐? 뭐라?"

너무나 갑작스럽게, 마치 부침개를 뒤집는 것처럼 변한 마왕 오드가쉬의 태도에 슈바르체토이펠은 황당함을 느끼는 듯했다. 하지만 이게 이 마왕의 성격이었다.

마왕 오드가쉬에게 가장 중요한 건 탐욕이다. 그는 자기 욕심을 채우는 게 지상 최고의 목표였다. 그걸 위해서라면 나머지는 모두 헌신짝처럼 버릴 수 있는 자였다.

그는 탐욕을 위해서라면 아내도 버리고, 자식도 버리고, 신하들도 버릴 수 있다. 한데 그깟 해묵은 감정 따위는 아무것도 아니겠지.

"마룡! 여기서 바로 우리의 우호협약을 맺도록 하자!"

"이런 말도 안 되는!"

슈바르체토이펠 쪽에선 전혀 생각이 없는 것 같았다. 그는 황당해하면서 내게 눈치를 줬다.

- 네놈의 뜻에 맞춰주기로 했다만 이건 감수할 수 없다! 저딴 쓰레기와 우호협정이라니!

- 진짜 우호협정이 맺어질 일은 없으니 걱정하지 않아도 좋소.

일단 나는 마왕 오드가쉬를 부추기기로 했다. 그는 지금 마왕 칼투스와 마왕 고룩할감을 향해 백 가지 음모와 천 가지 증오를 불태우고 있는 상황이었다. 옆에서 조금만 떠밀어줘도 깊은 수렁으로 기어들어 갈 거다.

"전하, 소인에게 의견이 하나 있습니다."

"무엇이냐?"

이제는 마왕 오드가쉬는 내 말에 귀를 기울여줬다.

"기왕 우호협정을 맺는 것, 성대하게 하십시오. 여러 마왕과 명망 있는 귀족들을 초대해 마룡과 우호협정을 맺는 걸 공개하는 겁니다."

"오? 그것 참 재밌는 발상이다."

"이렇게 하시면 마왕 칼투스와 마왕 고룩할감에게 커다란 모욕을 안겨줄 수 있을 겁니다. 전하가 받은 굴욕을 갚을 수 있는 일입니다."

"옳거니!"

마왕 오드가쉬는 마음에 든다는 듯 폴액스를 쿵, 내리찍는다.

"또한, 이런 전설적인 마룡과 우호관계를 맺는다는 건 오로지 전하기에 가능한 위업이기도 합니다. 이는 자랑할 만한 업적이니 공개적으로 일을 치르셔서, 그 존성대명을 더욱 높이십시오."

"맞는 말이다."

마왕 오드가쉬는 고개를 끄덕이더니 슈바르체토이펠에게 외쳤다.

"마룡이여! 본왕과 우호협정을 맺겠나?"

"흐음….'

"단순히 구두로 약속하는 것으론 안 된다. 그 이름, 슈바르체토이펠을 걸고 약속하라!"

그 요구에 슈바르체토이펠은 난색을 나타냈다.

- 진짜로 맺을 일은 없다 하지 않았느냐! 드래곤의 이름을 걸고 약속하면 반드시 지켜야만 한다.

- 걱정 말고 약속하시오. 당신은 드래곤의 이름을 걸고 신의와 성실로 우호협정을 맺으려 한 것이오. 하지만 그날 상대가 그럴 형편이 못 된다면 협정은 성립하지 않겠지.

- 생각하는 바가 분명 있으렷다!

- 나만 믿으시오.

- 크으! 빌어먹을 놈!

어쩔 수 없이 슈바르체토이펠은 드래곤의 이름을 걸고 약속했다.

"이 몸은 과거의 원한을 잊기로 하지. 슈바르체토이펠의 이름으로 약속하겠다."

"좋다! 하하하핫!"

마왕 오드가쉬는 기뻐했다. 드래곤의 약속으로 일의 성사를 확신하게 된 그는, 일주일 뒤에 이 산에서 공식적인 행사를 열기로 했다.

"자세한 사안은 본왕의 가신을 보낼 테니 협의하라!"

마왕 오드가쉬는 폭풍처럼 나타나서 폭풍처럼 사라져버렸다. 묵묵히 상황을 지켜보며 내 의도에 맞춰주던 슈바르체토이펠이 한숨을 내쉰다.

"그날 네놈 꿍꿍이가 참으로 궁금하구나."

그는 호기심 어린 눈동자로 날 물끄러미 내려다보고 있었다.

"드래곤도 기만하고, 마왕도 기만하는 인간이라…. 터무니없는 놈이로다. 왜 세상도 기만하지 그러느냐?"

"하하. 싫지 않은 제안이구려."

유력한 마족에 더불어 마왕들까지 초대된다니 더없이 좋았다. 역시 연극에는 관객이 있어야 하는 법이다. 모두 잔뜩 즐겨줬으면 좋겠군. 최선을 다해 준비한 무대이니까.

누군가는 몰락하고, 누군가는 떠오른다. 그리고 어디선가 갑작스레 나타난 신인은 기립박수와 함께 데뷔하겠지.

그래, 원래 연극이란 그런 것이 아니겠나.

3. 장미의 마왕

상태창을 살펴보니 레벨 업이 가능해져 있었다. 이번에 쓸어버렸던 정예 마족들의 경험치가 쏠쏠했던 모양이다.

"이제야 4레벨이군."

발러슈테드 발러

나 이 22세
레 벨 4 (피도 눈물도 없는자)
       32 (괴물사냥꾼)

생명력 `2370/2370`
마 력 `2550/2550`
어 둠 `780/780`

힘
431

카리스마   건강
420   465

230   270
지능   민첩성

마법 저항력 11.2%

아이템 가중치

★ 저주받은 태생	생명력 +654 어둠 +112 힘 +32
★ 류블라냐	생명력 +310 건강 +120 힘 +120 카리스마 +110
★ 맨드레이크	생명력 +40
★ 마을 카르카의 뼈마법봉	어둠 +70 마력 +50 카리스마 +13

최상위직은 다 좋은데 성장이 힘든 게 문제다.

상당한 발전이었다.

뭣보다 반가운 건 새로운 '피도 눈물도 없는 자' 전용 스킬이 생겼다는 것이다.

<SS등급 스킬, 귀신의 발걸음을 획득했습니다!>

드디어 피도 눈물도 없는 자, 첫 SS등급 스킬이 떴다!

아, 갖고 싶었던 스킬인데 이제야 획득하는구나. 이건 말 그대로 귀신 같은 움직임이 가능해지는 특수능력이다. 나중에 숙련도가 오르면 벽을 통과하거나 땅으로 꺼지는 괴상망측한 짓도 가능해진다.

과거 이 귀신의 발걸음 때문에 피도 눈물도 없는 자와 싸우다 몇 번이나 놓쳤는지 모른다. 당하는 입장에서 피눈물 쪽 빠지는 스킬인 것이다.

한데 이제 내가 써먹을 생각을 하니 절로 흥이 올랐다.

"좋아."

혼자 상태창을 보며 흐뭇해하고 있는데 슈바르체토이펠이 찾아왔다.

"이봐, 해골쟁…. 아니?"

다가오던 그는 놀라서 제자리에 멈췄다.

"어어?"

"왜 그러시오?"

의아해져서 묻자 슈바르체토이펠은 눈이 동그래져 있었다.

"아니! 잠깐 사이에 어찌 이렇게 달라진 거야? 갑자기 실력이 한참 늘어났군."

뭐야, 드래곤에겐 그런 게 보이는 건가. 하긴 드래곤이니 뭔가 다를 거로 생각했지만 레벨 업 한 걸 바로 알아볼 줄은 몰랐네.

"소소한 발전이 있었소이다."

"그게 소소한 거라고? 하! 어이가 없군. 자네가 이 몸의 적이 아니라서 다행이군."

슈바르체토이펠은 혀를 내두르고 있었다. 물론 아직 나는 그보다 훨씬 약하긴 하지만, 레벨이 오를 때마다 가파르게 성장하고 있었다. 아마 언젠가는 따라잡힐 걸 예감한 탓에 저런 반응을 보이는 거겠지.

피도 눈물도 없는 자의 잠재력은 저 전설적인 마룡조차 뛰어넘는 수준이니까. 저 오래 묵은 드래곤이 그걸 몰라볼 리가 없다. 그래서인지 알기 쉬울 정도로 변화를 보였다.

"크흠! 자네, 차나 한잔 하겠는가?"

원래 이놈 새끼! 저놈 새끼! 천한 사령술사 해골쟁이가 어쩌고저쩌고 하는 양반의 태세전환이 놀라울 정도였다.

뭐랄까, 저건… 로또 당첨이 예정된 친구를 대하는 모습과 비슷한 느낌이 아닐까.

"그러고 보니 목이 마르긴 하군."

"아, 잘됐구먼. 얼른 타오지!"

살다 보니 저 천재지변 급 마룡이 손수 타주는 차를 다 마시게 되는구나. 참 별일이 다 있었다.

"자, 뜨거우니 조심히 들게."

"감사하오. 그나저나 왜 찾은 거요?"

"아니, 저 뚝딱뚝딱하는 소리가 언제 끝나나 궁금해서 말일세."

"좀 참으라지 않았소. 행사 때까지만이라고."

슈바르체토이펠이 말하는 건, 지금 산지에서 일어나고 있는 공사 때문이다. 앞으로 사흘 뒤, 귀빈들을 초대해서 우호협정을 기념하는 행사가 열린다.

하여 마왕 오드가쉬는 연회장으로 쓸 가건물을 만들고 있었다. 산지는 나흘 전부터 인부들의 망치와 톱 소리로 요란했다. 그게 꽤 신경을 거슬리는 모양이었다.

"에잉! 남의 산에서 뭐 하는 짓거리들인지."

"그러지 말고, 거의 다 지어진 것 같은데 같이 밖에 나가보시겠소?"

"시끄럽다. 네놈이… 아니, 자네가 벌인 일이니 자네가 알아서 처리해. 좀 서두르라고 해주게!"

실무적인 부분을 이 마룡이 할 리가 없으니 내가 대신하고 있었다.

"그나저나 그녀는 어찌하고 있소?"

마왕 오드가쉬에게 진실을 들은 이후 칼리오네는 우울증에 빠져 있었다.

"자네가 한 제안을 생각하고 있을 걸세. 마족은 강해. 걱정할 것 없네."

그래야 한다. 무대가 만들어지고 있는데 여배우가 파업하면 곤란하니까. 나는 알았다고 하고는 둥지 밖으로 나왔다.

뚝딱! 뚝딱!

목공들이 망치를 두들기는 소리가 요란했다. 나는 근처의 돌에 앉아 그 광경을 느긋하게 구경하며 생각에 잠겼다. 이쪽에 한 발, 또 저쪽에 한 발. 머릿속에 온갖 구상이 떠올랐다.

이번 일만 끝나면 발푸르기스의 일을 해결하러 가야겠구나. 영약을 얻으러 와서 어쩌다 보니 시간을 꽤 끌었다. 하지만 일정상 별문제는 없었다. 세작왕에게 반지를 통해 소식을 물으니 그쪽은 지루한 소송 공방이 이어지고 있을 뿐이라 했다.

"음, 화려한데."

만들어지고 있는 것들이 가건물치고는 굉장히 사치스러웠다. 정말 이지 멋진 행사가 될 것 같았다.

그나저나 기름이 좀 남았을까? 마지막엔 저걸 다 태워버리고 싶단 말이지.

사흘 뒤.

드디어 행사가 열리는 날이 됐다. 밤이 된 산에는 호화찬란한 등불이 수도 없이 가득 찼다. 마치 축제라도 열리는 것 같은 모습이었다.

손님들은 미리 설치된 거대한 마법진을 통해 속속 도착하고 있었다. 육로로 말을 타고 오는 이도 많았다.

"어서 오십시오. 마왕 전하."

"반갑습니다. 변경백님."

"어이쿠! 이거 궁중백님 아니닙까? 황제 폐하께선 무탈하시지요?"

몰려든 귀빈들은 저마다 모여 인사를 나누고 있었다. 나는 오늘 오는 거물들의 면면을 미리 살펴보고 싶었기에 자원해서 접객을 맡았다. 신분을 숨기고 일개 사용인으로 가장했다.

"자, 이쪽으로 오시지요."

품위 있는 귀빈들을 안내하며 나는 각 인물에 대한 평점을 매기고 있었다.

서열 14위 마왕 폭식과 탐욕의 헤르자모크는 무척 천박했다. 심지어 이런 자리에서도 소시지를 처먹고 다녔다.

"자제심을 모르는 식탐이군. 돼지 같은 놈."

하지만 헤르자모크는 금력(金力)이 대단하기에 무시할 수 없었다. 그는 일신의 힘보다 재산이 많아서 강력한 상대였다. 마왕이 지나가자 준수한 사내가 나타났다.

"헤센-카젤 방백 모리츠라….”

모리츠는 확실히 대단한 사내였다. 그렇게 마음속으로 제국 내 유력자들에 대한 체크를 갱신하고 있을 무렵, 나를 깜짝 놀라게 하는 인물이 도착했다.

"어머, 멋진 신사와 숙녀분들이 가득하시군요. 호호!"

예상치도 못한 장미의 마왕 로엘린이 도착했다!

이건 정말 의외인데?

나는 정치적 이유로 그녀가 초대받았을 줄은 생각지도 못했다. 하지만 일단 그녀에게 예를 갖췄다.

"고귀하신 장미의 마왕께 인사드립니다. 전하, 소인이 안내하겠습니다.”

로엘린은 나를 보며 만개한 꽃처럼 아름답게 웃어 보였다.

"멋진 밤이네요! 잘 부탁드릴게요.”

일개 고용인의 모습을 한 내게도 친절하고 상냥하다. 과연 로엘린다운 태도였다. 음… 그나저나 갑작스러운 등장에 놀라긴 했지만 이건 생각보다 좋은 기회가 아닌가?

페자무트를 처리하려면 안 그래도 그녀와 접촉하고 싶었다. 한데 이렇게 만나게 됐으니, 안내하는 동안 최대한 대화를 나눠보면 좋을 듯했다.

"……."

그런데 이게 영 말을 걸 건수가 마땅치 않았다. 지금 내가 일개 사용인이란 게 문제였다. 게다가 로엘린의 곁에는 지체 높은 마족들이 줄줄이 따르고 있었다. 사용인 주제에 어찌 사적으로 먼저 말을 걸겠나. 아, 난처하네. 그렇다고 입 다물고 있긴 기회가 아깝고. 혼자 끙끙 대고 있는데 문제가 의외로 쉽게 풀렸다.

누구에게나 친절한 로엘린이 먼저 말을 걸어줬기 때문이다. 고민하는 걸, 자기 때문에 긴장했다고 여긴 모양이었다.

"이름이 무엇인가요? 멋진 신사분."

"신사라니 당치 않습니다. 전하. 소인은 발러슈테드 발러라고 하옵니다."

무난히 대답했다 싶었는데 갑자기 로엘린이 우뚝 멈춰 섰다. 그러자 그녀의 신하들도 당황해서 자기 군주의 눈치를 살폈다.

"전하?"

늙은 신하가 나서 묻는데도 그녀는 가만히 나만 쳐다보고 있었다. 그리고 성큼 다가온다. 풍만한 그녀의 가슴이 닿을 것 같이 가까이 붙는다. 심장이 쿵쿵! 뛰었다.

"발러슈테드 발러?"

그녀의 청녹색 눈동자가 유심히 날 들여다보고 있었다. 이게 대체 어떻게 된 일일까? 로엘린이 날 알고 있는 눈치였다.

뭔가 분위기가 싸한데….

순간 안일했다는 생각이 들었다. 근래에 내가 알려지기 시작했지만, 그 명성은 보잘것없었기에 신경 쓰지 않았다.

뭣보다 이제는 흑막을 벗어나 정식으로 제국의 정치판에 데뷔할 작정이었기에 자신을 감추는 데 적극적이지 않았다.

그렇다고 해도 로엘린이 나타나더니 갑자기 찔러 들어올 줄이야. 내심 당황할 수밖에 없었다.

"흐음……."

로엘린이 나긋한 콧소리를 내며 나를 지긋이 살핀다. 적의라기보다 품평하는 것 같은, 마치 상품을 보는 듯한 눈빛인데?

"저와 잠시 걸으실까요? 신사분."

"…영광입니다. 전하."

거절할 수 있을 리가 없었다. 이 고귀한 마왕에게 퇴짜를 놨다가는 정말로 후환이 두려우니까.

"먼저 가서 자리를 잡고 있으세요."

로엘린의 지시에 가신들은 군말 없이 따랐다. 그저 경호원 몇이 뒤쪽에서 멀찌감치 그녀를 수행했다.

"전하, 어찌 소인 같이 별 볼 일 없는 사내에게 관심을 두십니까?"

"호호호."

손끝으로 입을 살며시 가리고 웃는 로엘린. 초승달 모양의 눈웃음을 짓는 게 꽤 즐거워 보였다.

"하…."

절로 한숨이 나왔다. 시치미 떼도 소용없겠는데.

"연기는 그 정도면 됐답니다. 발러 경. 친우에게 당신에 관한 이야기를 들었어요. 이제 보니 그녀가 말했던 모습 그대로네요. 키가 훤칠한, 날카로운 인상의 미남자."

"…미남자라니 당치 않습니다."

"호호. 적어도 그녀의 평가에 의하면 그렇답니다. 그 갑옷 입은 숙녀의 눈에는 경이 세상에서 제일 잘생긴 남자라는 거죠."

그녀의 눈에는 그렇게 보이는 걸까….나쁘지 않은 기분이었지만 민망해서 헛기침이 나왔다.

"흐흠!"

한데 좀 의아한 부분이 있었다.

"친우입니까?"

"왜요? 마족이라면 땅에 묻어버릴 정도로 증오하는 발푸르가 수녀회의 수녀와 마왕의 우정이 이상한가요?"

"네."

"어머, 당신은 솔직한 성격이시군요."

인간과 마족의 관계란 게 예전과는 다르다. 제국에 서로 섞여 살 정도니까. 하지만 분명한 간극이 존재했다. 어떤 의미에서 지금은 폭탄을 안고 있는 냉전 상태나 다름없었다.

"그 의문을 이해한답니다. 하지만 모든 일에는 사연이 있는 법이지요. 저는 발푸르기스를 진심으로 친구라고 생각합니다."

"알겠습니다."

이 부분은 나도 잘 모른다. 발푸르기스와 로엘린이 동맹이었던 건 알았지만 이 정도로 막역한 사이였다니.

그건 그렇고, 이대로는 안 되겠다.

지금처럼 대화하다가는 능수능란 화술에 말려들어서 로엘린의 의도대로 놀아나고 말 거다. 그것보다 내 용건을 꺼내는 게 좋겠다.

"전하. 니더바이에른 백작의 친구라 하시면 전하를 제 친구로 생각해도 되겠습니까?"

"경은 솔직하면서 대담하기까지 하시네요."

"터놓고 얘기할 중요한 사안이 있습니다."

"좋습니다. 들어보지요."

로엘린은 어떻게든 끌어들여야 할 상대였다. 발푸르기스와 사이가 좋다니 하늘이 돕는구나.

"전하. 제가 강철 선제후 필립 전하를 모시고 있습니다."

"네엣?"

로엘린은 깜짝 놀란 듯 눈을 동그랗게 뜨며 멈춰 섰다. 그도 그럴게, 강철 선제후 필립의 실종은 제국에서 아직도 화제가 되고 있는 내용이기 때문이었다.

생사에 대해 말이 많았다. 시체가 발견되지 않았기에 숨어 있다는 의견이 대세라 그의 숙부인 프리리드히는 아직도 사방에 병사를 풀고 있었다.

"정말인가요?"

로엘린은 애써 동요를 억누르고 있었다. 하지만 놀라서 숨을 크게 들이쉬는 듯, 반쯤 드러낸 풍만한 가슴이 부풀어 오르는 모습을 감추지 못했다.

왜, 놀라지 않겠나?

로엘린은 강철 선제후 필립을 황제로 만들려고 했던 여자다. 현 황제인 프란츠 4세는 로엘린과 앙숙이라 그녀는 필립을 새로운 황제로 추대할 생각이었다.

그 목표를 위해서 들인 공이 어마어마할 거다. 한데 강철 선제후의 실종으로 모든 게 말짱 도루묵이 됐다. 모르긴 몰라도 맘고생을 많이

했겠지.

"아아… 정말 다행이군요."

안도의 한숨을 내쉬는 로엘린. 살아만 있다면 앞으로 어떻게든 방법이 있을 테니까.

"발러 경. 그분은 어디에 있나요?"

"제가 전하를 보호하고 있습니다. 안전한 곳에서 후일을 도모하고 계십니다. 그분께선 팔츠를 탈환할 작정이십니다."

"아!"

로엘린은 기쁜 듯 탄성을 내뱉었다. 나는 그녀에게 딱히 거짓말을 하지 않았다. 내 보호 아래에 있는 게 사실이니까.

시체이긴 하지만.

그리고 필립이 후일을 도모하고 있는 것도 사실이다. 바로 이 몸을 위해서 그 고귀한 혈통의 권리를 주장하게 될 거다.

로엘린의 입장에선 필립이 선제후에 복귀하고 황제가 되기만 하면 되는 거 아닌가?

그 뒤에 인형을 조종하는 사령술사가 있든 말든 무슨 상관인가. 전에 슈바르체토이펠에게 한 말이지만, 사령술사는 과정이 아니라 결과로 평가받아야 한다고 생각한다.

"선제후 전하와 연락을 할 수 있을까요? 발러 경."

"저를 통하시면 가능합니다. 현재 전하께서는 제게 전적으로 의지하고 계십니다."

이 역시 거짓말은 아니었다.

"전적으로 의지하고 있다는 게 무슨 뜻인가요?"

"현재 전하를 노리는 적이 많습니다. 안전을 위해 전하께서는 노출을 최대한 삼가고 있으시지요. 하여 저를 전하의 전권대리로 삼으셨습니다."

"아! 전권대리시군요!"

정말 내가 생각해도 천연덕스럽게 말하고 있군. 하지만 이건 하늘을 우러러 한 점의 부끄러움 없는 진실이다. 필립의 권리는 내 권리다. 나는 거짓말을 하고 있지 않았다.

"맞습니다만……. 전하께선 제게 로엘린 전하와 접촉해 볼 것을 주문하셨습니다. 하여 조만간 연락을 드릴 작정이었는데 오늘 이렇게 만나게 되었습니다."

로엘린은 일단 반색하고 있었지만, 나름대로 알아보고 이것저것 날 시험해 본 뒤에야 손을 잡을 거다. 그녀는 신중한 여자라 뭐든 쉽게 결정하는 법이 없으니까.

"오늘 일은 선제후 전하께 보고하겠습니다. 이후에 새로운 명을 내리실 테니 다시 연락드리겠습니다. 지금 제 말을 완전히 믿긴 어려우시겠지만, 선제후 전하께서 그 부분에 관해서 조치를 취하실 겁니다. 전하께 믿음을 드릴 수 있는 형식으로요."

"좋아요. 선제후 전하께서 살아있으셔서 정말 다행이에요!"

로엘린은 드물게 흥분한 모습이었다. 지금 머릿속으로 온갖 생각이 다 들겠지. 잃어버린 줄 알았던 패가 돌아왔으니까.

"차라리 소녀가 그분을 보호해 드리는 게 어떨까요?"

"그것도 좋습니다만 전하께서 지금 있는 곳이 가장 안전합니다."

"제 궁전의 심처보다 더욱요?"

"네, 지금 선제후 전하께서 숨은 곳은 어떤 대마법사도 찾아낼 수 없을 만한 곳입니다."

당연히 그럴 수밖에. 내 마법지퍼 속에 있으니까. 심지어 눈앞에 있는 로엘린도 까맣게 모르고 있지 않나.

"어쩔 수 없지요. 하지만 전하께서 소녀의 도움이 필요하다면 언제든지 말씀하시라고 전해주세요."

"감사합니다. 자애로운 배려에 전하께서도 기뻐하실 겁니다."

앞으로 로엘린에게 나는 중요한 인물로 부상하게 됐다. 그녀의 정치적 카드인 강철 선제후와의 연결고리였으니까.

물론 까다로운 검증이 들어올 거다. 하지만 그런 시험을 통과할 자신이 있었다. 들킬까 염려됐다면 애초에 이렇게 접촉하지도 않았다.

"발러 경, 당신을 단순히 발푸르기스의 흥미를 끈 사내 정도로만 생각했는데 그게 아니었군요. 앞으로 자주 보게 될 것 같은데 잘 부탁드리겠어요."

"황송합니다. 전하."

로엘린은 앞으로 전략적 동반자가 될 거다. 특히 제국 서남부에서 마왕 페자무트를 밀어내려면 그녀의 도움이 절대적이니까.

"전하, 금일은 여러 가지로 불비하나 조만간 전하와 심도 있는 논의를 할 자리를 가졌으면 합니다."

"소녀도 원하는 바예요. 자, 이걸 드릴게요."

로엘린은 손에서 금반지를 하나 빼서 건넸다. 그건 직통으로 그녀와 연락할 수 있는 마법 반지였다. 세작왕 쿠발트가 준 것과 같은 것이다.

이건 매우 특별한 의미가 있었다. 그래서 꽤 놀랐다.

"영광입니다. 장미의 마왕과 직접 연락할 수 있는 반지를 받다니요."

빈 말이 아니다. 제국에 수많은 유력자가 이 장미의 마왕과 연락할 수 있길 원한다. 그녀는 정치적으로 거물이며, 수많은 사내의 관심을 받는 미녀이기도 했으니까.

전자든 후자든 로엘린은 제국의 영주들 관심을 한 몸에 받는 여성이었다. 고로 이 반지는 값으로 따질 수 없는 가치를 갖고 있었다.

"그만큼 경이 소녀에게 각별한 의미를 가질 것 같기에 내어드린 거랍니다. 앞으로 볼 일이 많겠군요."

"실망하게 해드리지 않게 노력하겠습니다. 전하."

"좋아요! 자, 그러면 돌아가 보도록 하죠."

로엘린과 뜬금없이 만났지만, 대화가 잘 됐다.

"그나저나 발러 경."

"말씀하시지요."

"발푸르기스의 어디가 그렇게 좋았나요?"

음….

고민했지만, 대답은 명확했다.

"전부 다요."

"어머나!"

차가운 밤공기 속으로, 장미처럼 아름다운 마왕이 까르르- 웃는 소리가 맑게 울렸다.

행사는 명문 귀족 가(家)의 연회장과 같은 모습이었다. 삼삼오오 모여서 담소를 나누는 게 실제로 비슷하기도 했고. 나는 연회에 어울리지 않고 한쪽 구석에서 포도주를 홀짝이며 그들을 살폈다.

슬슬 분위기가 무르익자 앞으로 나섰다. 연회장 중앙을 가로지르는 날 주목하는 이는 몇 없었다.

"음? 누구죠?"

"글쎄요. 아까 봤던 고용인이랑 비슷하게 생겼는데… 옷을 보면 신분이 높은 자 같고. 내가 착각했나?"

두런두런 그런 소리가 들렸지만, 대부분은 자기들끼리 떠드는 데 집중하고 있었다. 그 사이 나는 상석에 앉아 있는 마왕 오드가쉬의 앞에 도착했다.

"전하. 이제 시작해도 되겠습니까?"

"좋네, 사령술사. 약조한 대로 진행하도록 하게. 마룡은 어디있나?"

"바로 오실 겁니다."

마왕 오드가쉬가 고개를 끄덕이자 나는 빈 와인잔을 집어 들어서 티스푼으로 두드렸다.

팅팅팅!

짧은 소리였지만 소음으로 가득 찬 연회장을 잠재우긴 충분했다. 한창 연회를 즐기던 모두의 시선이 내게 꽂힌다. 그뿐만 아니라 마법 등불이 마치 조명처럼 쏟아지고 있었다.

긴장되지 않는다면 거짓말이겠지.

웅성웅성.

저들이 떠드는 소리가 전신으로 퍼져나갔다. 목덜미에 소름을 일으킨 웅성거림은 손끝과 발끝으로 가 몸을 뻣뻣하게 굳게 만들었다.

이게 배우가 무대 위에 선 감각인가? 그것도 보통 무대가 아니라 생사를 건 무대였다.

나는 압박감을 이기지 못하고 고개를 숙였다. 지금 이 자리는 제국을 대표하는 거물들로 가득했다.

"흠흠⋯."

애써 헛기침을 해봤지만 멋진 목소리가 나오지 않는다. 입술은 파르르 떨리고 있었다. 나는 데뷔를 앞둔 신인 배우처럼 긴장감을 감추지 못했다.

하지만 모든 배우가 그렇듯. 무대 위에 선 자는 자기만의 방법으로 길을 찾아낸다.

<정서적 성실함>, <감정의 진실함>, <역할의 충실함>, 그런 연기 학교에서나 배울만한 공부가 없더라도 괜찮다. 동기만 강렬하다면 해낼 수 있으니까. 그리고 내 동기는 간단명료하다.

해피엔딩.

그것이 모든 걸 이겨내게 했다. 하여 얼굴을 다시 들었을 때는 가면을 쓴 것처럼 다른 표정이 되어 있었다.

"존귀한 제후! 영예로운 마왕! 장미와 같은 숙녀!"

지금까지의 나와 다른, 호감 가는 인상의 말쑥한 청년이 모두에게 말하고 있었다. 그들 모두를 속이기 위해 성실한 미소를 지은 채.

"오늘 이 자리에 오신 것을 환영합니다. 이 영광스러운 의식의 진행을 맡게 된 저는 마룡 슈바르체토이펠의 전권대리인."

"발러슈테드 발러라고 합니다."

그렇게 한 사기꾼이 제국이란 무대에 데뷔했다.

내가 자신을 소개하자 다들 놀라서 수군수군 거렸다.

"저 자가 마룡의 전권대리라고요?"

"아니, 그것보다 언제부터 마룡이 인간과 관계를 맺은 거죠? 그 슈바르체토이펠이 그럴 리가 없는데⋯."

"비범해 보이긴 하네요."

"보통 젊은이는 아닐 겁니다. 마룡이 선택했으니."

제국의 유력자들은 호기심 어린 눈빛이 가득했다.

"저는 넘쳐나는 기쁨으로, 오늘 이 자리에서 위대하신 마왕 오드가쉬님과 전설의 마룡 슈바르체토이펠님의 우호 협정이 있음을 알려드립니다!"

짝짝짝짝!

사방에서 박수가 쏟아졌다. 나는 의례적으로 협정의 주인공인 마왕과 마룡이 얼마나 대단한지 장광설을 늘어놓았다. 예법상 필요한 일이었지만, 슈바르체토이펠이 올 때까지 시간을 끌기 위해서였다.

그는 인간과 마족들의 사교 모임을 학을 떼며 싫어했다. 산지에서 조용히 살아온 마룡에겐 이런 번잡한 일이 어느 것 하나 마음에 들지 않는 모양이었다. 하여 식이 시작되면 나타나겠다고 했다.

잠시 뒤, 슈바르체토이펠이 하녀 하나를 대동한 채 식장에 들어왔다.

"슈바르체토이펠님께서 드셨습니다."

연회장 여기저기서 박수가 터졌다. 하지만 슈바르체토이펠은 시끄러운지 인상을 찌푸리고 있었다. 답답해 보이는 흑의를 입은 그는 누가 봐도 꼬장꼬장한 노인으로만 보였다.

"어서 오시오. 하하핫!"

마왕 오드가쉬는 기분이 좋은 듯 껄껄 웃고 있었다. 일주일 전만 해도 슈바르체토이펠이랑 치고받았던 사실이 안 믿길 정도였다.

그는 상당히 기분파인지라 쉽게 성을 내는 것처럼 잊어버리는 것도 빨랐다. 지금 그는 모두의 앞에서 정치적 성공을 과시할 수 있어 흡족한 것 같다.

오늘의 주인공이 자신이라 생각하는 거겠지.

"자, 고귀하신 두 분께서 모두 자리하셨으니 이제 협정을 진행하겠습니다."

내가 신호를 보내자 시종들이 탁자를 가지고 나왔다. 탁자 위에는 우호협정의 내용이 담긴 크리스탈 판 두 개가 놓여 있었다. 저기에 마력을 주입하기만 하면 서명하는 것과 같다.

"이로써 두 분은 의형제와도 같은 단단한 신의로 뭉치시게 될 것입니다."

그렇게 말한 나는 마왕 오드가쉬를 보며 슬쩍 덧붙였다.

"아니, 오드가쉬 전하에겐 의형제는 그다지 의미가 없을지도 모르겠군요."

내 말에 마왕 오드가쉬의 표정이 딱 굳는다. 의형제란 건 그에게 있어 상당한 치부였다. 아무리 탐욕스러운 마왕이라지만, 마왕들 사이에도 형제니, 의리니 하는 것들은 분명 존재한다.

하여 그는 자신이 카이마르스를 배신했다는 걸 정당화하기 위해 큰 노력을 해왔다.

"하하, 무슨 소린지 모르겠군. 협정을 진행하는 게 중요하니 쓸데없는 말은 삼가게."

그는 당혹해하면서도, 상황이 상황인지라 인내심을 발휘하고 있었다. 하지만 그럴수록 나는 더욱 노골적으로 시비를 걸었다. 오늘 난 모든 걸 진흙탕 싸움처럼 엉망진창으로 만들어 버릴 작정이었으니까.

"그게 아닙니다. 전하. 그저 제가 생각하기에 전하께서 과거 의형제에게 했듯 슈바르체토이펠님을 대하시면 곤란해서 그렇습니다."

"이놈! 경사스러운 자리에서 무슨 소리를 지껄이는 것이냐!"

갑자기 분위기가 싸해졌다. 지켜보던 이들이 놀란 기색이 역력하다. 그러거나 말거나 나는 느긋하게 마왕 오드가쉬에게 시비를 걸었다.

"제가 딱히 틀린 말 한 건 아니잖습니까? 전하?"

"이 천한 것이! 점점!"

급기야 마왕 오드가쉬가 들고 있던 유리잔을 바닥에 내던졌다.

쨍그랑!

일순간 말소리가 뚝 그쳤다. 방금까지 화기애애했던 연회장의 분위기가 살얼음판이 돼 버렸다.

마왕 오드가쉬는 나를 찢어 죽일 것처럼 노려보고 있었지만 그렇다고 직접 손을 쓰는 걸 참고 있었다.

자리가 자리인 데다가, 내가 마룡의 전권대리이기 때문이었다. 만약 나를 친다면 그건 슈바르체토이펠과 싸우겠단 소리기도 했다.

"아니, 전하의 의형제분은 좋지 못한 꼴을 당한 건 사실이지 않습니까?"

"네놈이 지금 제정신이냐?"

들으라는 듯한 내 말에 주변에서 다시 소곤거리기 시작했다.

"의형제라니 무슨 소리죠?"

"음… 과거 서열 1위였던 마왕 카이마르스를 말하는 것 같군요."

"그자가 왜요?"

마왕 오드가쉬는 분위기가 이상해지자 일단 협정부터 마무리 짓고자 했다.

"좋다. 네놈, 이 일이 끝나면 두고 보자. 쓸데없는 일을 들먹이다니!"

"쓸데없다라… 하지만, 전하. 그녀도 그렇게 생각할까요?"

"그게 또 무슨 소리냐!"

나는 대답 대신 연회장 중간으로 가로질러 나갔다. 그러자 몰려있던 귀빈들이 좌우로 갈라진다. 나는 그들 한 가운데서 멈춰 섰다.

"여러분, 제 이야기를 들어보십시오! 조금만 귀를 기울여 주신다면 지금 이 상황에 답을 얻으실 수 있을뿐더러, 평생 잊지 못한 일을 구경하시게 될 겁니다!"

모두 호기심이 가득한 모습이었다. 평범하게 흘러갈 것 같던 우호협정이 갑자기 이렇게 되자 다들 눈을 떼지 못했다.

"저런 무례한! 누가 저자를 끌어내라!"

급기야 마왕 오드가쉬가 소리쳤다. 체면이 있어 직접 나서지 못하고 주변을 닦달한다. 병사들이 날 잡으러 우르르 몰려왔다. 그러자 슈바르체토이펠이 끼어들었다.

"감히 이 몸의 전권대리에게 손을 대겠다는 건가!"

일갈하며 발을 한 번 구르자 연회장이 쿵! 하고 울린다. 성난 드래곤의 고함에 달려오던 병사들이 마비된 것처럼 굳어버렸다.

"마룡!"

오드가쉬는 화가 머리끝까지 난 듯, 당장이라도 폴액스를 소환할 것 같은 기세였다.

"문제라도 있나?"

"말이라고 하나! 네놈의 사령술사가 쓸데없는 짓을 하는 게 안 보이나?"

"글쎄 무슨 말인지 모르겠군. 그는 그저 모두 앞에서 한마디 하려 할 뿐이야. 대체 왜 발언하려는 자를 병사를 동원해 막으려고 하나?

그것도 이 몸의 전권대리를!"

"네놈! 처음부터 이럴 작정이었나! 이 본왕을 처음부터 함정에 빠뜨릴 작정이었냐는 말이다."

하지만 슈바르체토이펠은 다시 비웃음을 터뜨렸다.

"멍청한! 이 몸이 드래곤의 이름을 걸고 약속한 걸 잊었나!"

당장이라도 일촉즉발이었다. 나는 상황을 세련됨 따위는 없는 난타전으로 몰고 갈 작정이었다. 이 계획은 슈바르체토이펠에게 잃을 게 없기에 가능한 일이었다.

마왕 오드가쉬는 이곳이 난장판으로 변해 싸움이 벌어지면 망신살이 뻗치게 된다. 기세 좋게 떠들던 마룡과의 협정이 실패해 정치적 영향력이 추락할 터. 수많은 이들이 마왕 오드가쉬의 이름을 비웃고 조롱할 거다.

반면 슈바르체토이펠은 잃을 정치력이나 명예가 없다고 봐도 좋다. 어차피 그가 쌓아 올린 건 악명뿐이니, 이 산에서 혈겁을 벌여도 마룡다운 일을 했을 뿐이다.

그걸 이용해 폭로전에 들어가려 했는데…. 의외로 뜻밖의 인물이 끼어들었다.

"모두 진정하세요."

차분하고 기품있는 목소리가 일대를 사로잡는다. 시선을 돌린 사람들은 그곳에서 서 있는 로엘린을 발견하고는 안도의 한숨을 내쉰다.

이런 상황에서 상식인인 로엘린이 나섰기 때문이다. 그녀라면 뭐라도 해주리라, 그런 생각들이겠지.

"오늘은 우리 마왕 중 한 분과 이 산의 주인인 슈바르체토이펠님이 화해하는 뜻 깊은 날이에요. 경사스러운 때에 폭력은 어울리지 않는

답니다."

모두의 시선을 받으며 로엘린이 나를 가리켰다.

"솔직히 소녀는 그의 행동이 이 자리에 별로 어울리지 않아 보입니다. 하지만 그것 때문에 오늘 협정의 주인공들이 싸움을 벌이는 건 옳지 않습니다, 일단 발러슈테드 발러의 말을 들어보죠. 아직 밤은 많이 남았잖아요?"

청중들 사이에서 수긍하는 기색이 느껴졌다.

"또한, 슈바르체토이펠님의 체면을 생각해서라도 발러슈테드 발러에게 하고 싶은 얘기를 하게 해주는 게 바르다고 생각합니다. 만약 그가 이 자리에 어울리지 않는 이야기를 한다면, 여기 모인 이들을 기만한 대가를 치르게 해주면 됩니다."

로엘린의 말에 호응한 귀족 사내가 소리쳤다.

"맞습니다!"

다른 곳에서도 목소리가 터져 나왔다.

"맞다! 맞다!"

"들어보자!"

이게 로엘린의 힘인가. 삽시간에 분위기가 그녀가 원하는 대로 흘러가버렸다. 일단 들어보자는 의견이 대세였다.

내색한 이는 없지만 오늘 마왕 오드가쉬의 득의양양한 얼굴이 꼴보기 싫었던 자들이 많았을 거다. 한데 내가 갑자기 뭔가 터뜨릴 낌새가 보이자, 다들 옳다구나 호응하는 것이었다.

"이래도 고집부릴 건가?"

슈바르체토이펠이 넌지시 물었다. 마왕 오드가쉬는 분노로 몸을 파르르 떨었다.

"이 몸은 분명히 드래곤의 이름을 걸고 약속했네. 뭐가 그리 켕기는 건가?"

마왕 오드가쉬도 이쯤 되자 어쩔 수 없었다. 그는 곧 울며 겨자 먹기로 수락했다.

"좋다! 네놈이 무슨 얘기를 준비했는지 모르겠지만 다 부질없는 의혹일 터! 감히 마왕을 음해한 죗값을 치르게 해주마!"

"하하하. 제가 어느 안전이라고 감히 지어낸 이야기를 뱉겠습니까?"

나는 예절 바르게 마왕 오드가쉬에게 허리를 숙여 보이고는 다시 모두에게 외쳤다.

"지금 제 이야기에 귀를 기울여 보십시오! 과거, 아버지를 억울하게 잃은 딸이 있습니다!"

내 목소리에는 절절한 힘이 있었다.

"어미 없이 자란 어린 딸이 하나뿐인 가족을 잃은 겁니다! 하지만 더 가여운 것 이뿐만이 아닙니다! 그 아이가 아버지를 죽인 원수의 품에서 지금까지 자라왔단 사실입니다!"

비극은 늘 사람들의 관심을 잡아끈다. 그것에는 감정의 고삐를 풀어버리는 무언가가 있었다. 다들 대관절 이게 무슨 사연일까 귀를 쫑긋 세웠다.

"하여 지금 그 슬픈 사연의 주인공을 여러분에게 소개해드리고자 합니다!"

나는 손가락 끝으로 연회장의 한쪽을 가리켰다. 그들의 눈길이 향한 곳은 바로 마룡 슈바르체토이펠의 옆에 서 있는 하녀였다.

아까부터 존재감 하나 없이 다소곳이 고개를 숙이고 있던 하녀였다. 얼굴은 커녕 거기 있는지도 모를 수준이었다.

모두가 의아해하던 그때, 그녀가 고개를 들고 가발을 벗어던졌다. 그러자 녹은 은처럼 반짝이는 아름다운 머리칼이 흘러내렸다.

"바로 저 분이! 그 사연의 주인공입니다!"

이번 이야기는 파장이 클 거다. 그 비극의 주인공이 모두가 관심을 가질 높은 신분을 가졌기에.

"과거 서열 1위 마왕의 여식, 칼리오네 로미니아 카이마르스님이십니다."

그러자 이를 갈며 사태를 지켜보고 있던 마왕 오드가쉬가 눈이 찢어지라 커졌다.

"이 무슨!"

하지만 그는 나와 칼리오네와 슈바르체토이펠을 한 번씩 보더니 모든 걸 이해한 눈빛이 됐다.

아무리 힘만 센 무식한 마왕이라고 해도 그 격이 높은 존재다. 나름의 지혜가 없을 리가 없다. 그는 자신을 추락시키기 위해 무슨 작당 모의가 있었는지 헤아린 듯했다.

죽었다고 들었는데 멀쩡히 살아있는 칼리오네, 어째서인지 과거의 비사를 아는 사령술사, 기록하는 걸 좋아하는 모든 드래곤의 성품.

아마 이 모든 게 지금 마왕 오드가쉬의 머릿속을 번개처럼 관통했을 것이다. 왜냐, 그가 앞뒤 안 보고 곧장 자신의 폴액스를 소환했기 때문이었다.

콰아아앙!

푸른 전격이 튀며 제국에서 가장 강력한 무기 중 하나가 출현했다.

"까아아아!"

사방에서 비명이 터지며 귀빈들이 흩어졌다. 그러거나 말거나 마왕 오드가쉬는 이미 신경도 쓰지 않았다.

"개수작은 거기까지다!"

그는 앞뒤 안 보고 내게 달려 들어왔다. 그래, 결국 그는 걸려들었다. 모두가 보는 앞에서 난타전을 유도하기 위한 노력이 드디어 결실을 본 거다.

이제부터는 모든 게 최악일 거다.

"피해라!"

슈바르체토이펠이 다급히 외쳤다. 절체절명의 위기였다. 제국의 절대강자가 나를 찢어발기기 위해 달려든 것이었다.

하지만 나는 이미 류블라냐를 소환하고 있었다. 마왕 오드가쉬를 도발하면서 이 순간만을 기다리고 있었기 때문이다.

우우우우웅!

새하얀 검신이 모습을 드러낸다.

"안 돼! 그거론 못 이겨!"

칼리오네가 끼어들어 마왕 오드가쉬를 짧게 붙잡았으나, 1합도 버티지 못하고 포탄처럼 튕겨 나가 벽에 처박혔다.

콰앙! 와르르.

그녀는 내 월영검법으로 결코 저 절대강자와 대적할 수 없음을 알고 끼어든 것이다. 하지만 나는 그녀가 벌어준 짧은 시간에 몸을 돌리지 않았다.

대신 반격의 태세를 마쳤다.

"발러슈테드 발러!"

처음으로 내 이름을 부른 마왕 오드가쉬의 전격의 폴액스가 나를 덮쳐온다.

그래, 내 검술로 절대 그의 상대가 되지 못하겠지. 하지만 그래도 검을 휘둘러야만 열리는 길도 있는 법이다.

월영검법 제1반격식, 몬트글란츠하우(Mondglanzhau).

과연 서열 3위의 마왕을 상대로, 내 검은 어디까지 해낼 수 있을 것인가.

4. 피도 눈물도 없는 용사

"하앗!"

카앙!

간발의 차로 마왕 오드가쉬의 폴액스를 쳐냈다. 그 한 번만으로도 이미 전신의 힘이 다 빠져나가는 느낌이었다.

일시에 생명력이 쭉 날아가 버리는 것 같달까. 무릎을 꿇지 않고 버틴 것만 해도 용할 정도다. 하지만 나는 저 밑바닥에 남은 힘마저 모두 끌어내 반격에 들어갔다.

"크아아!"

절대로 멈출 수 없었다. 공세가 둔해지면 저 폴액스가 내 머리를 박살 낼 것이기 때문이었다. 한 호흡조차 들이킬 시간이 없었다.

"크아압! 크앗! 하압!"

전력을 쏟아내고 있었지만 지금 내 공격은 그야말로 허점투성이였다. 그래서인지 마왕 오드가쉬는 유유히 공격을 받아내며 비웃음을 머금고 있었다.

"크크크!"

철저히 날 갖고 노는 모습이 마치 쥐를 툭툭 건드는 고양이 같다. 하지만 지금 그가 하나 모르는 게 있다.

모든 검술에는 저마다의 목적이 있다.

그건 적을 죽이는 것일 수도 있고, 적을 제압하는 것일 수도 있고, 시연을 보이는 것일 수도 있다.

다양하다.

그런 검술의 분야 중 <궁정검술>이라 불리는 분야가 있다. 검술 사범이 궁정의 귀족들에게 검술을 팔기 위해 보여주는 화려한 검술을 말한다.

그것은 넓게 휘두르며 싸우는 것으로, 보는 사람의 감탄을 일으키나 실전에 속하지 않는 검술이다. 지금 내 검술이 미묘하게 그러했다. 그러니 오드가쉬가 비웃음을 머금을 수밖에.

"재롱은 이제 됐다! 끝내주마!"

마왕 오드가쉬는 화려한 내 검격 속에 보이는 틈을 정확히 간파해 폴액스의 창두 부분으로 찔러 들어왔다.

그래! 지금이다.

바로 이 순간이 내가 노리는 틈이었다. 내가 지금까지 보인 빈틈은 목숨을 건 인위적인 연출이었으니까.

<SS등급 스킬! 귀신의 발걸음을 사용합니다!>

번쩍.

빛이 번쩍이고 찰나에 마왕 오드가쉬와 내 공방이 끝이 났다. 그리고 내 검이 허공을 베었다. 명확한 목적을 가지고 마왕 오드가쉬의 머리 위를 가로질렀던 것이다.

"크악!"

그것과 별개로 내 입에서 피가 토해져 나왔다. 단번에 내 전투력은 무력화됐다. 그런데 정작 내게 일격을 먹인 마왕 오드가쉬는 엄청나게 놀란 얼굴이었다.

"네놈? 아직 살아있다고?"

설마 그 공방에서 목숨을 부지할 줄 몰랐던 모양이다.

"하하하. 크윽!"

나직하게 웃는 나도 내심 놀라고 있었다. SS등급 스킬 귀신의 발걸음을 사용해 간신히 살아남았다.

기적이었다.

애초에 저 괴물딱지를 이길 거로 생각하지 않았다. 내가 처음부터 노린 건 그의 뿔이었다.

마왕의 권위이자, 힘이 담겨있는 거대한 뿔.

"혹시 이거 잃어버리지 않으셨나?"

나는 피투성이가 된 손으로 그의 뿔을 들어 보였다. 일격에 잘라낸 후, 귀신의 발걸음을 사용하며 지면을 미끄러질 때 땅에 떨어지는 걸 받아왔다.

"네놈! 지금… 무슨 짓을 한……."

마왕 오드가쉬는 얼이 빠진 목소리를 냈다. 갑자기 한쪽 뿔이 없어지자 그는 혼란스러워 보였다. 나는 그런 그에게 외쳤다.

"여기 잘린 네놈의 권위를 보라! 이건 네놈의 부러진 명예와도 같으니까!"

폭로를 기획했을 때부터 추잡한 진흙탕 같은 싸움이 남아 있을 뿐이었다. 이미 마왕 오드가쉬가 구상했던 우호협정은 엉망진창이 됐다.

"마왕 오드가쉬! 네놈은 과거 의형인 마왕 카이마르스를 배신하고 그를 역적으로 몰았다!"

"닥쳐라! 감히 그런 모함을!"

진흙탕 싸움에서 제일 중요한 것 중 하나가 상대에게 수습할 시간을 주지 않는 것이다. 나는 즉각 수정구를 통해 홉고블린 뱀파이어인 쿠르라크에게 명을 내렸다.

- 준비한 거 실행해!

- 알겠습니다! 전하!

이 연회장은 일주일에 걸쳐 만들어졌다. 나는 그걸 늘 구경하고 있었다. 항상 머릿속에 한 가지 사실이 가득했는데, 이 멋진 가건물이 불타오르면 어떨까 하는 점이었다.

남들은 내가 느긋하게 차나 마신다고 생각했겠지만 실상 어디를 터뜨려야 좋을지 고민하고 있었다.

콰아아아앙! 콰아앙!

마법 폭탄이 연회장 한구석에서 터졌고 삽시간에 일대는 아수라장이 됐다. 비명과 절규가 터져 나왔다.

"꺄아아아!"

"으아아아! 왜 폭발이!"

우리는 지난 일주일간, 공사를 하는 인부의 시선을 피해 건물 이곳저곳에 폭탄을 배치해왔다. 그림자처럼 은밀히 움직이는 언데드를 이용하면 그런 건 일도 아니었다.

콰아아아앙! 쿠아앙!

연달아 폭탄이 계속 터졌다. 그와 함께 미리 배치해 놓은 쿠르라크와 데이워커들이 소리치기 시작했다.

"모두 죽여라! 마왕 전하의 치부를 본 놈들이다! 한 놈도 살려놓지 말라는 명이시다!"

"전하의 명예를 위해 모두 죽여라!"

데이워커는 고위 성직자가 보지 않는 이상 언데드인지 확인도 안 된다. 게다가 그들은 마왕 오드가쉬의 병사들이 입는 옷을 갖춘 상태였다. 행사가 시작되기 전, 번을 서던 병사 몇이 실종됐지만 알아챈 이는 없었다.

"죽여! 참가자들을 모두 살인멸구해!"

"마왕 오드가쉬 전하 만세!"

삽시간에 지옥도가 펼쳐졌다. 미리 심어놓은 데이워커들의 선동에 갈팡질팡하던 마왕 오드가쉬의 병사들까지 움직이기 시작했다.

실제로 자기 주인의 명이 떨어지지 않았음에도 다짜고짜 귀빈들을 공격했다. 다들 기회가 오자 귀빈들의 화려한 보석이나 물건을 약탈하고자 눈이 돌아갔던 것이다.

이에 질세라 행사에 온 하객들은 불바다가 된 건물에서 탈출하기 위해 맹렬히 검을 휘둘러댔다.

"마왕이 우리 모두를 죽이려 한다!"

"피해! 이쪽으로!"

살인과 방화가 이어졌다. 쿠르라크와 데이워커들은 폭탄으로 만족하지 않고 가건물 일대에 기름을 퍼부었다.

"문을 막아! 마왕 전하께서 다 태워죽이시란다!"

"한 놈도 빠져나가게 하지 못해야 한다!"

하지만 결국 폭음과 함께 가건물의 문이 박살 나며 하객들은 모조리 달아나기 시작했다. 마왕 오드가쉬는 해명이고 뭐고 할 틈도 없었다.

악다구니와 저주만이 가득했다. 그래, 내가 원하던 상황이 바로 이거였다.

"크하하하! 하하하핫!"

나는 기분이 좋아져서 크게 웃어 재꼈다. 상처 때문에 입에서 피가 터져 나왔지만 상관하지 않았다. 그런 내 꼴을 마왕 오드가쉬가 차가운 눈동자로 쏘아보고 있었다.

너무 화가 나서 도리어 얼음장처럼 식어버린 것이다. 마왕 오드가쉬는 주변의 상황이 어찌 되던 이제 신경도 쓰지 않는 듯했다.

"네놈. 이 사태를 어찌 감당하려는 것이냐?"

그 말에 나는 비웃음이 나왔다.

"그걸 내가 왜 감당하나. 마왕 네놈이 피해를 뒤집어쓰면 되지."

"뭐라?"

불바다 한가운데 앉은 나는 그에게 타이르듯 말했다.

"앞으로 어떤 일이 펼쳐질지 말해줄까? 마왕 오드가쉬."

"좋다. 한번 지껄여 봐라."

"일단 네놈의 명예는 저 땅바닥으로 꼴아박게 된다."

나는 손끝을 추락하는 비행기처럼 움직여 보였다.

"마왕 오드가쉬가 자기 추문을 감추기 위해 제후와 마왕을 몰살시키려고 했단 소문이 퍼지겠지."

물론 그 소문의 근원지는 나다.

"그렇게 되면 황제는 네놈을 제국의 공적으로 선포할 거다. 그 나서 기 좋아하는 프란츠 4세가 모처럼 황제다운 일을 할 기회를 놓칠 리가 없지."

게다가 그는 마왕을 엄청 미워한다. 마족이라서 미워한다기보다 세금을 안 내서 미워한다. 실제로 황제는 돈 잘 내는 마왕은 나름대로 예뻐해 주고 있었다.

"……"

"그렇게 되면 네놈의 영지의 알트펜베르크의 외교적 관계는 박살이 날 거다. 게다가 황제나 선제후들의 압박 때문에 같은 마왕들조차 네놈에게 등을 돌리겠지."

거기에 또 있다.

"서열 1위, 2위 마왕에게 이번 우호 협정은 엄청나게 거슬렸을 테니 널 가만두지 않겠지. 아주 근사할 거야. 그치? 물론 그것만이 끝이 아니다."

나는 옆에 있는 슈바르체토이펠에게 영상을 하나 띄워달라고 부탁했다. 부상당한 칼리오네를 마법으로 치료하고 있던 그는 말없이 영상을 띄워준다.

그건 일주일 전에 녹화한 내용이었다.

- 맞다. 그 아이는 바로 죽은 카이마르스의 여식이다.

- 카이마르스가 비록 대단하긴 했으나 칼투스, 고룩할감과 협공하자 결국 당해내지 못했다.

- 본왕이 직접 그의 심장에 단검을 박아 넣었다. 실질적으로 일을 마무리 지은 건 본왕이라 할 수 있지.

영상에선 마왕 오드가쉬가 말했던 내용이 줄줄이 흘러나오고 있었다.

나는 그게 재밌어서 피를 또 토하면서 웃어댔다.

"하하핫! 저거 말이야. 제국의 모든 마왕과 제후들에게 보내질 거야. 그러면 다들 외치겠지! 와, 그 새끼가 진짜 극악무도한 놈이구나! 하하하핫! 아, 미안. 잠깐."

나는 손수건으로 입가의 피를 닦았다. 예의 바른 사내가 입가에 뭘 묻히고 떠들 순 없지.

"아마 그렇게 되면 네놈의 아들이 이어받을 영지는 시간이 지날수록 고사하겠지. 결국 알트펜베르크 패망밖에 없는 거다."

역시 진흙탕 싸움의 최대 재미는 뒷수습이 아닐까. 엉망이 된 다음에는 할 수 있는 짓거리가 너무 많으니까.

"자, 여기 네가 죽였던 의형의 딸을 봐. 비극의 주인공인 그녀는 이번 일을 계기로 떠오를 새로운 스타 가운데 하나다. 비록 출현은 짧긴 했지만 그녀의 진정한 배역은 이제부터야."

"그게 무슨 소리지?"

"하하! 아직도 모르겠나? 오드가쉬! 억울하게 죽은 선대의 카이마르스 마왕의 여식! 동정을 사기 충분한 위치다. 게다가 카이마르스는 인간과 마왕 모두에게 인망이 있던 자였지. 아직도 제국에는 그를 기억하는 옛 가신들이 널려있단 말이다! 너 같이 군신의 정을 모르는 이는 이해하지 못하겠지만!"

저 영상이 뿌려지고 나면 칼리오네는 엄청난 유명인이 될 것이다. 그리고 그녀를 중심으로 흩어진 옛 카이마르스의 세력이 모여들겠지. 물론 그런 그녀는 어떤 사기꾼에게 의탁하게 되겠지만. 그러면 그 세력이 다 누구 것일까?

나는 괜히 터지는 웃음을 참느라 혼이 났다.

"아하하. 이거 네놈에게 찔린 가슴이 너무 아프군. 웃을 때마다 죽을 거 같네."

나는 힐링 포션을 하나 따서 가슴에 들이부었다. 다만 이 세계의 힐링 포션의 효과는 즉각적이지 못해서 시간이 오래 걸린다.

뭐, 죽지는 않겠지.

"한 가지 이상한 게 있다."

"뭔가? 마왕 양반. 내 특별히 질문을 다 받아주도록 하지."

"지금 네놈의 주장은 어느 정도 이해할 수 있다. 네놈의 상식을 초월한 추잡스러운 짓 때문에 본왕의 명예가 진창에 구를 건 자명하다."

"알긴 하는군."

그런데 마왕 오드가쉬는 그게 아니라는 듯 고개를 내저었다.

"한데 너는 어째서지? 마치 본왕이 죽는다는 전제로 이야기하는 것 같구나. 하지만 지금 이 자리에서 죽는 건 너희들이다."

불타는 연회장에는 나와, 막 정신을 차린 칼리오네, 슈바르체토이펠 그리고 마왕 오드가쉬 밖에 없었다. 건물 밖에선 마왕 오드가쉬의 군대와 하객들이 전투를 벌이고 있었다.

마왕 오드가쉬의 군대와 하객의 싸움은 이제 걷잡을 수 없는 상황이었다. 그는 자신의 권위를 위해 천 명이 넘는 군사를 데리고 왔다. 그에 대항하는 하객은 마왕과 제국의 제후들.

하객 쪽은 일당백이라 숫자가 적다고 해서 밀릴 이유가 없다. 그야말로 바깥에선 팽팽한 대난투가 벌어지는 상황이었다. 아쉽군. 싸움 구경이 제일 재밌는 건데 볼 수 없다니.

"너희 셋이 동시에 덤벼도 본왕을 이길 수 없다. 너희는 모른다. 본왕의 진정한 힘을! 너희가 감히 이 불사지체를 죽일 수 있단 말인가!"

구우우우웅! 우우우-!

연회장 전체가 통째로 진동하며 날아가 버릴 듯 흔들리기 시작했다. 그리고 폴액스만이 아니라 그의 몸에까지 전격이 휘감아 가고 있었다.

아, 나는 저 꼴을 잘 안다.

과거에도 몇 번이고 그와 붙어봤으니까. 저 지랄 맞은 마왕이 각성해 진신을 드러내려는 상황이다. 진짜 저 상태면 답이 없지.

하지만 이런 상황에도 나는 태평했다.

"대답을 해주자면 간단하다. 네놈은 여기서 죽는 게 맞다. 내가 말해준 모든 계획은 네놈의 사후에 맞춰 만들어졌거든."

물론 계획은 많았다. 마왕 오드가쉬가 폭주하지 않은 경우, 우호협정이 평범하게 끝난 경우, 이쪽 계획이 실패한 경우 등등. 성공하려면 모든 상황을 가정해야 한다.

그런데 이번에는 내가 진흙탕 루트라고 명명한 계획대로 가게 됐다. 나는 솔직히 이것도 마음에 들었다. 다른 계획과 다르게 이건 마왕 오드가쉬가 죽어나자빠지니까.

"더 말할 것 없어. 마왕 오드가쉬는 죽는 거야. 오늘, 여기서."

"크하하하핫! 어이가 없구나! 히세는 그 정도면 됐다. 더 듣기도 지겹구나."

이 양반이 끝까지 뭐가 잘못된 건지 모르는구나. 애초에 커다란 착각을 하고 있었으니 여태 이러네. 나는 그의 오류를 바로잡아주기로 했다.

"마왕."

"말하라. 유언이라면 들어주지."

"하나 알아야 할 게 있다."

"뭐냐?"

"내가 사기꾼이고, 입만 열면 거짓말을 한다는 거지."

어쩐지 불안한 예감이 드는 건지 마왕 오드가쉬의 미간이 좁혀진다. 나는 그런 그에게 웃어 보인 뒤, 옆에 있는 칼리오네를 곁으로 잡아당겼다.

"일전에 서열 1위, 2위 마왕이 성명제례술을 수련 중이라고 했잖아? 하지만 사실 네놈의 짐작이 맞았지."

성명제례술은 마법적으로 유전된다. 그리고 그건 특정한 조건에 의해 발동한다. 나는 과거 칼리오네와 몇 번이고 모험했다. 그 비밀에 관해 익히 들어 알고 있었다.

"뭐라?"

"미안하지만 진짜 성명제례술은 여기 이 칼리오네가 가지고 있다. 그리고 그녀는 지난 일주일간 내 지도 하에 수련했다."

그때 슈바르체토이펠이 기분 나쁘다는 듯 헛기침을 했다.

"아! 물론 우리의 훌륭한 마법사 슈바르체토이펠님도 도와주셨지."

하여간 공치사라면 빠지질 않는군.

"그 결과 여기 너를 원수처럼 여기고 있는 공주님께서 영광스럽게도 부친의 마법을 흉내 낼 수 있게 되었단 말이지."

물론 과거 카이마르스와 비교하긴 어림도 없는 수준이다. 게다가 죽을 힘을 다해야 간신히 한 번 발동할까 말까 할 정도였다. 사실 그것조차 엄청나게 무리라, 옆에서 슈바르체토이펠이 마력으로 보조해줘야 한다.

"…그런 말도 안 되는!"

"결론적으로 말하면 서열 3위의 대단하신 분이라도 오늘 여기서 죽는다는 거다."

삼국지를 보면 여포는 너무 세서 안 죽을 거 같았다. 하지만 결국 허무하게 죽더라. 나는 눈앞의 마왕 오드가쉬를 보면서 삼국지를 읽었던 기억이 떠올랐다.

하지만 불행하게도. 마왕 오드가쉬는 내가 너무 거짓말을 했던 탓인지 마지막에 말한 진실을 믿지 않았다.

"그딴 궤변은 이제 지겹다! 사기꾼! 힘으로 모든 걸 끝내주마!"

마왕 오드가쉬가 돌격해 오자 나는 외쳤다.

"칼리오네! 네 아버지의 원수를 갚아라!"

순간, 감히 헤아리기도 어려운 마법의 절학이 펼쳐졌다. 그리고 시간이 멈춘 것 같은 그때, 하늘에서 연녹색의 별이 쏟아져 내렸다.

성계의 운행에 근원한 초월적인 힘. 그 절대적인 위력이 지상에 내리꽂혀 마왕 오드가쉬를 통째로 태워버린다.

"크아아아악!"

상상을 초월하는 격통에 마왕이 비명을 터뜨렸다. 그의 갑옷, 피부, 머리칼이 모조리 타들어 간다. 하지만 그 와중에도 마왕 오드가쉬는 웃음을 터뜨렸다.

"크하하하! 불사일족의 힘을 얕보지 마라! 이 성명제례술은 과거에도 당했지만 끝내 살아남았던! 아아악!"

40여 년 전, 카이마르스를 습격한 세 마왕 중 둘은 여태껏 중태인데 반해 이 오드가쉬만 멀쩡한 건 다른 이유가 아니다. 그가 불사일족이기 때문이다.

지독할 정도의 생명력이었다. 별의 힘으로 뼈마디만 남고 모조리 불타버려도 결국 그는 재생할 것이다.

하지만….

푸욱!

그 순간 피부가 타버려 드러난 마왕 오드가쉬의 심장을 그의 뿔이 관통했다. 바로 내가 류블라냐로 잘랐던 그 뿔이다.

"크윽?!"

그는 믿을 수 없다는 듯 두 눈이 커져 있었다. 나는 그런 그에게 작별의 인사를 했다.

"네놈 아들은 금방 죽이지 않으마. 앞으로 내 계획대로 아버지 대신 서열 1위, 서열 2위 마왕과 신나게 치고받고 싸울 테니까."

"이런! 이런 악마 같은…!"

이거 영광인데. 마왕에게 악마라는 소리를 다 듣고. 나는 기쁜 마음으로 웃으면서 뿔을 더욱 세게 쑤셔 박아줬다.

푸우욱!

"크아아아아! 안 돼! 천하를 제패할 본왕이 저딴 사기꾼 새끼한테에-!"

일대에 메아리처럼 마왕 오드가쉬의 울부짖음이 퍼져나갔다. 하지만 그것도 곧 사라졌다. 그리고 새로운 메시지가 떴다.

<서열 3위 마왕을 죽였습니다!>
<고위 마왕을 죽인 업적으로 새로운 직업 '용사'를 얻습니다!>

나는 격동으로 몸을 부르르 떨었다.

설마 이 타이밍에 서열 3위 마왕을 쓰러뜨릴 줄이야!

앞으로 그는 정말 미친 듯이 날뛰어댄다. 한데 내가 그 싹을 미리 제거해 버린 것이다. 모욕하고, 기만하고, 끝내 죽여 버렸다. 저 악의 거두를 말이다.

"크하하하핫―!"

이걸로 앞으로의 싸움에서 한층 유리한 위치를 차지하게 됐다.

"해골쟁이!"

"하하하핫! 왜 그러시오."

한창 웃고 있는데 슈바르체토이펠이 죽은 오드가쉬를 가리켰다.

"저 놈을 언데드로 만들지 않을 것이냐?"

"그러면야 좋긴 하지만 무리요."

나는 고개를 절레절레 흔들었다. 불사일족을 언데드로 만드는 작업은 지금 내 수준으론 엄두가 안 난다. 그렇다면 후일을 위해 시체를 보관해야 하는데 그 방법이 없었다. 불사일족의 시체는 죽으면 일정 시간 후 먼지로 변해 사라져 버리니까. 나는 이런 점을 설명했다.

"설령 후일 언데드 소환 능력이 일취월장해 난제를 해결할 수 있다고 해도 그때까지 저걸 보존할 수 있을 리가…."

그런데 의외로 슈바르체토이펠이 고개를 저었다.

"아니, 방법이 있다."

"정말이시오?"

내가 놀라서 눈이 휘둥그레지자 그는 자신만만하게 웃는다.

"자네는 이 마룡을 무엇으로 보는 건가."

하긴 이 규격 외의 존재라면 방법이 있을 터.

"공짜로 해주는 거요? 무슨 의도요?"

"에잉! 자네는 만날 사기만 치고 다니니까 남의 선의를 의심부터 하고 보는 게 아닌가!"

"음… 상대가 마룡이라면 의심해야 정상이 아니오. 당신 평판을 생각해 보시오."

슈바르체토이펠의 평판은 바닥을 뚫고 지하까지 닿았다. 더 떨어질 곳 없을 것 같은데도 매해마다 계속 내려갔다.

"크흠……."

내 지적에 할 말이 없는 건지, 수많은 세월 동안 지은 죄가 생각난 건지, 일순간 슈바르체토이펠은 말문이 막혀버렸다. 하지만 자신의 탐스러운 수염을 쓰다듬으며 말했다.

"흐흐흐. 뭐 마룡의 변덕이라고 생각하거라. 아니면 이 골치 아픈 마왕 놈을 잡아준 보상이라고 생각해도 좋고. 이 녀석을 만약 언데드로 제작할 수만 있다면, 앞으로 자네가 꿈꾸는 언데드 도시를 지킬 수호자로 삼기 딱 적당하겠지."

아무래도 슈바르체토이펠은 내게 잘 보이고 싶은 것 같았다. 앞으로 함께할 일이 많을 것 같으니 선심 쓰는 거겠지. 나는 호의를 받아들이겠다고 했다.

"좋다. 처리해주지."

슈바르체토이펠이 마법을 부렸다. 그건 대상의 시간을 정지시키는 극도로 어려운 마법이었다.

"허허! 이런 것도 가능한 거요?"

어이가 없어서 묻자 그는 자부심이 터지는 듯한 얼굴로 거들먹거렸다.

"이 몸의 나이는 헛먹은 게 아니다."

역시 죽이지 말고 계속 써먹는 게 좋겠는데….

"고맙소. 큰 도움이 되었소."

나는 기뻐하며 회색빛으로 얼어붙은 마왕 오드가쉬의 시체를 갈무리했다. 그런데 그때 옆에서 맑고 고운 목소리가 들려왔다.

"역시 무언가가 있었군요."

우리 셋이 놀라 고개를 돌리자 그곳에는 차분한 표정의 로엘린이 서 있었다. 그녀의 풍성한 머리칼이 주변의 불길과 어우러져 화염처럼 일렁거렸다.

이런, 있는 줄도 몰랐다. 새삼 로엘린의 능력에 소름이 돋았다.

"소녀는 상황을 흥미롭게 보고 있었답니다. 오늘은 무척 중요한 자리였지요. 한데도 발러 경은 계속 그에게 시비를 거시더군요. 뭔가 난장판으로 만들려는 분위기였다고 할까요."

"로엘린님이 오실 줄은 몰랐는데 말입니다. 장소가 장소니만큼, 자리를 옮길까요?"

나는 주변의 불바다를 가리키며 말했다.

우르릉! 콰앙!

불타는 목재가 떨어지고 있어서 상당히 위험해 보였다. 로엘린은 고개를 끄덕였고 우리는 마법을 사용해 슈바르체토이펠의 둥지로 돌아왔다.

"칼리오네님은 정말 카이마르스님의 따님인가요?"

오자마자 로엘린은 상당히 떨리는 목소리로 물어왔다. 그래서 나는 일전에 녹음했던 영상을 보여줬다. 영상 안에선 마왕 오드가쉬가 자백하는 내용이 담겨 있었다.

"아아!"

로엘린은 파르르 떨더니 칼리오네의 손을 덥석 잡는다.

"공주님!"

"네?!"

칼리오네는 이런 반응에 놀란 기색이었다. 나는 로엘린의 스토리를 알기에 그녀가 왜 저런 반응을 보이는지 이해했다.

그녀는 죽은 카이마르스의 충신 중 하나였다. 그걸 떠나서도 카이마르스는 로엘린의 첫사랑이었다. 유부남이라 고백도 못 하고 애만 태웠는데, 결국 그가 비명(非命)에 쓰러지자 로엘린이 얼마나 충격을 받았는지 말할 필요도 없다.

로엘린이 스스로 '소녀'를 자처하며 결혼을 거부하는 건 옛 사랑에 대한 기억이 한몫했다(물론 자기 재산을 지키기 위해서기도 하다). 그나저나 사랑했던 남자의 딸이라. 로엘린도 기분이 묘하겠는걸.

"공주님께서 살아계시다니 대신격 아퀼라께서 도우셨습니다. 소녀… 이 감격을 어찌 표현해야 할지 모르겠어요."

"전하. 이러지 마세요. 저는 일개 마족에 불과합니다."

제국에서 손에 꼽을 강대한 마왕 로엘린이 고개를 숙이자 칼리오네는 어쩔 바를 몰랐다. 하지만 로엘린 입장에선 칼리오네는 섬기던 주군의 딸이다. 그녀는 바로 맹세해왔다.

"공주님. 제 모든 걸 걸고 공주님께서 당연히 가지셔야 했던 권리를 되찾게 해드리겠어요!"

"전하!"

"전하라니 당치 않으십니다. 그저 로엘린이라고 불러주시면 됩니다. 공주님."

일이 뜻하지 않게 됐는데. 나는 문득 생각나는 점이 있어서 물었다.

"보셨습니까?"

성명제례술을 쓰는 걸 보았냐고 말하는 거다. 그건 지금은 밝힐 수 없는 중대한 비밀이었다. 칼리오네에게 성명제례술이 있다는 걸 알려지면 제국의 마왕들이 들썩일 터.

"보았습니다."

로엘린은 고개를 끄덕였다. 하긴, 그러니 이 의심 많은 로엘린이 카이마르스의 딸이라고 믿을 법도 하지. 성명제례술+영상까지 봤으니 더 이상의 증거는 무의미했다.

"한 배를 타실 수밖에 없겠군요. 로엘린 전하."

"기꺼이 그럴 거예요."

칼리오네가 어쩌면 좋겠냐는 듯한 얼굴로 나를 바라본다. 나는 로엘린의 인품이나 과거를 잘 알고 있었기에 고개를 끄덕였다. 그러자 칼리오네도 결정을 내렸다.

"알겠습니다. 당신의 도움을 받아들이지요."

나는 서로 손을 마주 잡은 두 여인을 보며 생각에 잠겼다. 좋은 흐름이었다. 이렇게 점점 영웅들이 모여, 하나의 세력이 만들어지고 있었으니까.

물론 그 세력은, 내 손아귀 안에 있어야만 한다.

추잡한 진흙탕 싸움에서 승리했으니 이제 이득을 취할 차례였다. 나는 반지로 세작왕 쿠발트에게 연락을 넣었다.

- 오랜만이군! 안 그래도 연락하려고 했지! 대체 어떻게 된 건가! 자

네가 거긴 왜 가 있고! 마룡이란 무슨 관계야!

쿠발트는 완전히 흥분한 상태였다. 그도 그럴 게, 지금 제국은 그야 말로 난리가 났다. 마왕이 다른 마왕과 인간 제후를 모아놓고 연회를 벌이다가, 치부가 드러나자 모두 태워 죽이려고 했다. 그야말로 전대미문의 사건이었다.

- 그 점을 설명해 드리려 연락했습니다.

사방에서 비난 여론이 들끓었다. 다만 시끄러운 것치고는 전해진 소식은 중구난방이었다. 명확히 정리된 정보가 없었기에 사람들은 멋대로 떠들고 있었다. 그래서 내가 신뢰할 만한 정보를 넘기겠다고 한 것.

- 오오! 고맙네.

- 2만 플로린입니다.

물론 공짜는 아니다. 세작왕 쿠발트는 거금에 바로 질겁했다.

- 으윽! 좀 비싸지 않나?

- 비쌉니까? 단독으로 정보를 팔 기회인데요?

그에겐 선택의 여지가 없었다. 내가 제안하는 대로 따를 수밖에.

- 으… 알겠네. 지급하지.

완전 이득이었다. 그날 있었던 일 떡밥 좀 풀고 2만 플로린이나 되는 거금을 받다니.

- 모든 게 어찌 된 건지 설명하겠습니다.

물론 내게 문제가 될 얘기는 가공하고 속였다. 실제로 연회장에 불을 지른 건 내 수하들이지만 마왕 오드가쉬의 명령으로 바뀌었다.

- 그 양반이 무리수를 뒀구먼.

- 그렇습니다. 치부가 드러나자 정신줄을 놓았던 거죠.

나는 칼리오네에 대한 설명도 했다. 일부러 간략하게. 당연히 성명 제례술은 쏙 빼먹었다. 그러자 세작왕 쿠발트는 애가 타는지 목소리가 초조해졌다.

- 그녀에 대해 좀 자세히 좀 말해보게. 이번 일의 중요 인물 아닌가.

- 추가 요금 3만 플로린입니다.

- 뭐! 아니, 자네! 2만 플로린으로 부족해 또 돈을 요구하는 건가!

저런 반응일 줄 알았다. 하지만 이럴 때는 추가 상품을 끼워 주면 된다.

- 참, 마왕 오드가쉬가 죽었습니다.

- 아니! 뭐야! 그게 정말인가!

세작왕 쿠발트는 정말 놀란 듯했다. 지금 그의 모습을 볼 수 없지만, 자리에서 벌떡 일어나지 않았을까?

- 만약 3만 플로린을 추가로 주신다면, 감춰진 옛이야기에 더불어 마왕 오드가쉬의 죽음에 대해 알려드리죠.

사실 이 정보들은 무척이나 중요한 거였지만 이쪽에서 먼저 퍼뜨리고 싶은 사안이기도 했다.

그래서 세작왕 쿠발트에게 연락한 거다. 비싼 값에 넘기면서 동시에 소문이 퍼지길 바라면서 말이다. 거금을 주고 정보를 산 쿠발트는 이걸 유력자들에게 열심히 팔겠지.

- 으으… 젠장. 좋아. 3만 플로린을 더 내지! 이거 완전 자네에게 당했구먼.

- 감사합니다. 흐흐. 과거 카이마르스는 억울한 죽임을 당했습니다. 마왕들의 흉계가 있었던….

거기부터 시작해서 마왕 오드가쉬의 죽음에 관해 설명했다. 다만 성명제례술은 감춰야 했으니, 마왕은 나와 슈바르체토이펠이 함께 처단한 거로 각색했다.

- 대단하군! 그를 죽이다니! 자네의 실력에 감탄을 금치 못하겠네.

- 아닙니다. 마룡이 거의 다 했지요. 저는 거들었을 뿐입니다.

- 그 싸움에 끼어든 것 자체가 대단한 거야. 다시 봤네.

그렇게 5만 플로린에 유리하게 조작된 정보를 팔았다. 세작왕 쿠발트는 그걸 사방의 제후와 마왕들에게 넘겼다.

그가 파는 정보는 신뢰도가 높았기에, 구매자들은 그걸 쉽게 받아들였다. 그러자 제국에 소문이 들끓기 시작했다.

[가엾고 아름다운 공주 칼리오네 이야기]

사람들은 그녀의 비극에 눈물을 흘렸다. 그리고 그녀에게 악독한 짓을 한 마왕 오드가쉬가 처단됐다는데 기뻐했다.

사람들을 마왕 오드가쉬를 토벌한 슈바르체토이펠과 발러의 이름을 모두 기억하게 됐다.

덕분에 마룡과 내 명성은 가히 천정부지로 치솟고 있었다. 실제로 나는 거짓 정보를 퍼뜨린 협잡꾼에 불과했지만, 세간에는 정의의 영웅으로 이름이 높아졌다.

그러자 발끈하며 나선 이가 있었다. 바로 마왕 오드가쉬의 아들이자 알트펜베르크의 후계자인 테르오였다.

분노한 테르오는 제국에서 쏟아지는 비난에도 아랑곳하지 않고 우리에게 선전포고를 날렸다.

[알트펜베르크의 테르오가 그로스그로크너의 슈바르체토이펠에게 선전포고를 하다!]

지역 주간지가 다시 불티나게 팔리기 시작했다. 그야말로 최근 2주간은 제국이 하루도 조용할 날이 없었다.

- 발러 경. 테르오가 선전포고를 했어요. 괜찮으시겠어요?

로엘린과 이 문제에 대해 상의를 하게 됐다. 그녀는 걱정스러운 목소리였으나 나는 여유만만이었다.

- 그것보다 니더바이에른 백작님에게 제 안부 좀 전해주십시오. 나포 면장 일을 해결해 주겠다고 해놓고 차일피일 미뤄지고 있으니까요. 미안하다는 말과 함께 곧 구체적인 성과가 있을 거라고 전해주십시오.

- 발푸르기스와는 자주 연락하고 있어요. 안 그래도 그녀가 발러 경에게 말을 전해달라고 하더군요.

- 그래요?

발푸르기스의 전언이란 말에 나는 반색했다.

- 이쪽 일은 걱정하지 않아도 괜찮다. 요즘 그대의 명성이 제국에 치솟아 이곳 란츠후트까지 자주 들려온다. 큰일을 하는 것 같으니 본녀도 기쁘다. 하지만 일이 마무리되는 대로 이곳에 들려다오. 그대가 보고 싶다.

발푸르기스가 한 마지막 말에 나는 가슴이 뛰었다.

- 니더바이에른 백작님께 저도 보고 싶다고 전해주십시오!

- 호호호!

로엘린은 웃음을 터뜨렸다.

- 제 앞에서는 그냥 발푸르기스라고 해도 된답니다.

- 그렇군요. 하지만 그건 좀 민망하기에….

- 호호호. 당신과 대화는 즐겁군요. 발러 경. 하지만 이런 즐거운 이야기만 하고 싶어도 현안에서 눈을 돌릴 수 없어요.

그렇긴 하지만 나는 태평했다.

- 당장 알트펜베르크에서 쳐들어오지 못할 겁니다.

- 물론 그렇지요. 그렇다고 무시할 수도 없어요. 제국의 모든 이가 구경하고 있답니다. 당신과 마룡이 이 문제에 어떻게 대처하는지. 대응책이 있으신가요? 발러 경.

물론 있다. 꿩도 먹고 알도 먹을 수 있는.

- 네, 황제 프란츠 4세를 움직일 예정입니다.

- 프란츠 4세를요?

- 네, 그에게 거하게 뇌물을 먹인 뒤에 부탁할 겁니다. 황제는 분명히 이 문제에 끼어들려 할 테니까요.

나는 황제의 경제 봉쇄령을 로제란트에서 알트펜베르크로 옮길 작정이었다. 그러면 두 가지 문제를 처리할 수 있다.

첫째로 건방지게 선전포고를 한 마왕 오드가쉬의 아들놈을 경제적으로 압박할 수 있다. 돈이 쪼들리기 시작하면 전쟁 준비에 차질이 생길 터.

경제 봉쇄령이 발동한다고 황제의 신하가 아닌 마왕에게 법적인 책임이 생기는 건 아니다. 하지만 제국의 기사가문들이 합법적인 약탈의 기회에 미쳐 날뛰게 된다.

기사들은 승냥이와 같다. 명분이 생기면 뒷일 따위는 생각 안 하고 물어뜯을 터. 순식간에 알트펜베르크의 살림살이는 엉망이 될 거다.

테르오는 혼란스러운 영지의 상황을 타개하고 후계구도를 확립하기 위해 이쪽에 선전포고할 모양이지만, 내 수작에 놀아나 출정도 못하는 개망신을 당하게 될 거다.

- 결국, 그는 굴욕적인 조건으로 이쪽과 협상을 하려 할 겁니다. 제

가 어린놈의 새끼한테 허세를 부린 대가가 얼마나 큰 건지 알려주려 합니다.

둘째로는 발푸르기스가 휘말린 사건의 돌파구를 열 수 있다. 그 사략 나포 사건에서 가장 중요한 인물인 황제가 한 발 빼버린다면, 문제를 일으킨 라이테르 기사가문은 그야말로 낙동강 오리알 신세가 돼버리니까.

- 황제가 뒤를 봐주지 않는다면 라이테르 기사가문 따위야 아무것도 아닙니다. 제가 적당한 때에 출정해서 놈들의 땅을 갈아버리겠습니다.

이런 계획을 차분히 설명하자 로엘린은 감탄을 금치 못했다.

- 아! 발러 경! 정말 대단하시네요.

- 제 방법이 마음에 드신다니 다행이군요.

- 마음에 들다 뿐일까요?

로엘린은 어쩐지 의미심장한 말투로 덧붙였다.

- 발푸르기스가 왜 경에게 반했는지 조금 알 것 같네요.

- 그, 그렇습니까. 흠흠! 그것보다 부탁한 영상을 잘 퍼뜨려주셨더군요.

- 소녀의 인맥을 동원하면 별일 아니랍니다.

슈바르체토이펠이 기록했던 영상을 로엘린에게 부탁해 제국 곳곳에 뿌렸다. 그리고 그건 커다란 반향을 일으켰다.

가뜩이나 최악이었던 마왕 오드가쉬의 이미지는 막장까지 추락했다. 거기에 더해 서열 1위 마왕 칼투스와 서열 2위 마왕 고룩할감에게 엄청난 비난이 쏟아졌다.

과거 카이마르스를 쳐내는데 그 둘도 함께했기 때문이다. 심지어 그들의 영지를 공격해 죄를 물어야 한다는 과격한 의견까지 나왔다. 당분간 혼란의 연속일 듯했다.

- 전하, 우리는 이런 시국일수록 발 빠르게 움직여 이득을 취해야 합니다. 카이마르스 전하의 옛 총신(寵臣)들을 서둘러 모아주십시오.

- 물론이지요. 공주님을 위해 힘을 다하겠어요.

그렇게 로엘린과 협의를 끝낸 뒤, 상태창을 열었다.

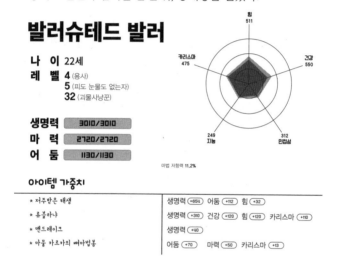

발러슈테드 발러

나 이 22세
레 벨 **4** (용사)
　　　 5 (피도 눈물도 없는 자)
　　　 32 (괴물사냥꾼)

생명력 `3010/3010`
마 력 `2720/2720`
어 둠 `1130/1130`

힘 511
카리스마 475
건강 550
민첩성 312
지능 249

마법 저항력 11.2%

아이템 가중치

★ 저주받은 태생	생명력 (+654) 어둠 (+112) 힘 (+32)
★ 류블라냐	생명력 (+310) 건강 (+120) 힘 (+120) 카리스마 (+110)
★ 맨드레이크	생명력 (+40)
★ 마을 카르카의 뼈마법봉	어둠 (+70) 마력 (+50) 카리스마 (+13)

"굉장해…."

마왕 오드가쉬를 죽여서 받은 경험치를 용사에 모두 투자했는데, 한꺼번에 3레벨이나 올랐다.

최상위직은 레벨 한 칸, 한 칸 올리기가 정말 힘들다. 내가 지금까지 그 난리를 치고도 간신히 피도 눈물도 없는 자 4레벨에 도달한 걸 보면 알 수 있다. 그런데 단번에 4레벨이 되다니. 마왕 오드가쉬의 경험치가 많긴 하구나.

"음… 생명력이 대단한데."

생명력이 미친 듯이 뛰었다. 역시 바퀴벌레처럼 목숨이 질긴 용사답다고 할까. 게다가 용사의 특전인 마법저항력까지 올라갔다.

피도 눈물도 없는 자 시절에는 1%도 안 오르던 마법저항력이 단번에 9%나 올라간 것이다. 역시 용사가 대단하긴 하네.

새로운 스킬 역시 생겨났는데 다음과 같았다.

끝없는 활력 [S등급]

용사는 쓰러지지 않는다. 전투 중 실시간으로 생명력을 회복한다. 숙련도가 오르면 트롤과 같은 재생력을 보여준다. 최종 10단계에선 불사일족의 힘을 얻는다.

검은 번개 [S등급]

용사만이 사용 가능한 검은 번개. 이 특유의 능력은 어둠에 물든 용사의 힘을 대변하는 기술이기도 하다. 후일 숙련도가 오르면 사악한 번개의 정령을 소환할 수 있다.

오페라 노바(Opera Nova) [S등급]

검과 방패를 조화롭게 사용하는 검술. 검술의 이름은 '새로운 작업'이란 뜻이다. 과거 남쪽 나라에서 온 검술가 아킬레 마로쪼가 자신의 기예를 정리해 오페라 노바라 이름 붙였다. 다양한 기예를 남겼으나 모두 실전하고 검과 방패를 다루는 방법만 남았다.

"아…!"

나직한 감탄이 흘렀다. 드디어 나도 용사가 된 것인가. 바퀴벌레처럼 죽여도 죽지 않는 그 용사 말이다.

용사는 방패술의 대가이고 재생력이 장난 아니다. 게다가 궁지에 몰리면 SS등급 스킬 '깨달음'으로 환골탈태해버린다.

당하는 마왕 입장에선 그야말로 개사기, 전설의 바퀴벌레가 따로 없을 정도다. 하지만 그거야 피해자 입장이고 나야 행복하다.

그간 피도 눈물도 없는 자로 모험하면서 근접전에 취약한 게 약점이었다. 그나마 강철 선제후를 죽인 뒤 얻은 월영검법 덕에 간신히 버텨온 거다.

그것도 목숨이 간당간당하는 위태로운 반격에 의지해서 말이다. 하나 이제부터는 다르다. 죽여도 죽지 않는 용사가 된 것이다.

다만 문제가 없지는 않다. 용사란 직업 자체가 두 가지로 나뉘기 때문이다.

그냥 '용사'와 '인류용사'. 이렇게 두 가지다.

똑같은 직업인데 차이는 간단하다. 용사가 5레벨을 넘으면 인류를 대표하는 인류용사로 업그레이드된다. 그때부터는 최상위직의 특전인 SS등급 스킬도 사용이 가능해진다.

문제는 그 인류용사가 인류를 대표한다는 그 이름답게 오로지 단한 명만 가질 수 있는 직업이란 점.

이는 다른 수호자와 다르게 용사란 직업이 고위 마왕을 죽이면 얻을 수 있는 성격 때문이다. 많이 나오진 않겠지만 한 시대에 용사가 몇 정도 있을 수 있다. 결국, 그중 최강자가 인류용사가 되어 5레벨 이상 성장하게 된다.

"그래, 쳐 죽여야지."

이 문제에 대한 결론은 간단했다. 내 앞길을 막는 새끼는 절대 용서할 수가 없다. 5레벨에 오르려면 어딘가에 있을 그 인류용사를 찾아야한다.

당연한 얘기지만 일말의 자비심도 베풀 생각이 없었다. 어차피 어둠의 힘을 쓰는 용사의 인성은 뻔하다. 아마 지금도 마왕을 쥐어패고 마족 미녀들을 억지로 취하고 있을 거다.

내가 장담한다. 대대로 용사들은 마왕의 딸이나 서큐버스에 환장해왔으니까.

그나저나 최상위직을 두 개나 갖게 된다니. 지금까지 이런 적은 한번도 없었다. 피도 눈물도 없는 자와 용사……. 그렇다면. '피도 눈물도 없는 용사'인 건가?

혼자 그런 생각을 하고 있는데 또각또각하는 발소리가 들렸다.

"발러 경."

칼리오네였다.

"어서와."

그녀는 처음 만났을 때의 갑옷차림과 다르게, 드레스를 입고 있었다. 그리고 은빛 머리칼을 틀어 올려 장신구도 꽂았다. 정말 이야기 속의 공주님이 튀어나온 것 같았다.

"이상한가요?"

내 시선에 칼리오네는 주저하는 기색이다. 나한테 이런 차림을 보여주는 게 어색한 것 같다.

"그… 로엘린이 보낸 시녀들이 억지로 입힌 거라…."

"아냐, 잘 어울려."

빈말 아니었다. 진짜로 잘 어울렸다. 과연 공주님은 공주님이네. 요즘 그녀를 제국제일미로 뽑는다더니 괜한 소리가 아닌 것 같다.

"다행이네요."

현재 칼리오네는 내게 호의를 품고 있었다. 그도 그럴 게, 과거의 비사를 알려주고 성명제례술을 계승할 단초까지 제공했기 때문이다.

내가 다시없는 은인인 것이다. 그래서인지 괜찮다고 해도 내게 존대하기 시작했다.

"그런데 무슨 일이야? 일전의 요구에 답하러 온 건가?"

그녀에게 은혜를 베풀긴 했지만 그게 공짜는 아니다. 특히 성명제례술에 관한 내용은 천문학적인 가치를 가졌으니까. 내 철칙상 아낌없이 퍼주는 일은 없다. 당연히 대가를 요구했다.

"내가 바라는 건 간단해. 신하가 될 것."

"네."

"물론 거절해도 상관없어. 다른 방식으로 대가를 치러야겠지만."

칼리오네가 탐나긴 하지만 거절하면 돈으로 청구할 작정이었다.

"대충 500만 플로린 정도면 되겠지."

내 말에 칼리오네는 질린 표정이 됐다.

"그 정도면 제국 황실의 10년치 궁정예산입니다만."

"성명제례술은 그만한 가치가 있다. 아니, 솔직히 그 이상이야. 이건 파격 할인이라고."

"…인정은 합니다. 그런데 제가 그것도 거절하면 어쩌시려고요?"

지불을 거절한다면 답은 하나다.

"네 모든 걸 박살 낼 거다. 가루도 안 남게 해주지. 너와 관계된 건 남김없이 사라지고, 너는 노예로 전락한다. 그뿐 아니라 로엘린의 로제란트까지 태워버리겠다."

"…저기 모처럼 각오하고 왔는데 좋은 말씀 해주시면 안 되는 겁니까?"

이 계집애가 또 무슨 말이야.

"하?"

"이렇게 정식으로 차려 입고 와서 할 말이란 뻔하지 않겠습니까."

칼리오네의 항의하듯 말하고 있었다.

"기합을 잔뜩 넣고 와서 앞으로 빌러 님을 주군으로 섬기겠다고 하려고 했는데… 어째 깨는 소리만 하시는군요. 500만 플로린이라든지, 돈 안 갚으면 복수할 거라던지…. 저는 이렇게 옹졸한 사내에게 신종하려고 했던 건가요…."

그녀의 말에 나는 웃음을 터뜨렸다.

"우리 공주님께선 영웅전을 많이 읽으셨나 보네."

"그, 그게 문제인 겁니까!"

움찔하며 얼굴이 붉어지는 게 정곡이었나 보다. 여태 몰랐는데 그런 취미가 있었구나.

"왜? 복숭아꽃 아래서 한 날, 한 시에 죽자고 맹세라도 하려고 했어?"

"호… 그런 내용이 적힌 책은 본적이 없는데 꽤 낭만적이네요. 혹시 제목이?"

삼국지 덕후가 될 자질이 충만한데 안 됐구먼. 삼국지가 없는 세계에서 태어나서.

"우리 공주님의 낭만을 채워주지 못해서 미안하다만 세상은 주고받는 것일 뿐이야. 그래, 인정하지. 이 몸이 책 속의 영웅왕 같지는 않다는 거."

이야기 속의 군주라면, 짐이 추구하는 이상을 따라오겠나? 뭐 이딴 소리나 지껄이겠지. 하지만 나는 현실적인, 손에 잡히는, 눈에 보이는 이익을 약속한다. 이상이나 꿈 따위가 아니라.

"약속하지. 내 밑으로 들어온다면 너를 누구보다 아끼고 후원하마. 그리고 너의 아비를 죽인 서열 1위, 서열 2위 마왕을 모조리 불태워 죽이도록 해주지. 화형을 하기 전에 네 손으로 놈들의 심장을 가르는 거야."

나는 자리에서 일어나 그녀에게 다가갔다. 그러자 내 기세에 압도된 건지 칼리오네가 움찔했다. 나는 그녀의 턱을 손으로 쥐고는 눈을 똑바로 맞췄다.

"그게 내가 신하에게 보답하는 방식이야. 칼리오네, 네게 이상이나 꿈에 대해 약속하지 못한다. 나도 그게 뭔지 모르는데 어떻게 약속하겠어?"

나는 그녀가 그 대신 갖게 될 것들을 귓가에 속삭였다.

"하지만 네가 미워하는 적은 모조리 죽게 될 거야. 그걸로 부족한가?"

칼리오네는 완전히 압도된 얼굴이었다. 그녀는 내 약속에 커다란 매력을 느끼는 것 같았다.

"아아…."

어쩐지 요염한 소리를 낸 칼리오네는 눈빛이 이내 탁해졌다. 그녀는 어딘가 멀리를 보고 있었다. 그리고 자기도 모르게 혀로 살며시 입술을 핥는다. 마치 사냥감을 앞에 둔 짐승처럼 말이다.

그건 정말 잠깐이었다. 칼리오네의 눈에 초점이 돌아왔다. 그녀의 분위기를 보니 결심이 선 것 같았다.

"칼리오네, 내게 의탁하겠나?"

"기꺼이 신종하겠습니다. 주군."

그때 새로운 메시지가 떴다.

<칼리오네가 당신의 신하가 됩니다!>

<그녀는 이제 당신을 주인으로 섬깁니다.>

이 엄청난 잠재력을 지닌 영웅이 휘하에 들어오게 된 것이다. 그녀가 성명제례술을 대성하는 때가 마왕 서열 1위가 바뀌는 날이 되겠지.

"너는 네 아비의 지위를 물려받을 것이다."

칼리오네는 바닥에 무릎을 꿇고 내 발등에 입을 맞췄다. 그리고 내가 내민 손등에 입 맞추고, 마지막으로 내 이마에 입을 맞췄다. 그리고 세 번 절해 예를 갖췄다.

이건 마계의 방식으로, 아홉 번 이마를 땅에 닿게 하는 삼궤구고두례(三跪九叩頭禮) 같은 극도의 예의다. 이렇게까지 할 건 없었지만 칼리오네가 나를 향한 마음을 표현한 셈이었다.

"평생 주군만을 섬기겠습니다."

나는 만족했다. 과거 서열 1위 마왕의 딸이 내 신하가 되다니.

"좋다. 바로 첫 번째 명령을 내리지. 나와 함께 제국의 수도 빈으로 가서 황제 프란츠 4세를 만난다. 그대에게 외교와 정치가 뭔지 보여주지."

싸움에 있어 꼭 검을 들 필요는 없다. 간사한 말 몇 마디와 반짝이는 금화 꾸러미가 있다면 멀리서도 적의 팔다리가 떨어지는 꼴을 볼 수 있으니까.

위이이잉-.

그때 반지가 울렸다. 세작왕 쿠발트였다.

- 라이테르 기사가문의 가주가 황제에게 사람을 파견했다고 하네. 짤츠부르크 법정에서 벌어지는 일이 한도 끝도 없이 늘어져서 황제의 개입을 요청하려는 거 같아.

마침 이거 참 일이 재밌게 됐구먼. 누가 더 황제를 잘 구워삶는지 대결이 벌어지게 생겼으니.

한데 그들에게 안 좋은 소식이 하나 있다. 나는 돈이 엄청 많고, 황제 프란츠 4세에 대해 속속들이 잘 알고 있단 점이다.

"칼리오네."

"네, 주군."

"살면서 제일 비참한 게 뭔지 알아?"

"…글쎄요?"

"바로 끈 떨어진 연 신세 되는 거야."

황제는 돈 앞에서 라이테르 기사가문을 헌신짝처럼 버리겠지. 라이테르 놈들 표정이 아주 볼만하겠어.

5. 외교적 수사란 무엇인가

제국의 수도 빈으로 떠날 채비가 시작됐다. 나야 뭐, 필리만 타고 가면 된다지만 칼리오네는 상황이 다르다.

그녀는 마족 중에서도 가장 고귀한 혈통을 가진 진짜 공주님이다. 당연히 그에 어울리는 품격과 수행원이 필요했다. 그런데 우리쪽에는 아무런 인적 자원이 없었기에 로엘린이 도움을 줬다.

"시녀들과 경호원, 마부, 요리사, 마법사, 의사, 개몰이꾼, 기병, 총병 등 총 512명입니다."

홉고블린 뱀파이어 쿠르라크의 보고에 나는 고개를 절레절레 흔들었다.

"공주님 행차가 대단하긴 하군. 차질 없이 준비하라."

"알겠습니다. 전하."

귀찮은 일은 쿠르라크에게 다 맡기고 상태창을 열어 살폈다. 이제부터 제국의 수도로 가야한다. 준비만반일 필요가 있었기에 별 문제 없는지 체크해 보려는 것이다.

그러다 문득 한 가지 궁금증이 일었다. 지금 내 업적 점수가 어떻게 됐을까? 한동안 완전히 잊고 있었는데 한 번쯤은 체크해도 괜찮겠단 생각이 들었다.

그간 업적 점수가 뜨지 않았던 건 알림 체크를 해지했기 때문이었다. 이미 진작 세계 랭킹 2위가 찍었던 최고 스코어 7,923점을 넘어섰기에 그랬다.

띠링!

업적 점수란으로 들어간 나는 나직하게 감탄을 터뜨렸다.

"아……."

안 본 사이에 어마어마하게 올라가 있었다.

무려 4,512만 2,120점.

세계 랭킹 1위인 나조차 놀랄 점수였다.

*카이마르스의 딸 칼리오네를 신종시켰다. 업적점수 115만 점.
*서열 3위 마왕 오드가쉬를 물리쳤다. 업적 점수 1,050만 점.
*무덤에서 웅크리고 있는 자의 후원을 받아냈다. 업적 점수 350만 점.

이 외에도 내가 그동안 이룬 수많은 업적들이 빼곡히 적혀 있었다.

그렇게 총 4,512만 2,120점.

내 역대 최고 기록은 인류용사로 플레이한 5억 4,562만점이다. 하지만 지금 페이스대로라면 10억 점 이상 가능할 것 같았다.

게다가 용사뿐 아니라 피도 눈물도 없는 자란 직업도 갖고 있지 않나. 어쩌면 이번에는 클리어할 수 있을지도 모르겠단 희망이 피어올랐다.

사흘 뒤 우리는 출발했다. 먼저 산을 내려간 뒤, 벨스, 린츠를 거쳐 빈까지 총 열흘이 걸렸다. 최근 화제만발인 이 아름다운 공주님의 행렬은 무수한 관심을 끌었다.

　"다들 왜 저를 그렇게 보고자하는지 이해가 안 됩니다. 주군."

　정작 본인은 싫은 기색이 역력하다.

　"당연하지 않느냐. 가련한 사연은 심금을 울리고, 그 미모는 제국 제일이라 하니 호기심이 동할 수밖에. 하! 내 부하지만 그 용모가 참으로 빼어나구나! 살짝 머리를 기울인 모습은 백합이요, 조용히 웃으면 튤립이로다."

　"……아부 하셔도 소용없습니다."

　지금 내가 호들갑을 떠는 건 다 이유가 있다. 빈으로 들어가 시민들 앞에서 퍼레이드를 할 작정이었기 때문이다. 특히 칼리오네의 미모를 보여주기 위해 사방이 탁 트인 마차까지 따로 준비했다.

　"그러지 말고 어서 저 마차에 타거라. 네 얼굴은 전략병기 수준이다. 한껏 써먹어야지."

　"이것도 주군께서 말씀하신 외교의 일환입니까?"

　"물론이다."

　나는 빈에서 칼리오네에게 외교의 기본에 대해 알려주기로 약속했다. 그래서인지 칼리오네는 썩 내키는 기색은 아니었지만 고개를 끄덕였다.

　"그렇다고 하시니 일단 따르겠습니다."

　"좋다. 이제 영업용 미소를 지어 보거라."

칼리오네는 내가 손가락으로 입꼬리를 끌어올려 미소를 만들어주자 질색을 했다.

"으윽! 저는 술집에서 웃음이나 파는 여자가 아닙니다!"

"그거나 이거나 서비스업이긴 마찬가지다. 자자, 어서 웃어보래도."

한동안 옥신각신한 후에야 겨우 이상적인 미소를 만들어냈다.

"맘에 안 듭니다만, 기왕 시작한 거 열심히 해보겠습니다. 주군. 하지만 알아주십시오."

"뭘?"

"저는 이런 일은 누가 100만 플로린을 줘도 안 합니다. 주군이 원하시니까 하는 것뿐입니다."

"내 잘 안다. 그대는 참으로 충성스러운 신하야."

준비가 끝나자 빈에 입성했다. 그러자 우리를 구경하러 시민들이 구름 같이 몰려들었다. 500명이나 되는 행렬이 절로 주목을 끈 것이다.

특히 마차에 우아하게 앉아, 환호하는 시민들에게 손을 흔들어주는 칼리오네의 모습이 압권이었다. 정말 그린 듯한 공주님의 모습이었다.

"와아아아아!"

"공주니이임!"

사방에서 고성이 터져 나왔다. 마차를 호위하는 시종들은 주변에 은화를 뿌려댔다. 일대의 혼란이 더욱 거세졌다. 나는 가장 선두에서 필리를 탄 채 나아갔다. 사람들은 멋진 흑빛 갑옷에 망토를 늘어뜨린 나를 주목했다.

"저 귀하신 분은 누구신가?"

"혹시 저 분이 마왕을 물리쳤다는 발러 경이 아닌가!"

"그렇다면 그 명성에 걸맞은 기품이로다!"

여기저기서 찬사가 터져 나왔다. 생각 이상의 호응이었다. 이로써 내가 원한, 현지인에게 환심을 사고 수도의 유력자들에게 존재감을 과시한다는 목표는 잘 이룬 것 같았다.

일단 황제를 만나기 전에 상대해야 할 인물들이 있었다. 바로 대시종장, 제국재상, 제국의회의장, 이렇게 셋이다. 그들은 이 제국의 실세들로 황제의 판단에 가장 큰 영향력을 미친다.

아마 라이테르 기사가문에서 온 자들도 그 셋을 차례로 찾아가겠지. 나는 퍼레이드가 끝나자마자 세작왕 쿠발트에게 연락을 넣었다.

- 원하는 정보가 있습니다.

- 말만 하게. 과인이 하는 게 그런 걸 파는 일이라네.

- 라이테르 기사가문에서 이번 파견한 인물에 대한 정보가 필요합니다. 그리고 빈에서 그의 동선을 매일 파악하고 싶습니다.

- 음… 3,000플로린이면 되겠네.

세작왕 쿠발트와 직통으로 연결되니까 이렇게 편할 수가 없었다. 나는 바로 라이테르 기사가문에서 파견한 인물을 들었다.

- 게버하르트란 자일세.

- 가주의 친동생이군요?

- 오? 잘 알고 있군?

과거 시나리오를 진행하면서 라이테르 기사가문과 엮인 적이 몇 번 있었다.

철저한 전투가문이랄까. 말이 기사지 실제로 용병이나 마찬가지인데 전쟁에서 획득한 땅이나 재산을 다른 귀족에게 팔아서 살아가는

가문이었다.

가문에는 강력한 기사들이 즐비한 데다가 병력 동원 능력도 대단해서 여러 강력한 도시를 상대로 혈전(Feud)을 선포해 승리한 적이 있을 정도다.

- 게버하르트면 가주의 오른팔이죠.

- 맞네. 가주가 이번 일의 중요성을 파악하고 가장 믿는 자를 보낸 거야.

- 중요한 정보를 알려주셔서 감사합니다.

- 자네가 원하는 그들의 동선은 우리쪽 인물이 매일 보고할 거야. 참! 특이 사항이 하나 있네.

- 뭡니까?

- 이번에 게버하르트가 엄청난 검객을 호위로 데리고 왔다는군. 본인 말로는 자기가 대검호의 마지막 전인이라고 하는데, 그게 사실인지 아닌지 그 실력만큼은 진짜배기야. 지금 수도의 여러 검술 길드를 박살내고 있다고 들었네.

대검호의 마지막 전인? 역시 수호자인가.

- 알려주셔서 감사합니다. 전하.

하지만 일단은 외교전이 우선이다.

다음날, 바로 보고가 왔는데 게버하르트가 대시종장을 오늘 만난다는 얘기였다. 그래서 나도 대시종장에게 만나자는 연락을 넣었다. 그러자 이틀 뒤에 약속이 잡혔다.

"자, 따라 오거라. 보통의 말과 다른 외교적 수사를 판가름하는 법을 알려주지."

칼리오네는 튀는 외형 때문에 마법을 부려 어린 소년으로 모습을 바꿨다. 기사의 종자 같은 모습이었다.

대시종장의 저택은 실로 화려함의 극치였다. 사방에 부가 넘쳐흐르고 있었다. 접견실에서 만난 대시종장은 두꺼비 같은 모습의 사내였다. 양손 가득 반지를 낀 그는 웃는 낯으로 나를 맞아줬다.

"어서 오시게. 발러 경. 자네의 빛나는 무훈은 멀리서도 듣고 있었네."

"환영해 주셔서 감사합니다. 대시종장님."

"자, 앉지."

나는 그에게 미리 준비해간 사안을 설명했다. 경제 봉쇄를 로제란트가 아닌 안트펠베르크로 옮기는 점에 관해서였다. 하지만 상대의 반응은 시큰둥했다. 이에 칼리오네가 마법으로 묻는다.

- 주군의 의견이 실로 합리적입니다만 왜 저런 반응인 겁니까?

- 잘 들어라. 외교를 할 때는 거래라는 형식을 빌려 협상을 도출할 필요가 있다. 즉, 보수를 제공할 필요가 있단 소리다.

- 과연. 인간의 외교는 합리성만 가지고 안 되는 거군요.

- 올 때 사방에 칠해진 금을 보지 않았느냐?

속으로 그리 대화하면서도 대시종장과의 얘기가 계속되고 있었다.

"대시종장님. 듣자니 이틀 전에 게버하르트란 기사가 왔다갔다면서요?"

"어흠! 어찌 알았나. 자네는 소식에 아주 밝구먼."

"실례되지 않는다면 회담이 어떤 분위기였는지 들을 수 있겠습니까?"

내 직설적인 물음에 대시종장은 딱히 기분나빠하진 않았다.

"서로 나름대로 솔직한 의견을 교환했다네. 여러 가지 조율 중이지."

그 말에 칼리오네가 걱정을 표해왔다.

- 솔직한 대화를 나눴다니 저희는 이미 틀린 것 아닙니까?

- 어리석은. 내 미리 외교적인 수사란 보통의 말과 다르다고 하지 않았느냐?

- 하면 저건 무슨 뜻입니까? 주군.

- 나름대로 솔직히 의견을 교환했다는 건, 아직 합의까진 안 갔단 거다. 그리고 조율 중이라는 건, 네놈들도 돈을 제시할 기회가 있단 말이다.

- 에? 어찌 그게 그렇게 됩니까?

나는 일단 들으라고 했다.

"그것 참 우려스럽군요. 게버하르트 경이 신경을 썼을 텐데요?"

내 말에 대시종장은 수염을 쓰다듬으며 툭 던졌다.

"뭐, 조건만 맞는다면 서로 뜻이 한 곳으로 향할 수도 있다네."

이번에도 칼리오네의 질문이 들어왔다.

- 주군, 저건 또 무슨 뜻입니까?

- 아직 조건이 안 맞으니 그들의 청탁을 들어주기 애매하단 말이다. 우리에게 청신호인 거다.

- 으으… 제겐 아직 어렵군요. 하지만 다음에는 맞춰보겠습니다.

- 분발하도록.

나는 참 안타깝다고 우려를 표했다. 그러자 대시종장은 의자에 몸을 묻으면서 대꾸한다.

"그래도 제법 합의를 이루긴 했지. 게버하르트 경에겐 검토해 보겠다고 했다네."

칼리오네가 다시 끼어들었다.

- 주군! 저도 이제 알겠습니다.

- 답안을 기대하지.

- 제법 합의를 이루긴 했단 말은, 그래도 어느 정도 돈을 받았다는 말입니다.

- 옳거니!

- 또한 검토해 보겠다는 말은, 생각해 보고 돈이 더 들어오는 곳으로 정하겠단 소리입니다.

- 훌륭하다!

나는 빨리 배우는 학생에게 칭찬을 한 후 대시종장에게 준비해 온 물건을 전달했다.

"대시종장님. 제국의 안위를 위해 노력하는 모습 언제나 존경해 왔습니다. 이건 제가 드리는 사소한 성의니 받아주십시오."

"아니, 뭘 이런 걸 다. 곤란하네. 도로 가져가게."

"하하. 사람 사는 게 그런 게 아닙니다. 가져온 성의도 있고 하니 열어 보시지요."

내가 생글생글 웃으며 말하자 두꺼비 같은 대시종장은 슬쩍 올라가는 입꼬리를 감추지 못하고 말한다.

"그런가? 뭐, 열어보는 거 정도야."

말은 저렇게 해도 내가 가져온 묵직한 상자에서 눈을 떼지 못하고 있었다. 그리고 그는 상자가 열리자 만족해서는 만면에 퍼지는 미소를 감추지 못했다.

"대시종장님. 2만 플로린입니다. 부디 제국을 위해 써주십시오."

대시종장은 완전히 만족한 얼굴이 됐다.

"흐흠! 두고 가면 제국을 위해 쓰도록 하겠네. 그리고 자네 의견은 꽤나 합리적이란 판단이 드는군."

"감사합니다. 대시종장님."

나는 꾸벅 인사를 하고 나오면서 마법으로 칼리오네에게 물었다.

- 저 마지막 말이 무슨 뜻이냐?

- 두고 가면 내 안위를 위해 쓰도록 하지. 그리고 라이테르 거지새끼들보다 자네가 돈을 더 많이 냈네, 라는 말입니다.

- 칼리오네, 너는 자랑스러운 제자다.

- 그나저나 주군. 금화를 뿌리니까 일이 엄청 쉽군요?

- 인생이란 원래 그런 거지.

- 어쩐지 허무해지는 느낌입니다. 하지만 금화로도 살 수 없는 것도 있지 않습니까?

- 우리 공주님이 아직도 모르는 소리를 하시네. 그건 금화로 안 되는 게 아니라, 그냥 돈이 부족한 것뿐이야.

- 아하!

칼리오네는 감탄하며 가르쳐 준 걸 잘 기억하겠다고 했다. 그렇게 백지처럼 깨끗한 순도 100%짜리 공주님께서는, 내 속물근성에 물들어가고 있었다.

그 뒤로 일주일간 외교전이 계속됐는데 볼 것도 없이 우리쪽의 완승으로 끝났다.

"주군, 거지새끼들을 상대하는 건 정말 간단하군요!"

그리고 그 일주일만에 칼리오네는 놀랄 정도로 속물이 됐다. 나는 양심의 가책을 느끼고 있었다.

"그, 그렇지……."

죽은 카이마르스에게 미안하군. 그래도 이제 따님이 어디 가서 속고 다니는 일은 없을 겁니다.

"주군, 금화를 잘 굴리니 세상사가 다 노름판인 것 같습니다."

청출어람이라고 했던가. 속고 다니긴 커녕 사기꾼의 자질마저 보이고 있었다.

애비 되는 분… 죄송합니다… 죄송합니다….

칼리오네는 내가 전수한 외교술에 큰 만족감을 표했다. 또 어디 건수가 없나 몸이 달아오른 것 같았다. 하지만 그녀가 해줘야 할 일은 따로 있었다.

"칼리오네. 드레스를 입거라. 여자들은 여자들만의 전장이 있는 법이다."

"으읔! 기어코 저를 사교계로 보내시려는 겁니까?"

"벌써 일주일째 수많은 초청장을 무시하고 있다. 이쪽도 핑계가 다 했어."

"하지만 저는 그런 곳은 두드러기가 납니다! 모름지기 영웅호걸이라면 전장을 오시하고 군마를 달려야… 아얏!"

이마에 손날치기를 먹여줬다.

"그놈의 영웅전기 좀 그만 읽어라."

"무슨 그 황당한 소리십니까? 세상의 모든 이치가 그곳에 있거늘."

대체 이 녀석은 왜 이렇게 영웅전기를 좋아하는 거야.

"저는 난세를 이끌어갈 간웅이 될 겁니다. 원래는 정도만을 걸으려 했으나 주군의 수업으로 취향이 바뀌었습니다."

뭐랄까…. 지금 잠깐 칼리오네의 얼굴에서 조조가 보였는데?

"시끄럽다. 어서 드레스나 고르란 말이다. 남들은 비싼 옷을 사고 싶다고 투정인데, 우리집 애는 대체 왜 이래! 이 몸이 제국에서 제일 아름다운 옷을 원 없이 고르라고 하고 있건만!"

"주군, 저는 드레스가 싫단 말입니다."

"어리석은! 진정 간웅을 자처하려면 사교계쯤은 주름잡아야 하는 걸 모르겠냔 말이다."

"어찌 얘기가 그렇게 되는 겁니까?"

"하여간 이래서 어린 소녀란!"

나는 혀를 차며 베갯머리송사의 위력에 대해 설명했다.

"네 녀석은 장차 여군주가 될 것 아니더냐? 사교계에서의 싸움에 익숙해지면 후일 네 신하들의 아내에게 큰 영향력을 끼칠 수 있음을 왜 모르냐?"

"세상에!"

칼리오네는 놀란 듯 입이 벌어졌다.

"낮에는 군주의 명으로 따르게 하고 밤에는 그들의 아내를 시켜 구슬린다면, 그야말로 신하들을 완벽히 굴복시킬 수 있을 터. 칼리오네, 이것이야말로 간웅의 길이다."

"그런 멋진!"

칼리오네는 큰 감동을 받은 듯했다. 눈을 지그시 감더니 몸을 파르르 떤다. 그러면서 "역시 주군의 악랄한 발상은 비할 바가 없구나. 나는 아직 멀었다."라고 작게 중얼거렸다.

임마. 다 들리거든.

"제가 어리석었습니다."

"그럼 드레스를 고를 테냐?"

"네, 주군. 신명을 다하겠습니다."

휴… 이제야 좀 간신히 얘기가 통한 건가. 안도의 한숨을 내쉬던 나는 칼리오네가 떠나면서 하는 소리에 손바닥으로 얼굴을 가릴 수밖에 없었다.

"걱정 마십시오! 주군! 그런 사교계의 엉덩이가 가벼운 여자들은 금방 약점을 잡아 협박할 수 있을 겁니다!"

"……."

세상에. 맙소사.

정말 누굴 닮아서 저런 거야!

자고로 윗물이 맑으면 아랫물도 맑은 법이다. 여기 내 마음이 심산유곡의 1급수거늘, 쟤는 어디서 저런 구정물이 섞인 걸까.

도대체 이해할 수가 없었다.

나는 입궁해 황제를 만나러 가는 중이다. 아름다운 회랑을 가로지르면서 세작왕 쿠발트와 대화를 나눴다.

- 라이테르 놈들은 어쩌고 있습니까?

- 분통을 터뜨리고 있지. 그들이 머무는 숙소에선 고함이 끊이질 않는다더군.

안 봐도 눈에 선하다.

- 처음에는 그럭저럭 잘 되고 있다고 생각했는데 자네가 방해에 나서자 모든 게 엉망이 됐잖나. 저쪽에서도 이미 발러슈테드 발러란 인물에 대해 이것저것 조사한 모양이야.

- 알아도 소용없을 겁니다. 이미 대세를 뒤집기에는 늦었죠.

이쪽은 한 발 빠르게 움직여서 이미 황제를 만나러 가고 있으니까.

시종은 나를 황제의 집무실 중 하나로 안내했다. 들어가 보자 멋진 콧수염의 기른 장년의 사내가 날 맞이해줬다.

"황제 폐하 만세! 부르심에 응해 왔나이다."

"하하하, 어서 오게."

황제는 나직이 웃으며 일어나더니 벽난로 앞의 의자를 권했다.

"날씨가 춥군. 그래."

"하지만 빈의 시민들은 장작이 부족하지 않은 듯, 모두 따뜻하게 보내고 있더군요. 이 모든 게 폐하의 은덕이십니다."

"작년에 마왕령 하나를 굴복시킨 게 도움이 되었지. 그래, 짐에게 할 말이 있다고 들었네."

황제는 내가 원하는 바를 미리 전해 받았겠지. 그래서인지 바로 본론에 꺼내왔다.

"폐하. 로제란트의 경제 봉쇄령을 풀어주십시오. 그리고 대신 알트펜베르크에 경제 봉쇄령을 명해 주시길 청원합니다."

"그렇게 함으로써 짐이 얻는 이득이 무엇인가?"

"크게 두 가지이옵니다. 폐하."

"말해보게."

"첫째로 가장 큰 이득은 장미의 마왕 로엘린과 우호협정을 맺을 수 있다는 점입니다."

내 말에 황제는 다소 인상을 찌푸렸다.

"짐이 그 여자에게 바라는 점은 간단해. 그 전에 화해는 없어."

"폐하께서 원하시는 대로 얻으실 겁니다."

"음?"

"소인이 직접 마왕에게 친필서한을 받아왔나이다."

나는 엄중히 봉인된 로엘린의 친필서한을 품에서 꺼냈다. 황제는 그걸 개봉해 보더니 반색했다.

"호? 로엘린이 짐에게 매년 5만 플로린의 선물을 바치겠다는 건가!"

이번에 나는 황제와 로엘린의 중재자 역할도 맡았다. 이 제안은 양자 모두 실리를 챙길 수 있는 것이었다.

로엘린에게 5만 플로린 정도는 푼돈이다. 황제를 이용해, 마왕 오드 가쉬의 후계자에게 재앙을 뿌릴 수 있다면, 그녀에겐 더 없이 좋다. 더불어 경제 봉쇄도 풀 수 있다.

황제 입장에서도 체면을 살리고 매년 돈을 받을 수 있으니 혹하겠지.

"그렇습니다. 아마 빈의 시민들은 우호협정을 맺고 매년 세금까지 걷게 된 폐하께 찬사를 보낼 것입니다."

물론 공식 문서에는 로엘린의 위신을 위해 선물이라고 적힐 예정이었다.

"또 다른 이익은 무엇인가?"

"둘째로는 알트펜베르크에 경제 봉쇄 정책을 펼침으로써 폐하의 위엄을 만방에 과시할 수 있다는 점입니다."

현재 프란츠 4세의 목적은 명확하다. 인간뿐 아니라 마족까지, 제국에 거주하는 모든 존재의 황제가 되고자 하는 것이다. 그런 양반이 모처럼 마왕을 압박할 수 있는 이런 기회를 놓칠 리가 없다.

"그런데 명분이 약하지 않나? 칼리오네 공주와 관련된 과거사는 짐도 들었네. 하지만 어디까지나 마왕들의 일이지."

명분이야 만들면 되는 것. 나는 미리 준비해간 보고서를 꺼내보였다.

"폐하. 최근 알트펜베르크에서 마룡 슈바르체토이펠에게 선전포고를 하고 군대를 모집하고 있습니다."

"짐도 들었네."

"그런데 그를 위해 모인 용병들이 인근 영지를 약탈하고 있다고 합니다. 피해를 입은 이는 모두 폐하의 백성들입니다."

나는 보고서에 그려진 지도를 가리키며 알렸다. 알트펜베르크 근처에 있는 몇 개의 남작령이 공격받았다는 내용이었다. 아마 용병을 소집한 마왕 오드가쉬의 아들 테르오가 명한 건 아닐 거다.

그저 미숙해서 소집한 용병들을 관리하지 못한 거겠지. 하지만 명분을 만들긴 충분했다. 황제는 빙그레 웃음 지었다.

"그것 참! 고약한 놈들이로다."

"그렇습니다. 폐하. 제국의 신민들이 폐하의 보호를 바라고 있습니다."

그럴 듯한 명분을 찾자 황제는 희색이 만연했다. 안 그래도 어떻게 개입할지 고민하고 있었던 모양이었다.

"짐이 나설 것이야. 걱정하지 말게. 짐은 제국 백성의 어버이라네."

"참으로 자애로우십니다."

"그나저나, 자네는 매우 쓸만하군. 솔직히 마족의 공주를 간판으로 내세우고 빈에 왔을 때부터 알아보았네. 덕분에 반마족적인 정서가 상당히 누그러졌지."

역시 간파하고 있구나. 내가 칼리오네는 굳이 데려온 건 지난 그로스글로크너에서 있었던 사건 이후 두드러진 반마족적인 정서 때문이었다. 우리 절세가인 공주님께선 그런 문제를 자기 미모와 기품으로 다 녹여버렸다. 괜히 전략병기라고 한 게 아니다.

"그런데 자네는 누굴 위해 일하는 건가? 마룡인가? 아니면 장미의 마왕인가?"

황제는 내가 마룡과 함께 싸우기도 하고, 마왕의 중재자가 되기도 하니 과연 누구 부하인지 궁금한 것 같았다. 하지만 나는 명확히 대답하진 않기로 했다.

"이 발러슈테드 발러는 제국의 신민으로서 황제 폐하의 신하일 뿐입니다."

"아주 잘 빠져나가는군. 하지만 듣기에는 괜찮은 말이로군. 좋네. 그렇다면 후일 짐이 도움이 필요할 때 자네의 조력을 기대해도 되겠나?"

"물론입니다. 폐하."

옥좌에 앉아계시는 한은 말입니다.

"고맙군. 오늘 합의는 충분히 만족스러웠다네. 돌아가서 결과를 기다려 보게나."

"성은이 망극하옵니다. 폐하."

며칠 뒤 황제는 새로운 칙령을 내렸다. 로제란트에 대한 경제 봉쇄를 취소하겠다는 내용이었다. 거기에 한 발 더 나아가 현재 짤츠부르크 법정에서 벌어진 일은 자신과는 무관하다고 선을 그었다.

그 건은 칙령을 내리기 전에 이뤄졌던 거래니 당사자들이 원만히 합의하란 권고까지 있었다. 당연히 라이테르 기사가문은 크게 반발했다. 하지만 황제는 그들의 항의를 귓등으로도 듣지 않았다.

"칼리오네. 저런 처지를 가리켜 떠내려간다고 표현하는 것이다."

"과연! 주군. 어디까지 갈지 알 수 없다는 점에서도 적절하다고 생각합니다."

나는 이제 빈을 떠나겠다고 했다.

"어디든 따르겠습니다. 주군."

"아니다. 그대는 빈에 남는다."

마법지퍼에서 거금 3만 플로린을 꺼내 그녀에게 줬다.

"한동안 빈에서 머물며 사교계의 인맥을 넓혀가도록. 이 돈은 모두 써도 좋다."

"하오나 주군. 저는 이런 곳에 있는 것보다 주군을 따라가는 게 더 좋습니다."

그 마음은 고맙지만 고개를 저었다.

"미래를 위한 투자이자 수업이라고 생각하라. 그대는 언젠가 군주가 될 것이다. 제국에서 부대끼고 살아간다는 얘기인데, 기회가 왔을 때 인맥을 넓혀 놓는 게 좋겠지. 또한 그대는 지금까지 너무 온실의 화초로 자라왔다. 그러니 이곳에서 경험을 쌓도록 하라."

"주군…."

로엘린이 보낸 엘리트들이 그녀를 보좌하고 있다. 실수하는 일은 없겠지. 나는 그 뒤의 행동방침에 대해서도 알려줬다.

"나름대로 빈에서 성과를 거뒀다고 생각하거든 로제란트로 돌아가도록. 거기서 부친의 옛 가신들을 모아 세력을 형성하라."

"알겠습니다. 주군과 떨어진다니 어쩐지 마음이 아픕니다만 최선을 다하겠습니다."

"분발하도록."

다음날 나는 필리를 타고 드레스덴으로 향했다. 그곳에 벨리아 상단이 있기 때문이었다. 2달 전 나는 벨리아 상단주의 아들을 치료할 영약을 약속했다. 이제 그 약속을 지키려는 것이다. 이 건만 처리한다면 라이테르 기사가문은 완전히 고립된다.

원래 이 사략 나포 면장에 관한 사건은 이런 대치 구조를 갖고 있었다.

제국 황제 짤츠부르크 대주교 작센 선제후 라이테르 기사가문	VS	바이에른 선제후 니더바이에른 백작 로제란트 마왕 이그니스 상단

제국의 관심을 뜨겁게 받던 4대4 빅매치였다. 그런데 황제가 발을 빼버렸다. 그렇다면 황제의 끄나풀인 짤츠부르크 대주교도 조만간 이탈할 터.

여기에 벨리아 상단의 뒤를 봐주느라 끼어 든 작센 선제후까지 빠져버린다면, 그야말로 라이테르 기사가문은 최악의 상황에 직면한다.

자고 일어나니 어느새 1 대 4가 되는 거다. 아마 정신을 차리지 못하겠지. 그러다 결국 굴욕적인 조건으로 합의를 제안해 올 것이다.

하지만 나는 절대 합의를 해줄 생각이 없었다. 한 번 사람에게 이빨을 드러낸 승냥이는 언제고 또 그럴 터. 아예 라이테르 기사령을 지워버리고, 그곳을 내 땅으로 만들 생각이었다.

니더바이에른 백작, 발푸르기스를 나의 군주로 삼으면 적당하겠군. 안 그래도 그녀에게서 기사 작위를 받을 생각이었으니까.

- 로엘린.

- 어머. 발러 경. 무슨 일이신가요?

- 니더바이에른 백작님에게 전해주십시오. 군대를 모집해 달라고.

더 이상 합의하겠다고 시간 끌 필요가 없다. 이제는 그 합의의 대상
이 불길에 휘말려 모두 사라질 테니까.

6. 기사의 영지

드레스덴으로 이동하면서 오랜만에 비텐바이어에 연락을 넣었다.

- 파펜하임이여.

- 주군!

반가워하는 기색이었다.

- 지도 제작은 어떻게 됐나?

- 완벽하게 끝났습니다. 변동점이 생기면 일부 더하고 있습니다만.

- 훌륭하다. 그 지도는 후일 중요한 일에 쓰일 예정이다. 그대의 공이 크다.

- 그리 말씀해 주시니 감읍할 뿐입니다. 주군.

- 참, 한 가지 부탁이 있노라.

나는 비텐바이어에 머물고 있는 샬츠 상사 일행을 불러들일 작정이었다. 벌써 하르프하임 전투로부터 4개월이 지났다. 다쳤던 상처도 이제 어지간히 회복됐을 터. 믿을 만한 자들이니 데려다 써야지.

- 샬츠 상사와 텔만, 막스, 반호르트. 이렇게 넷에게 말을 전하라. 같

이 할 일이 있으니 니더바이에른의 란츠후트로 와달라고.

그 넷은 함께한 용병 중에서도 특별히 신의가 있고 성실한 자들이었다. 앞으로 큰 도움이 될 거다.

- 알겠습니다. 주군. 또 하명하실 게 있습니까?

- 나중에 라인강을 넘어 페자무트를 칠 예정이다. 상류 지역에는 분명히 다리가 놓이지 않은 곳에도 도하할만한 장소가 있을 터. 그걸 찾아 보거라.

- 알겠습니다. 분명히 적당한 여울이 있을 것 같습니다.

그렇게 파펜하임과 통화를 끝낸 뒤 나는 드레스덴까지 이동했다. 도시에 도착하자마자 벨리아 상단으로 찾아갔다.

"상단주에게 발러가 왔다고 전하거라."

문지기는 전에 본 자와 달랐지만 딱히 위대한 영도자의 위엄을 발동할 필요까지 없었다. 나도 그 사이 많이 달라져, 이제는 일반인은 나와 눈만 마주쳐도 절로 고개를 숙일 정도였다.

"알겠습니다요!"

문지기 중 한 명이 헐레벌떡 뛰어가더니, 곧 상단 안으로 안내받았다.

"귀인께선 어서 오십시오!"

상단주는 들뜬 얼굴을 감추지 못했다. 당당히 돌아온 내 모습에 영약을 찾은 걸 직감한 것 같았다.

"가져오셨습니까?"

"그렇소."

"아!"

크게 감탄하는 상단주는 허리를 굽힌다.

"소식을 들었습니다. 마룡과 함께 마왕 오드가쉬를 물리치셨을 줄이야. 솔직히 처음 들었을 때는 경악을 금치 못했습니다. 제가 얼마나 대단하신 분인 줄 모르고 그날 무례하게 굴었습니다. 부디 아량을 베풀어 용서해 주십시오."

상단주는 극도로 저자세였다. 눈짓만 하면 땅바닥에라도 길 듯한 모습이었다. 사실 이해가 안 되는 건 아니다.

일반인의 시야에서 보면 마룡이니 마왕이니 하는 것들은 너무나 무서운 존재였으니까. 그런 것들과 싸운 나 역시 비슷하게 보이는 것 같았다.

"자, 이걸 보시오."

나는 그로스글로크너에서 여유가 있을 때 채취한 영약을 꺼내보였다.

"뤼베룽겐이라 불리는 꽃이오. 뿌리를 잘 다려먹으면 아들의 근육병은 씻은 듯이 나을 것이오."

"아이고! 정말 감사합니다!"

상단주는 눈물이 글썽거리며 기뻐했다. 자식 때문에 마음고생이 심했던 모양이네. 이제 치료할 길이 보였으니 감읍할 수밖에. 하지만 나는 손을 뻗는 그에게 영약을 건네주지 않았다.

"일단 대가를 지불하는 게 우선이오."

"아! 제가 큰 실례를! 말씀하십시오. 천금이 아깝지 않습니다."

그의 태도에 나는 고개를 끄덕이며 원하는 걸 제시했다.

"내가 원하는 건 간단하오. 당신이 라이테르 기사가문에 대해 갖고 있는 채권을 넘기시오."

생각지도 못한 요구인지 상단주는 놀란 표정이 됐다.

"상단주. 설마 특약으로 채권의 양도가 금지되어 있는 것이오?"

"그건 아닙니다. 통보 후에 저쪽에서 승낙하면 가능합니다. 양수인은 발러 경으로 하면 되겠습니까?"

그 말에 나는 고개를 내저었다. 저쪽에서 이미 나라면 이를 갈고 있을 텐데 채권양도를 승낙할 리가 없었다.

"양수인은 레베 샬츠 상사라고 하시오. 누구냐고 하면 하르프하임 전투에 참전한 후 부상으로 은퇴한 자인데, 투자의 차원에서 채권을 적정가에 넘겨받았다고 하면 될 것이오."

"알겠습니다."

연락을 하러 갔던 상단주는 한참 뒤 낙심한 표정으로 돌아왔다.

"절대 그럴 수가 없다고 합니다."

생각나는 이유가 있었다.

"작센 선제후 때문에 그런 거요?"

"그걸 어찌! 맞습니다."

"역시나."

저들 입장에서 벨리아 상단이 이번 일에서 손 털면 작센 선제후의 개입도 사라진다. 아이러니하게도 지금 궁지에 몰린 라이테르 기사 가문은 빚쟁이랑 빚쟁이를 돌봐주는 거물이 유일한 희망이었다.

"그냥 강하게 나가시오. 상단주. 작센 선제후께서 출병해서 라이테르 기사령을 아예 취하실 작정인 거 같다고."

채찍과 함께 당근도 줘야지.

"대신 샬츠 상사에게 양도를 승낙하면 변제기일을 2년 연장해 주겠다고 말해주시오. 결국 물 수밖에 없을 거요. 아들을 살리고 싶거든 가서 좀 실감나게 협박하란 말이오. 쯧! 사람이 그리 심약해서야! 상단주가 맞소이까!"

내가 혀를 차자 그는 더욱 굽신거렸다.

"죄송합니다. 가서 제대로 협박하고 오겠습니다."

"좋소. 기합을 넣으시오."

상단주는 이번에는 표정을 달리하고 갔다. 그리고 한참 뒤 밝은 얼굴로 돌아왔다.

"됐습니다! 제가 해냈습니다."

나는 자기 몫을 해낸 자에겐 관대하다. 그의 어깨를 두드리며 격려해줬다.

"하하핫! 거 보시오. 협박 한 번 맛깔나게 하니까 얼마나 좋소이까? 자, 이걸 받고 아들을 살리시오."

"제가 아주 으름장을 놨습니다. 으하하하!"

우리는 하하호호 웃으며 거래를 끝냈다. 나는 영약을 넘긴 대가로 채권을 인수했다.

자, 이걸로 완벽해졌다. 작센 선제후는 이번 사태에서 완전히 빠지게 됐다. 그리고 라이테르 놈들의 빚은 내가 받아내게 됐다.

아마 이걸 라이테르 기사가문에서 갚기는 무리겠지. 나도 돈으로 받으려고 인수한 건 아니다.

그냥 땅으로 받으려는 거지.

드레스덴에서 일을 처리한 뒤 남하해 발푸르기스가 있는 란츠후트로 향했다. 그녀를 다시 만날 생각을 하니까 가슴이 뛰었다.

백작 관저로 가니까, 어째서인지 정원을 산책 중이던 관료들이 날 발견하고는 뛰어온다. 다들 황급한 표정이었다.

"잡아라!"

"저놈 잡아라!"

아니, 이게 무슨 소리야? 어이가 없어서 가만히 서있는데 발푸르기스의 관료들이 사방에서 날 둘러쌌다. 다들 결연한 표정인 게 칼이라도 뽑을 기세다.

"이게 무슨 짓들이오?"

살기는 느껴지지 않았다. 그래서 좀 어이없어 하며 묻는데 전에 본 노신 하나가 말한다.

"이번에는 도망갈 수 없소! 발러 경!"

"그게 무슨?"

"지난번에 부담스러워서 튄 거 이해하오. 하지만 제발 다시 생각해 보시오. 우리 백작님만한 여자가 어디에 있다고!"

"맞습니다. 그래도 남자가 자기 여자를 버리고 도망가면 안 되지요!"

"옳소! 책임을 지란 말입니다. 그게 신사다운 태도요!"

황당해서 입이 딱 벌어졌다. 하지만 이들이 왜 그러는지 곧 알 수 있었다.

"요즘 잘 나간다 들었소! 게다가 지난번에 한 번 오고 방문이 뜸하지 않소이까! 우리 백작님께서 허구한 날 발러 경 얘기만 하는데 옆에서 이 늙은이가 얼마나 안타까웠는지 아시오!"

"맞소! 순진한 소녀의 마음을 훔쳐놓고 어쩜 그리 무심할 수 있었소이까!"

"전에 보니까 발러 경을 주겠다고 옷도 만들고 있던데 연락은 제대로 한 것이오? 이래서 과연 니더바이에른의 사위라 할 수 있겠소이까!"

아무래도 다들 발푸르기스에게 소홀했다고 화가 난 모양이었다. 어째 민망하고 부끄럽기도 해서 입이 잘 열리지 않는다. 이들은 내가 발푸르기스랑 결혼하는 걸 기정사실로 여기는 듯했다. 어쩔 수 없이 대답했다.

"…신경 쓰겠소이다."

그제야 노신이 만족한 듯 고개를 끄덕이더니, 준엄하게 내게 말했다.

"마왕을 쓰러뜨리는 자가 기사가 아니라, 소녀의 순정을 지켜주는 자가 기사요! 명심하시오!"

뭐지? 오글거리지만 엄청 멋진 말을 들은 거 같은데.

"…알겠소."

그렇게 내가 항복하자 관료들은 뛸 듯 기뻐하며 외쳤다.

"자자, 아예 도시 앞에 발러 경과 백작님의 동상을 세웁시다!"

"좋소! 우리도 니더바이에른의 사위에게 그 정도 대우는 해드려야할 터!"

"갑시다! 내가 아는 드워프가 있소이다!"

"그럼, 또 봅시다! 니더바이에른의 사위!"

우르르-.

관료들은 바람처럼 나타나서 바람처럼 떠나가 버렸다. 뜻하지 않은 강습에 정신줄이 탈탈 털린 나는 다음부터는 관저의 뒷문으로 출입하겠다고 다짐했다.

"발러!"

시녀의 안내를 받아 가보니 발푸르기스가 있었다. 여전히 갑옷 차림이었다.

"정말 와줬구나!"

날 보더니 발푸르기스는 일단 달리기 시작했다. 그리고 힘껏 껴안아왔다.

"경은 껴안는 걸 너무 좋아하십니다."

"그대니까 그렇다. 본녀가 다른 이를 안는 걸 봤느냐?"

그러고 보니 그렇네. 그렇게 생각하니까 어쩐지 기뻐져서 나도 마주 안아주었다.

"이래저래 늦었습니다. 미안합니다."

"아니다. 큰일을 했더구나. 그대가 자랑스럽다."

이대로 밤새 두런두런 얘기를 하고 싶었지만 우리에겐 처리해야할 현안이 많았다. 우선 발푸르기스에게 모병의 진행 상황이 어떤지 물었다.

"많이 모집할 필요는 없으니 한두 달 정도 투자했으면 합니다만."

"그게 다소 문제가 있다."

"아? 전비는 걱정하지 마십시오. 제가 부담할 것입니다."

발푸르기스는 그런 문제가 아니라고 고개를 저었다. 뭐지, 용병 모집에 문제가 생긴 걸까?

"그게 방해를 받고 있다."

"방해요?"

누가 니더바이에른의 백작을 방해한다는 걸까. 선뜻 이해가 안 됐는데 이어진 설명을 들어보니 아차 싶었다.

"라이테르 기사가문에서 모병을 방해하고 있다."

그들은 전투 가문으로, 굳이 설명하자면 용병사업자라고 할 수 있었다.

문학 속의 기사도를 숭상하는 기사랑은 상당히 거리가 멀다. 병력을 모집해 제국 여기저기의 싸움터에 끼어드는 전투 집단인 것이다.

당연히 이 일대의 용병들과 관계가 깊을 수밖에 없다. 그걸 이용해서 니더바이에른 백작의 소집령에 응하지 않게 수를 쓰고 있다는 것.

"미안하구나. 발러. 시일이 좀 걸릴 것 같다. 라이테르의 영향력을 벗어난 다른 지역의 용병사업자에게 연락하면 될 문제긴 하다."

어차피 용병도 많고 용병사업자도 많다. 모집 자체는 문제가 없는데 시간이 약간 더 걸릴 예정이라는 것. 하지만 당장 놈들을 쓸어버리고 싶은 나는 그게 맘에 안 들었다.

"민병대를 빌리죠."

이 시대에는 정규군이라는 존재가 없어 전쟁이 일어나면 전문 군인인 용병을 모집해서 싸움을 했다. 란츠크네히트 같은 용병단이 그런 대표적인 예이다.

다만 몇몇 부유한 영주는 시민으로 구성된 민병대를 갖고 있었다. 발푸르기스의 숙부인 바이에른 선제후도 그런 대영주 가운데 하나였다.

"숙부님에게 말인가?"

다만 이들은 전투력에서는 전문 군인인 용병에 비해 한참 떨어진다. 용병보다 수가 두 배 많아도 승리를 장담할 수 없을 정도니까.

"네, 민병대의 고용비는 제가 부담하겠습니다. 500명 정도면 될 거 같습니다."

"그 정도로는 부족하지 않겠나? 라이테르에서 지금 당장 동원할 수 있는 용병이 300명이 넘는다고 들었다. 그렇다면 민병대 1,000명 정도는 있어야 한다."

역시 발푸르기스도 민병대의 전투력을 못 미더워 하고 있었다. 그녀는 차라리 제대로 된 용병대를 고용할 때까지 기다리는 게 낫다고 했다.

"본녀가 왈룬인들로 이뤄진 정예 연대를 알고 있다. 숙부님을 위해 오래간 일해 왔지. 지금은 돈을 벌기 위해 제국 서북쪽에 가 있지만 바이에른의 위기를 모른 척하지 않을 것이다. 그들은 70년이나 된 연대이며 전투력 또한 막강하다. 왈룬인들이 온다면 그깟 기사들은 아무것도 아니다."

발푸르기스는 승리를 자신했다. 그런데 문제는 그 충성스러운 왈룬인 연대가 오는데 반년이 걸린다고…. 나는 절대 그 정도까지 못 기다린다.

"걱정 마십시오. 민병대면 충분합니다. 어차피 대규모 전투 따윈 없을 겁니다."

내가 자신하며 말하자 발푸르기스는 흠칫 뒤로 물러난다.

"왜 그러십니까? 경."

"이제 본녀도 발러 그대와 함께한지 좀 됐기에 바로 알아보겠다!"

"뭘 말입니까?"

"또 음험한 계획을 세우고 있는 것 아니더냐? 방금 그대 얼굴이 무지 사악하게 보였다!"

이런, 우리 귀염둥이 여기사께서 안 본 사이에 눈치가 좋아지셨구나.

하지만 변명이 없지는 않다. 솔직히 말하면 나는 사악하지 않다. 내 계획이 사악한 거지.

참, 이번 계획을 위해서 꼭 필요한 조건이 하나 있었다. 기사령을 가지려면 진짜 기사여야 하지 않겠는가.

"그것보다 저 좀 기사로 임명해 주시죠."

라이테르 기사가문은 가문이 생긴 이래 최악의 시간을 보내고 있었다. 기사가문을 이끄는 가주 발두어는 최근 몇 달간 얼굴을 제대로 펴 본 적이 없을 정도였다.

안 그래도 깐깐하고 잔인한 성품의 발두어가 우중충한 인상을 쓰고 있자, 그가 머무는 성은 그야말로 마왕성이나 다름 아닌 분위기였다.

"짤츠부르크 대주교가 이번 사건을 니더바이에른으로 이관하라고 했다고?"

"…네. 형님."

결국 황제의 끄나풀인 짤츠부르크 대주교까지 떨어져나갔다. 얼마 전에 작센 선제후까지 손을 뗐으니 이제 제국 어디에도 그들의 편은 없었다.

아니, 오히려 고소를 머금고 쳐다보는 자들이 많았다. 과거 이 가문의 패악질에 피해 본 도시들이 특히 그랬다. 그들은 대놓고 니더바이에른 백작을 응원하여 발두어의 성질을 건드리는 중이었다.

"발러슈테드 발러… 그놈이 이 모든 사달의 원인이로군."

"그렇습니다. 형님."

제국의 수도로 갔다 돈만 쓰고 돌아온 게오하르트는 어쩔 바를 몰라 했다. 그에게 형님은 늘 어려운 자였다. 잔인한 성품을 떠나서도 그 실력이 검술 대가에 다다른 강자기에, 곁에서 서면 절로 오금이 저렸다.

'하지만 보고할 건 보고해야겠지.'

게오하르트는 마음을 굳게 먹고 입을 열었다.

"형님. 그 검객이 이탈했습니다."

"뭐라?"

발두어의 이마가 꿈틀했다. 그 검객이라 하면 몇 달 전 돈을 주고 초빙한 엄청난 고수를 말한다. 스스로 대검호의 마지막 전인이라 소개한 자로, 사실 여부를 떠나 실력만은 진짜였다.

"대체 무슨 말이야!"

다가올 싸움에서 그나마 믿는 구석이었는데 이탈했다니?

"그게 말입니다. 마을에서 세금을 걷는 것에 반발해서 우리 병사 다섯을 그 자리에서 죽이고 사라졌습니다."

"이런 미친! 네놈은 일을 어떻게 하는 거야! 어!"

급기야 발두어가 폭발해 물건이 날아오기 시작했다. 하지만 게오하르트는 자업자득이라 여겼다.

'세상에 자기 영지를 약탈하는 자가 어디에 있나.'

라이테르 기사가문은 다급한 상황이었다. 이래저래 끌어 모은 용병

300명의 봉급도 감당이 안 될 정도.

가뜩이나 빚 때문에 고생이었는데 빈에 가서 헛짓거리를 하며 탈탈 털어 넣었다. 이미 금고는 바닥이었다. 그래서 결국 발두어는 전비를 명목으로 자기 영지에서 가혹한 징발을 실시했다.

말이 세금을 걷는 거지 그냥 약탈이나 다름없었다. 반항하는 농부는 모조리 죽임을 당했다. 기사가 지나간 곳은 피바다로 넘실거렸다.

결국 악행을 참다못한 대검호의 전인이 그대로 병사 다섯을 베어 죽이고는 사라졌다는 것.

"으아아아! 이 새끼나! 저 새끼나! 날 우습게보고!"

결국 발두어는 눈이 뒤집혀 검을 뽑아들었다. 이 칼 한 자루로 살아 온 세월이었다. 궁지에 몰린 맹수가 어떤 짓을 할 수 있는지 보여줄 작정이었다.

"좋다. 이렇게 된 이상 그 니더바이에른 백작을 인질로 잡는다. 그리고 바이에른 선제후와 협상하겠다."

그 말에 게오하르트는 계략을 하나 냈다.

"바이에른 선제후를 상대로 억지로 협박해 봐야 소용없습니다. 차라리 이렇게 하시죠?"

"무엇이냐?"

"니더바이에른 백작을 인질로 잡은 뒤에 우리 쪽 누군가와 결혼 시키는 겁니다. 강제로 범해서 애라도 생기고 나면 바이에른 선제후도 입장이 난처해질 겁니다. 그 뒤에 협상하지요."

물론 결혼 자체가 제대로 성립은 안 되나 이쪽에서 그건 결혼이었다고 우기자는 얘기다.

"명안이다!"

발두어는 그 계획이 참으로 마음에 들었다. 일단 니더바이에른 백작과 결혼하면 그녀의 영지까지 차지할 수 있을지도 모른다. 급기야 노욕이 오른 그는 장가를 새로 들겠다고 나섰다.

"형수님이 계시잖습니까?"

내심 자기가 욕심을 냈던 게오하르트는 속으로 입맛을 다셨다.

"됐다. 그딴 쓸모없는 여자는 버리면 그만이지! 뭐? 그 발푸르기스년이 추녀기사라고? 크하하하! 뭐, 그건 그것대로 재밌겠지!"

하지만 이들은 한 가지 사실을 모르고 있었다. 지금 발러는 이쪽에 수호자로 의심되는 대검호의 마지막 전인이 있다고 여겨 과할 정도로 준비 중이란 사실을.

게다가 바이에른 선제후는 이들이 상상하는 거 이상으로 조카바보였다.

"이게 다 무엇인가…."

전율할 수밖에 없었다. 발푸르기스를 통해서 바이에른 선제후에게 민병대 500명을 고용하고 싶다는 연락을 넣었다. 그런데 도착한 건 상상을 초월했다.

척! 척! 척!

제법 군기가 든 병사들이 근사하게 행진하고 있었다. 사방에 하늘로 솟은 장창이 가득해 멀리서 보면 흡사 갈대밭이 움직이는 것 같다.

대략 그 수를 어림짐작해 보면 5,000명.

요구한 것의 10배에 이르는 민병대가 도착한 것이다. 민병대는 장구류를 스스로 맞춰야 하는데, 부유한 바이에른의 시민들답게 무장

상태도 훌륭했다.

"발푸르기스 경. 저건 대포가 아닙니까?"

"그, 그렇구나. 중포가 적어도 12문. 경포는 적어도 20문은 넘겠다. 이 무슨…."

나와 나란히 란츠후트의 성벽에 서 있던 발푸르기스도 황당함을 감추지 못하고 있었다.

"발러, 저길 봐라. 황금쌍두사자 기사단이다."

"맙소사. 저들까지 왔군요. 바이에른 최강의 기사단이 아닙니까?"

황금쌍두사자 기사단은 바이에른의 귀족, 고용된 중기병으로 이뤄진 집단이다.

용병으로 전전하는 중기병 중 자질이 뛰어난 자는 귀족가에 발탁돼 자기 영주를 호위하게 된다. 아무리 이 세계에 상비군이 없어도 영주에게는 수십에서 수백의 근위기병대가 있기 마련이다.

저 황금쌍두사자 기사단은 그런 바이에른 영주들과 근위기병대의 집합체인 것이다. 그 수가 총 3,500여 명. 전원 철갑과 기병창, 마상권총으로 무장한 최정예다.

당연히 저 기사단의 기사단장은 바이에른의 최고봉인 바이에른 선제후이시다.

"음… 발푸르기스 경."

"말하라. 발러."

"혹시 선제후 전하께선 어디론가 전쟁을 나가시다 경의 영지에 잠시 들리신 겁니까? 그 길에 경이 요구하신 민병대 500명을 주고 가려고요."

"그, 그렇겠지? 발러, 그대의 의견이 참으로 합리적이구나."

지금으로써는 가장 그럴 듯한 추론이었다. 하지만 우리 둘은 그게 아니라는 점을 직감하고 있었다.

"저 정도면 바이에른이 용병을 모집하지 않고 끌어 모을 수 있는 최고 전력에 가깝지 않습니까?"

"그렇지. 도시 방어를 위해 배치한 병력을 빼고는 총출동이구나."

참고로 바이에른 선제후는 제국 제일의 거부이다. 황제도 그에게 돈을 매번 빌려서 연명하고 있을 정도다.

그가 만약 제대로 용병 모집을 시작하면 4만 대군도 만들 수 있을 터. 새삼 제국 최고 권력자의 위엄에 다리가 후들거렸다. 이게 마왕도 한 수 접어준다는 바이에른 선제후의 위용인가.

"뭐가 어떻게 된 건지 모르겠구나. 일단 숙부님을 맞이하러 가야겠다. 그대도 같이 가자."

"알겠습니다.

백작 관저로 가자 손님맞이 준비로 부산했다. 고용인과 관료들이 사방으로 뛰어다니고 있었다. 하지만 이들이 제대로 준비할 틈도 두지 않고 바이에른 선제후는 기병을 이끌고 바람처럼 들이닥쳤다.

"하하핫! 우리 조카딸! 오랜만에 보는구나!"

거인처럼 덩치가 우람한 노인이 말에서 내렸다. 노인의 몸이 얼마나 대단한지 남들보다 큰 군마를 탔음에도 그 말이 초라해 보일 정도였다.

그는 두 팔을 크게 벌리고 발푸르기스에게 달려왔다.

"이리오렴!"

"숙부님!"

발푸르기스도 밝은 음성으로 자신의 숙부인 바이에른 선제후를 맞이했다. 하지만 바이에른 선제후가 포옹을 하려는 순간 귀신같은 회피로 쏙 빠져나갔다.

"아니, 얘야!"

"숙부님, 저도 이제 시집갈 나이의 과년한 처자랍니다."

"작년까진 안 그랬잖니!"

거기에 대해서 발푸르기스는 새침하게 고개를 돌리며 대답하지 않았다. 그러자 바이에른 선제후가 성대하게 콧김을 내뿜으며 불만을 표시했다.

"너한테 꼬였다는 그 근본 없는 놈 때문이구나! 크흥!"

그 말에 화들짝 놀란 '근본 없는 놈'은 주변에 있던 메이드들의 뒤에 황급히 몸을 숨겼다. 채신머리없다고 해도 지금 나는 공포를 느끼고 있었다.

어째서인지 곧 들이친 병사들이 장작더미를 들고 오는 중이기 때문이었다. 왜 그걸 마당에 쌓아? 쌓지 마!

"숙부님! 전에도 말했지만 제가 결혼할 남자는 제가 정하고 싶습니다!"

발푸르기스의 말은 정략결혼이 당연한 시대치고는 신선미가 있었다. 하지만 바이에른 선제후는 정략 때문이 아니라 다른 이유로 벌컥 화를 냈다.

"이런 못된 놈! 금이야, 옥이야 키웠더니 이제 이 숙부 말도 안 들으려는 것이냐!"

"그게 아니에요! 제가 숙부님을 세상에서 제일 사랑하는 걸 아시잖아요."

"시끄럽다! 이놈! 네가 시집갈 곳은 이 숙부가 정할 것이다! 너는 세상에서 제일 멋지고 훌륭한 사내에게 시집가야 한단 말이다!"

뭐랄까, 바이에른 선제후는 정략결혼이 아니라 자기 맘에 드는 남자를 원하는 모양이었다.

"내 몇 해 전에 황자와의 혼담도 거절했건만 어디서 그런 풀 베는 자(발러라는 성의 뜻)를 데려온 것이야!"

"역시 숙부님도 들으셨군요."

"그런 근본 없는 놈은 어울리지 않는다! 얘야!"

"아니요!"

하지만 발푸르기스는 단호하게 고개를 흔들더니, 주변에 당당히 선언했다.

"누가 뭐라고 해도 저는 발러가 마음에 듭니다! 아직 결혼할 생각은 없지만 일단 그 남자가 아니면 싫습니다!"

"오오오오!"

지켜보던 자들이 감탄을 터뜨렸다. 아무리 니더바이에른 백작이 일반적인 귀족 영애랑 다른 별종이라고 해도, 이렇게 백주대낮에 당당히 한 남자가 좋다고 폭탄선언을 할 줄은 몰랐던 거다.

"백작님 대단해!"

"저것이야 말로 사랑!"

"너무 멋있어!"

주변에서 감탄이 터질수록 내 근처에 있던 메이드들의 표정은 짜게 식어갔다. 그들은 자기들 뒤에 숨어 있는 날 쓰레기처럼 보는 중이다.

"발러 경? 언제까지 저희 엉덩이 뒤에 숨어 있으실 건가요?"

급기야 메이드장이 얼음장처럼 차가운 목소리로 쏘아붙여왔다. 결국 나는 사태가 어쩔 수 없음을 깨달았다.

"흠흠! 아니, 뭐 내가 꼭 계속 여기에 있겠단 소리도 아니잖나."

하지만 대답대신 메이드장은 날 떠밀었다.

"발러슈테드 발러 경이십니다!"

그 순간 관저 앞마당에 모여 있던 모든 이들의 시선이 내게 쏠렸다. 백작부터 일개 고용인까지, 대강 세도 300여 명이 넘는 인원이었다.

숨이 턱 막히는 기분이었다. 하지만 기왕 이렇게 된 거 계속 쭈뼛댈 수는 없었다. 숨을 한 번 내쉰 뒤 앞으로 나섰다.

"고귀하신 전하. 발러슈테드 발러가 인사 올립니다."

그러자 바이에른 선제후가 코웃음을 친다.

"흥! 네놈이 소문의 그놈으로구나!"

침착하자. 나는 위기 상황에서도 항상 상당한 말빨로 버텨왔다. 이번에도 잘 할 수 있으리라. 그리 다짐하며 입을 열려고 하는데, 바로 이어진 바이에른 선제후의 말에 내 결심은 와르르 무너졌다.

"내 이럴 줄 알고 장작은 충분히 가져왔다!"

"네? 저, 전하⋯ 뭘 태우시려고요?"

당황해서 되묻자 바이에른 선제후가 음산하게 웃는다.

"흐흐흐. 글쎄, 뭘 태우려는 걸까?"

관저 앞에서 계속 얘기할 수 없어 안으로 들어왔다. 바이에른 선제후는 아까부터 계속 날 노려보고 있었다. 그렇게 보시면 제 얼굴에 구멍이 뚫릴 것 같습니다만⋯.

"발러 경."

"네, 전하."

나는 며칠 전에 발푸르기스에게 정식으로 기사 작위를 받았다. 이제 니더바이에른 백작을 군주로 섬기는 기사가 된 것이다.

그래서인지 바이에른 선제후는 날 영 고깝게 보면서도 경이라고 부르며 말투도 바꿨다. 조카의 기사를 무시하면 자기 조카도 무시하는 셈이니까.

"이번 일을 주도해 나가고 있다고 들었네."

"부족하지만 힘을 보태고 있습니다."

"어떻게 진행했는지 한 번 말해보게."

주변에 있는 바이에른의 귀족들도 호기심 어린 표정이었다.

"알겠습니다. 전하. 일단 이번 다툼의 원인을 파악한 뒤 라이테르 기사가문의 뒤를 봐주는 자들을 정리하려 했습니다."

일단 빈에서 벌인 외교전으로 황제를 치운 일을 얘기했다. 그 후 라이테르 기사가문이 벨리아 상단에 빚이 있어 작센 선제후가 끼어 든 정황도 알렸다.

"결국 라이테르 기사가문은 끈 떨어진 연 신세가 된 것입니다. 이제 놈들은 용병 300명밖에 안 남았으니, 니더바이에른 백작을 도와 토벌에 나서려 했습니다."

주변에서 묵묵히 듣던 귀족들이 감탄을 터뜨렸다.

"오! 실로 대단합니다!"

"발리 경은 마왕과도 싸웠다고 들었습니다. 한데 외교에도 뛰어나시군요."

"전하! 바이에른에 참으로 뛰어난 젊은이가 나타났습니다!"

"맞습니다. 이는 전하의 홍복이십니다."

귀족들의 말에 바이에른 선제후는 콧방귀를 뀐다.

"제법이긴 하다만 아직 니더바이에른 백작의 짝으로는 부족하다."

말은 그렇게 해도 내가 아주 맘에 안 드는 건 아니었는지 한 가지 제안을 해왔다.

"이번 기회에 경의 군재를 보고 싶군. 원하는 만큼 병력을 떼어줄 테니 가서 라이테르를 토벌할 수 있겠나?"

바이에른 선제후가 나를 시험해 보고 싶어 한다는 걸 알 수 있었다. 마다할 이유가 없었다.

"물론입니다. 전하. 맡겨주신다면 실망시켜 드리지 않겠습니다."

그러자 바이에른 선제후가 말 잘했다는 듯 고개를 끄덕였다. 역시 이 자는 당당하고 사내다운 인물을 좋아하는 것 같았다.

"좋다. 경이 그렇다면…."

하지만 그의 말은 끝까지 이어지지 못했다.

"전하!"

밖에서 장교 하나가 다급히 들어왔기 때문이었다.

"무슨 일이냐?"

"방금 라이테르에서 투항해 온 기사 하나가 도착했습니다. 전하께 알릴 게 있다고 합니다."

"그래? 어서 이쪽으로 보내라."

바이에른 선제후는 큰 호기심을 보였다. 그뿐만 아니라 여기 모두 그 기사가 투항의 조건으로 어떤 정보를 갖고 왔는지 궁금해 했다. 곧 무장 해제된 젊은 기사 하나가 방으로 들어왔다.

"고귀하신 전하. 이리 배알을 허락해 주셔서 감사합니다."

"좋다. 무슨 이야기를 가져왔나?"

"참으로 흉악한 음모가 있어 전하께 알리고자 이리 왔습니다."

이 젊은 기사가 꺼낸 얘기는 놀라웠다. 라이테르의 가주가 니더바이에른 백작을 사로잡은 뒤에 강제로 범할 작정이라는 것.

억지로 아이를 만든 뒤, 결혼을 핑계로 바이에른 선제후와 협상할 거란 얘기였다. 가만히 듣고 있던 나는 순간 속에서 열불이 터졌다.

이 미친 새끼들 같으니라고. 애초에 그런 일이 일어날 수도 없겠지만, 그냥 그런 생각을 했다는 것 자체가 너무 기분이 나빴다.

"이 벌레 새끼들이 감히!"

듣던 바이에른 선제후가 폭발해 버렸다. 친딸처럼 소중히 키워온 조카를 향해 그런 계획을 세웠다는 것에 그는 눈이 뒤집혔다. 숙부긴 하지만 실상 친아버지나 마찬가지다. 그가 말했던 것처럼 금이야, 옥이야 키워왔던 거다.

그러니 저렇게 눈이 돌아갈 수밖에. 바이에른 선제후는 자리를 박차고 일어났다.

"계획을 변경하겠다! 전군! 라이테르로 출정한다! 가서 그 개새끼들을 모조리 거세하고 혀를 다 뽑아버리겠다!"

큰일났네. 바이에른 선제후가 완전히 꼭지가 돌아버렸다. 원래 그는 이렇게 막무가내의 인물은 아니었다. 현명하고 처신이 신중한 편이랄까.

하지만 누구에게나 역린은 있는 법이었다. 바이에른 선제후에겐 자신의 후계자이자 조카딸인 발푸르기스가 그랬다.

그렇지만 이대로는 전부 꼬여버린다. 내 계략대로 하면 민병대 500명이 처리할 수 있는 일이다. 만약 바이에른 선제후가 출정하며 사태가 더 어려워질 거다. 나는 당장이라도 튀어나가려는 그의 앞을 막아섰다.

"전하! 이럴수록 냉정해지셔야 합니다. 제게 민병대 500명만 주십시오. 사흘 안에 사태를 정리해 보겠습니다."

"시끄럽다! 정신 차려라! 네놈이 아끼는 여자한테 저 개새끼들이 그딴 소리를 지껄이는데 분하지도 않단 말이냐! 이 배알 없는 놈!"

그는 나를 확 밀치고는 튀어나갔다. 그러자 가신단이 우르르 따랐다.

"음…."

이거 좋지 않은데. 솔직히 바이에른 선제후의 심경을 이해하지 못하는 건 아니다. 나라고 어찌 열 받지 않았겠는가. 하지만 이럴 때일수록 냉정해야 한다.

"발러 경. 괜찮은가?"

발푸르기스가 날 위로하듯 손을 잡아온다.

"괜찮습니다."

"너무 기분 상해하지 말거라. 숙부님은 본녀에 관한 일이라면 원래 저런 분이시니까."

"저도 이해합니다. 다만 일이 좀 꼬일 것 같아서 그렇죠."

사흘 뒤.

아니나 다를까 내 예상대로 됐다. 바이에른 선제후의 대군이 몰려가자 라이테르 놈들이 모두 성에 틀어박혀버린 것이다.

"이런 썩을 놈들!"

바이에른 선제후는 역정을 내었지만 이미 단기결전으로 끝낼 수 없는 상황이 돼버렸다. 라이테르 기사가문의 성은 작지만 천혜의 요새였다.

그 성은 작은 호수 한 가운데 떠있는 섬에 건축됐기 때문이었다. 유일한 통로인 다리는 진격하기에는 너무 좁은 통로였다.

결국 중포와 마법을 성에 퍼부을 수밖에 없었는데, 문제는 그렇게 해도 성이 다 무너지려면 한세월이 걸린다는 점.

이 시대의 포탄은 폭발하는 작렬탄이 아니다. 그냥 철구를 쏘아내는 거라 성벽을 무너뜨리는 게 쉽지 않다. 이쪽에서 쏴서 무너뜨려도 저쪽에서 계속 보수공사를 하니 그야말로 속이 터진다.

그나마 마법이 있어서 기간이 획기적으로 줄어들긴 했지만 현재 예상되는 공략기간은 무려 한 달. 당장이라도 놈들을 회치고 싶은 바이에른 선제후는 혈압이 올라 쓰러질 지경이었다.

"발러 경. 그대가 우려한 게 이런 일이었구나."

발푸르기스는 작게 한숨을 내쉬었다.

"민병대 500명이면 라이테르 놈들이 방심하고 한 판 붙으러 나왔을 겁니다. 그후에 제 계략으로 요리하면 그만입니다. 하지만 이 엄청난 군세가 왔으니 놀란 놈들이 거북이처럼 숨어버렸습니다."

문제는 저들의 성은 온갖 노하우로 훌륭하게 만들어져 있다는 것. 라이테르 기사가문은 전투가문으로서 수많은 공성전을 벌여본 역사가 있다.

그 과정에서 배운 노하우를 자기들에 성에 적용시켜 놓은 것이다. 공격하는 입장에선 학을 뗄만한 성이었다.

"포격을 시작했지만 다 때려 부수려면 한세월이 걸리겠구나."

콰앙! 콰앙! 쾅!

밖에서는 계속 중포가 불을 뿜는 중이었다. 성벽에 꽂힌 포탄이 화려하게 파편을 날리고 있었지만, 성벽 자체를 무너뜨리기에는 부족했다.

"어쨌든 라이테르 놈들이 끝장난 건 사실입니다. 전하께서 절대 용서하지 않으실 테니까요."

"그렇지만 숙부님의 화가 가라앉지 않아 걱정이구나."

그날 하루 종일 포격과 마법은 가한 뒤에 저녁에 작전 회의가 열렸다. 하지만 단기간에 성을 함락할 방법이 없었다. 유일한 길이 협상으로 구슬리는 거였는데, 바이에른 선제후가 반대했다.

"그렇다면 일부를 용서해야 하지 않느냐! 그럴 순 없다. 저놈들은 모두 죽어야 해!"

그는 사흘 안에 모든 걸 끝내고 싶어 했다. 하지만 누구도 저 단단한 성을 사흘 안에 박살낼 수 없었다. 급기야 야밤에 검술 대가들을 침투시켜 성문을 여는 방안도 논의됐지만, 라이테르 가문에도 검술 대가가 여럿이란 점 때문에 쉽게 결론을 내리지 못했다.

"정말 아무도 없는 것이냐! 저놈들을 사흘 안에 작살낼 자가! 천하제일의 인재들이 모인 바이에른이라 자부하지 않았더냐! 한데 어찌 꿀먹은 벙어리들이 된 거야!"

진중이 조용해졌다. 아무도 바이에른 선제후의 무리한 요구를 들어줄 수 없었다. 그저 다들 그의 화가 식길 바랄 뿐이었다.

흠… 어쩔 수 없지. 이 방법만큼은 쓰지 않으려고 했지만 나도 사실 바이에른 선제후만큼 화가 난 상태기도 하니까.

"전하."

내가 자리에서 일어나자 회의에 참석한 모두의 시선이 쏟아졌다.

"발러 경. 또 배알 없는 소리를 하려는 건가!"

"아닙니다. 전하. 한 가지 묻고 싶은 게 있어서 그렇습니다."

"무엇인가?"

"저 성 말입니다. 없어져도 상관없는 것입니까? 혹시 라이테르 놈들은 잡더라도 성은 온전하게 얻고 싶으신 건지 궁금합니다."

"그건 상관없다! 저놈들을 다 쓸어버릴 수 있다면 저딴 성은 10채가 없어져도 좋아!"

그 말에 나는 고개를 끄덕였다.

"알겠습니다. 전하. 그러시다면 제가 내일 저 문제를 해결하겠습니다."

담담히 확언을 하자 다들 웅성웅성거렸다.

"아니, 발러 경. 그게 무슨 말이오?"

"말도 안 되는! 공연한 소리를 해 군기를 어지럽히지 마시오."

"저 성을 하루만에 어떻게 한다는 거요?"

다들 어이없어 했지만 바이에른 선제후가 나를 조용히 쳐다볼 뿐이다.

"발러 경."

"네, 전하."

"과인은 헛소리를 하는 자를 제일 싫어한다네."

"전하를 위해 내일 저 성을 없애 보이겠습니다."

"……."

한동안 말이 없던 바이에른 선제후는 잠시 뒤 고개를 끄덕였다.

"좋다. 발러 경, 그대에게 기회를 주지. 대신 한 가지를 확실히 하겠네. 만약 뱉은 말을 지킨다면 니더바이에른 백작과의 만남을 허용하고 포상까지 하지. 하지만 만약 그게 허언이었다면 곱게 끝날 거라고 생각하지 말도록."

"알겠습니다. 보시면 알게 될 것입니다."

그렇게 그날 회의는 끝이 났다. 바이에른 선제후가 무슨 생각을 하는지는 모르겠지만 다른 귀족들은 황당함을 감추지 못하고 있었다.

"저 자가 정신이 나간 거 아니오?"

"이제 보니 사기꾼이 아닌가 싶소. 그간의 명성도 속임수일지도 모르오."

"저도 그런 느낌이 듭니다. 예전에 절 속인 사기꾼과 비슷한 분위기입니다."

저런 반응은 당연했기에 나는 딱히 기분 나빠하지 않았다.

다음날. 아침부터 가신단 전원이 모였다. 호수 위의 물안개 낀 성은 평화롭기만 하다. 바이에른 선제후는 근엄한 얼굴로 내게 물었다.

"병력이 얼마나 필요한가?"

아마 그는 내가 결사대를 조직해서 목숨을 건 돌격을 하리라 생각한 모양이었다. 하지만 나는 고개를 저었다.

"병사는 필요 없습니다."

"그게 대체 무슨? 설마 이 바이에른의 선제후를 희롱하려는 건가?"

"아닙니다. 저는 이미 준비가 끝났습니다."

그리 말하고 앞으로 나섰다. 다들 내게 뭐하려는 건지 궁금해 죽겠다는 표정이었다. 그러거나 말거나 앞으로 나가 손을 위로 올렸다.

모두의 시선이 쏟아졌다. 하지만 한동안 아무런 일도 일어나지 않았다. 급기야 누군가 피식 웃음을 터뜨렸다. 그러자 곧 사방으로 웃음이 번져갔다.

"저 자가 저거, 실성한 자가 아닌가?"

"하하하. 과대망상증인가 봅니다. 본인이 신화 속의 인물들처럼 지진이라도 일으킬 생각이었나 보지요."

특히 브라이테네그 백작이 가장 시끄러웠다. 그는 날 보며 비웃음을 감추지 못하고 있었다. 족제비를 닮은 얼굴로 연신 낄낄대는 것이었다.

"별 희극을 다 보는군요. 하하하하하!"

그렇게 저마다 떠들던 때, 갑자기 밤이 온 듯 일대가 어두워졌다.

"이 무슨?"

"뭐요? 이게 무슨!"

그리고 하늘이 무너지는 것 같은 소리가 울렸다. 귀족들은 놀라서 제자리에서 넘어지거나 사방으로 달음박질쳤다.

"으아아! 끄악!"

"사람 살려!"

오직 바이에른 선제후만은 태산처럼 자리를 지켰는데, 그런 그도 하늘을 보고는 입을 벌릴 수밖에 없었다.

우리의 머리 위로 비정상적으로 거대한 생물이 날아가고 있었기 때문이다. 그것은 길고 긴 세월을 살아온 드래곤이었다.

인간들에게 검은 악마로 통하는 마룡, 슈바르체토이펠이 나타난 것이다.

크르르르르릉!

하늘이 무너지는 것 같은 소리도 바로 슈바르체토이펠의 울부짖음이었다. 그는 순식간에 우리와 라이테르 가문의 성 위를 지나 저 멀리까지 날아갔다. 그리고 우아하게 U자형으로 비행하더니 이쪽으로 날아오기 시작했다.

- 해골쟁이! 이 작은 성이냐?

멀리서 그가 마법으로 물어왔다.

- 맞소.

- 얼마나 무너뜨리면 되는 건가?

- 그냥 평탄화시켜 주시오. 본인 취향대로 새로 지을 생각이니까.

- 알겠다. 가루로 만들라는 소리군! 오히려 그쪽이 쉽다. 적당히 부수는 게 힘 조절을 해야 하니 더 어렵지.

쿠아아아아!

슈바르체토이펠의 주둥이에서 검은 화염이 성을 뒤덮을 듯 쏟아져 나왔다. 그리고 브레스를 토한 슈바르체토이펠이 지나가자마자 성이 폭발했다.

콰아아앙! 쿠아앙!

그 충격에 호수의 물이 모두 허공으로 치솟았다. 그리고 일대에 빗물처럼 쏟아져내렸다.

촤아아아!

아주 시원한 소나기였다.

철푸덕!

그때 내 앞으로 무언가가 떨어졌다. 시커멓게 타버린 사람의 시체였다.

"아주 숯검댕이가 되셨구먼…."

그러게 왜 남의 성질을 건드시나.

주제도 모르고.

7. 모병을 시작합니다

며칠 뒤.

슈바르체토이펠이 휩쓸고 간 호수는 완전히 흙탕물로 변해있었다. 아름다웠던 풍광은 부서진 성벽과 밀려온 쓰레기로 엉망진창이었다.

하지만 가장 큰 문제는 그게 아니었다. 이 망할 슈바르체 영감탱이의 힘자랑이 지나쳐서 성뿐만 아니라 섬까지 없애버렸다.

원래 호수 가운데 있어야할 섬은 사라지고 흙탕물만 가득하다. 그 위에서 바이에른 선제후의 부하들이 삼삼오오 나룻배를 타고 돌아다니고 있었다.

"어디에 있나?"

"야! 좀 보이냐!"

그들은 기다란 장대를 들고 호수 곳곳을 쑤시고 다녔다. 라이테르 기사가문의 가주인 발두어의 시체를 찾겠다고 벌써 며칠째 저러고 있는 거다.

바이에른 선제후가 큰 포상을 약속한 탓에 겨울 날씨에 옷이 젖는 것도 신경쓰지 않고 다들 난리였다. 나룻배를 못 구한 자들은 물가에서 장대질을 해댔는데 다들 진흙이 묻어 엉망이었다.

"찾았다! 찾았어! 내가 찾았다고!"

그때 한 노병이 환희에 차서 소리쳤다. 아이구, 지성이면 감천이구먼. 저 노병은 은퇴자금은 확보로세.

"뭐야! 그 개새끼를 찾았나!"

진중에서 스튜를 게걸스럽게 먹고 있던 덩치 큰 바이에른 선제후가 튀어나갔다. 하여간 이 영감도 기운이 넘쳐난다.

따라가 보니 이미 시체가 물가에 나와 있었다. 의복과 착용한 장신구, 얼굴 모습으로 보아 발두어가 확실하다고 했다. 바이에른 선제후는 옆에서 개채찍을 받아서는 팔을 걷어붙이고 나섰다.

"이런 개새끼! 너 같은 새끼한테는 채찍이 딱이지!"

그는 신명나게 때려댔다.

짜! 짜악! 짝!

한참 하고 지치자 부하들에게도 채찍질을 시켰다. 결국 죽은 발두어는 엉망이 됐다. 바이에른 선제후는 팔다리를 자른 뒤 불에 태워버리라고 했는데, 내가 나섰다.

"전하, 이대로라면 이 라이테르 백성들의 원한이 가시지 않을 겁니다. 군마에 묶어 영지를 돌아다니며 백성들이 침이라도 뱉게 해주시지요."

"고것 참 좋은 생각이구나! 알겠다! 그리 하거라!"

그 뒤 돌아오는 길에 바이에른 선제후와 나란히 걷게 됐다.

"경이 이번에 일을 잘 처리해줬군. 솔직히 드래곤을 부를 줄이야. 마룡과 함께 싸운 사이라더니 정말이었군."

"니더바이에른 백작을 향한 흉악한 계획에 저도 참을 수가 없었습니다."

"좋네. 그나저나 과인의 가신들이 다들 공포로 얼어붙어 버렸더군."

안 그래도 다들 날 슬슬 피하고 있었다. 특히 그날 비아냥 거렸던 자들은 눈도 제대로 못 마주쳤다. 내가 자기들의 영지를 당장이라도 불태울까 싶겠지.

사죄의 의미로 선물과 금을 가져다 바치는 이들도 여럿이었다.

하지만 슈바르체토이펠은 봉인지를 지켜야하기 때문에 그로스글로크너에서 일정 범위만 움직일 수 있다. 바이에른까지는 가고 싶어도 가지 못하니 그들의 걱정은 기우였다. 하지만 그걸 말해줄 이유야 없지.

"제가 바이에른에 위해를 끼치는 일은 없을 것입니다. 무엇보다 마룡은 인간사에 끼어들기 싫어합니다. 제가 다시 부탁해도 들어주지 않을 겁니다."

이번에 슈바르체토이펠이 나선 건 마왕 오드가쉬 건 때문에 겸사겸사 감사를 표하기 위해서였다. 또 도시를 태워달라고 하면 어림도 없었다.

"그렇군. 아무튼 이번 일은 잘해주었어. 과인이 약속한 걸 지키기로 하지."

"하오시면."

"조카딸 곁에 머물러도 좋네. 자네를 지켜보겠어. 하지만! 결혼은 아직 어림도 없다!"

역시 그럴 줄 알았다. 그래도 이 정도면 장족의 발전이었다.

"그리고 혹시라도 결혼 전에 건드리면 경도 저렇게 될 줄 알아!"

바이에른 선제후는 저 멀리 군마에 끌려가는 발두어의 시체를 가리키며 으름장을 놓았다.

"물론입니다."

"그리고 상을 줘야겠는데 과인에게 부탁할 게 있는가?"

마침 딱 필요한 일이 있었다.

"교통정리 좀 해주시죠."

"음?"

나는 라이테르를 먹어 치우는 절차에 들어갔다. 마침 샬츠 상사가 도착해 큰 도움이 됐다.

"발러, 안 본 사이에 거물이 됐구먼. 아니 이제 발러 경이라 불러야겠습니다요. 나리."

"하하하. 상사님도 참. 저 좀 도와주시죠."

"알겠네. 나도 모르는 사이에 이 기사 가문의 빚이 내게 되었단 거지? 그걸 다시 자네에게 넘겨주면 되는 거고."

"맞습니다."

나는 샬츠 상사의 이름으로 되어 있던 채권을 인수한 뒤 선언했다.

"돈 대신 땅을 받겠다!"

내 선언에 짤츠부르크 대주교가 거품을 물고 반대했다.

"라이테르는 본 주교의 가신 가문이네! 어찌 자네 맘대로 주군인 내 허락도 없이 먹겠다는 건가! 게다가 그대는 니더바이에른 백작의 기사가 아닌가!"

예상대로 짤츠부르크 대주교가 분통을 터뜨리자 나는 거물을 불러

들였다.

"바이에른 선제후를 소환한다!"

"뭐? 뭣엇?!"

내 요청에 바이에른 선제후가 짤츠부르크 대주교를 협박했다.

"라이테르 기사령은 과인의 영지에 편입시키겠다. 이는 혈전을 선포한 뒤에 얻은 정당한 점령이다."

당연히 짤츠부르크 대주교는 또 한 번 반발.

"선제후라 해도 그런 패악질을 할 수는 없는 것이오! 제국법이 엄연히 있건만!"

그 말에 바이에른 선제후는 콧방귀를 뀌었다.

"아, 그러면 황제 폐하에게 가서 말해보던가?"

"내 그럴 것이오! 어디 두고 봅시다!"

짤츠부르크 대주교는 그날로 황제에게 뛰어가 바짓가랑이를 붙잡았다. 하지만 황제는 입장이 난처해졌다. 그는 거부인 바이에른 선제후에게 빌린 돈이 많았기 때문이었다. 그래도 체면상 나서긴 해야 했다.

"이보게, 바이에른의 충신이여. 일이 이렇게 됐는데 짐의 체면을 봐서라도……."

"폐하. 변제기일이 다가오고 있습니다."

"크윽! 사채업자 같은 놈!"

아무리 황제라도 돈 앞에서는 무력했다. 그깟 기사령 하나 때문에 빚쟁이의 심기를 건드릴 수는 없었다.

"폐하? 어디가 불편하기라도 하십니까?"

"아니, 뭐… 꼭 짐이 끼어 들겠다는 건 아니고. 하하하. 그럼 일들 보시게."

황제가 도망쳤다. 짤츠부르크 대주교는 배신감에 치를 떨었다.

부들부들부들.

하지만 세속성직제후인 그가 할 수 있는 건 별로 없었다. 상대는 제국 최고의 거물이었으니까. 이제 남은 건 무력으로 해결하는 방법뿐.

"왜? 꼬우시면 한 판 붙고."

혈전을 선포하면 받아주겠다고 심드렁하게 말하는 바이에른 선제후의 태도에 짤츠부르크 대주교는 수염을 잡아 뜯었다.

"저! 저 자가! 혈전을 핑계로 이 몸의 대주교령까지 처먹으려 하는구나! 저 늙은 돼지 새끼가!"

"하핫! 과인은 많이 먹어도 체하지 않는 체질이라."

"흐윽… 아, 알겠소이다."

결국 짤츠부르크 대주교는 백기를 들었다. 그리고 라이테르 기사령은 바로 이 몸, 발러슈테드 발러님의 것이 되었다.

그게 겨울 사이에 벌어진 일이었다.

계절이 지나 봄이 왔다. 나는 겨울 내내 황폐화된 영지를 안정시키는 일에 매달렸다. 세금을 면해주고 피해 복구를 지원했다.

정신나간 발두어놈 때문에 라이테르는 전쟁이라도 겪은 듯 망가져 있었다. 하지만 돈을 풀기 시작하자 모든 게 하나하나 돌아오기 시작했다.

"오신다는 님은 오지 않고."

나는 창밖을 바라보며 멍하니 중얼거렸다. 내게 선전포고를 했던 알트펜베르크의 테르오는 어려움을 겪고 있었다. 황제가 경제봉쇄를 하는 바람에 모든 게 흐지부지된 탓이다.

이 사태를 해결하기 위해 협정을 제안해 왔지만, 나는 깔끔하게 무시해 버렸다. 원래는 뒷목 잡을 조건을 내밀어 굴욕을 주려고 했으나 황제의 경제 봉쇄가 너무나 잘 먹히고 있어 그럴 필요를 못 느꼈다.

그냥 계속 말라죽게 내버려뒀다. 지가 필요하면 또 연락하겠지. 나는 그 혈기방장한 젊은 바보에 대해서 잊어버렸다.

꽃이 피자 나는 로제란트로 로엘린을 찾아갔다. 그녀와 함께할 중요한 일거리가 있었기 때문이었다.

"어서 오세요. 발러 경."

로엘린은 바쁜 인물이었지만 나를 위해 기꺼이 시간을 내줬다. 일단 그녀에게 감사를 표했다.

"전하의 도움으로 그로스글로크너의 요새화 작업이 순조롭습니다. 정말 감사합니다."

"뭘요. 저야말로 감사하지요. 로제란트의 기술자들은 큰 일거리를 맡았다고 아주 좋아하고 있어요."

언데드 도시계획을 위해 로엘린의 도움을 받았다. 로제란트는 건축과 예술이 발달한 곳이라, 관련 분야의 인재들이 많았다.

현재 로제란트의 훌륭한 기술자들은 그로스글로크너에 장엄한 성벽과 도시를 만드는 일을 시작했다.

천문학적인 돈이 나갈 테지만, 뭐 내 주머니에서 나가는 건 아니니까. 슈바르체토이펠의 둥지에 쌓여있는 산더미 같은 금화가 공사비용으로 쓰일 예정이었다.

"그나저나 오늘은 무슨 일이신가요?"

칼리오네 덕에 로엘린과도 무척이나 가까워졌다. 그래서 전부터 말하려던 용건을 가져온 것이다.

"이걸 보시죠."

나는 품에서 지도 하나를 꺼냈다. 그건 라인강 너머의 마왕군 배치도였다.

"마왕 페자무트의 군대가 배치된 현황입니다. 제 부하들이 목숨을 걸고 작성한 것이죠."

로엘린은 내가 내민 지도를 주의 깊게 들여다보았다. 그리고는 손뼉을 쳤다.

"허술하네요? 놀랄 만큼 허술해요. 소녀는 이럴 줄은 꿈에도 몰랐어요. 분명 도강한다면 승리할 수 있겠네요."

"게다가 지금 라인강변 너머에 신경 쓰고 있는 자가 거의 없으니 적기입니다."

현재 제국의 모든 시선은, 제국 서부로 향해 있었다. 그곳에서 제국 전체에 파장을 미칠 빅매치가 벌어지기 직전이었다.

무슨 일인가 하면, 트리어 선제후와 서열 11위 불의 마왕 쟈케르가 한 판 붙으려 자신의 동맹자를 끌어 모으고 있었다. 그야말로 일촉즉발이었는데, 역사를 아는 나는 시큰둥했다.

만약 그 둘이 제대로 붙었으면 대전쟁이 발발했을지도 모른다. 하지만 겨울부터 시작된 그 갈등은 충격적이고 허망하게 끝나버린다.

양측은 위협적일 정도로 군대를 모으자, 트리어 선제후와 불의 마왕 쟈케르는 내심 쫄리기 시작했던 것. 한 방 터지면 자기가 가진 게 모두 날아갈 테니까.

그래서 서로 만나 협상을 하게 되는데, 희극은 여기서 벌어진다. 둘이 얘기를 하다 감정이 상해서 대판 붙어버린다.

결국, 협상장에서 격해진 싸움질로 트리어 선제후와 불의 마왕 샤케르가 같이 폭사하는 거로 마무리된다.

이 무슨 코미디가 따로 없는 건지….

그렇게 양 진영의 수장이 죽어버리자 전쟁은 흐지부지되고, 찝찝한 일상으로 되돌아왔다. 그게 앞으로 반년 뒤, 초가을까지 벌어질 삽질이다.

나야 이런 일을 알고 있으니 이 틈에 재빨리 제국 서남부로 진출하려는 거다. 지금 치고 들어가면 다른 거물들이 간섭하기 어려우니까.

"트리어 선제후와 불의 마왕이 직접 충돌하지는 않을 겁니다. 오랜 세월 감정이 상해 심상치 않은 상황이 됐습니다만, 결국 둘이 합의를 이뤄낼 겁니다."

같이 폭사한다고 말해줄 수는 없으니 이런 식으로 설명했다.

"물론 그 동안은 제국의 시선이 모두 그쪽으로 향할 겁니다. 우리가 움직이기 좋은 시점이란 거죠."

"어머? 발러 경은 제가 당연히 함께할 것처럼 말씀하시는군요?"

로엘린은 관심 없다는 듯 혼자 찻잔에 차를 따르며 묻는다. 하지만 이미 반짝이기 시작한 그 눈빛은 감출 수 없었다.

"함께해주시면 좋겠지만, 함께하지 않으셔도 상관없습니다."

"흐음."

"이번 일은 필립 전하와 니더바이에른 백작까지 나서는 일입니다. 앞으로 그분들과의 관계를 생각해 참전 여부를 결정하시면 될 듯합니다."

"조만간 필립과 직접 연락을 하고 싶은데 괜찮나요?"

"물론입니다. 선제후 전하께선 이번 일을 꼭 로엘린 전하와 양동작전으로 진행하고 싶어하십니다."

현재 페자무트와 로엘린의 주력군은 경계지대에서 대치중이다. 이 상황만 유지되면 나는 그 틈에 군대를 모집해 라인강을 도강해 이득을 취할 수도 있었다. 나는 이런 계획을 설명했다.

"전하께서 적극적으로 도와주시면 더 좋은 결과가 있을 겁니다. 단순히 제국 서남부를 수복하는 정도가 아니라, 마왕 페자무트의 세력을 일소할 수 있을 것입니다."

"흐음……."

로엘린은 고개를 옆으로 기울이며 골똘히 생각에 잠겼다. 아마 마왕 페자무트를 치울 수 있다는 사실이 매력적으로 느껴질 터.

"하지만 발러 경. 얼마 전 페자무트가 승급한 건 알고 있나요? 그 마왕은 원래부터 강했지만 더 강해졌답니다."

알고 있다. 이 세계에서 승리하는 게 어려운 결정적인 이유 중 하나가 바로 그런 프로모션 시스템이었으니까.

고위 마왕을 처치하면 그걸로 끝나는 게 아니다. 그 빈자리를 밑에 마왕이 승급해서 올라간다. 마왕 오드가쉬가 사라졌다고 기뻐하기는 일렀다. 누군가 다시 서열 3위에 올라 그런 힘을 휘두를 테니까.

결국 마왕을 없애버리려면 마왕 개인이 아니라 그 세력 자체를 지워버릴 필요가 있었다. 안 그러면 또 다른 마족이 어디선가 출현해 마왕이 된다.

마치 인간에게 용사가 끊임없이 나오는 것처럼 말이다. 그게 이 세계에서 전쟁이 끝나지 않는 이유였다. 페자무트의 세력 자체를 없애

버리려면 로엘린의 도움이 꼭 필요했다.

현재 페자무트는 서열 12위에서 서열 10위로 뛴 상태. 이전과 달리 훨씬 강해졌겠지.

"그 점에 대해서는 대비책이 있습니다."

"설마 가련한 소녀가 직접 싸워야 한다는 건 아니겠죠?"

"페자무트를 저격할 딱 좋은 인물이 있습니다."

"그게 누구죠?"

"바로 발푸르가 수녀회의 전 대수녀원장. 마르가레타입니다."

드디어 웅크리고 있던 제국 서남부의 태산북두가 나설 때가 된 것이다.

"아!"

로엘린은 놀란 표정을 짓더니 이내 빙그레 웃는다. 곡선을 그리는 그녀의 붉은 입술이 어쩐지 오늘따라 요염해 보였다.

"어머나, 그것 참 매력적인 제안이네요."

나는 내 제안이 로엘린을 매우 흡족하게 만들었다는 걸 알 수 있었다. 그녀의 눈빛이 오랜 만에 마왕다운 광기로 일렁이고 있었으니까.

일주일 뒤.

다방면으로 사안을 검토한 로엘린에게서 연락이 왔다.

"조건이 있어요."

"말씀하시지요."

"점령할 제국 서남부의 일부를 받고 싶어요."

로엘린은 그곳에서 칼리오네의 기반을 만들어주고 싶어했다. 출병의 대가로 충분히 들어줄 수 있는 것이었다.

"물론입니다. 가능합니다."

"알겠어요. 그렇다면 소녀는 비밀리에 모병을 시작하죠."

장미의 마왕 로엘린이 전쟁 준비에 들어갔다. 그녀는 이번 기회에 오랜 골칫거리인 페자무트 세력을 일소하고자 했다. 제국 서남부 탈환을 노리고 있는 이쪽과 양동작전이었다.

"전하, 장마가 끝나는 날 출정하는 걸로 하지요."

"좋아요."

그 뒤, 마르가레타에게 수정구로 연락을 넣었다.

- 오랜만이 아니냐! 발러!

- 그렇네요. 마리.

인사를 나눈 뒤, 제국 서남부를 치겠다는 계획을 밝히자 그녀는 반색했다.

- 오옷! 드디어 마왕을 썰러 가는 것이냐?

- 그렇습니다. 각오 단단히 하셔야 할 겁니다. 듣자니 마왕 페자무트가 한층 강해졌다고 합니다.

- 으하하하! 걱정하지 말거라. 본인도 그간 놀고 있었던 게 아니다.

- 그럼, 페자무트를 맡아주실 수 있겠습니까?

- 걱정 말래도. 예쁘게 썰어서 네게 선물하겠다. 발러.

그 순간 새로운 메시지가 떴다.

<축하드립니다!>
<폭풍과 몰살의 마르가레타가 당신의 동료가 되었습니다!>

마르가레타를 동료로 영입 조건은 60레벨은 넘는 거다. 현재. 나는 피도 눈물도 없는 자 4레벨, 용사 4레벨이다. 최상위직은 5배로 계산하기 때문에 실제로 일반 직업 40레벨과 같다.

거기에 괴물사냥꾼 32레벨을 더하면 내 직업적 역량은 72레벨이다. 당연히 마르가레타 영입이 성공할 수밖에.

- 마리, 싸움을 준비해 주세요. 또 연락하겠습니다.

- 알겠다.

마리와 연락한 뒤 나도 준비에 들어갔다.

"샬츠 상사님. 모병을 부탁드립니다. 상사님께서 모병관으로 오래간 근무하셨잖습니까?"

"맡겨만 두게. 그런데 얼마나 모병하려는 건가?"

"1만은 있어야 합니다."

내 말에 샬츠 상사는 혀를 내둘렀다.

"자네가 출세한 건 알겠네. 하지만 용병 1만을 부리려면 연간 150만 플로린은 유지비로 들어갈 거야. 대영주나 되어야 그 정도를 감당할 수 있다네."

"1년치 예산은 있습니다. 걱정하실 거 없습니다."

샬츠 중사는 눈이 휘둥그레졌다.

"발러, 자네가 그렇게 부자인 줄 몰랐구먼. 이제 겨우 기사가 된 거 아닌가?"

"융통할 곳이 있었습니다."

나는 슈바르체토이펠에게 200만 플로린을 받았다. 정말 이것도 어렵사리 뜯어낸 거다. 그의 남은 재산은 모두 언데드 도시를 만들기 위해 들어갈 예정이라, 더 받아낼 수도 없었다.

앞으로 이 돈으로 1년 이상 버틸 수 있으니 어떻게든 그 안에 서남부를 밀어버릴 작정이었다. 그리고 새로운 싸움에서 전비를 계속 얻어내는 수밖에. 개인적으로는 페자무트의 영지를 약탈하고 싶었다.

"그럴 듯한 일을 하려면 1만은 필요한 법입니다. 고참병과 신병을 적절하게 모아주십시오."

"알겠네. 내 인맥도 모두 동원하지."

"감사합니다. 전쟁군주(Kriegsherren)의 자격으로 상사님을 대위로 승진시키겠습니다."

내 말에 그는 허리가 뒤로 젖혀질 정도로 껄껄 웃었다.

"하하하! 살다보니 장교가 다 돼보는군."

"샬츠 대위님. 그럼 부탁드리겠습니다."

내 말에 샬츠 대위는 제대로 군례를 올렸다.

"그리하겠습니다. 주군."

"좋습니다. 기대하지요."

샬츠 대위에겐 반호르트를 붙여줬다.

"반호르트."

"네, 조장님."

"아직도 조장이라고 부르나?"

"하하, 죄송합니다. 그게 입에 붙어서 말입니다."

나는 똑바로 하라고 하며 정강이를 까줬다. 살짝 깠는데도 죽는다고 한다.

"아이고!"

"하여간 엄살은! 너는 이제부터 중사로 승진한다. 샬츠 대위를 따라가도록."

"감사합니다! 흐흐!"

그렇게 둘을 보내고 나자 막스와 텔만이 간사하게 손바닥을 부비면서 다가온다.

"저희는 뭐 없습니까? 헤헤헤. 비텐바이어에서 예까지 왔는데 말입니다."

"저도 중사 좀 달아보면 소원이 없겠습니다만?"

과거 이 녀석들은 나랑 오크 방진에 깃발을 빼앗으러 들어갔다 나왔다. 적절한 보상을 해줘야지.

"좋다. 너희도 앞으로 중사다!"

내가 허락하자 둘이 함지박만한 웃음을 짓는다.

"하하하! 살다보니 하사관이 다 되는구나!"

"병사에서 출세했네!"

"하사관이 문제겠냐. 능력만 있으면 연대장도 달 수 있다. 내가 용병을 모집하는 전쟁군주인데 그 정도도 못해주겠나."

"맞습니다! 주군! 열심히 하겠습니다!"

"저도 열심히 하겠습니다!"

이렇게 모병을 시작했지만, 병사만 가지고는 전쟁을 할 수 없다. 훌륭한 장군이 있어야 했다.

게다가 전쟁을 준비하면서 병사들을 훈련시키는 것도 장군의 임무였다. 즉, 앞으로 반 년 뒤에 출정하려면 유능한 장군이 간절하다.

다행히 최고의 후보가 있다.

바로 요한 체르클라에스 폰 틸리 장군.

하르프하임 전투에서 우연히 만났던 그는 내게 좋은 인상을 받았다. 틸리는 당시에 강철 선제후 막하에 있었는데 중용되지 못해서 뒷

방 늙은이 신세였다.

그때 나는 일개 병사라 아쉽게도 그런 그를 고용할 수 없었다. 하지만 이제는 처지가 달라졌다. 역시 내 1만 대군을 믿고 맡길 자는 틸리 장군 뿐이다.

특히 틸리는 병사들을 교육하는데 능력치가 높아 평시에도 큰 도움이 된다.

"막스 중사. 텔만 중사."

"네! 주군!"

"자네들에게 첫 번째 임무를 주지. 사람을 하나 수소문해 주게."

다행히 지금 시간대 틸리는 바이에른에 있다. 원래 스토리대로라면 바이에른 선제후가 그의 진가를 알아보고 자신의 대리장군으로 삼게 된다. 바이에른 선제후에겐 미안하지만 양보할 수 없다.

"바이에른 어딘가에 요한 체르클라에스라는 사람이 있다. 장군 출신이며 현재는 휴식 중이다. 어떻게든 빠르게 찾아내도록!"

"다녀오겠습니다! 주군!"

두 녀석은 군마를 타고 바람 같이 사라졌다.

이주일이 지나자 막스와 텔만이 돌아왔다.

"주군. 찾았습니다."

"오? 어디에 있다던가?

"브라이테네그에 있습니다."

브라이테네그는 지난 번 라이테르 기사가문을 토벌할 때 나를 가장 크게 비웃었던 자가 다스리는 곳이 아닌가. 그는 현재 내게 엄청나게 쩔쩔매고 있었다.

슈바르체토이펠을 본 뒤로 완전히 얼어붙어서는 자기 영지로 도망가 버렸다. 다른 자들은 사죄의 의미로 선물이라도 보냈는데 그는 튀고 끝이었다. 개인적으로 그에게 감정이 안 좋았다.

"좋다. 브라이테네그로 가보지."

나는 막스와 텔만을 이끌고 브라이테네그로 향했다.

"틸리 장군은 거기서 뭐하고 있다던가?"

"호수 옆 한적한 저택에서 머물며 낚시 삼매경이라 하더군요."

"허허!"

이 양반이 은퇴한 군인 흉내를 내고 있네. 그는 나이가 많긴 해도 이제부터 시작이었다. 앞으로 마왕들과 수많은 전투를 벌여야 하는데 세월이나 낚고 있다니.

"어느 쪽이냐?"

"제가 앞장서겠습니다."

막스를 따라서 가보니 브라이테네그 외곽에 호수가 하나 있었다.

"이 시간대면 늘 낚시 중입니다. 봄이 온 뒤로 하루도 안 빠지고 있다고 하니 금방 찾을 수 있을 겁니다."

아니나 다를까, 우리는 호숫가에서 낚싯대를 드리우고 있는 노인을 만날 수 있었다. 틸리였다.

"장군."

내가 필리에서 내려 옆에 서자 그는 놀란 표정을 지었다.

"아니! 자네는?"

"장군, 또 뵙는군요. 발러슈테드 발러입니다."

"하르프하임의 그 젊은 용병이 아닌가! 하하하!"

틸리는 날 기억하고 있었다. 그는 일어나서는 손을 마주잡으며 반가워했다.

"다시 뵈니 반갑습니다."

"안 본 사이에 근사해졌구먼. 사실 자네 이야기는 들었네."

"부끄럽습니다. 장군."

그는 역시 내가 비범한 자일 줄 알았다고 했다. 틸리는 그날 이래 나를 계속 명가의 후손으로 오해하고 있었다.

"역시 자네 같은 자는 뭘해도 하는구먼."

수염을 쓰다듬으며 그는 사람 좋은 얼굴로 고개를 끄덕인다.

"과찬이십니다."

"그나저나 여긴 어쩐 일인가?"

"장군 때문에 찾아왔습니다. 저와 같이 가시죠. 장군을 고용하고자 합니다."

나는 1만 용병을 모병하고 있단 사실과 이를 훈련시켜줄 장군이 필요하단 얘기를 했다.

"허허! 1만이나! 대체 어디를 치려는 건가?"

"그건 고용에 응하셔야 알려드릴 수 있습니다."

"하긴 당연하겠지."

틸리 장군은 내 제안에 혹한 듯했다. 그는 천생 군인이다. 1만 대군을 다룰 수 있는 기회가 기쁠 수밖에. 하지만 이내 난색을 표했다.

"자네의 제안에 흥미가 있네. 그런데 지금 처지가 여의치 않구먼."

"혹시 다른 군주에게 제안을 받으셨습니까?"

"아닐세, 나 같은 퇴물을 누가 신경이나 쓰겠는가?"

"퇴물이라니요. 다들 장군의 진가를 몰라서 그런 겁니다."

자기를 알아주는 발언에 그는 기쁜 얼굴이 됐다. 하지만 곧 얼굴에 그늘이 드리워졌다.

"대체 무슨 일이십니까?"

"사실 말일세. 이 호수의 땅은 조상님께 물려받은 곳이지."

"그렇습니까?"

"저기 작은 교회가 보이는가?"

과연 호숫가 근처에는 사람 한두 명 밖에 안 들어갈 것 같은 초소형 교회가 있었다.

"저곳에 어머니가 묻혀 있다네. 생전에 이 호숫가를 무척 좋아하셨지."

"아…."

"그런데 이 브라이테네그 백작이 여길 호시탐탐 빼앗으려 하고 있다네. 이런저런 핑계를 대고 있지만 별장을 짓고 싶어서 그런다더군."

아니, 저런 죽일 놈이.

아마 상대가 일반 백성이었다면 강제로 빼앗았을 테지만, 귀족인 틸리라서 어쩌지 못하고 있는 것 같았다. 하지만 점점 괴롭힘이 심해지고 있다고 했다.

"매일 낚시를 하며 지키고는 있지만 놈들이 언제 저 교회를 때려 부술지 모르겠네. 며칠만 자리를 비운다면 재까닥 철거를 해버릴 거야."

"음…장군. 혹시 이 문제만 해결되면 저를 따라오실 수 있겠습니까?"

"그렇긴 하네. 하지만 어머니의 일이라 완전히 안심할 수 있어야 해."

"그렇다면 좋습니다."

고개를 끄덕인 뒤 부하들에게 지시했다.

"막스 중사, 텔만 중사."

"네, 주군."

"도시로 가서 브라이테네그 백작을 잡아와."

그리 말하다 고개를 저었다.

"아니, 아니지. 그래도 귀족 체면이 있는데. 이쪽으로 정중히 초대한다고 말해. 지금 발러슈테드 발러가 호수에서 기다리고 있다고."

"알겠습니다. 주군!"

둘이 군마에 오르자 나는 추가로 주문했다.

"기왕이면 늦지 않았으면 좋겠다고 전하도록. 너무 늦으면 영지에 좋지 않은 일이 있을 거라고 슬쩍 덧붙여."

"알겠습니다!"

정확히 한 시간 뒤, 브라이테네그 백작이 헐레벌떡 도착했다. 기병 몇 기만 이끌고 온 게 서두른 기색이 역력하다. 그는 숨을 몰아쉬고 있었다.

"후우, 후우! 발러 경! 아이구! 이게 누구십니까! 정말 발러 경께서 예까지 오시다니요!"

그는 말에서 내리자마자 굽실거렸다. 그러자 뒤에서 지켜보고 있던 틸리가 놀란 기색이었다. 그럴 수밖에. 지체 높은 백작이 일개 기사에게 이리 저자세니까.

그가 이러는 건 비단 슈바르체토이펠 때문만은 아니다. 내가 라이테르 사건 이후 바이에른 선제후에게 인정받았다는 것도 크다.

실제로 바이에른 선제후가 날 위해 짤츠부르크 대주교를 찍어 누른

건 바이에른에서 큰 반향을 불러 일으켰다. 그 뒤 바이에른의 영주들은 알아서 내게 기고 있었다.

다들 나를 발푸르기스의 약혼자 정도로 여기고 있었다. 언제가 바이에른 선제후가 될 자의 남편감이니 허리가 절로 조아려질 수밖에.

"브라이테네그 백작님."

"예예!"

"여기까지 와주셔서 감사합니다."

"하하, 저야 불러주셔서 더 감사할 뿐이죠."

기사가 오라고 해서 쫓아온 백작은 무척 비굴한 표정이었다. 그는 과거에 지은 죄가 있어서 그런지 고개를 좀처럼 들지 못한다.

지금도 단번에 터져나간 라이테르 성이 잊혀지지 않겠지. 하지만 그렇다고 그를 불쌍히 여겨서는 곤란하다. 틸리에게 한 짓을 보니까 일반 백성에겐 어땠을지 뻔하다.

"괜찮으면 저 좀 잠깐 보실까요?"

내가 근처의 숲을 가리키며 얘기하자 그는 불안한 듯 땀을 삐질삐질 흘렸다.

"네? 저긴 왜?"

"일단 가보시죠."

"…하하하. 알겠습니다."

브라이테네그 백작은 어쩔 수 없이 나를 따라왔다. 그리고 사람들이 안 보이는 곳에 도착하자마자, 그의 뺨을 후려갈겼다.

짜악!

"이 시발 새끼가 진짜!"

8. 절세검객

맛깔나게 때린 싸대기에 브라이테네그 백작이 벌러덩 넘어졌다.

"어이쿠!"

대귀족인 백작이 일개 기사에게 맞아 땅을 뒹굴었다. 세상에 이런 웃기는 꼴도 없을 거다.

나는 여기서 브라이테네그 백작이 어떻게 반응할지 궁금했다. 자기가 받은 모욕에 대해 성질을 낼 기개는 있을까? 그렇다면 그에 대한 평가를 조금 상향할 의사가 있었다.

"살려주십시오! 발러 경!"

하지만 역시 기대를 벗어나지 않았다. 실질적인 권력에 민감한 브라이테네그 백작은 자기가 뺨을 맞았다는 것도 잊고 매달려왔다. 족제비 같이 생긴 놈이 하는 짓도 비굴했다.

"그날의 무례는 제가 사과를……."

그나저나 이 새끼는 얼마나 인생을 쉽게 사는 걸까. 자기가 이해 못한다고 비웃어 대고, 자기보다 강해보이니 바닥까지 비굴해지고. 한

심해서 말이 안 나왔다.

짜악!

이번에는 반대편 뺨을 갈겼다.

"지난번에 실컷 비웃고 그냥 튀었더라? 다른 영주들은 선물이라도 내놓고 갔는데, 너는 주둥이 놀린 값 치를 생각이 없는 거지?"

"죄송합니다! 발러 경!"

이런 자는 자기 영지가 새카맣게 타야 정신을 차릴 것 같았다.

"니놈 새끼가 미래를 보고 싶으면 그따위로 행동하면 안 되지!"

짜악!

"하루살이 같은 새끼가 진짜! 오늘만 산다 그거냐!"

짜악!

"나하나 좆대로 살다 가면 뭐 인생 끝인가?"

짜악!

"아주 그냥 백작이라고 인생이 편한 거지?"

"아이구! 제발 살려주십쇼!"

더 견딜 수 없던 건지 브라이테네그 백작이 다리에 매달려 왔다.

"계속 그따위로 해? 브라이테네그에 혈전을 선포할 수도 있으니까."

"히이익!"

혈전이란 말에 브라이테네그 백작은 화들짝 놀라서 엎드렸다. 그의 영지는 백작령이나 별 볼일 없었다. 전쟁이 나면 감당하지 못한다.

"진심으로 사과드리겠습니다. 발러 경."

브라이테네그 백작은 납작 엎드려 기었다. 그쯤 되자 나도 슬슬 화가 풀렸다. 백작 뺨이라서 때리는 게 더 맛깔나기도 했고. 기를 충분히 죽였으니 이제 원하는 걸 꺼내놓는 게 좋겠단 생각이 들었다. 애초에 화풀이에 이렇게 윽박지른 게 아니다.

나는 어른이다. 화를 내는 것보다 더 중요한 게 있는 걸 알고 있다. 마음 같아서는 5대는 더 때리고 싶었지만, 물질적인 게 더 좋았다.

"흐음. 그런데 말이지, 백작."

"네네."

나는 나무에 등을 기댄 채 말했다.

"지난 번 일로 성이 없어져서 정말 큰일이야. 지낼 곳이 없더군."

"어이쿠! 그것 참 시급히 해결해야할 문제입니다요."

"그치?"

"네네."

"그러면 성이 부서졌으니까 새로 지어야겠네?"

"맞습니다."

"그래, 그러면 기왕 짓는 거 우리 브라이테네그 백작의 도움을 받고 싶은데 말이지."

내 말에 그의 얼굴이 백지장처럼 하얗게 질렸다. 성을 만드는데 들어가는 자금이 상상을 초월하기 때문이었다.

"아무리 그래도 그건…."

하지만 그는 고개를 숙일 수밖에 없었다.

"자기 영지가 있을 때 잘해. 그게 현명한 거잖아?"

"흐이익……."

브라이테네그 백작은 공포에 질려버렸다. 하지만 나는 협박만으로 그치지 않고 확실하게 스킬까지 발동했다.

아, 그러게 왜 매사 착하게 사는 사람을 비웃어.

<SS등급 스킬 제국선동을 발동합니다!>

제국선동은 상대의 의식 일부에 영향을 끼치는 능력. 특히 공포나 분노 등으로 감정이 극단적으로 치달을 때 최고의 효과를 본다. 이 스킬이 주로 분노한 민중을 봉기시키는 역할을 하는 걸 생각해 보면 알 수 있다.

"브라이테네그 백작. 성 하나 지어주면 자네는 안전할 거야. 영원히. 그러니까 자네는 그걸 기쁜 맘으로 하는 거지."

나는 브라이테네그 백작의 어깨를 두드려 주며 그의 무의식에 속삭였다. 그러자 그의 표정이 몽롱해졌다.

"안전합니까? 영원히?"

"그렇지."

"저는 기쁜 마음으로 하는 거군요?"

"그래, 이제 말길을 알아먹네."

<제국선동이 발동합니다!>

좋아. 결과는 과연 어떻게 될 것인가?

<대성공입니다! >
<브라이테네그 백작은 당신이 원하는 대로 행동합니다!>

단번에 성공했다. 그것도 그냥 성공을 넘은 대성공이다. 브라이테네그 백작은 곧 눈에 총기가 돌아왔다.

"아아! 그렇습니다. 당연히 발러 경을 위해 제가 성을 지어드려야지요. 걱정마십시오. 사실 감춰둔 재산이 상당히 있습니다. 그걸 사용하면 될 겁니다."

뭐야? 숨겨놓은 재산이 있었어? 이거 완전히 속이 시커먼 놈이었네. 역시 성을 지어달라고 하길 잘했다.

새로운 메시지가 떴다.

<축하드립니다! 신분 높은 인물을 선동했습니다!>
<제국선동 숙련3단계에 오릅니다!>

오? 뭐야? 벌써 숙련3단계?

물론 숙련3단계까지는 올라가기 비교적 간단하다. 스킬들마다 차이는 있지만, 다른 스킬들도 숙련3단계까지는 수월하게 올라왔다.

하지만 예상보다 훨씬 쉽게 올랐다. 아무래도 지위가 높은 인간을 상대라 그런가 보다. 게다가 그냥 성공보다 보너스를 받을 수 있는 대성공인 것도 한몫 한것 같았다.

<제국선동 숙련3단계의 효과로 일반인 1,000명을 선동할 수 있습니다!>

대단한데. 이제 내 한 마디면 1,000명이 움직인다는 거다. 역시 강철 선제후는 전투기술이 아니라도 무시무시하구나.

"제가 발러 경에게 근사한 성을 선물하겠습니다!"

이제 브라이테네그 백작은 성에 관한 문제만큼은 자기 뜻대로 판단할 수 없게 됐다. 나머지는 원래대로의 인간이지만, 날 위해 축성해주는 건 만사 제쳐두고 열심히 하게 될 것이다.

"기대하지. 그리고 하나 더 있다."

"말씀하십시오."

"이 호수는 틸리 장군이 조상대대로 물려받은 땅이다. 절대 건들지 말도록."

"알겠습니다."

"그래, 그래. 이제야 맘에 드네. 다시 보니까 사람 인상이 참 괜찮아."

나는 흡족하게 웃으며 그의 몸에 묻은 먼지를 털어줬다.

"감사합니다! 발러 경."

그렇게 용무를 마친 뒤에 우리는 되돌아왔다. 그러자 브라이테네그 백작의 기병들이 깜짝 놀라 달려온다.

"백작님! 어찌 뺨이 이렇게 퉁퉁 부으셨습니까!"

내가 귓방망이를 맛깔나게 갈겨놨으니 뺨이 엉망일 수밖에. 나는 아무 것도 아니라는 듯 말했다.

"백작님께서 숲에서 그만 넘어지셨다."

당연히 이 말을 믿을 사람은 아무도 없었다. 기병들은 얼이 빠져서는 날 쳐다본다. 하지만 자기들 주인도 맘대로 하는 게 나다. 감히 뭐라 입을 여는 이는 없었다.

"브라이테네그 백작님."

"예. 발러 경."

"이거 가는 길에 바르시죠."

나는 품에서 힐링 포션 한 개를 꺼내 내밀었다. 실컷 줘패고, 성까지 받아낸 대가로 준 것이다. 역시 나는 참 장사를 잘하는 거 같아.

제국에서 누가 힐링 포션 하나 가지고 성이랑 바꾸겠나?

"아이구, 감사합니다. 뭘 이런 걸 다."

"그럼, 살펴 가시길."

이제 가보라고 손을 휘휘 젓자 그는 줄행랑을 쳤다. 제국선동이 먹힌 것과 별개로 공포감은 여전했다. 그렇게 백작 일행이 사라지자 틸리가 황당한 표정을 감추지 못하고 묻는다.

"자네, 대체 뭘 한 건가?"

"그냥 남자답게 얘기를 나눴습니다."

별 일 아니라는 듯 어깨를 으쓱이자 그는 너털웃음을 터뜨렸다.

"하하핫! 참 재밌는 친구로군. 내 속이 다 시원하구먼!"

틸리는 평소 브라이테네그 백작에게 감정이 많았던 듯 통쾌해했다.

"앞으로 브라이테네그 백작이 이 호숫가를 건들 일은 없을 겁니다."

"참으로 일처리가 대단해. 좋네. 이렇게 된 이상 자네의 진영에 합류하지."

"감사합니다! 장군."

드디어 요한 체르클라에스 폰 틸리 장군을 고용하게 되는구나. 앞으로 수많은 전쟁을 치러야 하는 입장에서 그야말로 천군만마를 얻은 셈이다.

"그런데 여기 살림살이가 있어 정리할 시간이 필요하군. 보름 안에는 자네의 영지로 찾아가지."

"제 수하들이 거들어 드릴 겁니다. 막스, 텔만. 여기서 장군을 도와드리고 라이테르로 같이 돌아오도록."

"알겠습니다!"

나는 틸리와 악수를 나눈 뒤 말에 올라탔다.

"장군. 장마가 그칠 때 제국 서남부로 향할 것입니다."

"역시 그랬나. 앞으로 반 년 정도로군. 그 사이 모병한 병사들을 강병으로 만들어야겠어."

"장군만 믿을 뿐입니다."

출정하게 되면 틸리를 내 대리장군(Lieutenant General)으로 삼을 셈이었다.

"그러면 보름 뒤에 라이테르에서 뵙겠습니다."

나는 깃털 모자를 들어 인사해 보이고는 먼저 길을 나섰다.

혼자 가도를 내달렸다. 좌우로는 억새풀처럼 키 높은 풀이 넓게 펼쳐진 곳이었다. 바람에 따라 흔들리는 게 마치 바다위의 물결 같았다.

틸리 장군의 일로 난 기분이 좋았다. 그가 내 연대들을 강병으로 만들어 주겠지.

"앞으로 돈을 많이 벌어야겠군."

연간 150만 플로린이라…. 유지비가 아찔하구먼. 군대를 계속 유지하기 위해서는 이번에 반드시 페자무트의 재산을 탈탈 털어내야 한다.

앞으로 할 일이 많겠다.

"음…?"

그런 생각을 하며 가도를 달리는데 저 앞에 호리호리한 인물이 하나 보였다. 그는 어찌된 영문인지 검을 세워들고, 가도 한 가운데에서 버티고 있다.

뭐지?

의아해하며 다가가 보니 여자였다. 20대 초반 정도의 미녀였다. 눈꼬리가 올라가고 강한 인상이었지만 그 미모가 실로 대단했다. 멀리서도 얼굴에서 광채가 나는 것 같았다.

그렇지만 나는 감탄하는 대신 경계심을 품었다. 뭔가 안 좋은 만남이란 느낌이 들었다.

"안녕하시오? 숙녀분."

그녀에게 깃털 모자를 벗어 인사해 보였다. 하지만 다른 한 손을 조용히 마법을 준비했다. 뭐랄까, 나 자신은 생각 이상으로 긴장하고 있었다.

요즘 어지간한 마왕을 봐도 덤덤했는데 지금은 온몸에 털이 곤두선 것 같은 기분이었다. 저 여자 굉장한 강자가 틀림없었다.

"네가 발러냐?"

역시 안 좋다. 상대는 날 알고 있다. 결코 우연히 마주친 게 아니란 얘기다.

"그렇소. 내가 발러요. 그러는 숙녀분께서는 뉘시오?"

"나는 팔케라고 한다."

팔케? 그런 이름은 들어본 적은 없는데. 이름도 모를 이런 강자라. 그렇다면 결론은 하나뿐이다.

수호자. 분명히 상대는 수호자였다.

나는 조심스레 그녀를 살폈다. 갑옷을 입고 있었지만 일반적인 갑옷이 아니다. 정말 최소한만 가리는 스타일. 자유로운 움직임을 중시한 갑옷이었다. 게다가 저 검… 나도 과거 들어본 적 있는 유명한 검객의 유품이었다.

이것만 봐도 상대의 정체를 알 만했다.

바로 수호자 중 하나인 절세검객, 대검호의 마지막 전인이 틀림없었다. 안 그래도 라이테르 기사가문의 일을 처리할 때 절세검객과 마주칠 거란 생각을 했었다. 하지만 의외로 저쪽이 이탈해서 만남이 없었는데 이렇게 찾아올 줄이야.

"팔케. 무슨 볼 일이오?"

그리 물으면서도 입맛이 쓰다. 딱 봐도 좋은 의도로 찾아온 게 아니란 걸 알 수 있었으니까.

부스럭.

주변의 키높은 풀 속에서 작은 움직임이 느껴졌다. 그녀의 조력자나 부하들이 있는 것 같았다. 눈앞의 여검객만으로도 승패를 장담할 수 없을 정도인데 적이 더 있다니.

생각 이상으로 암담한 상황이었다. 어쩌면 오늘이 이 발러슈테드의 제삿날일지도 모른다는 생각이 들었다.

"검을 들고 누군가를 찾아왔다면 뻔하지 않나?"

팔케의 대답에 머리가 부산히 돌아갔다. 어쩌면 내 악행을 처단하겠다고 온 걸까?

나는 라이테르 기사가문을 정리한 뒤, 개인적으로 절세검객으로 추정되는 자에 대해 조사를 했었다. 단편적인 정보 밖에 없어서 제대로 알 수 없었지만 한 가지 소식을 듣긴 했다.

라이테르 기사가문에서 스스로 대검호의 마지막 전인이라 주장하는 검객을 고용했는데, 세금을 걷는 과정에서 병사 다섯을 죽이고 이탈했다는 것.

나는 그 자가 상당히 정의감이 강한 성격이라 짐작해 왔다. 어쩌면 오늘 나타난 건 내가 라이테르 성을 통째로 박살낸 걸 따지러 온 게 아닐까? 과도한 행동이었다고 생각될 수도 있었으니까.

하지만 팔케가 꺼낸 얘기는 예상을 뛰어넘는 것이었다.

"네놈이 무덤에서 웅크리고 있는 자의 끄나풀이란 걸 알고 있다."

"뭐라?"

"발러, 인류를 위해 여기서 죽어줘야겠다."

나는 속으로 굉장히 당황했다. 설마 무덤에서 웅크리고 있는 자를 언급할 줄이야. 이 시점에 그 존재를 알고 있는 자가 나타날 거라고는 꿈에도 생각하지 못했다.

"무덤에서 웅크리고 있는 자라? 그게 무슨 말인지 모르겠군."

일단 시치미를 뗐지만 통하지 않았다.

"발러, 네가 어둠의 대군인 무덤에서 웅크리고 있는 자의 후원을 받고 있음을 알고 있다. 인류대적의 힘을 받았으니 절대 용서할 수 없다."

도대체 이게 어떻게 된 걸까?

절세검객이 왜 여기 있고, 어떻게 무덤에서 웅크리고 있는 자를 알고 있는 거야.

이 시점에 절세검객 스토리는 분명히 영주를 모시고 있었을 텐데. 기억을 떠올려 보면 하나우의 백작 밑에 있을 때다. 그런데 어째서 여기에?

의아해하던 나는 퍼뜩 한 가지 기억을 떠올렸다.

- 잠시만, 진정하게. 우리는 마왕과 다툴 생각이 없다. 분명히 타협점을…….

아아… 일이 어떻게 된 건지 이제야 알 수 있었다.

하나우 백작은 필립의 총신으로 금인칙서를 갖고 튀었던 인물이다. 나는 도주하는 그를 울름 평야에서 따라잡은 뒤 죽였던 것이다.

"팔케, 그대는 분명 하나우 백작 밑에 있지 않았소?"

"어찌 알고 있는 거지?"

"정확히는 모르오. 다만 하나우 백작 밑에 아름다운 여검객이 있단 소리를 들었을 뿐."

"그런가. 원래 나는 백작령의 검술교관이었다. 그분이 돌아가시고 난 뒤에 하나우를 떠났지."

이런 세상에. 결국 절세검객이 실업자가 된 게 나 때문이었다. 하나우 백작을 죽이지 않았다면 이 타이밍에 절세검객과 마주칠 일이 없었을지도 모르겠다. 나는 꼬여버린 역사에 탄식했다.

"그나저나 무덤에서 웅크리고 있는 자에 대해선 어떻게 안 것이오?"

"그건 내 검에 물어보도록. 예의를 지키기 위한 대화는 이 정도면 됐다."

상대는 더는 대화할 생각이 없는 것 같았다. 나는 필리에서 내려 녀석의 엉덩이를 때려 멀찌감치 떨어지게 했다.

"군마는 건드리지 마시오. 말 못하는 짐승이 무슨 죄가 있겠소?"

팔케는 고개를 끄덕이더니 검을 든다. 빌어먹을, 딱 봐도 저 여자는 나보다 레벨이 높은 것 같았다.

하지만 이쪽도 강점이 있다. 바로 최상위직을 2개나 가지고 있다는 것이다.

"와라!"

힘차게 외치고 류블라냐의 진실한 모습이 드러나게 했다.

카앙!

곧바로 그녀와 내 검이 부딪쳤다.

"하앗!"

그녀는 우악스러울 정도로 강하게 밀고 들어왔다. 그래서 나는 검술보다 다른 방법을 동원했다. 애초에 절세검객을 상대로 검을 겨룬다는 자체가 무리니까.

"울어라! 어둠의 번개여!"

내 외침에 응해 용사의 트레이드마크나 다름없는 검은 번개 내리꽂혔다.

콰아앙!

시커먼 번개가 작렬하자, 크게 얻어맞은 그녀는 일순간 흰자위가 드러난 정도로 충격을 받았다. 팔케는 황급히 떨어졌는데 나는 그걸 놓치지 않았다. 물러나는 팔케를 향해 손을 뻗어 피눈물 흡수를 사용했다.

그와아아아아!

어둠의 힘이 팔케의 생명력을 빨아들였다. 하지만 나는 화들짝 놀라며 손을 거둬들여야 했다.

카앙!

건틀렛의 일부가 검에 베이며 피가 튀었다. 절세검객을 상대로 잠깐 손을 내민 것만으로도 순식간에 팔이 날아갈 뻔했다.

오거를 한 방에 말려 죽이는 피눈물 흡수도 그녀를 상대로는 큰 힘을 발휘할 수 없는 모양이었다.

"일제히 던져!"

팔케가 외치자 사방에서 쇠사슬이 쏟아져왔다. 풀숲에 숨어있던 조력자들이 한꺼번에 나선 것이다.

카앙! 캉!

날아온 7개의 쇠사슬 중 3개를 베어냈으나 4개는 내 팔과 다리를 휘감아버렸다. 이어서 그들은 내게 십자궁을 쏘아댔다.

캉! 캉! 카앙!

날아온 볼트는 대부분 불꽃을 튀기며 튕겨나갔지만, 일부는 갑옷의 틈을 파고들었다.

푹!

"크윽!"

제대로 한 발이 박혔다. 그리고 이 틈을 놓칠 팔케가 아니었다. 그녀는 검을 똑바로 세우고 낭랑한 목소리로 외친다.

"그대 용감한 검객이여! 열다섯 가지 방향에서 찌르기를 익혀라! 이를 르 뿐떼(Le Punte)라고 부를지니!"

아, 빌어먹을. 최악의 타이밍에 검객의 비기가 튀어나왔다. 저건 바로 검술 대가의 경지에 이른 자만이 쓸 수 있는 '시'라는 힘이다.

시는 검객이 마력을 다루는 방식이며 검객들이 마력을 이해하는 방식이다. 마법과도 비슷하면서도 다르다. 마법사가 지팡이를 들고 마법을 부린다면, 검객은 검을 들고 시를 부린다.

비록 마법처럼 다재다능하지 못해 파괴에만 집중되어 있지만, 그 위력 하나만큼은 확실하다.

번쩍!

빛이 작렬하더니 팔케의 검끝이 15개로 분화되어 온갖 방향에서 찔러 들어오기 시작했다.

아, 빌어먹을 르 뿐떼. 절세검객 시절에 써먹을 때는 좋았지. 하지만 당하는 입장이 되자 속으로 욕이 절로 터져 나왔다. 하지만 나도 방법이 없는 건 아니다.

원래라면 몸 여기저기에 바람구멍이 나서 죽어야 정상이겠지만, 지금 내게는 누구에게도 뒤지지 않는 기이한 보법이 있었다.

바로 SS등급 스킬 귀신의 발걸음.

스르르륵-.

내 몸이 쇠사슬을 무시하고 허공에서 귀신처럼 녹아 사라졌다.

"!"

팔케가 놀란 기색이 역력했다. 하지만 그 찰나의 순간에 15개의 찌르기 중 무려 5개가 방향을 전환해 회피하는 날 노려왔다. 경악을 금치 못할 솜씨였다. 즉각 월영검법의 반격기로 대항했다.

카앙! 캉!

갑주가 깨지는 소리와 함께 내 입에서 고통스러운 신음이 흘러나왔다.

"크악!"

두 손을 땅을 짚은 채 10미터 이상 주욱 미끄러졌다. 결국 입에서 피가 토해져 나왔다.

"끄으윽!"

시야가 어질어질하고 앞이 흐릿하다. 하지만 다행히 이 타이밍에 팔케가 치고 들어오지 않았다. 그녀는 고개를 갸웃거리며 의아해했다.

"반격기를 어디에 날린 건가?"

분명히 월영검법의 반격기가 터졌다. 하지만 팔케의 몸에는 털끝하나 닿지 않았다. 그녀가 의아해할 수밖에. 하지만 나는 충분히 목적을 이뤘다.

"필요한 곳에 가, 필요한 만큼 닿았다."

"뭐?"

대답대신 몸을 일으키며 외쳤다.

"병사로 온 죽음의 투사들이여, 그대들의 주인 앞에 진을 짜라!"

깜짝 놀란 팔케가 돌아보는 순간 이미 조력자들이 언데드로 만들어지고 있었다. 그제야 그녀는 내 반격기가 무엇을 노렸는지 깨달았다. 나는 어차피 팔케에게 먹여봐야 소용없다는 걸 깨닫고는 주변에 있던 자 중 셋을 동시에 베었던 거다.

"크아아아아!"

언데드 특유의 섬뜩한 기성과 함께 듀라한으로 다시 태어난 그들이 날뛰어댔다. 나는 그걸로 그치지 않고 무자비한 지도자까지 썼다.

<언데드들의 잠력을 끌어내 폭발적으로 강해집니다!>
<전투가 끝난 후 해당 언데드가 소멸합니다!>

거기에 언데드 통솔의 효과까지 중첩시켰다.

<반경 150미터 안의 언데드는 생명력 +15%, 방어력 +15%, 공격속도 +7%를 얻습니다>

가뜩이나 언데드 중에서도 강한 듀라한인데, 이런 효과까지 받자 주변의 다른 조력자들은 비명과 함께 쓸려나갔다.

"이 무슨!"

"엄청나게 강합니다! 이 녀석들!"

나는 듀라한이 날뛰는 사이에 팔케를 마크했다. 검술로 상대가 안 되는 탓에 내 몸은 엉망진창이 됐지만 용사의 고유 스킬 '끝없는 활력'으로 버텨냈다. 실시간으로 회복되는 내 몸을 보며 팔케가 경악을 감추지 못했다.

"이 무슨 바퀴벌레 같은!"

정확히 봤네. 용사가 바퀴벌레만큼 끈질기다는 걸.

"크악!"

팔케와 드잡이질을 하다가 무게추(Pommel)에 맞아 휘청거렸다. 그러면서도 그녀의 머리채를 잡고 놔주지 않았다. 그녀는 단번에 자기 머리칼을 잘라버린다. 순간 나는 어깨로 그녀를 들이 받았다.

"죽어!"

우리는 같이 흙바닥에 뒹굴었다.

"크윽!"

검을 놓친 나는 엎드린 그녀의 어깨를 두 손을 찍어 누르려 했으나 여의치 않아 황급히 뒤로 물러났다. 그 순간 팔케가 몸을 돌리며 수평으로 베어왔다.

부웅!

까딱하다가는 뱃가죽이 갈라져 내장이 우르르 쏟아질 상황이라 급히 피하다 뒤로 쓰러졌다.

"으윽! 빌어먹을!"

다행히 팔케도 무리한 베기를 한 탓에 한손으로 땅을 짚고 있었다. 나는 발로 그녀의 눈을 향해 흙을 찼다.

"아악! 비겁한 놈!"

비겁하다고 하거나 말거나 나는 곧장 몸을 돌려 검이 떨어진 곳으로 내달렸다.

"이놈!"

뒤에서 팔케가 손으로 흙을 닦으며 달려왔다. 그리고 힘껏 검을 내리쳐왔다. 나는 간신히 류블라냐를 붙잡아 막아냈다.

퍼억!

검 손잡이의 나무 부분이 박살이 났다. 간신히 류블라냐를 주워 막긴 했는데, 워낙 다급해 검신의 중간을 잡고 손잡이로 공격을 받아내야 했다.

이래서는 또 한 번 공격이 온다면 당해낼 수 있을지 의문이었다. 나는 오른손으로 허리춤의 말채찍을 잡아 빼 팔케의 얼굴을 냅다 갈겼다.

짜악!

제대로 팔케의 눈 부분을 가격했다.

"아악!"

그녀는 휘청했지만, 눈을 찡그려 앞을 보지 못하는 상황에서도 막 몸을 일으킨 내 다리를 베어왔다. 그러자 세상이 뒤집혔다.

"크악!"

몸이 허공에 붕 뜨더니 흙바닥에 다시 처박혔다. 순간 정강이 아래가 잘려나간 것 같았다. 하지만 용케 S등급 갑옷인 저주받은 자가 버텨냈다.

"네놈!"

문제는 쓰러진 까닭에 다시없을 위기 상황이 왔다는 것. 팔케는 승리를 확신한 것 같았다.

"이제 끝이다!"

그녀가 검을 내리치기 위해 든 그 순간.

촤르륵!

쇠사슬이 날아와 그녀의 손목을 휘감았다. 뒤이어 쇠사슬이 더 날아와 그녀의 허벅지를 묶어버렸다. 듀라한들이었다.

순식간에 다른 조력자 넷을 정리해 버리고 지원에 나선 것이다. 나는 이 틈을 놓치지 않고 언데드 소환을 사용했다.

"병사로 온 죽음의 투사들이여, 그대들의 주인 앞에 진을 짜라!"

그러자 죽은 조력자 넷도 듀라한이 되어 살아났다. 순식간에 듀라한 일곱이 생겨난 것이다.

"어리석군! 사령술사를 상대로 졸개를 끌고 오다니. 마치 정성어린 선물이라도 준비한 꼴이 아니오?"

"이 자식!"

성난 팔케가 사슬을 잘라버리고 듀라한에게 달려들려고 했다. 그래서 곧장 견제했다.

타앙!

권총을 뽑아서 쏘자 그녀는 검으로 막으며 낭패한 표정이 됐다.

"너희들은 접근전을 피하고 십자궁과 쇠사슬만 사용하도록!"

나는 듀라한에게 그리 명령하고 팔케를 향해 이죽거렸다.

"상황 역전이로군. 소감이 어떻소? 숙녀분."

"이렇게 된 이상! 이 한 몸을 버릴 각오로 싸우겠다!"

동귀어진이라도 하겠다는 소리였다. 아니나 다를까, 팔케는 결연한 모습으로 돌격해 왔다. 그런 그녀에게 일곱 개의 쇠사슬이 일제히 뻗어간다.

사방에서 휘감아 오는 쇠사슬 속에서도 그녀는 침착하기 그지 없었다. 마치 혼자만 느린 시간 속에서 있는 것 같았다.

좌악!

무시무시한 기세로 쏟아진 쇠사슬을 살짝 고개만 틀어 피해낸다. 그 뒤 볼타 스텝을 밟아 또 하나를 피하더니, 허공에서 그대로 몸을 회전해 한꺼번에 세 개를 피해냈다.

착지하자마자 몸을 바짝 웅크려 하나를 또 피하고, 스프링처럼 쏘아지면서 마지막 하나의 쇠사슬을 베어버렸다.

캉!

나는 경의에 가까운 감정에 사로잡혀 그녀의 신법을 보았다. 실로 극상의 경지며, 후일 홀로 수십여 명의 마왕을 상대하는 수호자의 저력이 엿보였다.

마력으로 빛나는 팔케의 검이 단번에 날 찔러 들어왔다.

카앙!

그녀의 검이 갑옷을 뚫고 단번에 배를 관통한다.

"크아악!"

격통에 내 눈이 커지고 입에서 비명이 터졌다. 그러자 팔케의 얼굴에 환희가 번져갔다. 하지만 그녀의 기쁨은 거기까지였다.

"네년은 용사를 얕보지 말았어야 했다."

어느새 바뀐 내 말투와 조소 가득한 얼굴에 팔케는 불안한 표정이 됐다.

"뭐?"

나는 대답대신 있는 힘껏 그녀를 양팔로 껴안았다. 검이 배를 더 비집고 들어와 정신을 잃을 것 같은 격통이 느껴졌지만 상관하지 않고 외쳤다.

"지금이다! 사슬을!"

딱히 자세한 명령을 내릴 필요도 없었다. 듀라한은 주인인 내 의지에 호응해 사슬을 던져 팔케와 내 몸을 미라처럼 칭칭 휘감아왔다.

"이 무슨 미친!"

함께 사슬에 묶이게 되자 팔케는 놀란 기색이 역력했다. 하지만 그걸로 끝이 아니었다. 듀라한들은 들고 있던 자기 머리까지 내던지고 달려와서는 우리를 양팔로 끌어안았다.

그 누구도 움직이지 못하도록.

"네놈! 이게 무슨 정신 나간 짓이냐!"

팔케의 목소리에 처음으로 공포가 묻어나고 있었다. 그 감정에 나는 매우 만족하며 눈으로 위를 가리켰다.

"하늘을 봐라. 모자란 년아."

"뭐?"

그녀가 고개를 든 그 순간,

번쩍!

어둠의 번개가 작열했다. 그리고 끝도 없이 쏟아져 내리기 시작했다.

콰아아앙! 콰아아앙! 콰가가가가강!

일대의 모든 색깔이 사라져버렸다. 사방에는 검은 색만 가득 찼고, 번개가 번쩍이는 찰나에는 모든 게 새하얗게 변했다가 다시 검게 돌아갈 뿐이었다.

그래, 이게 바로 정의의 힘이지.

나는 결코 멈추지 않았다.

콰아아앙! 쿠우우우웅!

완벽히 끝내자. 그런 결연한 각오로 조금의 여유도 두지 않고 어둠의 번개를 내리꽂았다. 가진 마력과 어둠 수치를 모조리 사용했다.

"놔! 놓으라고!"

"네년이 쓰러질 때까지는 어림도 없다!"

지독할 정도로 공격해야 겨우 쓰러지는 게 수호자다. 조금의 여지라도 주면 황당한 반격이 이어질 거다.

콰아앙! 콰아아아앙!

흙먼지가 자욱하게 일어났다. 튀어 오른 자갈이 부서지며 내 뺨을 거칠게 때린다.

콰아앙!

한계까지 쥐어짰고, 곧 마지막 번개가 내리꽂혔다.

"……하아. 하아."

무리를 했더니 숨이 가빠왔다. 그와 대조적으로 사방은 조용했다. 비명을 지르던 팔케도 더는 아무 말 없었다.

파지지직.

지면에는 아직도 검은 스파크가 튀고 있었다. 주변은 엉망진창이었다. 겨울의 마른 풀에 불이 붙어 활활 타올랐다. 검은 연기가 자욱이 일어나며 하늘을 가린다.

풀썩.

안고 있던 손을 풀자 팔케는 땅바닥에 힘없이 쓰러졌다. 수많은 번개가 작렬한 탓에 그녀의 몰골은 엉망이었다.

"빌어먹을 년 같으니라고."

사람을 이렇게 고생시키나. 나는 이를 악물고 몸에 꽂힌 장검을 뽑아냈다.

"끄아아아악!"

피가 배에서 솟아져 나왔다. 통증도 통증이지만 자기 몸에 구멍이 나는 건 절대 유쾌한 경험이 아니었다. 과거에 내장이 쏟아진 적도 여러 번 있었다. 스스로 쏟아진 내장을 주워 담는 건 다시 떠올려도 싫은 기억이었다.

퐁!

힐링 포션을 따서 상처에 들이 붓고 일부는 마셨다. 통증이 몸 전체를 성난 짐승처럼 날뛰고 있었다. 입술을 깨물며 겨우 참아낸다. 그럴수록 화가 치밀어 올랐다. 틸리를 등용하고 기분 좋게 돌아가다가 뜬금포로 죽을 뻔했으니까.

퍼억!

얼마 뒤 복부의 구멍이 사라지자 뻗어있던 팔케를 걷어찼다.

주욱!

강력한 발차기에 팔케가 가도를 따라 10미터는 밀려나갔다가 무언가에 걸려서 튀어 올랐다. 그리고 흙먼지를 일으키며 다시 떨어졌다.

"너는 하여간 가만 안 둘 테니까 각오하는 게 좋아."

류블라냐를 주워서는 쓰러진 팔케에게 다가갔다. 바로 베어 죽이려던 나는 잠시 고민에 빠졌다.

"흐음……."

이대로 수호자를 죽이고 힘을 얻는 일은 간단하다. 하지만 그 반동에 대해 고려해 봐야 한다.

<수호자들은 그 존재만으로 어둠의 대군을 막는 봉인과도 같습니다.>
<만약 수호자를 죽인다면 세계의 봉인이 약해질 겁니다.>

그들의 위치는 이렇게 특이하다. 하여 수호자를 죽이면 죽일수록 문제가 발생할 확률이 높다.

만약 봉인이 풀려서 어둠의 대군이 나타난다면 상상을 초월하는 사태가 벌어질 터. 해피엔딩이 아니라 세계멸망 스토리가 열릴 판이었다.

과연 괜찮을까?

물론 메리트가 없지는 않다. 수호자 살해에는 다음과 같은 단서가 붙어있으니까.

<수호자의 정수를 5개 이상 모으면 당신은 초월적인 존재로 거듭납니다.>

지금으로써는 그 초월적인 존재라는 게 뭔지는 정확히 모른다. 추측만 할 뿐.

"……."

고민이 깊어졌다. 심적으로는 죽이고 싶다. 그로 인한 결과가 걱정스러웠다. 세상에는 균형이 중요하다. 특히 수호자들은 마왕을 견제하기에 실로 좋은 수단이기도 했으니까.

"끄응…."

격하게 싸웠더니 온몸이 안 아픈 곳이 없었다. 쓰러뜨린 팔케를 깔고 앉아서 손익을 계산하기 시작했다. 여기서 중요한 게 하나 더 있는데, 팔케가 어떻게 무덤에서 웅크리고 있는 자를 알았냐는 거다.

역시 누군가의 도움을 받고 있는 것 같았다. 절세검객에게 무슨 예지력 같은 게 있는 게 아니니까. 누가 사주한 걸까? 대가는 뭐였을까? 돈을 줬을 수도 있고, 어리숙한 공명심을 이용했을지도 모른다.

"역시 가만 놔둬서는……."

다짜고짜 목숨을 노린 팔케도 괘씸하기 짝이 없었지만 그 암중 세력이 더 문제였다. 눈앞에 보이는 적이야 쳐부수면 되지만 숨어있는 적은 보통 까다로운 게 아니다.

가뜩이나 제국 서남부로 진출한다는 대업을 앞둔 상황인데 말이지. 나는 그 암중 세력을 찾아서 지워버리기로 결심했다. 그러기 위해선 팔케에게 정보를 알아내야 하는데, 여기서 두 가지의 길이 있다.

하나는 살아 있는 상태에서 심문한다. 다른 하나는 죽인 후 언데드로 만든 상태에서 물어본다.

당연히 후자가 압도적으로 좋을 거 같은데 여기에 문제가 있다. 만약 팔케가 섬기는 신격이 있으면 말짱 꽝이란 말씀. 아무리 내 사령술이 절정에 올라도 신격한테 신도를 빼앗아 올 수는 없으니까.

"어디 보자…."

일단 팔케의 몸을 이리저리 뒤적였다. 다행히 신앙을 나타내는 듯한 표식은 안 보였다.

그렇다고 문제가 다 해결된 건 아니다. 그녀는 초반에 죽은 필립과 달리 어느 정도 레벨에 오른 수호자이다. 분명히 사령술에 저항하려 할 텐데 이게 내 뜻대로 쉽게 될 수 있냐는 거다.

그 과정에서 시간을 잔뜩 잡아먹으면, 그 배후를 추적할 단서가 끊기는 게 아닌가 걱정이었다.

"진짜… 이년 끝까지 말썽이네."

고민이 깊어갔다. 장고 끝에 악수 난다고 역시 직감대로 할까? 혼자 그런 생각을 하고 있는데 내 밑에 깔려있던 팔케가 신음을 흘렸다.

"으으……."

"뭐야? 깨어난 건가?"

일어나서 보니까, 그녀의 눈가가 파르르 떨리고 있었다. 세상에. 과연 수호자는 수호자네. 몸이 저 꼴이 났는데 여전히 살아있다니. 새삼두려움이 밀려왔다.

역시 죽여야겠는걸.

다른 걸 따지기 전에, 여기서 수호자를 죽이지 못해 생길 리스크가제일 클 것 같았다. 목숨만 붙어있다면 무슨 짓을 할지 모르는 게 수호자니까.

"깨어났나?"

"…이 사악한 놈."

"남길 말이라도 있나?"

사형집행인도 유언은 들어준다. 죄수의 목을 퍽퍽 날리는 그런 냉혈한에 비하면 나는 인정이 많은 편이다. 들어주지 못할 것도 없었다.

"이걸로 끝이라고 생각하지 마라… 우리 중 누군가가 네놈을 반드시……."

"흠, 진부하군. 기억에 남길 만한 유언은 아니야."

다만 한 가지 유추는 가능했다. 우리 중 누군가라고 그랬다. 역시어떤 조직이 있구나. 그들이 어떻게 무덤 속에 웅크리고 있는 자의 정체를 안 건지 미지수였지만.

"팔케. 제안이 하나 있다."

"……."

"누구에게 사주 받았는지, 어떻게 무덤에서 웅크리고 있는 자를 알았는지 토설하라. 그렇게 한다면 목숨은 살려주지."

"웃기는… 소리. 어둠의… 후원을 받는 자에게… 굴복하지 않는다."

내 이럴 줄 알았다. 이런 부류는 뭔가 나름대로의 골치 아픈 신념으로 똘똘 뭉쳐있으니까. 그래, 이럴 때는 그냥 죽여야지.

단순히 직감이지만 이 아가씨는 이용당했다는 느낌이 들었다. 이런 꽉 막히고 고지식한 부류는, 선인의 가면을 쓴 책사에게 쉽게 놀아난다. 정의를 위해 싸우고 있다고 생각하겠지만 실상 본인은 그냥 체스판의 말 정도 밖에 안 된다.

그러니까 사람이 자기 주관이 있어야지. 나처럼.

내가 남을 체스말로 사용하는 건 괜찮아도, 남이 나를 체스말로 사용하는 건 절대로 용서할 수 없었다.

"혹시 믿는 신격이 있나?"

나는 그녀의 목에 검을 꽂아 넣기 전에 한 가지를 물었다.

"없다… 그런 건…. 네놈이 신을 운운하다니… 웃기는."

"그것 참 반가운 소리로군."

나는 희희낙락하며 검을 겨눴다.

"잠시 좀 쉬고 있으라고. 다시 불러낼 테니까."

"그게 무슨!"

그제야 내 말 뜻을 알아들은 듯 팔케의 눈동자가 커졌다. 사령술사가 다시 불러내겠다는 소리야 무슨 말인지 뻔하니까.

"이놈! 크윽! 이 저주 받은 자! 죽음을 우롱하다니!"

악을 쓰는 그녀에게 사령술사로서 해줄 말은 하나뿐이었다

"사실 삶과 죽음은 하나라네."

푸욱!

류블라냐의 칼날이 절세검객의 목줄기를 관통했다. 그녀는 몸을 파르르 떨며 허리를 들어올렸다. 하지만 그것도 오래가지 못했다.

"이… 그으윽. 사악한…."

팔케의 눈이 총기를 잃고 어두침침해지더니 그대로 눈을 감았다.

그건 그렇고 왜 팔케는 나를 사악하다고 결론을 내렸을까? 나와 제대로 얘기해 보지도 않고, 내 신념에 대해서도 알아보려 하지 않았으면서.

다짜고짜 너는 어둠의 힘을 쓰니 죽어라, 라니. 그녀는 내가 무엇을 위해 싸우고 있는지 알까? 조금 억울한 기분이 들었다. 그래서 결심했다.

"죽음에서 널 일으켜 주지. 그리고 시체인 네게 밤새 이야기해 주마. 나의 꿈을."

그때 네가 후회했으면 좋겠다. 세상은 선과 악으로 나눠버릴 정도로 단순하지 않다는 걸 깨닫고는.

<절세검객 팔케를 살해했습니다!>

드디어 두 번째 수호자가 죽었다. 메시지가 뜨면서 경험치가 쏟아져 들어왔다. 덕분에 바로 레벨 업을 할 수 있었다.

<축하합니다! 피도 눈물도 없는 자의 레벨이 5로 오릅니다!>

발러슈테드 발러

나　이 22세
레　벨 **4** (용사)
　　　　5 (피도 눈물도 없는 자)
　　　　32 (괴물사냥꾼)

생명력 3090/3090
마　력 2910/2910
어　둠 1240/1240

힘
522

카리스마　　　　　　건강
532　　　　　　565

290　　　319
지능　　민첩성

마법 저항력 11.2%

아이템 가중치

★ 저주받은 태생	생명력 +654　어둠 +112　힘 +32
★ 류블랴냐	생명력 +310　건강 +120　힘 +120　카리스마 +110
★ 맨드레이크	생명력 +40
★ 마을 카르카의 뼈마법봉	어둠 +70　마력 +50　카리스마 +13

피도 눈물도 없는 자 5레벨이 되면서 매우 재밌는 스킬이 생겼다.

S등급 스킬 <언데드 포획>이었다.

말 그대로 야생의 언데드를 잡을 수 있는 기술이다. 세상에는 희귀하고 기괴한 언데드가 많이 있는데, 이 기술만 있으면 그들을 잡아 내 것으로 할 수 있었다.

숙련5단계를 넘으면 지성을 가진 언데드도 굴종시킬 수 있는 능력이 더해진다. 내가 창조하지 않은 언데드를 갖고 싶을 때 매우 유용한, 과연 망자의 왕이라 할 법한 스킬이었다.

"아주 좋아."

나는 만족해하며, 이번에는 절세검객을 죽이고 얻은 새로운 스킬을 살펴보았다.

"과연 어떤 SS등급 스킬이……. 음?"

만면에 미소를 짓던 나는 딱 멈출 수밖에 없었다.

구르르.

갑자기 땅이 한 번 흔들린 것이다. 무언가 출렁하며 빠르게 지나
갔다.

"무슨…!"

지진인가? 당혹해서 그런지 살짝 땀이 났다. 내가 알기로 이 게
임에는 지진 같은 자연효과는 없다. 아니, 그 사이 업데이트라도 된
건가.

타이밍이 묘했지만 지진이 일어나지 말라는 법도…….

우르르르릉!

그때 다시 땅이 출렁였다. 이번에는 정말로 큰 지진이었다.

"윽!"

나는 높은 곳에서 균형을 잡는 사람처럼 양손으로 좌우로 뻗고 무
릎을 굽혔다. 땅이 마구 흔들리며 멀리서 필리가 우는 소리가 들렸
다. 지진은 잠시 후에 사라졌지만 세차게 뛰는 가슴을 진정할 틈이 없
었다.

갑자기 저 멀리 어디선가에서 끔찍한 포효가 터졌기 때문이다.

쿠아아아아아 우우우우웅-!

굉장히 먼, 마치 물리적인 거리로 측정할 수 없는 곳에서 부터 들려
온 것 같은 소리였다.

"뭐, 뭐야…."

듣는 순간 온몸이 바들바들 떨리며, 스스로도 몸을 주체할 수 없는
공포에 사로잡혔다. 대체 이 소리의 정체가 무엇인지 짐작도 되지 않
았다.

하지만 한 가지만은 직감적으로 알 수 있었는데, 이건 내가 감히 헤아릴 수 없는 존재의 목소리란 사실이었다. 그리고 그건 매우 유쾌하게 웃고 있는 것 같았다.

비웃음과 조롱, 광기가 잔뜩 뒤섞여 있었다.

"으윽!"

두통이 심하게 일어났다. 이미 그 포효는 사라졌지만 내 머릿속에는 계속 울리고 있었다. 그리고 나는 눈앞에 새로 뜬 메시지에서 눈을 뗄 수가 없었다.

<숨겨진 시나리오 '수호자 살해'의 새로운 단계가 진행됩니다.>

9. 끓어오르는 심연

아니, 이게 대체 무슨 소리지?

당황한 나는 당장이라도 괴력난신이 일어날 듯하여 사방을 두리번 거렸다. 갑자기 미지의 괴물이 튀어나와 나를 잡아갈 것만 같았다.

"……."

하지만 사방은 조용했다. 그저 일대의 마른풀이 타닥타닥 타오르고 있을 뿐이다. 매캐한 연기에 숨이 막히고 목이 따가웠다. 당장 무슨 일이 일어나지는 않는 것 같았다.

일단 상황을 파악하기 위해 상태창을 살폈다. 새로운 단계가 진행 중이라면 뭔가 부연 설명이 있을 터.

"아니…."

하지만 아무런 설명도 보이지 않았다.

이상한 일이다. 이게 퀘스트라면 뭐라도 더 나와야 정상일 텐데…. 그러고 보면 요즘 계속 이런 식인 거 같다. 뭐랄까, 점점 상태창이 간결해져갔다.

대체 왜?

고민이 피어올랐다. 하지만 여기서 머뭇거리고 싶지 않았다. 팔케의 시체를 회수해서는 재빨리 자리를 벗어났다.

라이테르로 돌아온 나는 팔케의 시체를 꺼내놓고 고민에 빠졌다. 일단은 이 녀석을 언데드로 살려서 사정을 물어보는 게 우선이데, 그건 별로 희망적이지 않았다.

"병사로 온 죽음의 투사들이여, 그대들의 주인 앞에 진을 짜라!"

죽은 팔케에게 언데드 소환을 사용해 봤다. 하지만 반응이 없었다.

<현재 스킬로는 대상을 언데드화 할 수 없습니다!>

아직은 역부족이군. 수호자인 데다가 어느 정도는 레벨이 오른 상태였다. 예상대로 불가능했다. 팔케를 언데드로 만들려면 숙련7단계 정도는 올라야지 싶었다.

"진퇴양난이군."

나는 클리어란 게 얼마나 어려운지 실감했다.

수호자는 초기에 정리하면 편하지만 어둠의 대군의 봉인이 풀려버린다. 그렇다고 수호자 제거를 미루면 그들이 후일 얼마나 세질지 감도 안 잡혔다.

팔케의 경우도 아직 절세검객의 힘을 제대로 발휘하지 못하는 상태였다. 절세검객은 경지가 오르면 차원 자르기 같은 황당무계한 짓도 저지른다. 그때가 되면 이번처럼 이길 수 있을지 자신할 수 없었다.

"빌어먹을. 그렇다고 잡으면 또 봉인이 깨지고."

이 세계에서 승리하는 게 어려운 건, 이런 딜레마가 처음부터 끝까지 이어지기 때문이다.

잘 나갈 때는 금방 클리어가 가능해 보인다. 나도 과거 회차에서 마왕을 마구 썰어버리며 승리를 자신했던 적이 많았다.

하지만 어디선가 이런 딜레마들이 튀어나와 발목을 붙잡는다. 솔직히 이번에 큰 공포를 느꼈다. 그 존재의 일면을 느낀 것만으로도 한없는 절망과 무력감에 빠졌다.

필멸자가 대적할 존재가 아니었다. 그는 팔케가 죽었을 때 큰 웃음을 터뜨렸다. 마치 잘했다는 듯, 자기 의도대로 놀아난 게 재밌다는 듯.

나는 이제 도저히 수호자를 죽일 엄두가 나지 않았다. 그깟 SS등급 스킬 좀 얻겠다고 하다가 세계가 멸망할 기세였으니까. 아무래도 수호자에 대한 시각 자체를 재고해 볼 필요성을 느꼈다.

"그건 그렇고 참…."

어떻게 이런 고민을 나눌 이가 한 명도 없는 걸까….

"후우…."

한숨만 나왔다. 이 세계로 오고 여러 영웅들을 만났지만, 정작 이런 중대한 비밀을 함께할 동료가 없다니.

생각해 보니 곁에 있는 자들이 마룡, 마왕, 마왕의 딸, 언데드… 이런 부류다. 진짜 믿을 놈이 하나도 없었다.

아니, 유일하게 신뢰할 수 있는 존재가 있긴 하다. 발푸르기스, 그녀라면 비밀을 털어놓을 수 있겠지. 하지만 발푸르기스는 이런 세상 밖의 일에 대해 무지했다.

"그렇다면……."

역시 슈바르체토이펠 밖에 없다.

그로스글로크너로 왔다. 모병이 순조롭게 진행 중인 데다가 틸리 장군의 합류로 훈련 걱정도 없었다. 그러니 일단 이쪽 일을 하기로 했다.

"왔느냐. 해골쟁이."

"오면서 보니 새로 짓고 있는 도시가 근사하더이다."

"장미의 마왕이 보낸 기술자들의 실력이 매우 뛰어나다. 이곳은 이제 불침의 성지가 될 것이다."

슈바르체토이펠은 꽤 만족스러운 얼굴이었다.

"그나저나 무슨 일인가?"

"아, 그 전에."

본격적인 용건에 앞서 마왕 오드가쉬의 폴액스에 대해 물었다. 마왕을 죽이고 노획한 그 물건은 어째서인지 나를 거부하고 있었다. 하여 슈바르체토이펠에게 이유를 알아봐 달라고 부탁했었다.

"가서 얘기하세."

슈바르체토이펠은 나를 데리고 순간이동 해 둥지의 깊은 곳에 도착했다. 그곳에는 전기 스파크를 일으키는 폴액스가 마법진 가운데 둥둥 떠있었다.

죽은 마왕 오드가쉬가 사용했던 '샤프리히터(Scharfrichter)'다. 제국 7대 병기라 칭해지는 전설적인 무기였다.

제국 12대 명검이자, 팔츠 선제후 가의 가보인 류블라냐보다도 강력한 SS등급의 마법 물품이다. 당연히 입에 침이 고일 정도로 탐이 났다.

"어찌 되었소? 혹시 내가 자기 주인을 죽인 자라고 거부하는 것이오?"

슈바르체토이펠은 고개를 가로저었다.

"그건 아니야."

"하면 왜?"

내가 샤프리히터에 한 걸음 다가가자, 녀석이 파지직! 전격을 강하게 일으킨다.

"자네가 허가받지 못한 주인이기 때문이야."

"방법이 있겠소?"

"하나있긴 하네. 이 녀석을 찍어 누를 정도로 강해지면 되겠지."

"그게 어느 정도요?"

"마왕 오드가쉬보다 더욱 강해질 필요가 있어."

"……."

마왕 오드가쉬는 멍청하긴 했지만 그 무력이 하늘에 닿은 자였다. 그보다도 강해져야 한다니 어이가 없었다. 당분간은 쓸 일이 없겠구나.

"그나저나 자네 얼굴에 수심이 가득하군. 이 샤프리히터가 필요할 정도의 문제에 빠져 있는 건가?"

하여간 노인네라 그런지 눈치가 귀신이다.

"중요한 일 때문에 왔소. 당신이 전에 제안한 문제를 말이오."

"흠! 결심이 선 모양이구먼?"

"그럴 수밖에 없는 사정이 생겼소."

일전에 슈바르체토이펠은 상호방위협정을 제안해 왔다. 내가 슈바르체토이펠이 지키는 봉인지에 대해 묻자, 그는 협정을 체결한 후에나 털어놓겠다고 선을 그었다.

나는 이에 선뜻 응하지 못했는데, 상호방위협정을 위해서는 내 정체도 털어놔야 했기 때문이었다. 아무래도 상대가 그 마룡이다 보니 쉽게 결정할 수 없었다.

하지만 암중의 세력에 대항하려면 혼자선 무리다. 게다가 슈바르체토이펠의 비밀을 파악할 필요도 있고.

"좋소. 슈바르체토이펠. 영혼을 대가로 하는 상호방위협정을 체결하겠소."

슈바르체토이펠은 한 번 더 생각할 기회를 주었다.

"신중히 판단하게. 결정하면 번복은 불가하네. 감당할 수 있겠나?"

"물론이오. 맹세를 어긴다면 이 영혼으로 대가를 지불하겠소."

내가 확언을 하자 슈바르체토이펠은 무겁게 고개를 끄덕인다. 이 일은 그에게도 상당한 모험이었다. 하지만 마왕 오드가쉬의 사건은 모든 걸 바꿔놨다. 늘 산지에서 홀로 고고했던 이 늙은 마룡 역시 조력자가 필요하게 됐다.

"슈바르체토이펠. 우리 같이 외줄타기를 하는 자들은 서로를 도와야 하오."

"동감이다."

고개를 끄덕이면서도 슈바르체토이펠은 한탄한다.

"수백 년 전에는 모든 게 지금보다 훨씬 간단했지. 적이 있으면 죽이고, 없으면 둥지에 쌓인 금화를 세며 시간을 보냈다네. 하지만 이제는 저 멀리, 드래곤의 눈으로도 보이지 않는 곳에서 흉계를 꾸미는 자들이 있구먼."

"그렇기에 서로 손을 잡아야 하는 것이오. 드래곤의 숨결이 아무리 강해도 그들에게 닿지 못할 테니까."

"그래, 시대가 변했음을 느끼네. 더는 나를 노리고 정면으로 쳐들어 오는 기사는 없더군. 그저 다들 쥐새끼처럼 숨어 흉계를 꾸밀 뿐이지."

"우리가 그 쥐새끼들을 잡을 것이오."

"맘에 드는 말이군. 좋다!"

슈바르체토이펠은 들고 있던 지팡이로 바닥을 세게 내리쳤다.

쿠웅!

그러자 동굴 바닥으로 핏빛 마법진이 전개됐다.

"발러. 이 주문은 주물질계에 알려진 것 중 가장 끔찍한 거라네. 정신을 바짝 차리게. 이제부터 우리는 한 고대의 악에게 서로의 영혼을 걸고 계약을 맺을 것이네. 그가 이 계약의 공증인이 되는 거지."

"끓어오르는 심연에게 맹세를 하는 의식 아니오?"

"허허! 어찌 이 비밀스러운 주문을 알고 있나! 자네의 지식은 정말 놀라운 수준이로군. 진짜 인간이 맞는 건가?"

실제로 본 적은 없지만 칠마성전에서 읽었다. 그 끓어오르는 심연이란 존재는 우주에서 가장 공정한 존재라고 했다. 계약을 어긴 자는 그에게 영혼째 잡혀가게 된다.

"우선 의식에 집중하시오. 끔찍한 주문이긴 하나 이 정도까지 한다면 당신에게 믿음을 가질 수 있겠구려. 슈바르체 영감."

"끌끌끌. 고약한 놈 같으니라고. 이 주문이 얼마나 무서운 건지 알고 그리 말하는 건가."

하지만 다른 맹세의 주문도 있을 텐데 굳이 이걸 고른 걸 보면, 그도 이런 극단적인 형태가 아니면 안심하지 못하는 것 같았다.

크아아아아아— 크으으으!

그때 저 멀리서 영혼을 뒤흔드는 것 같은 소리가 들려왔다. 마치 팔케를 죽이고 가도에서 들은 웃음과 비슷했다.

"흐… 그가 오고 있네. 지금이라도 그만두고 싶은 느낌이군."

고대의 악은 어리석은 선택을 한 우리를 조소하고 있었다. 너희 약속은 언제든 깨질 것이며 그 영혼은 내 먹이가 될 거이라 말하는 것 같았다.

나는 눈살을 찌푸렸다.

"혹시 저 고대의 악은 어둠의 대군과 비슷한 종류요?"

"어둠의 대군은 일종의 직위다. 고대의 악 중에 그 직위를 가진 존재를 어둠의 대군이라고 한다."

처음 듣는 얘기였다. 과연 슈바르체토이펠과 함께하게 되자 이전에 몰랐던 사실이 드러나기 시작했다.

"그가 거의 다 왔다. 정신을 다잡아라! 안 그러면 의식이 끝나기도 전에 영혼이 빨려 들어갈 터!"

"알겠소."

대답하자마자 세상이 일변했다. 동굴은 사라지고 저 설명할 수 없는 먼 곳에서부터 어둠의 존재들이 한꺼번에 밀려들어왔다.

꾸물꾸물꾸물.

땅바닥에서 무수히 많은 촉수들이 끓어올라 일대를 뒤덮는다. 그리고 수많은 인간이 그 촉수 속에서 고통스럽게 비명을 지르고 있었다.

"으아아아! 아악!"

"끄아아아아!"

갑자기 눈앞에 지옥도가 펼쳐졌다.

"발러, 저들은 맹세를 어겨 사로잡힌 자들이네. 우리가 서로 맺은 약속을 어긴다면 저 꼴이 날 거야."

실로 인간의 묘사로는 형언하기 어려운 광경이었다. 보기만 해도 정신이 아득히 나가버릴 것 같았다. 하지만 이건 시작에 불과했다. 그 촉수의 바다에서 끔찍하다는 말로도 부족한 존재가 몸을 일으켰기 때문이었다.

그건 수많은 문어다리가 뭉쳐서 만들어진 것 같은 생명체였다. 하지만 온통 피가 묻어 있었고, 몸 여기저기 파 먹힌 듯한 상처 때문에 바라볼 수 없이 징그러웠다.

"으으윽…."

나도 모르게 신음을 흘리자 슈바르체토이펠이 호통을 쳤다.

"정신 차려! 저 존재에 짓눌리면 영혼을 잡아먹히고 말 것이야!"

"크으윽!"

말이야 쉽지 벌써 숨이 제대로 쉬어지지 않는 압박감이 느껴졌다. 반면 고대의 악은 태평하고 느릿느릿하게 일처리를 하고 있었다.

그는 자신의 앞에 커다란 가죽 종이를 폈다. 나는 그게 사람의 가죽으로 만든 거란 사실을 알 수 있었다. 미지의 문자로 채워진 그곳에는 납작 눌러진 인간의 고통스러운 얼굴들이 가득했기 때문이다.

스윽.

그의 촉수가 이리 뻗어오더니 나와 슈바르체토이펠의 몸에서 은빛 실선을 잡아 뽑았다. 저게 뭔지는 모르겠지만 내 영혼과 관계있다는 점은 확실하다.

고대의 악은 우리 둘의 은빛 실선을 인피장부의 한쪽에 연결하더니 촉수를 움직여 빠르게 무언가를 써내려간다. 그렇게 아무 문제없이 의식이 끝나는 듯했다.

하지만 갑자기 경쾌하게 움직이던 촉수가 멈췄다. 그리고 고대의 악이 나를 물끄러미 쳐다보기 시작했다. 나는 당황해서 슈바르체토이펠에게 물었다.

"왜 저러는 것이오?"

"글쎄, 모르겠다."

슈바르체토이펠은 답을 해주긴커녕 자기도 당혹한 기색이었다. 이 위험한 의식에서 뭔가 이상이 발생한다는 건, 마룡조차 허둥댈 일이었다.

그르르르르—.

고대의 악은 여러 개의 촉수 중 하나를 근처에서 고통스러워하고 있던 인간의 몸에 푹! 꽂았다. 그러자 그 인간이 입을 벌려 말하기 시작했다.

"쿠으르르… 네놈. 발러슈테드 발러란 이름을… 가진 자….."

하지만 그 순간 촉수가 꽂힌 인간이 더 버티지 못하고 풍선처럼 부풀더니 펑! 터져버렸다.

철푸덕!

떨어진 살덩이가 내 얼굴에 튀었다. 그러거나 말거나 고대의 악은 전혀 신경 쓰지 않고 또 다른 인간의 몸에 촉수를 꽂은 뒤 말한다.

"네놈… 크르르. 매우 특별한 자로구나… 이 끓어오르는 심연의 관심을… 끌 정도로!"

일이 도대체 어떻게 돼가는 건지 모르겠다. 하지만 한 가지 확실한 건, 무심히 의식을 처리하던 저 존재가 갑자기 내게 관심을 두기 시작했다는 거다.

끓어오르는 심연은 흥미로운 기색으로 날 살핀다. 그러자 그의 피부 이곳저곳이 갈라지며 감춰져 있던 눈알들이 드러났다. 눈알의 수는 얼핏 봐도 수백이 넘었는데 색이나 모양이 같은 게 하나도 없었다.

저마다 다른 능력을 가진 듯했다. 참으로 두렵구나. 저 눈알에서 마법이 하나씩만 발사돼도 나랑 슈바르체토이펠은 뼈마디도 안 남을 테니까.

"계약에 무슨 문제가 있는 것입니까?"

"크흐흐… 있지. 네놈은 위대한 존재 둘의 후원을 받고 있기에… 이 계약을 행하려면… 다시 한 번 명시적인 동의가 필요하다….."

그의 설명에는 의아한 점이 있었다.

"위대한 존재가 둘이라니? 그게 무슨 소리입니까?"

"그건 묘지기와… 아니, 네놈… 설마 모르는 건가? 크크하하하!"

묘지기라고 하면 무덤에서 웅크리고 있는 자의 별칭이다. 나는 그의 후원만을 받고 있는데 저 자가 이상한 얘기를 하는구나.

"무덤에서 웅크리고 있는 자 외에 날 후원하는 이가 누구입니까?"

"크크… 일부러 알려줄 까닭은 없다."

그가 대답을 거절했지만 캐물을 용기가 나지 않았다. 지금 상황 자체가 너무 위험천만했으니까.

그나저나 짐작도 안 되는데. 무덤에서 웅크리고 있는 자 외에는 초월적인 존재와 관계를 맺은 적은 없으니까.

"중요한 건 네놈이 그의 가호를 받고 있어… 영혼을 건 이 계약이… 불가능하다."

누군가 내 영혼을 지켜주고 있다니. 나는 그게 단순히 플레이어의 정신과 영혼은 지켜진다는 법칙 때문인 줄 알았는데, 실력 행사를 해주는 이가 있었던 건가?

당연한 얘기지만 그게 무덤 속에서 웅크리고 있는 자는 절대 아니다. 그는 나를 이용하다가 끝내 영혼까지 집어삼키고자 할 테니까. 해피엔딩을 위해서는 언젠가 그와 결별해야 한다.

"대신 네놈이 이 계약에 한해서…. 그 가호를 포기한다면 계약은 가능하다."

"가호 자체가 사라지지는 않는 겁니까?

"그렇다. 이번 일에 한할 뿐이다."

하면 그렇게 하는 게 나을 거 같았다. 앞으로 슈바르체토이펠과 비밀을 공유하려면 이 의식은 필수였다.

"알겠습니다. 이번 일에 한해서 가호를 포기했습니다."

"좋다… 계약은 문제없이 성립될 것이다…."

내가 허락하자마자 그는 촉수로 인피장부에 무언가를 휘리릭 써내려갔다.

"부디. 크크… 네놈들의 약속이 깨어지길… 기대하지."

이걸로 그를 공증인으로 하는 계약이 성립했다.

하지만 이대로는 아쉽다는 생각이 들었다. 내 경험으로 판단해 보건데 위험은 늘 기회를 동반했다. 앞으로 이런 거물을 언제 또 만나보겠는가?

슈바르체토이펠에게 간곡히 부탁해도 들어주지 않을 게 뻔했다.

게다가 저 끓어오르는 심연은 내게 흥미를 갖고 있음이 확실하다. 원래라면 그는 즉각 날 파괴해야 했다. 조건도 제대로 파악하지 못하고 감히 자신을 불러낸 대가를 치르게 해야 하니까.

한데 내게 상황을 구구절절하게 설명해 줬다. 고대의 악이라고 생각하기 어려운 이해심이었다.

왜 저 대단한 존재가 날 배려해줄까?

아마 그는 무덤에서 웅크리고 있는 자가 나를 사용해 달성하고자 하는 일에 흥미를 느낀 건지도 모른다.

"끓어오르는 심연이여."

나는 그걸 이용해서 어떻게 해서든 그의 후원을 끌어내고 싶었다. 언젠가 무덤에서 웅크리고 있는 자에게 배신당하거나 버려질 것도 대비해야 한다.

그걸 떠나서도 그의 후원을 받는다면 나의 힘은 다시 한 번 비약적인 도약을 해낼 수 있을 터.

"의식은 끝났다. 할 말이 남았나…?"

예상대로 호의적인 반응이다. 물론 당장이라도 날 집어삼킬 듯 입을 벌리고 있었지만, 고대의 악이 저리 대답해줬다는 자체가 기회였다.

"저는 무덤에서 웅크리고 있는 자의 요구를 받았습니다. 그의 숙적인 발버둥치는 죽음이 후원하는 마왕을 모두 죽이라고요."

"크크. 그건 네놈을 보아서… 알고 있다."

역시 초월적인 존재구나. 저 수많은 눈 중, 간파하는 눈이 있는 게 틀림없었다.

"지금 벌레 같은 네놈이… 나와 얘기를 나눌 수 있는 것도… 그런 점 때문이다."

"하오면 저를 후원해 주실 수 없겠습니까? 어리석은 제가 짐작하

건데, 위대하신 분께서는 발버둥치는 죽음을 싫어하신다고 생각됩니다."

"ㅋㅋ흐흐흐……."

끓어오르는 심연이 웃음을 흘리자 주변의 촉수들이 더욱 발광하듯 꿈틀거렸다. 보기만 해도 토가 나올 것 같은 광경이군.

"뭐라도 얻어내는 노력이 참으로 가상하고 재밌다. 하지만 부족하다. 그런 이유로는…. 네놈 짐작대로 나는 발버둥치는 죽음을 증오 한다…. 그렇다고 그것만으로 후원을 내리지 않는다."

그는 내가 원하는 걸 꺼내기도 전에 짐작하고는 딱 잘라서 거절했다.

"나는 묘지기와는 다르다…."

그의 목소리가 사방에서 시끄럽게 울렸다. 그가 촉수 여러 개로 주변의 인간 여럿을 찍어서 한꺼번에 말하게 했기 때문이다. 마치 대화가 아니라 고통에 찬 울부짖음 속에서 의미를 해석하는 일 같았다.

나는 마음이 약해져 당장이라도 이 상황을 끝내고 싶었다. 하지만 그래선 아무런 성과를 거두지 못한다.

머릿속으로 칠마성전에서 봤던 저 끓어오르는 심연에 관한 내용을 떠올렸다. 아쉽게도 그는 어둠의 대군이 아니기에 기술이 자세하지 않았다.

하지만 분명히 무언가가 있을 것이다. 주먹을 꽉 쥐고 필사적으로 생각했다.

"아!"

그때 퍼뜩 한 가지 떠올랐다.

[끓어오르는 심연은 어둠의 왕관을 찾고 있다. 그것은 어둠의 대군 중 누군가가 갖고 있다고 한다.]

나는 이 이야기를 꺼내보기로 했다. 대단한 위험을 동반하는 짓이었지만 이 기회를 놓치기 싫었다.

"그렇다면 당신의 후원을 얻기 위해 다른 것을 제안하겠습니다."

"한 번만… 더 들어보지…."

"어둠의 왕관을 찾고 계시다고 들었습니다. 저를 후원해 주신다면 그 탐색을 돕겠습니다."

"어찌 네놈이 그걸!"

그는 처음으로 놀란 기색을 보였다. 일순간 촉수가 움츠러들기까지 했다. 그리고 곧 그의 무수한 눈동자가 나를 뚫어져라 쳐다본다.

"크흐흐… 네놈 이제 보니 칠마성전을 읽었구나."

간파 당했다.

"그렇습니다."

"하지만 참으로 이상한 일이구나… 칠마성전을 본 건 알겠는데… 언제, 어떻게 본 건지… 나의 눈으로도 보이지 않는다. 네놈 같이 특이한 자는 처음이다. 그것만이 아니군… 네놈에겐 알 수 없는 공허가 가득하다. 나조차 읽을 수 없는……. 대체 이런 인간이 어떻게 출현한 건가?"

아무래도 그는 점점 흥미가 더하는 것 같았다.

"저를 후원해 주신다면 최선을 다하겠습니다."

"크크큭… 네놈. 어지간히도 나의 후원을 받고 싶어 하는군. 힘을 그렇게 원하는가? 하지만 어둠의 왕관은 이 몸조차 여태 찾지 못한 것… 어찌 벌레 주제에 탐사를 자처하는가."

말은 그렇게 해도 그리 싫지 않은 기색이었다. 재밌어하는 느낌까지 있었다. 물론 즐겁게 촉수로 주변의 인간들을 잡아 찢고 있었지만.

"때로는 높은 곳이 아니라 아래에서 봐야 보이는 것도 있는 법입니다."

"재밌는 제안이다… 하지만 문제가 있다."

그는 후원을 하고 싶어도 할 수 없다고 했다. 그 이유인 즉, 내 그릇이 작아서 더는 초월자의 후원을 늘릴 수 없다는 것이다.

"본디… 인간은… 초월자 하나의 후원만으로도 버겁다. 한데 네놈은 둘이나 되는 초월자의 후원을 받고있다. 거기에 나까지 더하면 셋…. 견딜 수 있을 리가 없다."

그런 건가. 여태 전혀 몰랐던 사실이다.

"네놈이 규격 외의 인간이라는 점은 인정하겠다. 아마 인세에 가끔 출현하는 전설적인 영웅의 자질을 가진 거겠지……. 하지만 그런 네놈조차 초월자 셋의 후원은… 감당할 수 있는 게 아니다."

안타깝지만 끓어오르는 심연의 후원을 받는 건 포기해야겠다. 인간의 규격으로는 불가하다니 어쩌겠는가.

"알겠습니다. 그리 말씀하신다면……."

막 포기하려는 그때 그가 내 말을 잘랐다.

"아주 방법이… 없지는 않다…."

"정말이십니까?"

"그렇다. 그릇이 작다면 키우면 될 터…. 네놈 스스로 그릇을 키워라. 만약 그렇게 한다면 후원하지 못할 이유도 없다. 게다가 그 정도는 되어야… 왕관을 찾을 수 있을 터. 하니 네놈은… 스스로 후원을 받을 자격이 있음을 입증하라."

뜻밖의 돌파구가 나타났다. 당장 후원받기는 무리였지만 언젠가는 가능하다 그거다. 앞으로의 싸움을 위한 든든한 보험이 생긴 셈이다.

물론 어둠의 왕관을 탐색한다는 무거운 임무가 주워지겠지만, 세상 모든 일에는 대가가 있는 법이다. 그저 궁지에 몰렸을 때, 반전을 할 방법이 생겼다는 것만으로도 만족스러웠다.

"크크흐흐… 재밌어. 긴 세월을 살아왔지만 네놈 같은 인간은 처음이다. 이 나를 상대로 이렇게까지 자기를 열심히… 돋보이게 하려 하다니. 보통 나와 마주면 미쳐 죽어야 정상이건만."

"실망시켜드리지 않겠습니다. 반드시 그릇을 키워 후원을 받겠습니다."

"좋다. 그런 기개를 나는 높이 산다…. 벌레라도 기개있는 벌레는 다른 법…. 기왕 이렇게 된 거… 후원은 아직 못하지만 소소한 가호 정도는… 내리도록 하마."

뜻하지 않게 보너스를 제안해 왔다.

"감사합니다. 크아악!"

반색하던 나는 갑자기 복부를 찔러 들어온 촉수에 기겁했다.

온몸을 감싸는 격통에 나는 발버둥치며 입에서 침을 질질 흘렸다.

"그윽! 끄으윽!"

그때 새로운 메시지가 떴다.

<생명력 +1,000, 물리 저항력 +25%를 얻습니다!>

이게 무슨! 깜짝 놀라서 눈앞의 수치를 다시 확인해 봤다. 일순간 고통도 잊을 정도였다. 아니, 이게 무슨 소소한 가호냐? 이 정도면 드래곤 브레스를 맞아도 버틸 것 같은데!

"은혜에 감사드립니다."

"생명력 +1,000? 올라간 능력이 수치로 보이는 건가? 이건 정말 특이하군. 크크흐흐. 그건 아마 널 후원하는… 그 위대한 존재가 내린… 능력일 것이다."

끓어오르는 심연은 내게 주문도 주겠다고 했다.

"이것은… 나를 불러내 거래할 수 있는 주문이다. 본래라면 무수한 인간의 영혼을…… 바치고 그 대가로 겨우 받는 것. 네놈 옆의 마룡도… 수많은 인명을 공양하고 나서야 이 주문을 얻은 것이다. 감사하도록."

끓어오르는 심연을 불러내면 그와 다양한 거래를 할 수 있다고 한다. 지금처럼 맹세의 의식을 행하는 것도 그 중 하나일 뿐이다.

"나는 인간의 영혼을 아주 좋아한다. 기꺼이 받아주지…. 그게 아니라면… 신적인 힘이나 고대의 유물로도 거래할 수 있다…."

"대신 어떤 걸 내어 주십니까?"

"크크… 벌써부터 욕심이 가득하구나. 좋다. 알려주지. 네놈이 본 칠마성전을 뛰어넘는… 우주의 비밀, 새로운 권능, 혹은 내가 부르는 심연의 사역마들… 여기 잡힌 인간의 영혼들…… 뭐든 거래가 가능하다. 보라…."

그는 자신의 촉수로 주변의 인간 몇을 찍어 올리더니 상품처럼 내보였다.

"이 자는… 전설적인 기사… 주군의 아내를 탐한 죄로 이 나락으로 떨어졌다. 그리고 이 여자는… 제국을 멸망시킨 경국지색의 요녀. 그 외에도 수많은… 인간의 영혼이 내 소유로 있다… 원한다면 이것들을 팔 수… 있다. 이 기사가 너만을 위해 봉사하고… 이 요녀가 너만을 사랑할…… 것이다. 나쁘지 않을 거래일 터.”

그러고 보니 칠마성전에서 봤다. 끓어오르는 심연의 곁에는 타락한 고대영웅들이 잔뜩 있다고. 경우에 따라서 그들을 사서 쓸 수 있다는 거다.

“그들이 제 말을 듣겠습니까?”

“걱정도 많구나… 벌레. 상품은 언제나 노예로 만들어서 판다. 내 재산들은 가장 강한 영웅이자… 가장 빼어난 미희들…… 네놈의 욕망을 실현하고… 욕구를 채워줄 것이다.”

확실히 대단한 제안이긴 했다. 모르긴 몰라도 그와 거래하기 위해선 무수히 인간의 영혼을 바쳐야할 터. 수많은 사악한 존재들이 원하는 일일 거다. 그런 걸 공짜로 줬으니 이 존재가 내게 큰 기대와 호의를 갖고 있음을 알 수 있었다.

“기대에 부응하겠습니다.”

“좋다. 개미라도… 욕심 많은 개미는 놀라운 일을 하는 법. 잠시 잊어버리고 있자면, 작은 개미가 알을 낳고 커다란 개미집을 만들기도 한다……. 네놈도 벌레이니… 그렇게 나를 놀래켜 보도록.”

하지만 충분한 것을 준비해야 한다는 경고가 뒤따랐다.

“만약 격에 맞지 않은 상품을 준비해… 공연히 나를 수고롭게 하면… 그 자리에서 네놈의 영혼을 뽑아… 여기 노예들의 자리가 너의 자리가 될 것이다. 네놈은 좋은 상품이 되겠지. 크크흐흐.”

그 얘기를 들으니 새삼 위험을 실감하게 됐다. 그 잘난 슈바르체토이펠조차 이 주문을 꺼리며 두려워하는 이유를 알 수 있었다.

“그러면… 벌레는 벌레다운 일을 행하라….”

끓어오르는 심연과의 만남은 끝이 났다. 그가 떠나자 주변을 가득 채웠던 기괴와 어둠은 흔적도 없이 사라졌다. 그저 드래곤의 조용한 둥지가 보일 뿐이었다. 긴장감이 일시에 풀려 몸이 휘청거렸다.

"후우."

길게 한숨을 내쉬는데 옆에서 슈바르체토이펠이 날 귀신처럼 보고 있었다. 그는 식은땀을 흘리며 몸을 벌벌 떨어댔다. 급기야 지팡이에 의지하던 슈바르체토이펠은 털썩 주저앉아 버렸다.

"자네 지금… 무슨 일을 벌인 건지 알고는 있나?"

그의 늙은 손이 나를 가리키며 파르르 떨리고 있었다.

한동안 어떻게 그런 존재에게 협상을 할 생각을 했냐고 슈바르체 토이펠은 열변을 쏟아졌다. 하지만 심드렁하게 대꾸한 내 말에 그는 꿀 먹은 벙어리가 됐다.

"거, 아까는 입도 벙긋 못하더니…."

"크흠!"

민망한 듯한 헛기침이 이어질 뿐이었다.

"어쨌든 이제 우리는 한 배를 탄 운명이오."

"맞네. 배신자는 그 심연으로 끌려갈 테니까."

공포가 우리 둘을 강하게 묶어줄 것이다. 우리는 서로에게 믿음이 없었기에 믿음을 강제로 만든 셈이다.

"그러면 당신의 비밀을 들려주시오. 마룡."

"알겠네. 이제 와서 감출 것도 없지. 따라오게."

슈바르체토이펠은 나를 둥지의 깊은 곳으로 이끌었다.

"무덤에서 웅크리고 있는 자의 후원을 받는 게 진짜인가? 자네 목적은 무엇인가?"

"가는 동안 설명하겠소."

그도 비밀을 까는 이상 나도 까야한다. 나는 무덤에서 웅크리고 있는 자의 후원을 받아 피도 눈물도 없는 자란 직업을 얻었으며, 그 대가로 발버둥치는 죽음이 후원하는 마왕을 처리하기로 했다고 했다.

"이 무슨 우연이란 말인가. 아니, 어쩌면 초월적인 존재들의 뜻인가! 참으로 모르겠구나."

"그게 무슨 뜻이오?"

"자네의 대적이 발버둥치는 죽음이라서 그렇네."

"음?"

"가서 이 몸이 지키고 있다는 잘린 신체를 보면 알 것이야."

우리는 둥지의 끝에 도착했다. 막다른 골목이었다.

"여길세."

슈바르체토이펠이 주문을 외웠다. 그러자 눈앞에 입구가 생겼다. 안을 들여다보니 깊은 심연으로 향하는 계단이 있었다.

"이곳은? 음, 주물질계가 아니로군."

"역시 보는 눈이 남다르군. 맞네. 이 계단 아래로 비밀스러운 그림자차원이 펼쳐져 있지. 정확히 2,445개의 계단을 내려가면 차원의 가장 깊은 곳에 도착할 걸세. 유배의 장소지."

슈바르체토이펠은 지팡이를 휘둘러 마법을 부리자 그 끝에 귀신이 나타나 달라붙었다. 귀신은 몸에서 희미한 빛을 내고 있었다.

"그림자 차원에선 원령으로만 주변을 밝힐 수 있다네. 일반적인 빛은 차원의 깊은 어둠에 먹혀서 소용이 없지."

"꽤나 골치 아픈 장소에 감춰놨구려."

"이 정도씩이나 하지 않으면 안 되서 말일세."

우리는 조심스레 계단을 내려갔다. 이곳은 실로 섬뜩한 세계였다. 그저 칠흑만 가득했는데 가끔 괴상한 소리를 내리는 원령들이 심해어처럼 빛을 내며 떠다녔다.

내려갈수록 점점 깊은 바다 속으로 들어가는 것 같은 압박감에 시달렸다. 마치 수압이 강해지는 것과 같았다. 그게 극에 달해 비밀이고 뭐고 돌아가고 싶어질 무렵, 마침내 끝에 도착했다.

"이건!"

심연 한 가운데 거대한 바위가 있었다. 그리고 그 위에 어떤 초월적인 존재의 신체 일부가 잘려서 결박된 상태였다. 결박에 사용된 사슬은 마법으로 푸르게 빛났다.

하지만 그것만으로도 부족했던 건지 그 신체 한 가운데 거대한 창이 꽂혀 있었다.

"잘은 몰라도… 저 창이 엄청난 물건인 것 같구려."

"맞다. 하지만 그런 창조차 봉인된 신체에 비하면 보잘 것 없어 보이지 않는가?"

"그렇소이다. 금방이라도 깨질 듯 위태롭게만 보이는군. 대체 저것이 무엇이오?"

내 물음에 슈바르체토이펠은 지팡이를 높게 들어 올리며 봉인에 이상이 없는지 살핀다. 한참 이리저리 보던 그가 이윽고 입을 열었다.

"이것은 한 어둠의 대군의 잘려나간 신체 일부라네."

"누구의 것이오?"

"크크, 자네도 잘 아는 존재지."

"설마?"

"그렇네. 바로 발버둥치는 죽음이네. 이 몸은 줄곧 이것을 지키고 있었지."

이제야 퍼즐이 맞춰지는 느낌이었다.

"혹시 수호자에 대해 아시오?"

"알다마다. 그리 묻는 걸 보니 자네도 아는 것 같군."

"설마 수호자들이 지키고 있던 봉인이 발버둥치는 죽음이었소?"

"맞네."

하면 팔케가 죽었을 때 나를 비웃던 그 존재가 바로 발버둥치는 죽음이 아닐까?

"수호자가 죽고 봉인이 풀려도 이 잘린 신체 없이는 발버둥치는 죽음도 본래의 힘을 되찾지 못해. 그래서 이곳을 지키는 게 중요하지."

"잘린 신체를 적에게 내주면 실로 끔찍한 결과가 발생하겠구려."

"끔찍한 정도가 아닐세. 모든 게 멸망하지. 그런 존재가 봉인이 풀려서 힘을 되찾으면 감당할 수 있는 이는 아무도 없어."

어쩐지 우리가 영위하는 일상은 벼랑 위에 아슬아슬하게 놓은 것이나 마찬가지란 생각이 들었다. 누가 조금만 밀어도 끝장이 나는.

"그래도 지금까지 잘해오지 않았소?"

"하지만 그게 변했다는 거네. 오죽하면 이 마룡이 자네와 영혼을 걸고 약속했겠나."

얼마 전 마왕 오드가쉬의 침공이 그 변화의 시작이었다.

"원래 서열 1위, 2위 마왕들은 이런 옛날 이야기에 관심이 없었다네. 오직 자기들 권력이 더 중요했지. 하지만 마왕 오드가쉬에게 사주해서 협정을 우회했네. 모든 게 달라지기 시작한 것이야."

"그 점에 관해서 본인도 할 말이 있소. 얼마 전 습격을 받았소이다."

"그런가? 그 얘기를 자세히 들어봐야겠군."

"일단 이곳에서 나갑니다."

여기는 숨조차 편히 쉴 수 없는 장소였다. 나는 거대한 신체를 관통하고 있는 창을 한 번 물끄러미 본 뒤 몸을 돌렸다.

돌아오자마자 슈바르체토이펠이 무언가를 내밀었다.

"일단 이 벌꿀술을 들게. 그림자차원에 갔던 탓에 입은 정신 피해를 완화시켜줄 거야."

"고맙소."

다소 안정이 되자 나는 절세검객 팔케와 관련된 일을 꺼내놓았다. 슈바르체토이펠은 긴 수염을 쓰다듬으면서 묵묵히 들었다.

"이 일에 관해서 당신의 의견을 듣고 싶소. 슈바르체토이펠. 분명히 팔케를 움직인 배후 세력이 있소이다."

그녀는 아마 사태의 본질을 모른 채 이용당했을 거다.

"그렇겠지. 음… 아마 그 세력은 자네의 정체를 알고 있는 걸세."

"하지만 어찌 알고 있는지 모르겠구려."

슈바르체토이펠은 간단하게 생각하라고 했다.

"쉬운 문제인데 자네는 너무 깊게 생각하는 버릇이 있구먼. 자네가 무덤에서 웅크리고 있는 자의 후원을 받는 것처럼, 저쪽도 어둠의 대군의 후원을 받는 이가 있다는 걸세. 그리고 그 어둠의 대군은 무덤에서 웅크리고 있는 자의 대적인 발버둥치는 죽음일 확률이 높네."

그 추측은 설득력이 있었다.

"자네는 무덤에서 웅크리고 있는 자에게서 발버둥치는 죽음이 후원하는 마왕의 리스트를 듣지 않았나? 그것처럼 발버둥치는 죽음도 자네의 힘을 감지하고 자기 수족에게 지시를 내린 거겠지."

슈바르체토이펠은 그 수족이 절세검객 팔케를 보낸 거라고 판단했다.

"적의 입장에서는 그야말로 최고의 선택이 아니겠나? 절세검객 팔케가 죽으면 자기 주인을 가두고 있는 봉인이 약해지지. 그게 아니라 자네가 죽으면, 자기 주인의 대적이 수족을 잃게 된다네. 저쪽에선 어느 결과나 반색할 만하지."

팔케가 죽자 그 존재는 유쾌하게 웃어댔다. 자기 뜻대로 됐다 그거겠지. 참으로 위험한 적을 상대로 뒀구나. 그나마 불행 중 다행인 건 슈바르체토이펠과 내 목적이 일치한다는 거다.

"전에도 말했지만 우리는 서로 도와야 하오."

"그렇네. 자네는 발버둥치는 죽음이 후원하는 마왕을 죽이고, 나는 발버둥치는 죽음의 신체를 노리는 자들을 막고. 마치 공격과 방어를 분담한 것 같네."

"일단 그 암중 세력을 찾아내서 반드시 견제해야 하오. 앞으로 본인은 제국에서 세력을 넓히는 전쟁을 벌일 예정이오. 한데 이런 식으로 비수를 찔러오면 버티기 어렵소이다. 뭔가 대책이 없겠소?"

전쟁과 정치만으로 솔직히 벅차다. 암중세력까지 감당할 여력이 없었기에 이렇게 슈바르체토이펠과 손을 잡은 거다.

"흐흐흐. 이 몸에게 꽤 기대를 하는 모양이군."

"늙어빠졌지만 그래도 전설의 마룡 아니오."

"아니 뭐야! 네놈은 안 늙을 것 같아!"

한 차례 벌컥 성질은 낸 슈바르체토이펠은 혼자 곰곰이 생각에 잠겼다.

"쉽지 않은 일이네."

"하지만 답을 찾아야 하오."

"한 가지 방법이 있지."

"무엇이오?"

"그건 바로 이 몸의 본질과 관련이 있다네."

영 모르겠다는 표정을 짓자 그가 껄껄 웃어댔다.

"드래곤들을 이용하자는 걸세."

"아!"

생각지도 못한 방법이었다.

"우리 드래곤은 과거 불행한 사건을 겪은 뒤 이 세계의 비주류로 전락했네. 하지만 분명히 제국에 섞여 살아가고 있지. 서로 데면데면해도 필요할 때는 협력하기도 하지."

"…이런 말은 미안하오만, 당신과 협력하는 드래곤도 있소?"

"이놈이 진짜!"

이 마룡은 평판이 바닥을 뚫은 지 오래라 상대해주는 이가 없을 텐데. 하지만 도움을 받을 몇이 있다고 했다.

"참으로 의외요."

"흥, 아무리 그래도 이 몸의 인성이 자네보단 하얗거든?"

뜻밖의 일침에 몸이 파르르 떨렸다.

"인정할 수 없소."

"하지만 내가 누굴 움직일 수 있는지 알게 되면 패배를 인정할 수밖에 없을 걸세."

대체 누구란 말인가. 어서 대답해보라 재촉했다. 그러자 그는 생각지도 못한 얘기를 꺼냈다.

"황제 프란츠 4세일세."

"뭐라!"

나는 그 자리에서 벌떡 일어났다. 이런 말도 안 되는. 황제 프란츠 4세가 드래곤이었다고?

"그, 그럴 리가! 황당하기 짝이 없소! 그 무능한 황제가 드래곤이라니? 드래곤의 지혜를 생각해 보면 이상하잖소!"

"크하하하하!"

내 표정이 마음에 들었던지 슈바르체토이펠은 머리를 뒤로 젖히고 웃어댔다.

"왜 그가 무능하다고 판단한 건가?"

"그거야 만날 일을 벌이고 실패하길 반복해서…."

"하지만 그의 치세 동안 평화로웠던 건 사실이잖나?"

"아니, 그거야 마족을 압박했다 싶으면 또 거하게 삽질해서 허사로 만들고… 아니, 잠깐?"

어라? 생각해 보니 냉전이란 소리를 듣긴 했어도 프란츠 4세의 치세 하에서는 큰 전쟁이 없었다. 인간과 마족의 번영. 그 증거는 얼마든지 있었다.

장미의 마왕이 다스리는 로제란트 같은 곳이 대표적이었다.

"하지만 그는 로제란트를 압박했잖소? 인간과 마족의 화합을 상징하는 곳 같은…."

"그래서 프란츠 4세가 로제란트를 침공했나?"

"…아니오."

"만약 프란츠 4세가 그런 일도 안 하고 로엘린과 하하호호 지냈다면 인간 중 강경파가 가만있었겠나?

"……."

갑자기 모든 게 혼란스러워지기 시작했다. 내가 알던 프란츠 4세는 마왕을 하나 굴복시켜서 황권을 강화시키나 싶으면, 곧 크게 실패해 망신을 당하곤 하는 자였다.

부지런히 움직이지만 실속 없다고 비웃었다. 온갖 흉계를 꾸미고 제국의 사건 곳곳에 간섭하는 오지랖쟁이였지만 늘 제자리걸음이었다.

하지만 그게 현상 유지. 즉, 평화를 위한 노력이었다고?

"그러니까 그 미묘한 삽질들이… 모두 다 계획적이었다는 거요?"

슈바르체토이펠은 고개를 끄덕였다.

"보헤미아를 보게. 이제는 인간과 마족은 서로 화합하지 않고는 살아갈 수 없을 정도가 됐지. 그게 바로 프란츠 4세가 만든 최고의 작품이라네."

나는 보헤미아의 한 대도시인 플젠을 떠올렸다. 세작왕 쿠발트가 다스리는 그곳은 평범하게 인간과 마족이 뒤섞여 살아갔다.

그게 황제 프란츠 4세의 작품이었다니. 그 도시의 주인인 세작왕 쿠발트조차 이런 사실을 모르고 황제에게 불평불만을 터뜨리고 있는데!

나는 갑자기 황제의 존재가 아득히 크게 보였다. 그는 감히 흉내도 낼 수 없는 능력을 발휘해, 지금까지 제국의 평화를 지켜왔던 거다.

"걱정 말게. 발러슈테드 발러. 이 몸이 황제를 움직여 그 암중 세력을 견제하겠네."

슈바르체토이펠은 자신만만해 했다.

이것 참, 생각 이상으로 일이 커졌다. 설마 황제를 우리 편으로 끌어들일 수 있게 될 줄이야.

IO. 비텐바이어의 선동꾼

　슈바르체토이펠과 함께 앞으로의 방향에 대해 진지한 논의가 이어졌다.

　"자네는 자네대로 제국에서 세력을 확장하는데 힘쓰게. 암중세력에 신경을 쓰느라 큰일을 그르쳐서는 곤란해. 그것이야말로 저들이 노리는 바이기도 할 거야. 마왕들의 기반이 무너지면 결국 그림자에 숨어 있는 자들도 버티지 못할 걸세."

　"유념하겠소."

　"자네가 양지에서 싸우는 동안 이 몸은 음지에서 싸우겠네."

　역할 분담이 확실히 이뤄졌다. 그때 나는 퍼뜩 한 가지가 떠올랐다.

　"슈바르체토이펠. 우리에게 한 가지 고정관념이 있는 것 같소."

　"무엇인가?"

　"당신은 방금 마왕들의 기반이 무너지면, 이라고 했소. 나 역시 고개를 끄덕였고. 하지만 생각해 보시오. 발버둥치는 죽음이 꼭 마족만 쓰겠소이까? 무덤에서 웅크리고 있는 자도 인간인 내게 일을 맡겼소.

하니 상대도 그럴 가능성을 고려해야 하오."

슈바르체토이펠은 아차 싶은지 무릎을 쳤다.

"자네 말이 맞네. 지금까지는 어둠의 대군이 마왕을 후원한다는 사실이 너무나 당연했지. 하지만 자네만 봐도 이제 그런 법칙은 통하지 않는다는 명확해졌네. 어쩌면 인간의 제후 가운데도 어둠의 대군의 후원을 받는 이가 있을지도 모르지."

결국 나는 적대 세력이라면 인간이든 마족이든 가리지 않고 쓸어버려야겠단 생각이 들었다.

"전쟁은 원 없이 하겠구려."

고생길이 훤했다. 내 한탄에 슈바르체토이펠이 음산하게 웃었다.

"크크큭. 피와 죽음. 그것이 우리 사업이 이뤄지는 방식이지."

그는 꼬장꼬장한 동네 노인네 같은 모습을 하고 있지만 실제로는 세상에서 가장 악독한 드래곤이다. 오죽하면 마룡이라고 불리겠나. 하지만 나라고 크게 다르지 않았다.

"그렇소. 승리란 건 항상 적들의 죽음 너머에 있더이다."

그렇게 세상에서 가장 시커먼 두 남자가 손을 잡았다.

나는 바로 슈바르체토이펠의 둥지에서 떠나지 않았다. 필립의 언데드화라는 중요한 작업을 처리하고 이동할 작정이었기 때문이다.

<강철 선제후 필립의 영혼이 저항합니다!>
<언데드 소환에 실패했습니다!>

물론 쉽지 않았다. 비록 저렙때 죽었다지만 수호자의 영혼이다. 애초에 각오하던 바라 나는 집요하게 물고 늘어졌다. 슈바르체토이펠의 비고에 있는 각종 사령술 마법서를 통달해 나갔다.

<피눈물 흡수가 숙련4단계에 오릅니다!
<한 번 흡수해서 사이클롭스조차 쓰러뜨릴 수 있습니다!>

　　그러다보니 의도하지 않은 부분까지 발전이 계속됐다.

<언데드 회복이 숙련2단계에 오릅니다! 회복량이 증가합니다!>
<귀신의 발걸음이 숙련2단계에 오릅니다! 좀 더 빠르고 은밀하게 움직일 수 있습니다!>
<언데드 포획이 숙련2단계에 오릅니다! 더 강한 야생의 언데드를 포획할 수 있습니다!>
<어둠이 1,130- >2,130**으로 오릅니다!>**

　　필립을 정복하려다 생각지도 못한 수행을 하게 된 것이다. 내 사령술은 전반적으로 크게 발전했고 필립의 영혼을 굴복시키는 건 덤으로 따라왔다.

　　"주군을 뵙습니다."

　　눈가에는 반항기가 가득했지만 그가 할 수 있는 건 없었다.

　　"이제 자기 분수를 좀 알았으면 좋겠군."

　　사령술의 힘에 묶인 이상 그는 노예보다도 심한 처지니까.

　　"…물론입니다."

"하면 조아려라."

"네, 주군."

필립의 이마가 땅이 닿았다. 나는 곁으로 다가가서는 그의 머리를 밟고 구두에 묻은 흙을 닦아냈다. 일부러 필립의 머리를 꾹꾹 밟으면서 말이다.

"존경하는 주군의 구두 받침이 된 기분이 어떤가?"

"영광입니다."

필립의 대답에 나는 기분 좋게 웃었따.

"그래, 주제 파악하니까 좋잖아."

라이테르로 돌아왔다.

모든 게 순조로웠다. 모병은 이미 반 이상 진행된 상태에, 틸리 장군의 훈련도 완벽하다.

어떤 마음씨 착한 백작님께서 내가 살 성을 공짜로 건축해주고 있으며, 트리어 선제후와 불의 마왕 쟈케르의 싸움도 점입가경이다. 가을이면 둘이 화려하게 폭사하겠지.

"그래, 이대로만 가자."

하지만 호사다마란 말이 괜히 있는 게 아니다. 임시 관저에서 집무를 보고 있던 중, 틸리가 다급히 뛰어 들어오는 모습을 보며 일이 터졌음을 직감했다.

"장군, 무슨 일입니까?"

"마왕 페자무트가 마왕 로엘린을 공격했습니다!"

"뭐요?"

생각지도 못한 상황에 깜짝 놀라 자리에서 벌떡 일어났다. 아니 페자무트가 돌았나? 둘이 서로 많은 병력을 대치시키고 있는 게 사실이다. 하지만 전력상 페자무트가 밀린다. 설마 먼저 쳐들어갈 줄이야.

한 방 크게 날려준 다음에 유리한 조건으로 정전을 하려고 하나? 그렇다면 로엘린을 너무 물로 본 건데. 그 우아한 마왕님께선 화나면 성격이 정말 무서우니까.

"페자무트가 왜 그런?"

"이유가 있습니다. 페자무트의 군대에 서열 9위 물의 마왕 아문데가 합류했다고 합니다. 현재 두 마왕이 군대가 로제란트를 두들기기 직전입니다!"

세상에! 서열 9위 마왕이 왜? 당연하지만 원래 이런 스토리는 없다. 그래서 이번만큼은 사전 지식도 무용했다.

"주군, 어쩌시겠습니까?"

틸리의 물음에 나는 고민에 빠졌다. 석 달만 더 기다리면 완벽한 준비를 갖춰 출병할 수 있었다. 한데 이 갑작스러운 사태 때문에 일이 꼬여버렸다. 이런 때 잘못된 결정을 하면 돌이킬 수 없을 터.

하지만 결단을 내려야했다. 로엘린을 도우러 갈 것인가? 서남부로 갈 것인가? 아니면 기다리며 힘을 모을 것인가?

"틸리 장군, 현재 출병 가능한 병력이 어떻게 됩니까?"

"보병 2개 연대, 기병 1개 전대입니다."

총 5,000여명가량이었다. 나는 바로 결정했다.

사흘 뒤.

나는 5,000명을 병력을 꾸려 비텐바이어로 부랴부랴 출발했다. 상황이 급박하니 1진만 먼저 나선 것이다. 나는 적에게 질질 끌려다닐 생각은 없었다.

부대이동을 하면서 후속 대책을 위해 칼리오네에게 연락해 황제를 만나도록 지시했다. 이번 전역에 황제를 반드시 끌어들일 필요가 있었기 때문이다. 나는 보급은 2진에 맡긴 채 최소한만 챙겨서 울름 평야를 가로질렀다.

"아슬아슬하군요."

부관 역할을 맡은 막스가 앞으로 내다보며 혀를 찬다. 그는 내게 행군 속도를 더 올릴 건지 물었다.

"아니. 그랬다가는 탈영병이 속출할 거다."

이럴 때 조바심 내봐야 일만 망친다. 나는 마음을 다스릴 겸 상태창을 살폈다. 절세검객 팔케를 죽이고 새로 얻은 스킬을 확인하기 위해서였다.

대검호의 가르침 [SS등급]
존경받는 대검호의 마지막 가르침을 담은 검술. 그는 모든 검술에는 단 하나의 기예만이 있다고 말했다. 이 뜻을 푸는 자는 더 높은 경지로 나아갈 수 있다고 한다.

영혼 베기(S등급)

조건을 충족하지 못해 사용이 불가능합니다.

검의 정령 소환(S등급)

조건을 충족하지 못해 사용이 불가능합니다.

차원 자르기(SS등급)

조건을 충족하지 못해 사용이 불가능합니다.

S등급 스킬 2개와 SS등급 스킬 2개다. 대박이 터졌다고 해도 좋겠지만, 대검호의 가르침만 빼고 나머지 스킬은 사용불가.

이유는 간단하다. 저 3가지 스킬이 검객이 마력을 다루는 고유방법인 '시'기 때문이다. 시를 쓰려면 검술 대가의 경지에 이르려야 한다.

아직 내가 그 단계가 아니기 때문에 사용불가인 거다. 수련이 쌓이면 해결될 문제니 걱정할 필요는 없었다.

"주군, 비텐바이어로 향합니까?"

"그래, 거기서 파펜하임과 합류한다."

우리는 보름 뒤에 비텐바이어의 외곽에 도착했다. 하지만 일이 쉽게 풀리지 않았다. 파펜하임을 만나 미리 봐둔 도하지점을 정찰하는데, 라인강 너머에 이미 적이 군세를 이뤄 집결한 상태였다.

"빌어먹을."

"송구합니다. 주군."

내 능력으로 데이워커가 된 파펜하임이 면목 없다는 듯 조아렸다.

"아니다. 그게 어찌 자네 잘못이겠나. 적이 싸움에 대비하고 있는 것을. 그나저나 저들이 먼저 강을 넘어올 것 같나?"

"그렇지는 않을 겁니다. 페자무트는 이미 상당한 병력을 서남부에서 착출했습니다. 하니 저들이 강 너머까지 침공해올 여력이 있다고 생각하긴 어렵습니다. 설령 점령한다고 해도 지킬 면적이 배는 늘어날 테니 감당할 수 없을 겁니다."

"하면 까불지 말라는 무력시위인가."

마왕 페자무트가 마왕 로엘린과 부딪친 사건은 지금 제국 권력자들의 시선을 끌고 있다. 그들 중 일부는 이 틈에 제국 서남부로의 진출을 고민하겠지.

하지만 저렇게 군세를 소집해 보란 듯 당당히 굴면 의욕이 죽을 거다. 다들 저게 허세란 걸 모르니까. 파펜하임도 그 점을 지적했다.

"충분히 먹힐 겁니다. 라인강 너머의 페자무트군을 제대로 파악하고 있는 건 오로지 주군뿐입니다. 현재 뱀파이어를 풀어 조사한 바에 따르면 강 너머의 요새들은 반쯤 빈 상태나 마찬가지입니다."

"그걸 유리하게 써야할 텐데……."

그럼에도 적은 1만 5,000가량. 다들 누가 강을 넘어올까 눈에 불을 켜고 있다. 사정을 알아도 함부로 공격하기 어려웠다.

"흐….."

침음성이 절로 흘렀다. 나는 한참이나 말없이 강 너머를 노려봤다. 멀리서 오크 장창병들이 일부러 시끄럽게 군가를 부르고 있었다. 강변의 어부들은 두려움에 떨었다. 나는 그 모습을 물끄러미 보다가 퍼뜩 돌파구가 떠올랐다.

"파펜하임."

"네, 주군."

"데이워커들을 데리고 할 일이 있다."

현재 그를 따르던 30명의 뱀파이어들은 모두 데이워커로 승급했다.

"목표는 라인강 오른쪽에 자리 잡은 도시인 비텐바이어, 푸라이부르크, 라인펠덴이다. 그곳에 가서 마족과 인간의 언어 두 가지로 벽보를 붙인다."

내가 벽보에 쓰라고 한 내용은 다음과 같았다.

안간은 들으라. 피와 죽음으로 우리를 다스리는 페자무트 전하의 이름으로 성명을 발표한다.

1)열흘 안에 도시를 퇴거하라. 손에 들 수 있는 정도의 재산만을 갖고 가는 걸 허락한다. 말과 나귀 등의 가축은 가져갈 수 없다.

2)22세 이하의 여성은 도시에 남겨둬야 한다.

3)어떤 적대행위도 허용치 않으며 만약 저항하고자 한다면 도시의 모든 걸 불태울 것이다.

우리가 요구한 이 세 가지 조건은 명확하며 어떤 교섭이나 협상도 받지 않겠다. 만약 이 관대한 제안을 거부한다면 오로지 피와 죽음만이 남게 될 것을 엄중히 선포한다.

— 마왕군 사령관 구구쉬락.

당연히 라인강 너머의 마왕군 사령관 구구쉬락은 이런 명령을 내린 적이 없다.

하지만 이게 진실인지 아닌지가 꼭 중요한 건 아니다. 중요한 건 공포를 던질 수 있느냐다. 내 명령에 의해 파펜하임과 데이워커들은 벽보를 세 도시 곳곳에 붙였다.

당연히 난리가 났다.

"세상에! 그 흉악한 놈들이 기어코 강을 넘어올 생각인가 봅니다!"

"이런 잔악한 놈들은! 22세 이하의 여자는 왜 남겨놓으라고 한 거야!"

"이제 우린 어떻게 해요! 흑흑!"

벽보는 믿을 수 없을 정도로 큰 반향을 불러 일으켰다. 사람들은 반쯤 정신이 나가서 우왕좌왕했다. 우르르 도시 의회에 몰려가서는 대책을 내놓으라고 소리를 질러댔다.

"이 무능한 놈들! 이제껏 뭘 한 거야!"

"어떻게든 해봐라!"

그도 그럴 게, 이 세 도시는 지난 전쟁에서 라인강 동쪽에 있단 사실 하나로 간신히 살아남았기 때문이다. 그리고 도시에는 초토화된 라인강 서쪽에서 넘어온 주민이 많았다.

모두 전쟁의 공포를 실감하는 자들이다. 손발이 덜덜 떨릴 수밖에.

"주군, 그야말로 효과가 엄청납니다!"

벽보 일을 맡았던 파펜하임은 다소 흥분한 얼굴이었다. 나는 그걸로 그치지 않고 헛소문을 퍼뜨리라고 했다.

"파펜하임, 너희가 알고 있는 가장 잔인한 소문을 흘리고 다녀라. 부풀리고 부풀려서 모두 공포에 질리게 하라."

"알겠습니다. 주군!"

라인강 너머의 마왕 페자무트군의 본진. 사령관 구구쉬락은 기가 막힌 보고를 듣고 입을 쩍 벌렸다.

"지금 인간들 사이에서 그런 소문이 돌고 있다고?"

"그렇습니다. 사령관께서 인간 여성들을 모조리 따먹을 거라고 합니다."

"뭐라? 내가 왜?"

사령관 구구쉬락은 기가 막혀서 말이 안 나왔다. 그는 페자무트의 총애 받는 장군으로 오크족의 전사다. 일개 오크 용병에서 시작해 사령관까지 오른 입지전적인 인물이라 할 수 있었다.

그는 명예를 중시하는 자였는데 자기가 인간 여자를 범할 거란 소문에 황당함을 감출 수 없었다.

"이런 미친놈들이! 본관이 강간이라니!"

살면서 이렇게 치욕스러운 소문은 처음이었다.

부들부들.

이 자긍심 높은 전사의 온몸이 떨릴 정도였다. 게다가 그는 지극히 오크다운 취향으로, 녹색 피부에 어금니가 멋진 여자가 좋았다. 비리비리하고 피부도 하얀 인간은 정말 비위가 상했다. 심지어 인간의 몸에서 나는 냄새는 역하고 이상하게 느껴졌다.

"모르겠습니다. 이는 소문에 일부일 뿐입니다."

"또 뭐라고 하는데?"

"저희가 자기들의 신생아를 구워먹을 거라고 합니다. 또한 팔다리를 잘라 장식물로 쓴다거나 별 기발한 개소리들이 이어지고 있습니다."

구구쉬락은 어이가 없었다. 군대를 모아 허세를 부린 게 사실이나 이런 극렬한 반응이 일어날 줄은 몰랐다. 이전에도 필요할 때마다 군을 소집해 이런 식으로 시위를 해왔다.

최근에 트리어 선제후와 불의 마왕 쟈케르 때문에 정국이 불안할 때도 그랬는데 왜 갑자기 다들 난리인지 알 수 없었다.

"진짜 쳐들어간다는 것도 아니고… 왜?"

"그것보다 이걸 보십시오. 저희가 붙인 거라고 주장하는 벽보입니다."

구구쉬락이 본 벽보는 발러가 지시해 만든 것이었다.

"내가 왜 가축을 못 가져가게 해? 설령 그렇다고 해도 짐말은 쓰게 해주는 게 인정이지. 이제 보니 이놈들이 우리 땅에 쳐들어 올 생각이 만만이구나! 이런 조작을 다 하고!"

황당무계한 날조에 구구쉬락은 경계 태세를 강화하라고 지시했다. 하지만 그의 얼굴은 어두웠다.

'놈들이 제대로 일을 벌이려나 보구나. 하지만 페자무트 전하께서 이곳까지 추가 병력을 파견할 여력이 없을 텐데. 과연 제대로 지킬 수 있을지 모르겠구나….'

이 오크 장군의 걱정에도 불구하고 상황은 이미 걷잡을 수 없이 흘러가고 있었다.

라인강 너머의 세 도시는 연일 시끌벅적하다. 공포가 사방에 들불처럼 일어났다. 하지만 공포만으로는 내가 원하는 폭발을 일으키긴 부족했다. 그래서 여기에 분노를 첨가할 작정이었다.

"막스. 비텐바이어의 광장에서 정오에 내가 연설하겠다고 하라. 사람들을 끌어 모으라고."

"알겠습니다. 주군."

현재 나는 라인강 동쪽의 도시에서 유명인으로 떠올랐다. 군사적으로 불안한 이곳에 갑자기 5,000명을 이끌고 왔으니 구세주처럼 비춰질 수밖에. 사람들은 이 위기 상황에 내가 뭔가 해주리란 기대감으로 가득했다.

라인강 너머의 세 도시는 지난 전쟁 이후 자유도시로 독립했지만 군사력을 미약했다. 당장 5,000명이란 병사가 크게 보일 수밖에 없다. 거기에 내가 5,000명이 더 올 거라고 하니 다들 나만 바라보고 있는 입장이었다.

한데 그런 내가 연설을 한다? 당연히 구름 같은 관중들이 몰려왔다.

"존경하는 시민 여러분!"

마법으로 증폭된 목소리가 퍼지자 일대가 조용해진다. 나는 그것에 만족하며 침묵으로 이들의 긴장감을 끌어올렸다.

"……."

사람들은 입을 다문 채 집중한다. 하지만 내가 오래동안 말이 없자 불안감을 감추지 못했다. 나 역시 흥분으로 입이 달싹달싹거렸지만, 노련한 배우가 그렇듯 최고의 순간을 위해 인내했다. 그리고 그 침묵 끝에 나온 말이 모두에게 강력한 파장을 일으켰다.

"여러분, 우리는 생사의 기로에 서 있습니다."

소란이 일어났다. 애써 억누르고 있던 공포와 불안이 터져나왔다.

"안 돼! 저들이 우리 모두를 죽일 거예요!"

"도망가야 해!"

"살려주세요! 발러 경! 제발!"

"저희를 도와주세요! 도시 의회는 무능합니다!"

실제로 비텐바이어 도시의회는 내가 오늘 허락도 없이 연설을 하는 것도 막아서지 못했다. 이미 내 주위에는 용병들이 삼엄하게 늘어서 경호 중이다. 경비병들이 들이쳐도 아무 소용없을 터.

"여러분, 여러분의 고통은 제가 이해합니다. 그러니 부디 제 이야기를 들어주십시오. 절절히 끓어오르는 심경으로 고하고자 합니다."

소란을 피우던 시민들은 그제야 다시 입을 다물었다. 나는 그들에게 열띤 어조로 연설했다.

"작금에 우리가 겪고 있는 고통은 어디서 왔습니까?"

내가 미리 심어둔 선동꾼 하나가 소리쳤다.

"마족입니다! 마족!"

그러자 여기저기서 말 잘했다는 듯한 동조가 일어났다.

"맞다! 마족이다! 다 마족 때문이야!"

"그래! 맞아!"

미움이 걷잡을 수 없이 창궐하고 있었다. 나는 흐뭇하게 그 광경을 바라보았다.

"맞습니다. 여러분. 그래서 저는 이 자리에서 마족에 대해 말하고자 합니다."

나의 목표는 반마족적인 정서를 일으키는 거다. 이런 내 태도에 대해 이상하다고 여기는 자가 있을지도 모른다.

마왕 로엘린과 손을 잡고, 마왕 쿠발트와 손을 잡았으니 친마족파가 아니냐고 말이다. 하지만 그건 모르는 소리다. 마왕이라서 손을 잡은 게 아니라 이득이 되니까 손을 잡은 거다.

나는 필요하다면 제국 서쪽에선 반마족을 외치고 제국 동쪽에선 친마족을 외칠 수 있었다. 그리고 지금 여기서 제일 좋은 건 마족에 대한 증오를 부채질 하는 거다.

"지금 시민 여러분께서 겪고 있는 모든 불행은 마족에서 기인합니다. 그러니 저 발러슈테드 발러가 확신에 차서 말하겠습니다! 라인강 너머의 마족이 사라지면 이 불행도 모두 사라질 것이라고!"

큰 호응이 터져 나왔다. 군중이 웅장하게 일어나며 열광했다.

"옳소!"

"맞다! 발러 경의 말이 맞다!"

박수갈채가 쏟아졌다. 나는 달아오른 분위기에 흠뻑 취해서 연설을 계속했다.

"여러분이 마족을 미워하는 것처럼 저 역시 마족을 미워합니다. 그들에 의해 재산과 가족을 잃었다는 점에 있어서 여러분과 다르지 않습니다."

이건 새빨간 거짓말이다. 슈판다우는 평화로운 촌동네니까. 하지만 공감을 일으키긴 충분했다.

"그러니 제가 오늘 이 자리에, 여러분 앞에 설 자격이 있다고 판단됩니다!"

"맞습니다! 발러 경!"

"옳소!"

다시 터지는 박수 갈채. 나는 환호에 보답해, 그들이 듣고 싶어할 얘기를 해줬다.

"그러니 우리 모두를 위해! 세상 모든 마족을 모아서 한꺼번에 불태워 버릴 필요가 있는 것입니다! 마지막 마족이 사라졌을 때 지상에 평화가 찾아올 걸 알기에!"

"맞다! 맞아!"

이제 사람들은 미쳐 날뛰고 있었다. 그런데 나는 이때를 노리고 뜻밖의 말을 던졌다.

"하지만 여기에 놀라운 사실이 숨어있습니다. 우리의 고통에 마족이 있음은 명백하지만 도시 의회의 무능함도 크지 않을까요?"

그 말에 사람들은 망치로 머리를 맞은 것 같은 표정이 됐다. 나는 무서운 마족 대신 당장 쉽게 원망할 수 있는 대상을 제공한 것이다.

"그들의 그런 무능함은 자기 실력의 부족이 아닌, 비밀스러운 결탁으로 인한 것일지도 모릅니다. 흉악한 지배자들이 여러분의 아이를 마족에게 팔아치울 작정인 것입니다!"

거기에 음모론까지 더했다. 지켜보던 도시 경비대가 난입해 소란을 일으켰지만 내 휘하의 용병들에게 얻어터져 제압됐다. 나는 쓰러진 그들을 손가락으로 가리켰다.

"저 자들을 보십시오. 무엇이 두려워 진실을 감추려고 하는 걸까요?"

사람들은 홀린 듯한 얼굴이 됐다.

"여러분, 행동하는 자만이 자기 목숨을 지킬 수 있습니다. 아내를 위해 검을 들고, 아이들을 위해 화약을 챙기십시오!"

그날 연설은 대호황으로 끝이 났다. 문제는 그날 밤 바로 터졌다. 어째서인지 시가지에 곳곳에 방화가 일어났다. 사람들은 공포에 빠져 울부짖었는데 그때 어떤 사람이 크게 외쳤다.

"오크다! 오크가 불을 질렀어!"

도시의 골목에는 단 한 마리의 오크도 없었지만 사람들은 불에 댄 것처럼 펄쩍 뛰었다.

"뭐라? 오크라고!"

"드디어 놈들이 여기까지 쳐들어왔구나!"

그리고 그때 시민들 사이에 숨어있던 내가 소리쳤다.

"도시 의회다! 의회가 우리를 팔았다! 성문을 열어줬다!"

불길에 놀라 몰려나왔던 사람들은 순간 눈이 뒤집혔다.

"가자! 의회로 가자!"

"그들을 모조리 잡아들여! 시장도 잡고!"

전후좌우 곳곳에 방화와 소요로 불길이 솟아올랐다. 나는 성난 불길을 화려하게 두른 도시의 모습에서 아름다움마저 느꼈다.

"그래, 공포로 타오른 불길은 희생자들의 피로만 끌 수 있겠지."

비텐바이어 도시의회는 하룻밤 만에 박살났다. 원래 무능한 지도부였다. 하르프하임 전쟁의 여파로 운 좋게 자유도시가 됐지만 실속이 없으니 오래갈 리가 없었다.

"이 새끼들 어지간히 해 먹었구나…."

압수한 비밀장부를 보니 착복한 예산이 엄청났다. 특별히 누명을 씌우지 않더라도 처리가 가능할 정도였다.

"살려주시오!"

"제발! 자비를 베푸십시오! 발러 경!"

지금 내 앞에는 시장과 도시의회의 의원들이 줄줄이 묶여서 무릎 꿇고 있었다. 시청을 점령한 나는 시민위원회로 부터 전권을 위임 받은 상태다. 물론 그 허울뿐인 조직은 내 지시로 만들어진 것이지만.

　　"살려는 드리겠소."

　　내 말에 불안에 떨던 자들이 반색했다.

　　"오오! 감사합니다!"

　　"신의 축복이 함께하시길!"

　　안도의 한숨을 내쉬는 그들을 보며 나는 한 가지를 요구했다.

　　"신을 믿는 분들은 거수해 주시오."

　　이 갑작스러운 요구에 다들 뜬금없다는 표정이었다.

　　"믿음이 있는 자는 좌측으로, 없는 자는 우측으로 가주시길 바라오."

　　신자가 2/3, 불신자가 1/3이었다. 나는 불신자는 감옥으로 보냈다. 그리고 신을 믿는 자들에게 웃어보였다.

　　"진정으로 섬기는 신격께 감사하시오. 높으신 그 은혜가 여러분을 구했으니까."

　　내 말에 다들 크게 기뻐했다. 그리고 저마다의 방식으로 신격에게 감사의 표시를 한다.

　　"자, 그러면 나와 함께 시민들을 만납시다."

　　그러자 그들은 성난 군중을 만날 생각에 어두운 표정이 됐다. 다들 자기 죄를 인정할 수 없다고 강변했다.

　　"어찌 우리가 내통했다 하는지 모르겠으나 그것은 사실이 아니오!"

　　그들 중 가장 목소리가 큰 이가 시장이었다. 나는 그를 보며 고개를 끄덕였다.

　　"물론이오. 시장. 나 역시 그대들이 마족과 내통했다고 생각하지 않소."

"오! 믿어주는 것이오?"

"그렇소이다."

애초에 그 오해를 불러일으킨 게 나니까. 나라도 당신들의 결백을 믿어줘야 하지 않겠나.

"대신 당신들이 인정해야 할 부분이 있소. 이 장부에 적힌 비위는 입이 열 개라도 변명하기 어려울 것이오."

"크으⋯."

착복에 관해서는 할 말이 없는지 시장도 입을 다문다. 나는 그런 그들에게 달래듯 말했다.

"당신들이 마족과 내통했다고 하지 않을 것이오. 대신 시민들 앞에서 이것에 대해서는 고백해야 하오. 그렇게만 하면 구해주겠소이다."

"⋯⋯."

다들 꺼리는 기색이 역력했다. 하지만 이미 도축될 돼지처럼 잡힌 신세라 다른 선택지가 없었다. 결국 그들은 요구를 받아들였다.

"알겠소이다. 우리 죄를 인정할 테니 약속을 지키시오."

"잘 생각했소. 내 영원한 죽음으로 부터 당신들을 보호하겠소."

'영원한 죽음'이란 말에 그들은 좀 고개를 갸웃거렸으나 크게 신경 쓰지는 않았다.

"그러면 시민들을 보러 갑시다."

시청 밖의 광장에는 지난 밤 거사를 성공시킨 시민들은 모여 있었다.

"다들 밖으로 정중히 모셔라."

병사들이 포승줄에 묶인 시장과 시의원을 광장으로 데려갔다. 나는 느긋하게 뒤따랐다.

"와아아아! 저놈들을 죽여라!"

"배신자! 배신자! 마족의 끄나풀!"

밖으로 나가자 성난 시민들이 마구잡이로 비난을 쏟아냈다. 포승에 묶인 죄인들은 마족과 내통했다는 얘기에 대해서는 다급히 결백을 주장했다.

"절대 그렇지 않소!"

"동향인들이여! 제발 이 늙은 신사의 말에 귀를 기울여 주시오!"

하지만 그런 변명은 소용없었다. 변명이 통하기는커녕 군중의 소음에 묻혀서 뭐라 하는지 잘 들리지도 않았다. 하지만 죄인들은 날 은근히 믿는 눈치였다.

"존경하는 시민 여러분."

내가 한손을 들고 입을 열자 거짓말처럼 모두 조용해졌다. 수많은 시선이 이쪽을 향하고 있었다. 나는 그들에게 불끈 쥔 주먹을 들어 올려 보이며 외쳤다.

"우리 시민의 승리입니다!"

그 한마디에 광장이 격동했다.

"와아아아아아!"

나는 열광하는 시민들을 보며 기분이 좋아졌다. 이 얼마나 바람직한 관계란 말인가?

저들이 원하는 상황을 만들어주고, 저들이 원하는 대답을 해준다. 그 대가로 나는 저들을 이용해 먹는다. 기브 앤 테이크라는 세상의 법칙에 이보다 부합하는 관계가 또 있을까.

"여기 부끄러운 자들을 보십시오! 이들은 시민의 힘에 쓰러졌습니다!"

나는 약속 때문에 절대 배신자라고 하지 않았다. 하지만 내 목적을 이루는 데는 문제없었다. 이미 군중에게 이들은 무조건 배신자였으니까.

"와아아아아아!"

"죽여라! 죽여라! 죽여라!"

그들은 마치 로마 검투사의 경기를 보는 관객들 같았다. 하면 이에 화답하는 황제와 같이 저들의 피를 뿌려줘야겠지.

짝!

나는 가볍게 손뼉을 쳤다. 그러자 폭이 넓은 참수검(Richtschwert)을 든 자들이 척척, 발을 맞춰서 입장한다. 가만히 있던 시장과 시의원들은 당황해서 허둥댔다.

"아니! 살려준다 하지 않았소!"

"발러 경! 이게 무슨!"

속았다는 생각이 들었는지 그들은 발버둥을 쳤지만 이미 용병들이 어깨를 강하게 누르고 있었다. 시민들은 그 꼴에 더욱 흥분해서 외쳐댔다.

"목을 쳐라! 목을 쳐라! 목을 쳐라!"

광장 일대가 한 목소리로 쩌렁쩌렁 울린다.

"한 자루 주게."

나 역시 참수검을 받아들었다.

"발러! 네 이놈!"

그제야 일이 틀어진 걸 깨닫고 눈이 돌아간 시장. 하지만 나는 어깨를 으쓱할 뿐이었다.

"약속이라면 어기지 않았소."

"뭐라!"

"당신들을 영원한 죽음으로부터 살려주겠다고 한 것 아니오? 지금은 모르겠지만 내게 감사할 날이 있을 것이오."

"그 무슨 황당한 소리냐!"

내가 말한 영원한 죽음은 바로 언데드화다. 이들은 섬기는 신격이 있어 언데드화가 불가능하니 시민들의 요구를 만족시키는 용도로 쓰려는 거다.

나는 참수검을 쥐고 검면에 새겨진 글귀를 읽어내렸다.

"Wan Ich Das Schwert Huie Auffheben- So Wunsche Ich Dem Sunder Das Ewige Leben(내가 이 검을 들 때마다 나는 죄수가 영원한 생명을 얻기를 희망한다)."[1]

놀랍군. 누가 적었는지 실로 내 진솔된 마음을 반영하고 있구나!

"그대 영혼의, 영원한 생명을 얻으라!"

퍼억!

참수검이 단번에 시장의 목을 쳐 날렸다. 뜨거운 피가 안면에 튀었다. 나는 깔끔한 솜씨로 벤 머리를 군중 앞에 들어 올려 보였다.

"와아아아아아!"

환호가 터졌다. 그리고 그들이 원하는 걸 얻었을 때 내가 외쳤다.

"안심하십시오! 존경하는 시민 여러분! 제가 이제부터 여러분을 보호해 드리겠습니다!"

그러자 시민들이 두 팔을 들어 올리며 환호했다.

"발러! 발러! 발러!"

"구원자! 구원자! 구원자!"

---

1 15세기 독일 참수검에 써있던 글귀. 현대 독일어와는 맞춤법에서 차이가 있다.

그렇게 나는 단 하루 만에 비텐바이어를 차지했다. 참수하지 않은 시의원들은 데이워커로 만들어 종복으로 부렸다. 반항하고 저항하는 이들은 모두 마족과 내통한 배신자로 몰아 처리하자 더는 주둥이를 놀리는 자가 없었다.

그렇다. 이제 이 도시는 나의 것이다.

도시를 성공적으로 차지한 지 얼마 되지 않아 변수가 발생했다. 적 장이 생각 이상으로 영리했던 탓이다. 내가 공포를 마치 잘 드는 칼처 럼 이용한다는 걸 알아채고는. 그걸 없애기 위해 나선 것이다.

그가 꺼내든 카드는 바로 평화협정이었다.

며칠 사이에 도시에서 묘한 소문이 돌았다. 마왕군이 평화사절을 보낼 거란 얘기였다. 그건 공포로 집권을 이뤄낸 날 곤란하게 만들 었다.

소리만 요란했지 실상 겁먹은 토끼 같았던 시민들은 그 소식에 반 색하며 평화협정을 원했다.

"발러 경! 이 일을 성사시켜 주시리라 믿습니다!"

"부디 이 도시에 다시 평화를!"

당혹스러웠다. 적장이 그럴 듯한 모략도 아닌, 정말 간단한 방법으 로 내 기반을 무너뜨리려 하고 있었기에. 하지만 이 정도로 굴복할 내 가 아니다. 곧장 부하를 부려서 도시에 새로운 소문을 퍼뜨렸다.

"마왕군이 사실 평화협정을 위해 오는 게 아니라네. 도시를 염탐하 러 오는 거야."

"뭐요! 그게 사실이오?"

"그렇다니까. 조만간 비텐바이어로 침공해 올 텐데 성의 어디가 약하고 군사가 어디에 배치되었는지 파악하러 오는 게 틀림없어!"

"이런! 흉악한 놈들이."

"어리석은 자들은 평화가 온다고 좋아하지만, 정신 차리게. 어디 평화가 총검을 가지고 오던가?"

파펜하임을 비롯한 데이워커들은 매우 유능하게 소문을 만들어갔다. 하지만 이것만으로 우위를 점할 수 없었다. 도시의 여론은 반으로 나뉘어 충돌하기 시작했다.

"평화협정만이 살 길이다!"

"닥쳐라! 겁쟁이들!"

무언가 결정타가 필요한 상황이었다. 그래서 데이워커로 만들어 부리던 시의원 하나를 불러, 사실 자신이 마왕군에게 매수됐다고 고백하게 했다.

당연히 도시가 발칵 뒤집혔다.

"이런 빌어먹을! 다들 매수됐잖아!"

나는 성난 시민들을 달래기 위해 눈앞에서 시의원을 처형했다. 배신자의 목이 떨어지자 그제야 다들 좀 잠잠해졌다(그 데이워커는 나중에 다시 목을 붙여줬다).

"걱정하지 마십시오! 제가 적들의 의도를 알아내겠습니다! 그들은 어떤 도시의 비밀도 빼내지 못할 것입니다!"

나는 직접 이번 사절을 현명하게 상대하겠다고 약속했다.

"모두 가정으로 돌아가 이 일을 비밀로 해주십시오. 입을 다물고 사절을 관찰한다면 그들의 눈빛에서 수상한 의도를 읽을 수 있을 것입니다!"

이 사건으로 평화협정에 대한 여론은 단번에 죽어버렸다. 모두의 관심은 마왕군의 사절에게 집중됐다.

오후 3시가 되자 성문이 열리고 마왕군에서 보내온 사절들이 들어왔다. 시민들은 초조한 눈빛으로 그들을 살폈다.

사절들도 뭔가 불온한 낌새를 느꼈는지 당황한 기색이었다. 그들은 연신 주위를 두리번거렸다. 그때 누군가 소근거렸다.

"저것 보라. 평화를 가장하고 들어와 도시를 염탐하고 있다."

그 소근거림은 불안감이란 물결을 타고 삽시간에 퍼져갔다. 그리고 사절이 시청 앞의 광장에 도달한 그 순간, 내가 심어놓은 선동꾼이 악을 쓰듯 외쳤다.

"죽여라! 첩자를 죽여야 우리가 살아날 것이다!"

그건 마치 방아쇠 같았다. 아니, 마법과도 같았다. 그 외침에 시민들은 저마다 무기를 들고 사절들을 습격했다.

"마족을 죽여라! 마족을 죽여!"

"너희에게 내어줄 땅은 한 뼘도 없다!"

성난 군중은 몽둥이, 장검, 할버드 등을 들고 사절을 습격했다. 공포에 질린 비명과 악을 쓰는 고함이 터져나왔다. 사절들은 순식간에 넝마로 변해 바닥에 쓰러졌다. 사람들은 이미 죽어버린 그들을 밟고 침 뱉었다.

"죽여라! 이 끔찍한 무리를!"

"마족을 죽이는 건 죄가 아니니!"

나는 시청의 테라스에서 차를 마시며 그 모습을 내려다 봤다.

"파펜하임. 저들이 용감해 보이나?"

"그럴 리가요. 겁에 질려 악을 쓰고 있군요. 놀란 돼지 새끼들처럼요."

"참으로 그 말이 맞다."

이미 시민들은 돌이킬 수 없는 강을 건너고 있었다. 나는 곧 그 난리통에 흥미를 잃어버렸다. 대신 저 멀리 날아가는 새들을 구경했다.

오늘따라 하늘이 참으로 맑았다.

"전쟁하기 좋은 날씨로구나."

시민들이 마왕군의 사절을 때려죽인 일은 제국을 뒤흔들었다. 비텐바이어 참극이라 불리게 된 이 사건은 인간 제후들에게도 큰 비난을 살 정도였다.

- 과인은 이번 사태에 깊은 유감을 표시하며 희생된 사절에게 애도를 표시한다.

먼저 작센 선제후가 성명을 발표했다.

- 기사도에 어긋한 행동은 반드시 처벌 받을 것이다!

인간의 기사도에 심취한 미치광이 마왕 할버슈타드도 호응했다.

- 비텐바이어의 시민은 부끄러움을 알아야 한다. 그들 자신이 감당해야할 불명예가 뭔지 깨닫는 다면.

헤센-카젤 방백 모리츠도 비난 행렬에 가세했다. 이들뿐만이 아니었다. 제국 곳곳에서 인간과 마족을 가리지 않고 비텐바이어의 시민들을 성토했다.

그 정도로 이것은 야만적인 행위였다. 그제야 정신이 돌아온 비텐바이어 시민들은 자기들이 무슨 짓을 한지 깨닫고 두려움에 몸을 떨었다.

"발러 경! 저희가 잘못했습니다!"

"제발 살려주십시오!"

시민들은 이제 내게 울면서 매달리기 시작했다. 나 역시 준엄하게 그들의 폭력을 꾸짖었다.

"아무리 전쟁을 앞두고 있다고 해도 이런 비문명적 행위는 용납할 수 없소이다!"

내가 당장이라도 발을 뺄 것처럼 말하자 다들 울며불며 난리가 났다. 이미 이 참극으로 비텐바이어는 제국에서 고립된 상황이었다.

게다가 트리어 선제후와 불의 마왕 쟈케르의 싸움으로 정신이 없는 제국이라 여기에 개입할 실력자가 없었다. 그 두 거물의 싸움에 수많은 제후와 마왕이 직간접적으로 연관된 상황이었으니까.

심지어 인간 제후들은 비난 성명을 발표한 뒤, 마왕군이 보복한다면 그 일은 정당하다는 입장까지 보였다. 이 자유도시의 운명에 관심 있는 이는 없었다.

비텐바이어 시민의 입장에서는 그야말로 백척간두 위에 선 셈. 그들이 믿을 거라고 이제 나 밖에 없었다. 하지만 나는 일부러 그들을 매정하게 쫓아내 불안감을 증폭시켰다.

"파펜하임. 소문을 흘려라."

"이번에는 뭐라 할까요?"

"내가 도시를 떠날거라 하도록."

"알겠습니다. 돼지 새끼들이 펄쩍 뛰겠군요."

아니나 다를까, 시민들이 시청으로 다시 한 번 몰려왔다.

"저희를 버리지 마소서! 고귀하신 분!"

"군주의 보호가 없으면 이 도시는 바람 앞의 등불입니다!"

모든 게 의도대로 되고 있었다. 비텐바이어를 고립시키고 이들이 유일하게 의지할 게 나라는 걸 확인시키기 위한 절차. 나는 이 상황에게 내가 원하는 걸 얻기 위해 밑밥을 던졌다.

"이 싸움은 이미 명분마저 잃어버렸소. 그대들은 자신들의 비이성적 폭력행위에 대해 변명거리도 없을 것이오."

일부러 준엄한 표정을 짓자 시민들은 납작 엎드렸다. 그리고 내가 원하는 게 있으면 뭐든 하겠다고 고해왔다.

"이러다 적의 깃발이 성문을 넘을까 두렵습니다. 저들이 우리의 재산을 강탈하고 우리 아내와 딸을 노예로 팔 것입니다. 기사 중의 기사인 발러 경시여! 부디 도탄에 빠진 비텐바이어를 구해주십시오!"

"구해주십시오!"

몰려온 시민들이 일제히 부복하며 울음을 터뜨렸다. 나는 드디어 때가 무르익었음을 깨달았다. 하지만 바로 원하는 걸 말하는 건 체면이 상하는 것이기에 고사를 꺼냈다.

"옛날 고대국가들은 국가에 위기가 닥치면 현명한 지도자 하나를 임시독재집정관으로 삼았소. 국가의 힘을 하나로 끌어 모아 위난을 돌파하고자 함이오. 대신 권력의 범위를 명확히 하고 기간을 정해 독재임에도 그 폐단을 방지할 수 있었소."

이쯤 되면 시민들은 내가 무슨 말을 하고 싶은지 알아들었을 것이다.

"현재 비텐바이어의 상황도 외적이 침입해 위태로워진 고대국가와 다르지 않소. 강력한 지도자를 중심으로 똘똘 뭉쳐야만 저 마왕군을 상대할 수 있는 것이오. 만약 이런 미덕을 따를 수만 있다면 도시를 방어하지 못할 것도…."

내가 계속 도시에 주둔할 것 같은 뉘앙스를 비추자 다들 반색하며 호응한다.

"지당하십니다. 발러 경!"

"그 말씀이 옳습니다!"

다들 미궁에 갇혔다가 출구를 찾은 자들처럼 난리였다. 그렇게 분위기가 무르익자 나는 원하는 것을 말했다.

"내게도 고대국가의 사례처럼 임시독재집정관과 같은 권력을 주시오. 반드시 이 위난을 극복해 보이겠소."

내 말에 시민 대표가 묻는다.

"미천한 저희가 어찌해야 그런 권력을 드릴 수 있겠습니까?"

"간단하오. 나를 그대들의 군주로 인정하고 신종하시오. 이제부터 이곳을 나의 영지로 삼아, 제국 전례원에 이름을 올린 귀족의 권리로 그대들을 다스리겠소."

이 선언은 시민들에게 큰 충격을 안겨줬다. 자유도시로 독립해 자유를 누리던 그들이 다시 군주권 아래 무릎 꿇는 처지가 되는 일이기 때문이었다.

궁지에 몰린 상황에서도 자유의 달콤함을 알고 있는 시민은 쉽게 결정하지 못하고 망설였다. 결국 굴복할 수밖에 없을 테지만 나는 일을 좀 더 매끄럽게 처리하기로 했다.

"대신 이 일은 고대의 독재집정관의 예처럼 기간을 정해두고 행하겠소."

한시적으로 군주권을 행사한다는 말에 시민은 반색했다.

"그게 정말이십니까!"

순진한 건지, 믿고 싶은 것만 믿고자 하는 건지, 이 어리석은 자들은 내가 자기들 좋은 것만 해줄 거라고 여기는 듯했다.

그 얼마나 바보 같은 기대인가?

막대한 전비를 감수해 군대를 일으켜서는 도시를 구해주고 바람 같이 사라지다니. 세상에 그런 밑지는 장사가 어디에 있나?

이것들은 자유도시를 갖긴 글렀다. 무언가 받았으면 반드시 대가를 지불한다는 각오를 해야 자유를 누릴 수 있는 것이다.

"물론이오. 본인은 그저 제국의 귀족으로서 제국 백성의 안위가 걱정되어 군사를 일으켰소. 인정과 협의를 실천해 황제 폐하의 덕망을 떨칠 수 있다면 그것으로 충분할진데, 어찌 사사로이 도시를 탐하겠소?"

"아아! 경께서는 진정 기사의 모범이십니다!"

돼지새끼들이 사기꾼의 모범을 기사의 모범으로 착각하고 있군. 당연한 얘기지만 정한 기한이 다 되면 또 다른 핑계를 대고 차일피일 미루며 도시를 집어삼킬 계획이었다.

"하면 이제부터 도시민들은 나를 군주로 인정하고 신종하시오."

"실로 그러하겠습니다!"

"황제 폐하께 진언해 본인의 작위를 청할 터이니 이후 나를 비텐바이어 백작으로 부르도록 하시오."

내 말에 시민대표는 입에 꿀을 바른 듯 아부해 왔다.

"어찌 황제 폐하의 칙서만을 기다리겠습니까? 시민들이 고귀하신 분의 은혜를 칭송하니, 당장 백작이라 칭하기 부족함이 없습니다."

뒤에서 옳다는 동조가 터져 나왔다. 그러던 중 누가 외쳤다.

"발러슈테드 폰 비텐바이어 백작 만세!"

그러자 모두 따라서 소리친다.

"만세! 만세! 비텐바이어 백작 만세!"

시청 앞에 모인 이들은 크게 소리치며 환호했다. 나는 그들에게 따뜻하게 웃어 보였다. 그래, 가축들이 알아서 목줄을 맸으니 이제 무거운 세금과 힘든 군역을 부과해야겠군.

도시민들이 신종하자마자 민병대 모집을 시작했다. 그들 역시 싸움을 피할 수 없다는 걸 알고 순순히 응해왔다. 도시 곳곳이 전쟁 준비로 시끌벅적해하던 그때 마침 아군의 본대가 도착했다.

"어서 오십시오."

"발러!"

"주군!"

발푸르기스와 틸리를 만나게 되자 아주 든든했다.

"발러. 일이 어떻게 된 건가? 저들이 그대를 백작이라 부르는구나."

발푸르기스는 고개를 갸웃거렸다.

"저도 궁금합니다. 주군. 듣자니 이 자유도시의 시민들이 주군을 군주로 인정했다고 합니다. 어찌 보름만에 이런 일을 하신 겁니까?"

틸리는 무척 감탄하면서도 이해할 수 없다는 얼굴이었다. 군사에는 천재지만 정치에는 관심 없는 그다운 태도였다. 나는 사실대로 모든 걸 설명하지 않고 적당히 각색해 그간의 일을 설명했다.

"스스로 위난을 초래한 비텐바이어 시민들이 주군에게 신종하고 협력하기로 한 것이군요?"

"그렇다네."

내가 고개를 끄덕이자 발푸르기스도 연신 칭찬을 해댔다.

"잘했구나, 발러. 아니, 이제 백작이니 하대해서는 곤란하겠구나."

"하하하. 그럴 것 없습니다. 허울뿐이지요. 황제 폐하께서 허락하신 일도 아니고요."

수뇌부인 우리 셋은 라인강을 도강해 벌일 전투에 대해 의논했다. 많은 논의가 오갔는데 역시 전쟁에 관해서는 틸리가 현명한 의견을 많이 내놨다.

"주군. 주군께서 민병대를 데리고 갈 것이냐, 아니냐를 결정하셔야 합니다. 그에 따라 진격 시점이 결정될 것입니다."

"어찌 그런가?"

"두 달 정도 지나면 장마가 시작될 것이기 때문입니다."

장마가 시작되기 전에 모든 걸 끝내려면 민병대 없이 지금 바로 진격하는 게 맞다. 민병대를 모으려면 장마철이 돼버리니 차라리 만전을 기하며 장마가 끝나길 기다려야 한다.

"각자 장단이 있으니 주군께서 결정하십시오."

틸리는 군사적인 관점에서 양자의 장단을 일목요연하게 설명했다.

하지만 나는 군주다. 군사적 관점만이 아니라 정치적 관점에서도 봐야 한다. 나는 장마 후에 싸워야 라인강변의 다른 도시들에도 영향력을 끼칠 수 있단 생각이 들었다.

이대로 진격해서 적을 밀어버리면 비텐바이어 외의 다른 도시에는 별다른 영향력을 발휘하지 못하고 사태가 끝난다. 이에 반해 장마 이후까지 공포를 조성한다면 야금야금 영향력을 늘려갈 수 있다. 종국적으로는 다른 도시도 내 품에 신종시킬 수도 있을 터.

그래서 나는 후자를 골랐다. 물론 이런 의도를 틸리에게 말해줄 필요는 없었다. 현명한 군주라면 신하에게 내보이지 않는 것도 있기 마련이니까.

"틸리 장군. 만전을 기해 출병하도록 하겠소."

"그리 결정하셨다니 따르겠습니다. 철저한 준비로 주군께 완벽한 승리를 바치겠습니다."

"좋소."

나는 즉석해서 틸리에게 명을 하나 내렸다.

"용병 6,000명을 데리고 기동훈련을 실시하시오. 브라이자흐에서 푸라이부르크까지, 그리고 라인펠덴까지 다녀오시오."

이것은 훈련을 빙자한 무력시위였다. 강변의 도시들을 돌아다니며 협력할래? 아니면 얻어 터질래라고 묻는 행동이었다.

물론 그 권고에는 약간의 정중함이 필요했다. 하여 나는 친필서한을 작성해, 자유도시의 시장들에게 전달하도록 하였다. 그것은 세련된 문장으로 포장된 협박장이었다.

제국의 위기를 방관한 자는 세 번 죽을 것이오.
처음에는 마족에게 죽고, 두 번째로는 시민에게,
마지막에는 나의 손에.

그건 잘 먹혀들었다. 곧 라인강변의 도시에서 이번 싸움을 위대한 투쟁으로 규정하고 적극적으로 협력하기로 약속해 온 것이다.

"발러 경을 따르라!"

"그의 영도하에 마족을 몰아내 제국을 정화하자!"

저마다 입 발린 소리를 하기 바빴다. 그리고 도시마다 3,000명의 민병대와 물자를 보급해올 것을 약속해왔다. 이제 자유도시에서 지원받을 민병대를 모두 합치면 무려 1만이 넘어갔다.

"틸리 장군. 그대를 민병대의 지휘관으로 임명하겠소. 장마 후 진격할 때까지 훈련에 힘써주시오."

이 모든 걸 옆에서 본 틸리는 기가 막힌 표정이었다. 그는 순식간에 1만의 병사를 만든 내게 감탄을 금치 못했다.

"무슨 마법이라도 부리신 겁니까?"

틸리, 이건 마법이 아니라 사기라고 부르는 것이오.

11. 늙은 메두사

라인강 동쪽에 있는 도시 중 내 영향권 아래 들어온 건 비텐바이어, 브라이자흐, 푸라이부르크, 이렇게 셋이다. 나는 이 세도시를 묶어 하나의 권역을 만들고자 했다.

하여 황제에게 이런 계획을 알리고 작위를 청하였다.

"아직 브라이자흐, 푸라이부르크의 민심이 완전히 주군께 향하지 않았습니다."

파펜하임의 보고에 나는 고개를 끄덕였다.

"아무래도 비텐바이어와는 다르겠지. 하나 걱정 말라. 대책이라면 있으니까."

곧장 마르가레타에게 연락을 넣었다.

- 마리, 저 좀 도와주세요.

- 이 녀석, 오랜만인데 안부를 묻는 게 정상 아니냐?

글쎄, 신성력이 뫼비우스의 띠인 양반에게 안부를 묻는 것도 이상한데 말이지.

- 하하, 그간 격조했습니다. 마리.

- 완전 꼬마에게 엎드려 절 받기로구나. 그래, 무슨 일이냐?

나는 발푸르가 수녀회의 지지가 필요하다는 용건을 꺼냈다.

- 그건 어렵지 않지.

발푸르가 수녀회와 나는 동맹 관계다. 나중에 수복할 라인강 서쪽 땅의 일부는 수녀회에 떼어주기로 밀약을 맺었다.

- 부탁 좀 드리겠습니다. 마리.

- 고마우면 우리 작은 천사한테 잘해.

- 물론입니다.

마르가레타가 영향력을 발휘했는지 며칠 뒤 발푸르가 수녀회가 지지 성명을 발표했다.

[본회는 발러슈테드 발러 경과 함께 서남부를 수복하여, 여신격의 자애와 평화를 실천하고자 합니다.]

그 한마디면 분위기를 바꾸기 충분했다. 브라이자흐와 푸라이부르크의 유력자들은 앞 다투어 비텐바이어로 선물을 안고 찾아왔다. 그 정도로 이 서남부에서 발푸르가 수녀회의 영향력은 막강했다.

거기에 추가타가 들어갔다. 한 달 뒤에 황제의 특사가 도착한 것이다.

"신의 축복이 함께하시는 분이자, 카이른 왕관의 계승자, 존경받는 선제후들의 투표로 선출된 제국의 정당한 주인, 황제 폐하의 칙서를 여기서 전한다!"

드디어 내 요청에 대한 황제의 응답이 온 것이다.

"그대, 제국의 기사인 발러슈테드 발러의 요청에 응하여 비텐바이어, 브라이자흐, 푸라이부르크를 하나의 권역으로 묶어, 이를 비텐바이어 백작령으로 정한다. 백작령의 수도는 비텐바이어로 하며 그대를 발러슈테드 폰 비텐바이어 백작이라 칭하노라. 제국법을 준수하고, 합당하게 세금을 바치며, 충의로 짐을 섬기라!"

"성은이 망극하옵니다! 폐하!"

드디어 정식으로 비텐바이어 백작이 됐다. 감개무량이었다.

"하… 슈판다우 촌놈이 출세했구나."

이제 어엿한 백작이라니. 이번에 운 좋게 황제와 내 이권이 맞아떨어졌다. 황제는 제국 서남부를 안정시키고자 내게 힘을 실어준 것이다.

황명이 떨어진 이상 자유도시들은 어쩔 수 없었다. 힘이 있었다면 반항할 테지만, 지금 그들에겐 도와줄 유력자도, 모집한 군대도 없었다.

게다가 황제의 특사가 자유도시를 순회하며 설득에 나섰다. 황명을 거부한다면 제국파면에 처할 거라 으름장을 놓자, 결국 자유도시들은 항복해 왔다.

"저희 브라이자흐는 비텐바이어 백작님에게 신종할 것을 맹세합니다."

"저희 푸라이부르크 역시 비텐바이어 백작님에게 신종할 것을 맹세합니다."

마침내, 자유도시들의 신종을 모두 받아낸 것이다. 이제 완벽하게 라인강 상류의 동쪽을 장악했다. 출병했던 목표의 반은 이루게 됐다.

"축하한다. 발러!"

발푸르기스는 자기 일처럼 좋아해줬다. 나는 이번에 작위를 얻고 가장 기뻤던 점, 그녀와 동등한 위치에 설 수 있게 됐단 사실이었다.

그간 내가 발푸르기스보다 못난 탓에 이래저래 미안한 게 많았다.

자격지심을 느낀 건 아니지만, 주로 그녀 쪽에서 날 돌봐주고 지원해 줬던 탓이다.

지난 회차부터 그녀에게 무수히 많은 걸 받아오기만 했다. 그리고 제대로 돌려주지 못했는데 이제는 그 이상으로 보답하고 싶었다.

"감사합니다. 니더바이에른 백작님."

"별 말씀을, 비텐바이어 백작님. 그런데 이렇게 부르니 정감이 없구나. 그냥 부르던 대로 해도 되겠느냐?"

"물론입니다. 저야말로 부탁드리고 싶네요."

"발러, 그대도 편히 말하거라. 같은 신분이니 존대할 것 없다."

"아닙니다."

그녀에게 마음의 빚이 많아서 선뜻 내키지 않았다. 과거 나 때문에 수도 없이 죽었던 여자다.

"…거리감이 느껴져서 싫구나."

이런 내 마음을 알 리가 없는 발푸르기스는 섭섭해 하는 기색이었다. 그래서 차차 바꿔가겠다고 했다. 대신 니더바이에른 백작이라 하지 않고 세례명으로 편하게 부르는 걸로 합의를 봤다.

"앞으로 잘 부탁드립니다. 발푸르기스."

"물론이다. 발러. 함께 싸워나가자. 참! 발러."

무슨 일이냐는 듯 눈으로 묻자 발푸르기스가 배슬배슬 웃는다.

"작위가 오른 기념으로 껴안아 봐도 되겠느냐?"

"허…?"

아니, 그 철갑 러쉬는 자제를….

"이얏!"

대답도 듣기 전에 완전무장한 발푸르기스가 있는 힘껏 날 껴안아왔다. 하늘하늘한 의복만 입고 있던 난 갈비뼈가 바스러지는 듯한 충격을 받았다.

"커억!"

그러거나 말거나 발푸르기스는 좋은지 내 가슴에 얼굴을 비벼왔다. 문제는 투구를 쓰고 있단 사실이었지만. 그러면서 은근슬쩍 내 몸을 더듬는다.

"오, 가슴이 더 넓어졌구나?"

목소리는 예쁜데 태도는 주점에서 여급을 희롱하는 아저씨 같았다. 놀란 나는 바둥거리며 그녀를 밀어내려 했다. 그런데 팔 힘이 어찌나 센지 소용없었다.

"더, 더듬지 마십시오!"

"왜 그러냐? 사내가 가슴 정도 갖고. 비싼 척하려면 본녀 정도로 가슴이 풍만해야 한다."

"아니, 우리 발푸르기스가 음담패설을?!"

"후훗! 본녀라고 구중궁궐의 공주님처럼 아무 것도 모를 줄 알았더냐."

아니, 이 여자. 이런 면이 있었나!

"그만 만지십시오!"

"결혼하면 본녀의 것이 아닌가. 그대는."

"제가 언제 결혼한다고 했습니까!"

"이제 와서 물리려 해도 소용없다. 본녀의 속살도 보지 않았느냐. 후후후."

뭐랄까, 소녀인 발푸르기스와 함께 하는 하루하루가 모두 새로운 발견이었다. 그리고 난, 그게 싫지 않은 느낌이었다.

하지만 이대로 한 시간 지나자 생각이 좀 달라졌다.

"…저기, 언제까지 껴안고 계실 겁니까?"

장마철이 왔다.

촤아아아!

비가 그냥 쏟아 부었다. 현재 훈련이고 뭐고 다 중지된 상태다. 장마 후의 싸움보다 당장의 치수가 더 중요했다. 장마 중간에 모처럼 비가 그치자 나는 직접 제방 공사를 감독하고 나섰다.

"주군, 영지의 백성들에겐 살뜰하시군요."

옆에서 날 수행하던 파펜하임이 나직하게 웃는다.

"저는 주군께서 백작이 되신 이후 영지를 수탈하는 잔혹한 군주가 될 줄 알았는데 말입니다."

"흥, 시끄럽다. 나중에 다 잡아먹으려고 하는 것뿐이다. 돼지도 살찌워야 하지 않느냐?"

"그런 분이 사재까지 털어서 치수 작업에 힘쓰시니 이는 이 영지의 미래를 보고 계신 게 아닙니까?"

어림없는 소리. 기왕 잡아먹을 돼지, 10년이고 20년이고 살찌우려고 하는 것뿐이다. 나는 참을성이 많은 남자니까.

"어허! 위험하지 않느냐!"

나는 눈앞에 인부가 아슬아슬하게 자재를 나르는 걸 보고 달려가서 도왔다. 하마터면 사고가 날 뻔했다.

진짜, 이래서 돼지들이란! 눈을 뗄 수가 없어. 혼자 투덜투덜대고 있자 옆에서 파펜하임이 다 안다는 표정을 짓는다. 은근히 기분 나빴다.

"네놈, 네놈도 가서 어서 일하거라."

괜히 심술이 나 꼬장을 부리자 파펜하임이 당황한다.

"저는 관료인데 어찌⋯."

"나도 직접 움직이고 있구먼, 빠져가지고는."

기어코 파펜하임을 작업현장에 밀어 넣고 진흙투성이가 된 꼴을 보고서야 나는 마음이 풀렸다. 그런데 그때 마을에서 아낙들이 도착했다.

"영주님. 말씀하신 양고기를 가져왔습니다."

"고맙군."

나는 인부들을 불러 모아 잠시 쉬겠다고 말했다.

"내 양고기를 듬뿍 준비했으니 어서 들게나."

"어이쿠! 감사합니다! 영주님."

"이런 귀한 걸 다!"

여기 인부로 나온 이들은 대부분 가난한 시민이었다. 고기를 보고는 눈이 돌아가서 허겁지겁 먹어댄다.

"원, 그렇게 먹다가 탈나겠네. 천천히 먹게."

나는 핀잔을 줬지만 뭐가 그렇게 좋은지, 고마운 표정을 감추지 못한다. 거참, 순진한 녀석들 같으니라고. 역시 이 영지는 다른 놈들에게 넘기지 말고 내가 계속 착복해야지.

혼자 그런 생각을 하고 있는데 그때 갑자기 저 멀리서 비명이 터져 나왔다.

"으아아악!"

그 소리에 둘러앉아서 고기를 먹던 우리는 화들짝 놀랐다.

"뭐야? 무슨 일인가?"

"제가 가보겠습니다!"

진흙투성이가 된 파펜하임이 일어났는데, 그럴 필요도 없었다. 가만히 앉아서도 원인을 알 수 있었기 때문이다. 갑자기 상류에서 엄청난 물이 쏟아져 내려오기 시작했던 거다.

"피해! 피해!"

장마철이라고 이런 일이 있을 리가 없다. 상류에 무슨 댐이 있는 것도 아니고. 하지만 상황이 다급해서 그런 생각을 하고 있을 틈이 없었다.

나는 곁에서 당황하는 여자 둘을 양손에 껴안고 달렸다. 그러자 다들 허겁지겁 날 따라 도망쳤다.

"뛰어! 어서!"

쏟아져내려온 물은 우리가 작업 중이던 제방을 완전히 박살냈다. 하지만 지금 그런 게 문제가 아니었다.

"세상에… 신이시여……."

누군가 비탄에 찬 신음을 터뜨렸다. 앞을 보는 나 역시 같은 기분이었다.

"저게 무슨…."

강물에 무수히 많은 시체가 떠있었기 때문이다. 잘린 시체, 타버린 시체, 불어터진 시체 등 수많은 사람들이 쓰레기 더미와 함께 흘러내려왔다.

수백여 구의 시체가 방금까지 우리가 작업하던 강변에 밀려와 비참하게 굴러다녔다. 세상에 이게 무슨 일인가.

나는 이를 악물었다.

"파펜하임!"

"네! 주군!"

"당장 상류의 도시들에 연락을 넣어. 어디가 공격받고 있는 건지! 그리고 강 건너 페자무트 군의 동향도 보고해!"

분명 브라이자흐랑 푸라이부르크는 아닐 것이다. 내 영지가 된 이후 그곳과 긴밀한 연락체계를 갖췄으니까. 무슨 일이 터지면 바로 연락이 오게 되어 있다.

그렇다면, 브라이자흐와 푸라이부르크가 아닌, 그것보다도 상류에 있는 도시는….

"설마 라인펠덴?"

라인펠덴이라 하면 발푸르가 수녀회의 앞마당이었다. 누군가 거길 공격한 건가?

"주군!"

상황을 파악하러 갔던 파펜하임이 허겁지겁 돌아와 알렸다.

"페자무트군의 구구쉬락은 출병하지 않았습니다! 장마철이라 그대로 대기 중입니다!"

"그럼 대체 누구야!"

애써 침착하려 했지만 내 목소리는 파르르 떨렸다. 지금 제일 빠른 방법은 마르가레타에게 연락하는 것이다. 나는 마법지퍼에서 수정구를 꺼냈다.

- 마리!

평소와 다르게 바로 답이 없었다. 역시 무슨 일이 생긴 걸까? 마음이 초조하게 타들어갔다.

- 마리! 제발!

다시 한 번 애타게 불렀지만 마찬가지였다. 얼마나 기다렸을까? 저쪽에서 천연덕스러운 목소리가 들려왔다.

- 원, 녀석. 내가 그리 보고 싶었느냐? 꼬마의 열렬한 마음을 받아주기에는 본인은 나이가 좀 많은데. 물론 생긴 건 초 미소녀지만! 후훗.

평소나 다를 바 없는 태도였지만 피곤에 찌든 목소리였다. 나는 무슨 일이 터졌음을 직감했다.

- 어떻게 된 겁니까? 방금 엄청난 강물과 함께 시체더미가 떠내려왔습니다.

- 아… 거기까지 떠내려간 건가. 하긴 그럴 테지.

- 마리!

- 침착하려무나. 발러. 어려운 때일수록 이성을 잃어서는 안 된다.

그 뒤 이어진 마르가레타의 설명은 내가 전혀 예상하지도 못한 문제였다.

- 현재 라인펠덴이 점령당하기 직전이다. 긴급하게 올라온 보고에 의하면 도시가 물바다가 됐다고 하더구나. 죽은 사람들이 쓰레기 더미와 함께 도시 곳곳을 떠다닌다지. 가히 인세의 지옥이라는 거야.

- 대체 어떻게 된 겁니까?

- 마왕이다. 서열 9위 물의 마왕 아문데.

- 아!

물을 다루는 권능을 가진 그 마왕이라면 방금의 그 수해도 이해가 된다. 라인강 상류에서 있을 수 없는 물이 쏟아져서 의아했는데 마법이었나.

- 아문데가 마법으로 라인펠덴을 물바다로 만든 뒤 공격 중이다. 아직 저항 중이지만 이미 점령된 것이나 마찬가지라고 하는구나.

- 수녀회에선 가만히 있었던 겁니까?

라인펠덴은 발푸르가 수녀회의 안마당이나 마찬가지다. 아무 조치를 하지 않을 걸까?

- 그게 안타깝게도 현재 수녀회도 공격받고 있다. 마왕 아문데의 군대가 수녀회를 둘러싸고 있어. 발러, 미안하지만 이만 가봐야겠구나. 전투가 아직 한창이야. 이쪽으론 마왕 아문데가 직접 왔다.

그것으로 마르가레타와의 연락이 끊겼다.

"이게 대체……."

영문을 알 수가 없었다. 분명 마왕 아문데는 마왕 페자무트와 함께 로엘린을 공격하고 있었을 텐데? 어찌 남부에서 싸우다가 갑자기 이곳 서남부까지 온 것일까.

고민하고 있을 틈이 없었다. 지금 바로 출병해서 발푸르가 수녀회를 도우러 가야겠다.

"파펜하임! 바로 출병 준비……."

아니, 잠깐?

명을 내리려던 나는 멈칫했다. 뭔가 이대로 움직인다면 적의 손에 놀아나는 게 아닌가 하는 생각이 들었던 것이다.

대체 왜 남부에 있어야할 마왕 아문데가 여기 나타났는지부터 의문이다. 분명 이번 일에는 내가 알지 못하는 음모가 있음이 틀림없었다.

여기서 만약 섣불리 움직인다면?

무슨 함정이 발동할지 알 수가 없다. 갑자기 라인강 너머에 있던 페자무트군이 도강해서 비텐바이어를 공격할 수도 있는 거고.

- 어려울 때일수록 이성을 잃어서는 안 된다.

방금 마르가레타가 해줬던 이야기가 떠올랐다. 나는 적의 입장에서 생각해 보기로 했다.

만약 이게 의도된 계략이라면, 그리고 내가 발푸르가 수녀회를 구원하기 위해 허겁지겁 출동한다면, 어떤 함정을 파야 가장 효과적일까?

나는 과거 물의 마왕 아문데와의 전투를 복기해 나갔다. 늙은 메두사인 그녀는 얕볼 수 없는 군사적 속임수의 명수. 셀 수 없는 나이만큼이나 경험 많고 노련한 마왕이었다. 과거 수차례 그녀에게 속아 털린 경험이 있었다.

당시에 치를 떨었는데 그게 지금 내겐 더없이 훌륭한 자산이었다. 나는 당시의 패전을 떠올리며 머릿속에서 마왕 아문데와의 전투를 시뮬레이션해 나갔다.

"가만?"

그리고 마침내, 한 가지 가능성에 도달했다.

라인펠덴은 결국 마왕 아문데에게 점령됐다. 발푸르가 수녀회를 포위하고 있던 마왕 아문데는 승전을 기념하기 위해 라인펠덴으로 행차했다.

도시의 광경은 실로 비참했다. 수많은 시민이 죽어 물 위를 둥둥 떠다녔다. 기괴한 모습의 수서 마족들이 시체들을 게걸스럽게 뜯어먹는다.

우드득. 우득.

시체의 뼈가 부러지는 소리가 끝없이 났다. 물바다가 된 도시에서 멀쩡한 곳은 언덕 위에 있는 시청이었다. 그 시청 앞에는 지금, 십여 명의 인간들이 무릎을 꿇고 있었다. 그들은 수많은 수서 마족에게 둘러싸여 반쯤 넋이 나간 상태다.

"아아… 으아!"

뜻 모를 신음만 흘리며 몸을 덜덜 떠는 게 실로 안쓰러웠다. 한 늙은 메두사가 그런 모습을 감평하고 있었다.

"호… 시장이라는 놈이 쓰레기보다 가치가 없구나. 너는 200플로린. 그건 네놈 몸값이 아니라 네놈이 걸친 의복의 값이다."

이 섬뜩한 모습의 늙은 메두사가 바로 물의 마왕 아뮨데.

추레한 몰골이었지만 그런 볼품없는 육체와 다르게 강대한 마력이 느껴졌다. 그리고 설명하기 어려운 위엄이 그녀를 의복처럼 두르고 있었다. 실로 마왕의 풍모라 할 수 있었다.

"사, 살려주십시오!"

붙잡힌 시장은 오줌을 지린 상태에서도 목숨을 구걸했다. 하지만 마왕 아뮨데는 뱀 비늘이 돋은 뺨을 씰룩였다. 그건 웃는 것 같기도 했고 불쾌해 하는 것 같기도 했다.

"네놈의 옷은 가치가 있으니 남겨주마. 하지만 네놈은 살덩이 이상의 가치가 없으니 악어인간들의 사료가 돼야겠다."

"제발! 자비를! 끄아아악!"

뚝!

마왕 아뮨데의 손이 단번에 라인펠덴 시장의 목을 분질러버렸다. 노파처럼 삐삐 마르고 거친 그 손의 악력은 놀라울 정도였다.

"자, 보자. 다음은 누굴까?"

잡혀있던 포로들은 마왕 아뮨데와 눈을 마주치지 않으려 필사적으로 노력했지만 소용없었다. 마왕 아문데는 희생자를 조롱하며 목을 꺾어버리길 반복했다. 그때마다 지켜보던 수서 마족들이 껄껄 웃어댔다. 그런데 그때 수서 마족들 사이에서 비명과 고성이 터져 나왔다.

"크아아! 인간 놈!"

"막아라! 감히 하찮은 것이! 크르릉!"

이 예상 밖의 소란에 마왕 아문데는 눈빛을 번뜩였다.

"호오?"

갑자기 나타난 건 이름 모를 괴물사냥꾼이었다. 활로 무장한 그는 대단한 솜씨를 갖고 있었다. 화살을 쏘고 검을 휘둘러 수서 마족들의 무리를 단숨에 돌파해왔다.

마왕 아문데의 부하들이 자신들의 주인을 향해 가지 못하도록 애를 썼지만 귀신같은 실력으로 피해내고 있었다. 그리고 마침내 마족의 장벽을 넘어 마왕 아문데에게 화살을 날렸다.

"죽어라! 마왕!"

퉁!

활시위가 튕기는 소리가 경쾌했다. 마왕 아문데 역시 그 순간 앞을 쏘아봤다.

번쩍.

잠깐 빛이 작렬하는 것 같았다. 그리고 모든 게 끝나버렸다. 홀로 마족을 돌파하며 영웅적인 공격을 했던 사냥꾼은 돌덩이로 굳었다. 심지어 쏘아졌던 화살도 돌로 변해 공중에 그대로 떠있었다.

스르륵.

징그러운 뱀의 하반신을 움직여 마왕 아문데는 사냥꾼에게로 향했다. 그녀는 공중에 멈춰있던 화살을 손끝으로 살며시 쓰다듬으며 지나가자, 화살이 땅으로 툭 떨어졌다.

"크흐흐흐."

그녀는 석화된 사냥꾼이 마음에 든다는 듯 웃었다. 좀처럼 웃지 않는 것치고는 의외였다.

"그대는 병사 100명보다도 낫다. 이 도시의 누구도 본왕을 공격하지 못했는데, 그대의 용맹이 제일이구나. 그 가치는 1만 플로린. 이제 돌이 되어 영원히 살아가라."

사랑스럽다는 듯 사냥꾼을 쓰다듬은 그녀가 수하들에게 명했다.

"이 사냥꾼을 옮겨 놔라. 수집품 목록에 더할 터이니. 이 자를 라인펠덴 점령의 트로피로 삼을 것이다!"

마왕 아문데는 모든 게 자신의 의도대로 되고 있다고 생각했다.

마왕 페자무트는 로엘린과의 싸움에 군대가 묶였다. 발푸르가 수녀회는 포위망을 완성해 가둬놓았다. 그리고 라인강 서쪽 페자무트군의 사령관인 오크장군 구구쉬락이 자기 주인을 배반하도록 설득했다.

'이제 남은 건 하나.'

라인강 동쪽에서 최근 세력을 일군, 비텐바이어 백작을 처리하는 일뿐이었다.

'비텐바이어 백작은 발푸르가 수녀회의 지지를 받을 정도로 가까운 사이라 했지. 분명히 지원병을 보낼 터. 그 틈에 부하들을 보내 비텐바이어를 먹어 치워주지.'

지금의 모든 사태는 그녀가 만든 정교한 계책이었다. 마왕 페자무트와 공동으로 로엘린을 치러 출병한 것부터가 시작이었다. 마왕 페자무트도 결국 그녀의 손아귀에서 놀아나는 체스말에 불과했다.

"이건 정말 300만 플로린짜리 계획인 것이지."

나는 신중하게 마왕 아뮨데의 계획을 예측해 보았다. 그리고 나름대로의 결론을 내렸다.

"파펜하임."

"네, 주군."

"마왕마다 전술적인 특색이 있는 건 알고 있나?"

"물론입니다. 하르프하임에서 페자무트는 매복과 배신, 이 두 가지 주특기를 이용해 필립을 패퇴시키지 않았습니까?"

"맞다."

그래서 이번에는 마왕 아뮨데의 전술적 특색이 뭔지 그에게 물었다. 잠시 고민하던 파펜하임은 고개를 저었다.

"경험이 부족해 모르겠습니다."

"그렇다면 설명해 주지. 물의 마왕 아뮨데의 특징은 명확하다. 바로 이용해 먹을 조력자의 확보다."

그 늙은 괴물은 지금까지 모략으로 많은 마왕과 인간 제후를 파멸시켜왔다. 처음에는 모두 그녀와 협력했던 자들이었다.

"절대 마왕 아뮨데는 혼자 싸우지 않아. 조력자를 확보한 뒤에야 움직인다."

"주군께서 그런 말씀을 하셨다는 건 이번에도 그녀가 조력자를 확보했다는 거군요. 마왕 페자무트를 말씀하시는 겁니까?"

마왕 아뮨데는 마왕 페자무트와 손을 잡고 로엘린을 공격 중이었다. 하지만 그 전투는 지지부진한 상태에 빠졌다.

"페자무트는 현재 로엘린의 눈치를 보며 오도가도 못하는 상태다."

아마 그런 상황에 빠진 게, 마왕 아문데의 계략 같지만 아직 확실한 건 없었다. 어쨌든 마왕 페자무트는 진퇴양난이었다. 그의 군대는 현재 인스부르크에서 로엘린의 군대와 대치중이었다.

"그렇다면 물의 마왕이 이 서남부를 공격하기 위해 새로운 조력자를 찾았단 말씀이시군요?"

"맞다. 생각해 보라. 파펜하임. 지금 제국 서남부에 힘있는 자가 누가 있나?"

"그건 주군과 마왕 페자무트군의 사령관인 오크장군 구구쉬락이군요."

한데 나에겐 연락이 오지 않았다. 그렇다면 답은 하나다.

"오크장군 구구쉬락이겠군요."

"그렇겠지. 파펜하임이여. 오크장군 구구쉬락이 원하는 게 무엇이겠나? 그는 충성스런 자이지만 욕심이 없는 건 아니다."

어려운 추리는 아닐 것이다. 마족이 강해지면 종국적으로 원하는 건 하나니까.

"마왕으로 승급하는 것입니까?"

"그렇지. 분명 마왕 아문데는 구구쉬락에게 마왕으로 승급하는 걸 약속했을 거다. 그 대가로 협조를 요청했을 거고. 아마 그녀 성격상 이용할 대로 이용한 뒤에는 버리겠지만."

이게 하루아침에 이뤄진 책략은 아닐 것이다. 아마 훨씬 이전부터 구구쉬락을 꼬드겼겠지. 마왕의 위와 함께 라인강 상류의 서쪽 땅도 약속하면서.

나는 아직 마왕 아문데의 음모를 다 파악하진 못했다. 하지만 차차 모두 드러날 거다.

그녀가 오크장군 구구쉬락과 손을 잡았다는 점만은 확실하다. 지난 회차의 경험이 없었더라면 이렇게 단정을 짓지는 못했을 거다.

"주군, 여기서 쉽사리 움직이면 적의 함정에 당할 것 같습니다."

"그렇지. 우리는 저들이 무슨 흉계를 꾸미는지 모르니까."

지난 경험으로 짐작하는 게 있는데, 마왕 아문데에게 털렸던 방법이 기억이 났었다.

"파펜하임. 즉시 비텐바이어의 모든 그물을 징발하라. 그리고 어부들도 남김없이 소집해."

"알겠습니다!"

"그리고 기병 1개 전대, 보병 2개 연대의 출병을 준비하라고 틸리 장군에게 전하도록. 일시는 사흘 뒤다."

파펜하임이 떠나자 나는 긴장감에 자리에서 일어나 서성였다. 솔직히 지금 굉장한 위기다. 비텐바이어 백작이 되자마자 이런 일이 터질 줄은 몰랐다.

그래도 마르가레타의 말대로 차분히 풀어가기로 했다. 일단 발푸르가 수녀회는 반년은 끄떡없을 터. 그곳은 말이 수녀원이지 사실상 제국에서 손에 꼽을 슈퍼 포트리스라 절대 쉽게 무너지지 않는다. 하니나는 나대로 움직이며 마왕 아문데를 공략하기로 했다. 일단 밤이 되길 기다린 뒤, 강변에 떠내려 온 시체를 이용해 데이워커를 한꺼번에 100명 소환했다.

"병사로 온 죽음의 투사들이여, 그대들의 주인 앞에 진을 짜라!"

이제 내 사령술은 실로 높은 경지에 다다르고 있다. 제국의 어떤 인간도 고위 뱀파이어인 데이워커를 한꺼번에 100마리를 부릴 수 없을 거다. 나는 그들을 사방에 세작으로 뿌렸다.

"라인강을 도강해서 오크장군의 군대를 면밀히 감시하도록. 그들은 기회만 된다면 즉시 강을 넘어와 우리를 칠 자들이다."

"알겠습니다! 주군."

"나머지는 라인펠덴으로 가서 마왕 아문데의 군대를 감시하라. 또한 너희는 발푸르가 수녀회의 포위망을 상세히 파악해 오라."

"알겠습니다! 주군."

"그리고 나머지. 너희가 가장 중요한 임무다. 라인강에 있는 섬에 숨어서 정찰해줄 것이 있다."

나는 모두에게 구체적인 지시를 해 출발시켰다. 이제 그들이 상당한 정보를 모아오겠지.

다음날, 파펜하임이 그물을 무진장 징발해왔다. 어부도 잔뜩 데려와 사람이 바글바글거렸다.

"영주님께서 부르셔서 왔습니다요."

뭐가 좋은지 다들 의욕이 넘쳐났다. 이 돼지들은 내가 지들을 부려 먹으려는 것도 모르고 좋아하네. 하지만 난 점잖은 영주니 말을 가려 해야지.

"이렇게 와줘서 고맙구나. 징발한 그물에 대해서는 금전적으로 보상할 것이다. 또한 오늘 수고해준 일당도 지급할 테니 힘내다오."

"여부가 있겠습니까. 영주님. 마왕군이 쳐들어왔다고 들었습니다. 쇤네들이 최선을 다할 테니 걱정 붙들어 매십시오."

"참으로 든든한 말이다. 의욕도 좋지만 다치지 않게 조심해다오."

"아이고, 영주님!"

어부들은 감격한 듯 굽실거렸다. 훗, 정말 쉬운 자들이로다. 나는 어부들을 이끌고 라인강으로 갔다. 라인강은 강폭이 상당히 좁은 편이다. 병사가 수영으로 간단히 건널 수 있을 수준이다.

심지어 중간에 섬 지역은 강폭이 더 좁아져 이게 강인지, 뭔지 모를 정도였다. 나는 적당한 곳을 찾아서는 그물을 잔뜩 치라고 명령했다.

"2중, 3중으로 단단히 설치하라. 최대한 티가 안 나게 하면 좋겠구나. 설령 그물이 뚫리더라도 이후 다시 한 번 걸릴 수 있게 간격을 두고 그물을 추가로 설치하라."

"강의 물고기를 다 잡으실 작정이십니까? 영주님?"

"물고기는 아니지만 비슷한 건 왕창 잡으려고 하느니라."

"쇤네는 그게 뭔지 잘 모르겠으나 영주님 말씀대로 합지요."

평생 강에서 고기를 잡아온 어부들이라 솜씨 좋게 그물을 쳤다. 하루 종일 그 작업을 지도하고 돌아오자 틸리가 날 맞이했다.

"주군. 말씀하신 병력은 내일이라도 당장 출정이 가능합니다."

"사흘 뒤라 했거늘……. 벌써 준비가 된 것입니까?"

"물론입니다. 군대는 언제나 준비가 되어 있어야 합니다."

과연 틸리 장군이다.

"이번 출병은 장군께서 맡아주십시오."

"주군께서는 가신다고 하지 않으셨습니까?"

"대외적으로 그렇게 알릴 것입니다. 내 갑옷을 빌려줄 테니 그걸 입고 가십시오."

요컨대, 틸리가 나로 가장하고 출진하는 거다.

"저주가 걸려있으니 상쇄할 수 있는 성의를 마련해 드리지요. 도시의 성직자들이 도와줄 것입니다."

"그것보다 이번 출병은 단순히 발푸르가 수녀회를 구원하러 가는 게 아니군요?"

"맞습니다. 실제로 장군의 부대는 싸우지 않을 것입니다. 그저 적을 꿰어내기 위한 일."

"계책을 듣고 싶습니다."

나는 틸리에게 상세히 현재 상황과 작전을 설명했다. 그러자 그는 감탄을 금치 못하고 입을 벌렸다.

"주군은 언제나 저를 놀라게 하시는군요. 어찌 그 흉악한 물의 마왕에 대해 그리 상세히 알고 계십니까? 마치 한 수 앞을 읽고 계신 듯합니다. 이 틸리, 실로 감복하지 않을 수 없습니다."

틸리 장군, 사실 이게 다 과거에 그 고약한 마왕에게 수도 없이 털린 덕에 배운 겁니다.

"이름 높은 장군께 그런 칭찬을 들으니 그 이상의 찬사가 없겠습니다."

"지나친 겸손이십니다. 주군께서는 제가 생각했던 것처럼 군사의 영재십니다."

"고맙습니다. 그러면 계책대로 실행하십시오."

다음날 틸리는 장맛비로 질척질척해진 관도를 따라 출병했다. 위풍당당했지만 실속은 없었다. 도로가 엉망이라 대포를 100미터도 끌고 가지 못하고 포기했을 정도니까.

어쨌든 그의 출병은 기만책이니 상관없겠지. 틸리의 군대는 군가를 부르고 나팔을 울리며 요란하게 행진했다. 마치 우리가 적을 향해 나아가는 걸 광고하는 것처럼 말이다.

그들이 떠나고 다음날 아침.

마법수정구로 긴급한 연락이 왔다. 라인강의 한 섬에 숨겨놓은 데이워커들에게서였다.

"주군! 주군이 말씀하신 대로 됐습니다. 어마어마한 적들이 물살을 타고 빠르게 내려가고 있습니다!"

"그 수가 얼마더냐?"

"족히 천은 넘습니다! 모두 사악한 물의 마족입니다!"

"알겠다."

그 보고를 받자마자 나는 미리 봐둔 라인강변의 한 언덕 위로 향했다. 언덕을 오르자 그물을 설치해 놓은 강이 한 눈에 내려다 보였다.

파지직!

그때 내 의지에 호응하듯 손에서 검은 번개가 튀어 올랐다. 오늘 따라 느낌이 좋고, 힘이 솟아났다. 나는 기합을 넣고는 언덕 위에 우뚝 섰다.

"이 새끼들아. 정의의 힘을 보여주마."

물의 마왕 아문데.

라인강의 발원지인 보덴 호수는 아문데와 그녀를 따르는 수서 마족의 근거지이다. 물론 영향력 끼치는 범위는 더 넓었다. 직접 다스리는 보덴 호 외에도, 보덴 호의 서남쪽에 위치한 뇌샤텔 호와 레만 호의 수서 마족 역시 아문데를 따랐다.

마왕 아문데의 세력권은 발푸르가 수녀회의 남쪽 지역이다. 하니 마왕 아문데의 입장에선 수녀회가 눈의 가시일 수밖에. 그래서 이번 기회에 발푸르가 수녀회를 완전히 없애버릴 작정이겠지.

"네 년 머리 굴러가는 게 다 보인다. 이제는."

발푸르가 수녀회를 끝장내려면 당연히 동맹자인 나 역시 쳐야한다. 그녀의 이런 목표를 알고 있었기에 미리 대비할 수 있었다. 마왕 아문데는 수서 마족의 특성을 이용한 기습이 특기다. 반드시 라인강을 타고 내려올 거라 여겼는데 예상이 적중했다.

천이 넘는다고 했으니 많이도 보냈구나. 강인한 수서 마족은 혼자 인간 서넛은 감당한다. 그중 덩치 큰 악어인간은 오거도 씹어 먹을 정도로 강해 병사 20~30명은 달라붙어야 했다.

절대 천 마리라고 얕볼 수 없었다. 비텐바이어에 치명타를 가하기 충분한 파괴력이다. 그러니 원래라면 작전은 잘 됐을 거다.

"나만 없었다면 말이지."

망원경을 빼서 살폈다. 저 멀리서 수서 마족들이 강줄기를 타고 내려오는 게 보였다. 마치 물고기 떼가 몰려드는 것 같다.

"좋다. 이놈들."

나는 서서히 힘을 끌어올리기 시작했다. 이번에는 전투 중 급박하게 쓰는 게 아니니, 아주 제대로 해보기로 했다. 그러자 하늘 위에서 먹구름이 뭉치기 시작한다.

구르르릉!

구름이 부딪치며 웅대한 소리가 울려 퍼졌다. 바람이 세게 일어났다. 주변의 초목이 사정없이 흔들리고 내 망토도 뒤로 길게 늘어졌다.

수면에 격랑이 일어난다. 그러거나 말거나 물속에 있는 수서 마족들은 눈치채는 게 느렸다.

파지직! 파직!

먹구름들 사이로 번개가 거미줄처럼 번진다. 주변의 공기가 달라졌다는 느낌이 들 정도가 됐다. 그제야 강을 타고 내려오던 수서 마족들은 뭔가 이상을 안 것 같았다.

선두의 몇몇이 수면 밖으로 고개를 내민 채 물살을 타고 흘러내려 온다. 마치 이구아나 같은 머리의 그들은 물갈퀴와 아가미를 가져, 물속을 제집으로 삼은 존재들이었다.

가장 앞에 있던 녀석이 무리에게 경고를 하려던 그 순간.

녀석이 수면 아래로 빨려 들어간 것처럼 사라졌다. 그리고 뒤이어진 물보라. 물 안으로 딸려 들어간 그놈이 발버둥을 치느라 일어난 것이었다.

하지만 그건 시작에 불과했다. 기괴한 기성이 울려 퍼진다. 그리고 수면에는 발버둥치는 고기떼를 보는 것처럼 물보라가 가득 일어났다.

키엑! 취에엑! 크웩!

기세 좋게 떠내려 오던 수서 마족들이 그물에 걸려 난리가 났다. 빠져나가려 해도 뒤에서 밀려내려 온 다른 마족과 부딪쳐 엉겨버린다.

나는 이때를 놓치지 않았다.

"이기는 놈이 정의다!"

순간 번쩍! 하며 백광이 뿌려진다 싶더니, 그 빛을 배경 삼아 검은 번개가 수면 한 가운데를 때렸다.

콰아앙!

그 결과는 참혹했다. 직격된 범위에 있던 수서 마족들이 육편이 되어 터져나갔다. 그리고 주변에 기세 좋게 일어나던 물보라가 일순간 멈췄다.

수서 마족들은 통나무가 된 것처럼 뻣뻣하게 굳어버리더니 강물

위에 둥둥 떠올랐다. 마치 전기 충격으로 죽은 물고기떼를 보는 것 같았다.

시커먼 피가 길게 강줄기를 타고 늘어졌다. 하지만 이걸로 끝이 아니었다. 강물을 타고 침입해온 적은 천여 마리. 이 한 방에 정리할 수 있을 리가 없었다. 나는 연달아 검은 번개를 떨어뜨렸다.

콰앙! 쾅! 쾅!

강에 묶인 수서 마족들은 마땅한 대책도 없이 어둠의 번개를 얻어 맞았다. 사방에서 죽은 마족들이 수도 없이 많았다. 얼마나 많은지 수면이 가려질 정도였다.

<축하드립니다!>
<검은 번개의 숙련2단계에 진입했습니다!>
<한 번에 두 가닥의 번개를 떨어뜨릴 수 있습니다!>

갑자기 효율이 배가 됐다. 한 줄기씩 떨어지던 번개가 이제 두 줄기씩 몰아쳐 적을 쓸어버렸다.

콰아앙! 콰아앙!

더 많은 수의 마족이 죽어나자빠지기 시작한다. 그 와중에도 일부는 강변으로 탈출하는 데 성공했다. 그들은 언덕 위에 홀로 선 나를 발견하고는 소리쳤다.

"죽여라! 저 마법사를 죽여!"

"형제들의 원수를 갚아야 한다! 반드시 찢어 죽여주마!"

그들의 눈가에 혈기가 번뜩이는 게, 실로 귀신의 상이었다. 몸이 성하지 않은 자도 여럿이었는데 동료의 원한을 갚기 위해 악을 쓰며 달려왔다.

"멋진 의지로다."

상대해 주고 싶지만 아직 할 일이 많다. 그래서 박수를 쳐 신호를 보냈다. 그러자 우렁찬 외침이 터져 나왔다.

"명을 받듭니다!"

등 뒤에서 목재들이 한꺼번에 부딪치는 소리가 나더니 장창들이 하늘로 솟아오른다. 언덕 뒤에서 숨어있던 내 병사들이었다.

"앞으로!"

장창병을 이끄는 장교가 소리쳤다. 그러자 장창병들은 오와 열을 맞춰 나아가더니 언덕 아래를 향해 일제히 장창을 겨눴다. 그러자 기세 좋게 달려오던 수서 마족들이 놀라서 주춤거렸다.

이걸로 끝이 아니었다. 장창병 다음에는 머스킷 총병이 앞으로 나섰다. 미리 준비하고 있던 그들은 수서 마족들이 뭐라 외치기도 전에 일제사격에 나섰다.

타다다다 탕다다다당!

한 번에 터진 흑색 화약 때문에 앞이 안개가 낀 것처럼 연기가 피어올랐다. 이후 바람이 불어 연기가 가신 뒤 앞을 보니, 달려왔던 수서 마족 태반이 걸레짝이 되어 쓰러졌다. 살아남은 이의 상태도 좋지 않아 보였다. 악을 쓰며 몇 마리가 달려왔지만 장창에 찔려서는 부들부들 떨다가 죽음을 맞이했다.

"와아아아아!"

일방적인 싸움에 다들 사기가 충천해졌다.

"좋다! 계속 부탁하지!"

병사들이 물 밖에 나온 적을 상대하는 사이 나는 연달아 번개를 꽂아 넣었다.

콰아앙! 쾅!

<축하드립니다!>
<검은 번개의 숙련3단계에 진입했습니다!>
<한 번에 세 가닥의 번개를 떨어뜨릴 수 있습니다!>

워낙 많은 적을 쓸어버리고 있으니, 정말 순식간에 숙련도가 올랐다. 이제 세 가닥의 번개가 떨어져 내렸다. 그러자 상황은 빠르게 정리됐다.

사방을 울리던 적의 비명도 더는 들리지 않고 잠잠해졌다. 물소리만 요란했다.

"…끝이로군."

나는 어깨를 주무르며 강변을 내려다보았다. 죽은 시체들이 그물과 엉켜서 강물을 따라 떠내려가지도 못하고 있었다. 비참하기 짝이 없는 꼴이다.

수서 마족 일천이면 최소 인간 3~4천 명과 맞먹을 전력인데, 순식간에 녹아버린 것이다. 살아남은 자는 거의 없었다. 나머지 강변에서 꿈틀거리는 놈들은 병사들에게 처리하게 시켰다.

"파펜하임."

"네, 주군."

"비교적 멀쩡한 시체를 20구 정도만 회수해 오도록. 고위 장교로 보이는 이는 꼭 찾아오라."

"언데드로 만드실 요량이시군요?"

"그렇다. 살려서 첩자로 써야지."

마왕군의 진중으로 돌려보내 정보를 빼내오게 할 생각이었다.

"물의 마왕이라면 단번에 간파할 것입니다."

"그래도 그 전까지는 이런저런 정보를 제공해 주겠지. 나쁘지 않다고 본다."

"알겠습니다. 주군."

나는 파펜하임과 일별하고는 먼저 도시로 향했다. 돌아가는 길에 상태창을 열어보니, 경험치를 많이 먹어 레벨업까지 한 상태였다.

"흐흐흐, 역시 하늘은 선한 이를 돕는구나."

적을 몰살시키고, 번개 숙련도를 올리고, 레벨업까지 했다. 정말 보람찬 하루였다.

마왕 아문데는 완벽한 함정을 만들고 비텐바이어 백작을 기다리고 있었다. 이미 정찰병들에게 보고를 받았다. 검은 갑옷을 입은 비텐바이어 백작이 출병했던 사실을.

"드래곤의 주둥이로 스스로 기어들어오는구나."

모든 게 자신의 통제 아래 있다는 사실을 그녀는 다시 한 번 확인했다. 크게 즐겁지는 않았다. 당연한 거니까. 멍청한 비텐바이어 백작은 함정으로 쌈 싸먹듯 섬멸하면 그만이다.

게다가 그것만이 끝이 아니었다. 수서 마족 중 정예 일천을 강줄기로 몰래 타고가게 했다. 그들은 오크장군 구구쉬락과 연계해서 비텐바이어를 함락할 예정이었다.

비텐바이어 백작이 설령 함정을 돌파해 살아나간다 해도, 돌아갈 도시가 이미 사라진 뒤일 터. 너무나 뻔한 결말에 그녀는 나른한 기분까지 느꼈다.

어쩌면 인간이란 놈들은 그리 어리석은 건지.

"어차피 발푸르가 수녀회 외에 상대가 있다고 생각하지도 않았다. 기대가 없으면 실망도 없는 법이지."

마왕 아문데는 자기 옆에 놓은 석화된 인물을 보며 말을 걸고 있었다. 그는 얼마 전 라인펠덴에게 덤벼들었던 괴물 사냥꾼이었다.

"네 녀석은 1만 플로린짜리니 돌아가면 본왕의 수중 궁전에 장식품으로 놔주겠다."

지독한 물질주의자인 그녀는 세상 모든 걸 돈으로 계산하는 마왕이었다. 이 괴물사냥꾼의 용기와 실력은 1만 플로린. 수집품의 한구석을 차지할 자격이 있었다.

"음…."

그나저나 슬슬 멍청이가 함정으로 들어올 때가 됐는데 소식이 없었다.

"여봐라."

"네, 전하."

"비텐바이어의 그 애송이는 어디쯤 도착했느냐?"

따분해진 그녀는 예상 밖의 반전을 기대하며 물었다. 하지만 그런 일은 일어나지 않겠지. 인간은 아둔하니까.

"신이 알아보고 오겠습니다."

이번에도 늘 그런 것처럼 평범한 승리가 이어질 거다. 하지만 새로 올라온 보고에 석상을 쓰다듬던 그녀의 손길이 멈췄다.

"정찰병의 보고에 의하면 이쪽으로 접근해 오던 적이 갑자기 반전해 되돌아가기 시작했다고 합니다."

"뭐?"

예상치 못한 전개에 마왕 아문데는 흥미를 느꼈다. 이상한 일이었다. 발푸르가 수녀회를 구원하기 위해 출병한 군대가 어째서 오는 시늉만 하다가 돌아가 버린단 말인가?

"흐음……"

그렇다고 공들여 매복했는데 뛰쳐나가기도 애매했다.

"일단 적의 동정을 자세히 살펴라. 되돌아 올 수도 있다."

"알겠습니다. 전하."

하지만 하루 종일 기다려도 비텐바이어군은 돌아오지 않았다. 매복 작전은 실패였다. 그녀는 혼자 곰곰이 생각에 잠겼다. 이런 헛발질은 실로 오랜만이었다.

'눈치를 챈 걸까? 대체 일이 어떻게 된 거지?'

마음속으로 상대에게 농락당한 게 아닌가 싶었지만 고고한 자존심상 그건 인정할 수 없었다. 하지만 더 놀라운 소식이 아직 남아있었다.

"전하! 급보이옵니다!"

"무엇인가?"

"비텐바이어로 갔던 아군의 소식입니다!"

마왕 아문데는 당연히 도시를 점령했다는 얘기를 기대했다.

"그게….'

"뜸들이지 말고 말하라."

"전멸에 가까운 피해를 입었다고 합니다."

"뭐라?"

그녀는 자신이 들은 보고를 믿을 수 없었다. 황당한 것도 정도가 있지, 파견된 부대는 최정예였다. 그녀와 수십 년 이상 함께 싸워온 마족들이었다.

그런데 전멸이라고?

"보고에 착오가 있는 것이 아니냐?"

"극소수만 되돌아왔습니다. 그들의 보고가 일치하고 있습니다."

상황이 심각했다. 하지만 이성의 화신과도 같은 그녀는 전멸 소식에도 침착함을 잃지 않았다. 그녀는 효율을 중시한다. 공연히 분노해 일처리를 그르칠 생각은 없었다.

도저히 인간으로는 이해할 수 없는 사고방식이라 할 수 있었다. 그렇기에 그녀가 마왕이고, 괴물인 것이다. 하지만 그런 그녀도 머리칼을 이루고 있는 작은 뱀들도 연신 사납게 움직이는 것까지는 어쩌지 못하고 있었다.

"어디냐?"

그녀가 막사 밖으로 나가 물으니, 한 악어인간이 비틀거리며 앞으로 나섰다. 그는 비텐바이어를 공략하기 위해 강줄기를 타고 내려갔던 부대의 고위 장교였다. 그는 마왕 아문데를 보자마자 무릎을 꿇었다.

"전하."

"이게 어떻게 된 것이냐?"

"원통하게도 부대의 태반이 죽었습니다!"

그의 말에 주변이 소란스러워졌다. 하나 이런 와중에도 마왕 아문데는 차분했다.

"전후사정을 모두 말해 보거라."

"그게 강줄기에 어찌 알았는지 수많은 그물이 쳐져 있었습니다."

"그래서?"

"강물을 타고 내려가던 아군이 그 그물에 엉켜서 낭패를 보았습니다. 또한 적의 매복이 있었습니다. 그래서 저희는……."

묵묵히 얘기를 듣던 마왕 아문데는 갑자기 이상한 점을 느꼈다.

"가만?"

눈앞의 부하는 그녀도 잘 알던 자였다. 그런데 뭔가 분위기가 달랐다. 칙칙하고 어두운 기운이 풍겼다. 마왕 아문데가 잘 알고 있는 힘이었다.

"설마… 네놈?"

그녀의 눈매가 가늘어졌다. 그러자 그 순간 악어인간이 폭발하듯 몸을 일으켜 마왕 아문데를 습격했다.

"쿠아아앙!"

지켜보던 이들이 화들짝 놀라 비명을 질렀다. 충직한 장교가 갑자기 자기 군주를 공격했으니 말이다.

하지만 악어인간의 공격은 성공하지 못했다. 이미 마왕 아문데의 손이 그의 흉부를 파고든 까닭이다. 그녀는 단번에 악어인간의 심장을 손으로 쥐고 터뜨려버렸다. 하지만 그걸로도 악어인간은 죽지 않고 주둥이를 벌려왔다.

"크르릉!"

"네놈이! 정녕!"

결국 마왕 아문데는 마법까지 발동해야 했다. 그러자 오거도 물어뜯어 죽일 수 있는 악어주둥이가 산산이 터져나갔다.

퍼엉!

사방으로 살점과 피가 튀었다. 그리고 머리를 잃은 악어인간은 뒤로 쿵! 소리를 내며 쓰러졌다. 마왕 아문데는 그 꼴을 섬뜩한 눈동자로 내려다봤다.

"흐음…."

그녀는 얼굴에 튄 피를 손가락으로 닦아 살짝 맛봤다. 그제야 확신할 수 있었다.

'언데드로군. 그것도 놀라운 솜씨로 만들어져 한눈에 알아보지 못할 정도였다. 한데 어찌 본왕의 장교가 갑자기 언데드가 됐단 말인가?'

머리가 좋은 그녀도 이점만큼은 알 수 없었다. 그녀는 서둘러 죽은 악어인간의 품을 뒤져보았다. 그리고 두루마리 편지 하나를 발견했다.

'어쩐지 본왕에게 온 것 같군.'

개봉해 보자 짧은 문장이 적혀있었다.

네년 계획은 10플로린짜리였다.

마왕 아문데는 자기도 모르게 입술을 깨물었다. 어째서인지 심장이 쿵쿵 뛰는 걸 느꼈다. 그리고 늘 차가운 자신의 가슴팍에서 불덩이가 일어나는 것 같았다.

낯선 감정이었다. 잠시 고민하던 마왕 아문데는 애써 속을 억누르며 그게 무엇인지 깨달았다.

'분노로군….'

놀랍게도 정예부대가 전멸했을 때도 침착했던 마왕 아문데는 한 줄의 문장 때문에 속이 뒤집혔다.

그녀가 스스로 측정한 자신의 계획은 무려 300만 플로린. 제국 서남부를 제패할 심계이니 그 정도가 정당한 가치라 생각했다. 하지만 상대는 마왕의 지혜를 단돈 10플로린으로 평가절하해 버렸다. 다시없을 모욕이었다.

파르르.

마왕 아문데는 가늘게 떨리는 자신의 손을 놀랍다는 듯 바라보았다.

'비텐바이어 백작. 내게 수백 년 만에 분노를 돌려준 공로를 잊지 않지. 그대는 특별히 마왕의 이름을 걸고 상대해주겠다.'

그녀는 궁금했다. 새로 자신의 수집품 목록에 오를 남자가 얼마짜리인지. 현재 마왕 아문데의 수집품 중 가장 비싼 이는 100년 전의 한 용사. 그는 524만 플로린이었다.

"명을 내리겠다."

"네! 전하."

"이번 작전에서 복귀한 자들을 모조리 죽여라. 그리고 시체를 반드시 태우도록."

1614년 늦여름. 그렇게 한 마왕과 신흥 백작이 서로를 털어먹기 위해 부산하게 머리를 굴리기 시작했다.

12. 사기꾼들의 세상

마왕 아문데와 긴장감 넘치는 대치 상황이 이어졌다. 우리는 서로를 살살 건드리며 틈을 살폈지만 좀처럼 여지가 생기지 않았다.

하지만 특이점이 발생하기까지 오래 걸리지 않았다.

- 발러!

- 마리, 어쩐 일이십니까!

갑자기 연락해온 마르가레타의 목소리는 달아올라 있었다. 나는 긴장하지 않을 수 없었다.

- 지금 포위를 뚫기 위해 출진할 예정이다!

- 정말입니까! 어찌 미리 말씀해주시지 않았습니까? 제가 호응해서 양동작전을 벌일 수 있었을 텐데요.

- 미안하구나. 네 군대가 움직이면 저 교활한 마왕이 눈치를 챌지도 몰랐기 때문이다.

- 승리를 확신하고 있으시군요?

원군의 합류보다 기습을 더 중시한 결정을 보니, 발푸르가 수녀회의 힘만으로도 충분하다고 판단한 것 같았다.

- 그렇다. 본회가 그동안 놀기만 했던 건 아니다. 각지에 퍼져있는 제자들을 불러 모았다.

- 어떻게? 아!

깜빡한 게 있었다. 외부에 알려지지 않은 발푸르가 수녀회의 비밀로, 대수도원 내부에 있는 순간이동 마법진이다.

그 마법진은 발푸르가 수녀회의 지부가 있는 도시 11곳과 연결되어 있다. 그간 농성을 하며 강자들을 호출했던 모양.

- 맞다. 워낙 순간이동의 비용이 비싼 탓에 한계가 있었지만, 본회의 수녀들과 동맹자들이 잔뜩 와줬다. 이제 몰아치기만 한다면 반드시 격멸할 수 있다.

이미 자정이 넘은 상황. 야밤을 이용하려는 것 같았다.

- 하지만 수녀회를 포위한 적의 수가 많습니다. 물경 5천을 헤아릴 텐데요.

- 이건 정규 회전이 아니라 기습이다. 이곳에는 일당백의 용사들이 가득하니 충분히 해낼 수 있다.

발푸르가 수녀회에서 출진하는 인원은 2천 가량. 그중에 이름 높은 강자들이 많이 섞여 있으니 괜찮을 것 같았다.

- 게다가 요 근래 마왕 아문데가 자리를 비우고 있지 않느냐. 이 기회를 놓쳐서는 안 된다.

- 알겠습니다. 기습이 개시되면 저도 호응하겠습니다.

현재 나는 강물을 범람시킨 뒤, 수서 몬스터를 밀어 넣는 마왕 아문데의 작전을 막고자 브라이자흐에 주둔하고 있다. 여기서 수녀회까지는 멀지 않다.

1만 용병을 데리고 왔는데, 비텐바이어의 방위는 민병대 지휘관인 틸리에게 맡겼다. 틸리는 민병대만으로 강 건너의 오크장군을 견제해야 하는 힘든 임무를 맡았지만, 나는 그의 천재성을 믿었다.

　- 안 그래도 그 때문에 연락했다. 놈들이 패배하면 병력을 물려 라인펠덴으로 돌아가고자 할 것이다. 그러니 발러 네가 그들을 처리해다오.

　- 무슨 말씀인지 알겠습니다.

　마르가레타는 이미 자신이 이긴다는 전제하에 부탁해오고 있었다. 우리를 좀 더 세세한 사항을 조정한 뒤 얘기를 끝냈다.

　- 무운을 빌겠습니다. 저희가 이동할 때 이미 전투가 한창이겠군요.

　- 후후, 걱정할 거 없다. 패잔병들이나 잘 쫓아다오.

　마르가레타와 통신이 끝낸 뒤 즉각 부대를 소집했다. 두 시간이 지나자 우리는 브라이자흐 앞에 모여 출발 준비를 마쳤다.

　"파펜하임. 야간기동 중에 습격을 받으면 그야말로 낭패다. 데이워커들을 데리고 넓게 퍼져 주위를 정찰하라."

　"알겠습니다."

　나는 병사 1만을 데리고 발푸르가 수녀회가 있는 남쪽으로 향했다.

　"서둘러라!"

　세 시간을 행군하자 저 멀리서 함성 소리가 아련히 들리기 시작했다. 그때 파펜하임에게서 연락이 왔다.

　- 주군!

　- 보고하라!

　- 수녀회를 포위하고 있던 마왕군이 드디어 패퇴했습니다.

　역시 마르가레타가 포위를 풀어냈구나! 그녀 입장에선 이번 공격을 위해 오래 참은 셈이었다.

- 마왕군은 1,000가량이 전사하고 나머지 4,000이 남쪽으로 도주 중입니다.

남쪽으로 가면 라인강이 있다. 뭍에서는 느린 수서 마족들이라 아마 강줄기를 타고 라인펠덴까지 돌아갈 작정인 듯하다. 그들이 강에 도착하기 전에 따라잡아야 했다.

"발푸르기스!"

"언제든 준비됐다! 발러!"

나는 그녀에게 전황을 설명한 뒤, 기병대를 이끌고 가 도망치는 적의 후위를 물고 늘어지라 부탁했다.

"본대가 놈들을 따라잡을 때까지 괴롭혀 주십시오."

"걱정 말라. 그런 일이야말로 기병의 주특기다."

"자, 여기 수정구를 받으십시오. 제 부하인 파펜하임이 놈들을 쫓고 있습니다. 실시간으로 위치를 알려올 테니 도움이 될 겁니다."

"알겠다!"

수정구를 받아 든 발푸르기스는 기병을 소집했다. 2천여 명의 기병이 그녀의 지휘 하에 곧바로 출발했다. 그러자 수많은 횃불과 마법의 조명이 파도처럼 앞으로 밀려나갔다. 후퇴하고 있던 적이 저 빛을 발견한다면 화들짝 놀라겠지.

하지만 수서 마족이 뭍에서 기병을 따돌리기란 불가능에 가깝다. 아니나 다를까 몇 킬로미터 앞에서 총소리 같은 게 주기적으로 들렸다. 적을 따라잡은 총기병들이 권총을 갈겨대는 듯했다.

"우리도 서두른다! 놈들이 강에 도착하면 말짱 꽝이다!"

그때 마르가레타에게서 연락이 왔는데 합류 여부를 물어왔다. 하지만 나는 발푸르가 수녀회를 지키고 있어달라고 했다.

- 혹시 마왕 아문데가 마리가 자리를 비운 사이에 수녀회를 칠 까 걱정됩니다. 보통 교활한 자가 아니니 말입니다. 아니면 우리가 생각지도 못한 일이 발생할 수 있으니 마리는 대기해 주세요. 게다가 네 시간가량 전투를 치르느라 힘을 쓰지 않았습니까.

- 알겠다!

마르가레타에게 뒤를 맡겨둔 뒤 나는 부지런히 적을 쫓아갔다. 그렇게 행군하길 5시간. 금방 따라잡으리라 생각했는데 적도 필사적이라 쉽지 않았다.

라인강이 얼마 남지 않은 지점에서야 가까스로 적의 후미를 발견했다. 이미 여름의 이른 해가 서서히 모습을 드러내려 하는 시간이었다.

하늘은 옅은 푸른색을 띠기 시작했는데, 안개가 심해서 한치 앞도 제대로 안 보였다. 하지만 전방에서 여전히 고성과 총격으로 인한 불빛이 끊이질 않았다.

밤새 적의 후위를 물어뜯던 아군의 기병대가 여전히 분투를 하고 있는 모양이었다. 다들 5시간이나 이어진 싸움으로 지칠 대로 지쳤을 터.

우리가 도착했다고 신호를 하자 이내 기병대 장교 하나가 말을 몰고 왔다.

"주군!"

"상황을 전하라!"

"적이 도주를 포기했습니다! 현재 대열을 정비한 채 싸울 준비를 하고 있습니다."

우리까지 달라붙은 걸 알고 버티기에 들어가기로 한 모양이다. 이대로 등을 보이며 도망 가봐야 일방적인 학살 밖에 안 된다는 것을 아는 까닭이다.

"기병들을 불러들이도록."

나는 전방에 기병대를 불러들인 뒤 회전을 대비한 진영을 짜기 시작했다. 한참 진영을 갖추는데 열을 내자 이내 여름 특유의 따가운 아침햇살이 내리쬐기 시작했다.

어느새 안개도 거의 사라져 전방이 훤하게 보이고 있었다. 그러자 밤새 도주하던 적의 모습이 드러냈다.

"흐음… 대략 3,000가량이군."

전장에서 구른 오랜 경험을 갖고 있는 나는 한눈에 적의 숫자를 파악했다. 밤새 기병이 늑대처럼 달라붙었던 게 주효했던 듯, 1,000이나 줄어있었다.

아닌 게 아니라 행군하면서 보니 땅바닥에는 죽은 수서 마족의 시체가 가득했었다. 그나저나 적이 몰려있는 꼴은 실로 조잡했다.

"원시적이군."

내 짧은 감상에 다른 장교들도 동조해왔다.

"실로 그러합니다. 주군."

"극히 단순한 형태군요. 덩치 큰 놈을 앞에 두고 약한 놈들이 투창을 들고 뒤를 받치고 있습니다."

단순하면서 효과적인 배치였지만, 나날이 발전중인 인간의 군사예술에 비하면 정말 낙후된 형태였다.

하지만 그러면서도 무시할 수 없는 게, 저들이 갖고 있는 원초적인 힘 때문이다. 특히 저 악어인간은 장창에 수십 번 찔려도 버틸 수 있으니 어찌 쉽게 생각하겠는가? 그래서 나는 몇 번이고 부대를 점검한 뒤에야 명을 내렸다.

"연대 전진! 기병 전대는 적의 도주로를 차단하라! 완전히 포위 섬멸하겠다!"

당연한 얘기지만, 이들을 오늘 남김없이 죽여 버릴 작정이었다.

같은 시간, 발러가 도주하는 마왕군을 공격하고 있을 때 물의 마왕 아문데는 놀랍게도 라인강 서쪽에 와있었다.

정확히는 슐레트슈타트란 도시로, 오크장군 구구쉬락의 본영이 위치한 곳이다.

"어서 오십시오. 전하. 보덴호의 지배자를 이 구구쉬락이 뵙습니다."

구구쉬락은 예의를 다해 마왕 아문데를 맞이했다. 아무리 그가 대단한 성공을 거뒀다고 해도 이 늙은 메두사는 감히 쳐다보기도 어려운 존재였다.

게다가 자신을 마왕위에 올려준다고 하지 않았나. 어떻게든 잘 보일 필요가 있었다.

"고맙군. 장군."

이 건물 안에는 구구쉬락과 그를 따르는 고위 장교들이 모여 있었다. 마왕 아문데는 따로 수행하는 자도 없었지만 혼자서 모두를 압도했다.

"오늘 이 자리에 모여 줘 고맙구나. 그대들의 마음에 보답하고자 본왕은 이번 전역의 본질에 대해 말해주도록 하지."

그 말에 다들 호기심 어린 표정이 됐다. 이들은 제국 서남부에 진출한 페자무트군을 책임지고 있지만, 최근 일련의 사태들이 어떻게 된 건지는 모르고 있었으니까.

"자, 어디서부터 얘기해야 할까? 우선 그 겁 많은 페자무트가 왜 그 장미의 창녀를 칠 기특한 생각을 했는지 말해주겠다."

과격파인 마왕 아문데는 온건파인 로엘린이 꼴 보기 싫어 늘 장미의 창녀라고 비아냥거리곤 했다. 이에 마족들은 그녀가 로엘린의 미모를 시기해서 그런다고 여겼다.

"사실 그건 본왕이 옆에서 충동질했기 때문이다. 페자무트는 그 장미의 창녀를 누구보다도 미워하지만 동시에 두려워하고 있지. 그런데 본왕이 가세할 거라고 살살 꼬드기니까 쉽게 넘어오더군. 그 뒤 우리는 어둠의 맹세를 했다. 5년을 기한으로 서로 침범할 수 없게 강제하는 것이다."

어둠의 맹세는 근자에 만들어진 것으로, 마왕이 가진 어둠의 힘을 건 강력한 맹세다. 어기는 자는 마왕의 위를 잃어버린다. 그 때문에 마왕 아문데는 마왕 페자무트의 본진을 치러 가거나, 이곳 라인강 서쪽의 오크장군을 직접 공격하는 게 불가능했다.

"멍청한 페자무트는 아마 그 맹세면 충분하다고 여겼겠지. 하지만 이 어둠의 맹세에는 맹점이 하나 있는데 알고 있나?"

마왕 아문데의 물음에 아무도 대답하지 않았다. 그들은 뭔가 분위기가 이상하다고 여길 뿐이었다.

"직접적인 공격이 아니라 모략을 쓰면 된다는 점이다. 예를 들면, 상대의 수하를 꼬드겨 배반하게 하는 식이다."

그 말에 모인 모든 이들의 표정이 창백해졌다. 자신들은 마왕 아문데의 회유로 마왕 페자무트를 배신했다. 그리고 그녀의 도움을 받아 제국 서남부 일대에 자리 잡을 작정이었다.

한데 마왕 아뮨데가 그들이 듣기 불편한 소리를 늘어놓는 것이었다. 그러나 누구도 이 절대강자 앞에서 쉽게 입을 열지 못했다.

"크크큭. 기개 없는 놈들."

마왕 아뮨데는 그 꼴을 비웃더니 말을 이어간다.

"지금 제국 서남부의 라인강 서쪽 땅을 보라. 본래는 페자무트의 영토였으나 오늘 그대들은 독립을 선언했다. 본왕은 그걸 축하해 주러 온 거고."

"그렇습니다. 전하. 한데 어째 말씀이 이상하시군요. 좋은 자리인데 신랄한 느낌입니다."

오크장군 구구쉬락은 불안감을 애써 누르며 따졌다. 원래라면 마왕 아뮨데와 향후 동맹관계를 조정하고, 그가 마왕위를 얻는 것에 관해 논의해야할 자리였다. 그런데 어째서 아까부터 노골적으로 자신들을 비웃는단 말인가.

"크하하하하!"

처음으로 마왕 아뮨데가 폭소를 터뜨렸다. 좀처럼 웃지 않는 걸 고려해 볼 때 이례적이었다. 뱀 같은 입이 귀밑까지 길게 찢어진다.

"아직도 모르겠느냐? 이 땅은 이제 마왕 페자무트가 아니라 그대들의 것이지."

"그렇습니다. 전하께서도 인정해 주셔서 기쁩니다."

애써 얘기를 좋게 끝내려는 구구쉬락. 하지만 이어진 마왕 아뮨데의 말에 얼굴이 창백해질 수밖에 없었다.

"그렇다는 건, 이곳은 더는 본왕과 페자무트가 한 어둠의 맹세에 해당하지 않는다는 것이다. 본래라면 이 땅은 본왕이 앞으로 5년간 접근

할 수도 없는 불침의 성지. 하지만 구구쉬락 네놈의 독립선포로 모든 게 달라졌다."

마왕 아문데는 과장되게 두 팔을 벌리며 주위를 둘러본다.

"보라, 어리석은 오크여. 본왕이 지금 어디에 서있나?"

이 정도까지 말했는데 못 알아들을 바보는 없었다. 게다가 오크장 군 구구쉬락도 일군의 수장이 될 정도의 강단이 있는 자. 그는 즉각 자 신의 도끼를 꺼내들었다.

"아문데! 그 독사 주둥아리가 지껄이는 소리를 더 들어줄 수 없구 나! 네년이 이끌고 온 병사는 고작 100명가량! 이곳에는 2만 대군이 있 으니 감히 무엇을 할 수 있겠는가!"

그 외침에 호응하듯 오크장군의 부장들 역시 일제히 병기를 빼들고 일어섰다. 하나 같이 백전노장인 강골들이었다. 그러나 그 모든 게 마 왕 아문데에게는 우습게 보였다.

"구구쉬락. 본왕은 지금 가진 병사들 중 5천여 명을 발푸르가 수녀 회 앞에 던져놓고 왔다. 왜 그런 줄 알겠나? 지금 이곳에서 무슨 일이 일어나는지 신경 쓰지 못하게 하려는 것이지. 아마 놈들은 한창 본왕 의 가여운 5천 병사를 피떡으로 만들고 있겠지. 그래, 실컷 승리의 기 쁨을 노래하라고 하라."

마왕 아문데가 뱀의 하반신을 움직여 모두에게 다가갔다. 그러자 오크장군과 부하들은 움찔하고 물러난다.

"하지만 그들은 정신을 차린 뒤에 알게 될 것이다. 본왕이 하룻밤 만에 라인강 서쪽을 통째로 차지했다는 사실을. 이미 본왕의 서남부 평정계획은 반절을 이룬 셈이지."

애초에 모든 게 연막이었다. 마왕 아문데는 발푸르가 수녀회를 쉽게 함락할 수 있다고 여기지 않았다. 비텐바이어의 실패는 의외였지만 그녀의 설계에는 지장이 없었다.

처음부터 그녀의 가장 중요한 목표는 라인강 서쪽, 오크장군 구구쉬락이었다. 라인강 동쪽을 시끌벅적하게 만든 마왕 아뮨데는 어느새 서쪽을 날름 먹어 치워버리기 직전이었다.

"이게 전술적 패배했지만 전략적으로 승리한다는 것이다."

그녀는 몇 번의 가슴 아픈 패배를 겪어도 상관없었다. 과정이란 결과로 가는 길일뿐이니까.

"비참하구나…."

나는 포위 섬멸전이 벌어지는 앞을 물끄러미 바라보았다. 수서 마족들이 사방에 자신들의 피를 뿌리며 발악을 하고 있었다. 하지만 이제는 동료들의 시체에 깔려죽는 놈들이 더 많아졌다. 그야말로 시체의 산이 쌓여간다.

"발러, 우리의 승리다!"

슬슬 배가 고파질 무렵 전투는 완승으로 끝이 났다. 발푸르기스가 마지막까지 저항하던 적 지휘관의 목을 직접 베었다. 사방에서 그녀의 무용에 대한 뜨거운 환성이 터져 나오고 있었다.

"와아아아! 발푸르기스 만세!"

"수녀기사 만세!"

질투심 많은 귀족들에겐 추녀기사라 비아냥거림을 당하고 있지만 실제로 병사들에게 그녀는 인기만점이다. 늘 앞장서서 함께 싸우니

전우애를 느낄 수밖에.

올해 17세가 된 이 소녀는 앞으로 화려한 커리어를 써나가게 될 것이다. 오늘 죽은 저 수서 마족 지휘관도 그 무훈시의 귀퉁이에 적힐 한 소절에 불과했다.

"큰 공을 세워주셨습니다. 지휘관을 잡은 일뿐 아니라 밤새 적을 물고 늘어졌던 점까지 모두 탁월했습니다."

"과찬이다. 발러. 하지만 그대가 그리 말해주니 기분 좋구나."

도주를 포기한 채, 3천의 병력으로 결사항전을 해왔던 수서 마족들은 전투가 개시된 지 2시간 만에 전멸했다.

"대포까지 끌고 왔으면 더 쉬울 뻔했습니다."

"본녀도 그게 아쉽다. 급히 추격했으니 어쩔 수 없지. 그나저나 이제 어쩔 것이냐? 발러."

"전장을 정리한 후 부대를 물려야요. 다만 저는 기병 500명을 이끌고 라인펠덴으로 가볼 생각입니다."

"위험하다. 거기는 마왕이 있잖느냐?"

"그게, 저도 방금 척후에게 연락을 받았는데 라인펠덴이 텅텅 비어 있다고 합니다."

"뭐?"

발푸르기스는 놀란 기색이었다. 아무래도 그럴 수밖에. 우리는 라인펠덴이야말로 끝판왕이 있는 최종 목적지 정도로 생각하고 있었으니까.

"함정이 아니겠느냐?"

"그건 아닌 것 같습니다. 라인펠덴부터 그 일대가 완전히 비었다고 합니다."

"대체 일이 어떻게 돌아가고 있는 건지 모르겠구나. 물의 마왕은 어디로 간 거지?"

"그걸 저도 모르겠습니다. 혹시 마왕 아문데가 우회해 도시를 공격해 올지도 모르니, 병력을 이끌고 돌아가 방비해 주십시오."

나는 기병 500명과 라인펠덴으로 향했다. 남은 일은 발푸르기스에게 맡겼으니 잘해줄 것이다. 출발한지 세 시간 뒤에 라인펠덴에 도착했는데, 파괴된 도시는 그야말로 엉망진창이었다.

"으윽! 냄새."

우리는 물이 흥건한 도시에서 진동하는 썩은 내에 인상을 찌푸렸다. 다들 망토로 얼굴을 가린 뒤에야 따라왔다.

참방참방.

군마들의 다리 반절이 잠길 정도로 도시 어디나 물이 가득했다. 물뱀이나 처음 보는 기괴한 수서 생물들이 도시에 징그럽게 득실거렸다.

"주군. 이걸 보십시오."

파펜하임이 도시의 안내를 맡았다. 그가 가리키는 곳을 보니 부화를 끝낸 알 조각들이 잔뜩 있었다. 건물의 벽에 잔뜩 붙어 있었는데 마치 영화에서 보던 외계인의 알 같이 끈적거렸다.

주위에는 부화한 새끼들이 먹어치운 인간의 흔적이 역력했다. 오체분시된 듯한 사람의 시체가 사방에 어지러웠다.

"잔혹무도한 놈들."

기병들은 분노를 감추지 못했다. 인간이 이토록 비참하게 유린당하는 모습은 확실히 마음속에서 울화가 치밀 게 했다.

아무래도 마왕 아문데는 라인펠덴의 인간을 양분 삼아 수서 마족을 대량으로 부화시킨 것 같았다.

"큰일이로군. 보통 문제가 아니다."

수서 마족들은 놀랄 정도로 빠르게 성장한다. 몇 년 만 있으면 이 일대가 놈들로 드글드글거릴 게 틀림없다.

그때가 되면 마왕 아뮨데를 상대할 방법이 없어진다. 이 정도 규모의 도시를 통째로 갈았으면 5~10만은 새끼 쳤을 터.

"그렇게 문제입니까?"

"생각해 보라, 파펜하임. 지금도 무서운 저 마왕 아뮨데에게 5~10만 대군이 추가로 생기는 걸."

"끔찍하다는 말로도 부족하군요."

"그때가 되면 더는 서남부에서 마왕 아뮨데를 막을 자는 없어진다. 나 역시 비텐바이어 백작 타이틀을 반납하고 도망가야 할 테고."

아무래도 나는 그녀를 상대로 극악한 방법을 써야겠단 생각이 들었다. 원래라면 몇 번의 승리로 격퇴해, 그녀가 자기 영지인 보덴 호로 돌아가게 할 작정이었다.

하지만 여기 이렇게 알을 잔뜩 깠던 흔적을 보니 상대의 의지가 보통이 아닌 것 같았다. 이렇게 된 이상 나도 그녀와 불구대천의 원수가 될 각오를 하고 나서야할 듯하다.

"시간과의 싸움이군요."

"그렇지. 시간을 끌수록 마왕 아뮨데가 유리해진다. 이제 보니 비텐바이어를 공격하고 발푸르가 수녀회를 포위했던 게, 라인펠덴에서 안정적으로 부화하기 위해서가 아닌가 싶다."

확실히 우리의 시선은 라인펠덴으로 향하지 못했다. 이미 망한 라인펠덴보다 발푸르가 수녀회의 포위망을 푸는 게 급선무였으니까.

정말 한 수 배우고 싶은 수작질이구나.

"실로 지독한 적입니다. 주군."

"원래 그 늙은 메두사가 교활하기로 둘째가라면 서러울 정도니라."

"반드시 찾겠습니다. 이대로 그녀를 놓친 상태가 지속되면 불안해서 견딜 수 없습니다."

"부탁하지. 이 문제는 매우 중요하네."

도시를 살피던 나는 더 있어봐야 소용없다는 걸 알고 빠져나왔다. 마왕 아뮨데가 라인강의 물길 일부를 도시로 흐르게 해놓아서 재건할 엄두도 나지 않았다.

아마 버려진 도시가 될 것 같았다. 슬픈 일이었지만 제국에 저런 식으로 마왕에 의해 파괴된 도시가 한두 곳이 아니다.

"돌아가자. 이 고약한 냄새를 견디기 어렵군."

나는 기병을 물려 브라이자흐로 향했다. 가는 내내 앞으로의 계획을 정리하느라 머릿속이 복잡했다. 그래서 기분도 전환할겸, 상태창을 열었다. 최근의 레벨 업을 체크하지 않았던 것이다.

갈수록 호화찬란해지고 있는 스탯창이었다.

발러슈테드 발러

나 이 22세
레 벨 4 (용사)
　　　　6 (피도 눈물도 없는자)
　　　　32 (괴물사냥꾼)

생명력 `4180/4180`
마 력 `3120/3120`
어 둠 `2440/2440`

아이템 가중치

```
                          힘
                         532
        카리스마                      건강
          570                       575

           330                    325
          지능                   민첩성
```

생명력 +1000　　　　　　　　　　　　마법 저항력 11.2%
들리저항력 25%

★ 저주받은 태생	생명력 `+654` 어둠 `+112` 힘 `+32`	
★ 류블라냐	생명력 `+310` 건강 `+120` 힘 `+120` 카리스마 `+110`	
★ 맨드레이크	생명력 `+40`	
★ 마을 카르카의 썩어빗봄	어둠 `+70` 마력 `+50` 카리스마 `+13`	

　새로 생긴 스킬 역시 대단한 것이었다. SS등급 스킬인 <마력방패>였다.

　"와… 이걸 내가 다 써보게 되네."

　과거의 일이 떠올라 만감이 교차했다. 이 스킬은 사용자의 마력으로 방어막을 만드는 기술이다.

　하여 누가 나를 죽이려면, 마력 3,120이란 수치를 다 까야만 한다. 그리고 그 후에야 내 생명력 4,180과 마주하게 된다.

　공격하는 입장에선 그야말로 입에서 게거품 물 법하다. 상대의 생명력이 뻥튀기 된 것이나 다름없으니까. 거기에 나는 S등급 용사 스킬인 <끝없는 활력>으로 재생까지 한다.

　점점 궁극의 바퀴벌레에 가까워지고 있었다.

　그렇게 레벨 업 후 브라이자흐로 돌아왔는데 생각지도 못한 소식이 기다리고 있었다.

"발러!"

발푸르기스가 드물게 허둥댔다.

"무슨 일이십니까?"

"라인강 서쪽이 통째로 마왕 아문데에게 넘어갔다!"

"정말입니까!"

어찌나 놀랐던지 양손으로 발푸르기스의 어깨를 잡고 되물었다.

"그렇다. 오크장군 구구쉬락은 참수됐고 그의 부장들은 모두 마왕 아문데에게 충성을 맹세했다고 한다."

"세상에!"

이런 말도 안 되는. 도대체 일이 어떻게 돌아가는 건지 알 수가 없었다. 나는 급히 관련된 정보를 모아오게 지시했다.

또한 인스부르크 전선에 나가있는 로엘린과도 의견을 나눴다. 그리고 며칠이 지나자 비로소 전말을 파악할 수 있었다.

"설마 어둠의 맹세를 그런 식으로 이용해 먹을 줄이야…."

"그러니까 발러, 어둠의 맹세 때문에 원래라면 마왕 아문데는 라인강 서쪽에 발도 들여놓을 수 없었는데, 오크장군이 독립선언을 하는 바람에 그리된 것이란 말이냐?"

"맞습니다. 그 독립선언은 마왕 아문데가 부추긴 것이고요."

"…놀랍구나."

발푸르기스는 기가 막히다는 태도였다. 얼굴이 안 보이긴 하지만 지금 입을 벌리고 황당해하고 있겠지. 이윽고 그녀는 자기 추리를 덧붙였다.

"그렇다면 애초에 라인강 동쪽에서 투닥거린 게 다 눈속임이었던 것 같다. 우리가 싸우는 동안 마왕은 실리는 다 챙기지 않았느냐? 그대가 본 것처럼 라인펠덴에서 대규모로 수서 마족을 부화시키고, 이어서 라인강 서쪽을 먹어치웠다."

역시 문무겸전인 그녀답게 통찰력이 좋았다.

"싸움은 우리가 이겼지만, 결과에선 마왕이 이겼다."

나는 동의한다는 듯 고개를 끄덕였다.

"완전히 당했습니다. 마왕 아뮨데가 전술에 뛰어난 건 알았지만 이렇게 대국을 보는 전략적 관점까지 탁월할 줄은 몰랐습니다."

내 목소리에 수심이 가득하자 발푸르기스가 바로 옆으로 의자를 끌고 오더니 손을 잡아준다. 그리고는 어쩔 수 없는 일이었다는 듯 고개를 흔든다.

"이건 예상할 수가 없었다. 우리의 추리가 옳다면 그녀는 무려 5천의 병사를 버린 셈이다. 발러, 그대나 본녀가 병사 5천을 버림패로 쓸 수 있겠느냐?"

그녀의 물음에 나는 생각에 잠겼다. 그리고는 못한다는 결론에 다다랐다. 나는 적에게는 모질지언정 자기 것에는 애착이 강한 편이다.

동고동락해온 병사 5천을 죽으라고 보낼 수는 없다. 적어도 내가 생각하는 승리는 그런 게 아니었다.

하지만 마왕 아뮨데는 태연히 그걸 해냈다. 정말 지독한 이성의 괴물이었다.

"못합니다. …알고도 당할 수밖에 없을 정도로 무서운 수군요. 적병 5천을 처리할 수 있다는 건 큰 유혹이니까요."

마왕 아뮨데는 과감한 수로 큰 이득을 보았다. 라인강 서쪽에 위치한 스트라스부르, 벨펠트, 슈레트슈타트, 젠하임 등의 도시를 일시에 차지해 버린 것이다.

또한 노예로 전락한 도시민 20여만 명과 광활한 농경지와 각종 생산 시설 등, 한순간에 대영주라 칭할 수 있는 힘을 얻었다. 그렇게 생각하면 5천 명의 병사를 주고 상당히 남는 장사를 한 셈이다.

"발러, 애초에 모든 게 마왕 아문데의 커다란 계획이었는지도 모른다."

"마왕 페자무트의 출병부터 말입니까?"

"그렇다. 지금 인스부르크에 페자무트가 오고가도 못하는 상황도 어찌 보면 부자연스럽구나."

그녀의 지적에 나는 그만 입을 다물어버렸다. 무거운 침묵이 우리 사이에 감돌았다. 나는 고민을 거듭했다. 이 일을 어떻게 해야 할까?

그러다 마침내 입을 열었다.

"이 상황을 타개할 계책이 있습니다."

"그게 정말인가?"

설마 이런 상황에서도 계책이 있다고 할 줄은 몰랐는지 발푸르기스가 나를 향해 고개를 확 돌린다.

"두 가지의 계책이 있습니다."

"설마 이런 상황에서 두 가지나 계책이 있다니 정말 놀랍구나! 본녀에게도 알려줄 수 있겠느냐?"

"물론입니다. 하나는 라인강 서쪽을 향한 계책이고 다른 하나는 마왕 아문데의 본거지인 보덴 호를 향한 계책입니다."

나는 사정상 보덴 호를 향한 계책은 지금 말해줄 수 없다고 했다.

"그대가 공연히 그리 말할 리가 없으니 알겠다. 혹시라도 본녀의 도움이 필요해질 때는 언제든 얘기해다오."

"알겠습니다. 일단 라인강 서쪽을 도모하기 위한 계책을 말씀드리겠습니다."

"듣겠다."

발푸르기스는 자세를 바로 하더니 내 말에 귀를 기울였다. 나는 그녀에게 지도를 가리키며 설명에 들어갔다.

"현재 마왕 아문데가 차지한 라인강 상류의 서쪽 도시들. 그러니까 스트라스부르, 벨펠트 등에서 더욱 서쪽으로 향하면 여기 모젤 강이 있습니다."

"그렇지. 이제는 폐허만 남은 곳이 아니냐."

"맞습니다. 모젤 강을 따라 있는 룩셈부르크, 티옹빌, 툴 같은 도시들은 불에 탄 폐허가 된지 오래죠. 바로 불의 마왕 쟈케르의 짓입니다."

그 대학살을 저지른 이후 불의 마왕 자케르는 모젤강 서쪽을 영지로 삼았다. 과격파 마왕의 선두주자답게 단 한 명의 인간도 남김없이 태워버린 것이다.

"설마, 발러. 불의 마왕 쟈케르를 끌어들이려는 것이냐?"

"맞습니다. 불의 마왕과 물의 마왕은 철천지원수입니다. 만약 불의 마왕 쟈케르가 모젤 강을 넘어 라인 강 서쪽을 치게 한다면 마왕 아문데는 큰 곤경에 빠질 것입니다."

과격파 마왕이 힘을 결집하지 못하는 가장 큰 이유 중 하나가, 과격파의 두 거두인 불의 마왕과 물의 마왕의 대립 때문이었다.

사실 그간 제국 서남부의 평화는 두 마왕의 갈등으로 덕을 보았다. 서로를 열심히 견제하느라 서남부로 좀처럼 진출하지 못했으니까.

"하지만 발러."

발푸르기스는 반론을 제기했다. 현재 불의 마왕 쟈케르는 트리어 선제후와 지독한 다툼 중이라는 사실을 말이다. 그러다 발푸르기스는 손뼉을 쳤다.

"이제 보니 물의 마왕은 불의 마왕이 완전히 묶여있는 처지인 걸 알고 일을 벌인 것이로구나. 하나하나 의도가 드러날수록 정말 소름 돋을 정도로 무서운 마왕이다."

"동감합니다. 그야말로 마왕 아문데에겐 모든 게 완벽한 타이밍이었겠죠. 아마 그걸 위해 많은 일을 했을 겁니다."

"설마. 불의 마왕 쟈케르와 트리어 선제후의 다툼도 마왕 아문데의 작품이란 말이냐?"

"……설마요."

거기까진 짐작 못하겠다. 하지만 일순간 우리는 소름이 돋는 걸 느꼈다. 일단 내가 알기론 아니다. 하지만 그 양파 같은 마왕 아문데는 까면 깔수록 뭔가 새로운 게 나오고 있어 속단할 수 없었다.

"하아….."

속이 시커먼 걸로 따지면 이 몸이 제국에서 으뜸이라 여겼는데 아직 멀었구나. 천외천이라더니, 내 오늘날까지 거들먹거렸던 게 부끄러웠다.

좀 더 훌륭한 사기를… 아니, 전략과 전술을 절치부심 연마할 필요가 있겠다.

"어쨌든 발러. 현재 불의 마왕 쟈케르는 트리어 선제후 때문에 군사를 일으킬 여력이 없다. 한데 어찌 라인 강 서쪽으로 끌어들이겠다는 것이냐?

그녀의 물음은 당연했다. 하지만 나는 팔짱을 낀 채 슬쩍 웃어 지어 보였다.

"방법이 있습니다."

이것이야말로 이이제이. 나는 갑자기 후방으로 불의 마왕이 쳐들어 온다는 소식을 들으면, 그 고약한 메두사가 어떤 표정을 나올지 심히 궁금했다.

13. 타향에서 온 영웅들

나는 불의 마왕 쟈케르를 끌어들일 계책을 발푸르기스에게 설명했다. 다 듣고 나자 그녀는 감탄하면서도, 고개를 절레절레 흔든다.

"또 마왕 같은 얼굴로 훌륭한 생각을 해냈구나."

"흠흠! 어쨌든 걱정할 것 없습니다. 발푸르기스."

"발러, 역시 그대는 상대의 의표를 찌르는데 훌륭하구나. 다만 걱정되는 게 있다."

발푸르기스는 라인강 너머의, 마왕 아뮨데의 손아귀에 들어간 도시를 우려했다.

"라인펠덴의 경우처럼 또 수서 마족들의 알을 까면 어떻게 되는 것이냐? 많은 이들이 목숨을 잃음은 물론, 적이 기하급수적으로 늘어날까 두렵다."

"다행히 그건 무한정이 아닙니다."

그 이유는 수서 마족 태반이 돌대가리여서 그렇다. 하여 그들을 모아 군대로 통솔하려면 지배력이란 힘이 필요하다. 그리고 지배력에는 한계가 존재하는 법이다.

"그렇다면 당분간은 더 적군이 늘어나지 않는다고 봐도 좋겠구나?"

"맞습니다. 또한 도시와 시민들은 그녀에게도 중요한 자원입니다. 연달아 파괴할 리가 없지요."

그렇다고 느긋하게 대할 수만은 없다. 마왕 아문데의 지배력이란 건 시간이 지날수록 점점 늘어난다. 제때 처리 못하면 나중에는 공략 불가 상황까지 가버릴 수 있다.

실제로 과거에 마왕 아문데 때문에 배드엔딩이 뜬 적이 있었다. 게임 후반부로 가자 그녀의 수서 마족이 30만까지 이르렀던 것.

"그녀를 제때 처리하지 못하면 대재앙이 됩니다. 건드릴 수도 없는 지경에 이르는 것이죠. 하니 이번 계책의 성공이 제국 서남부를 수복할 수 있느냐, 없느냐의 분수령이 될 겁니다."

나는 이번 일을 위해 직접 트리어에 갈 작정이었다. 다행히 발푸르가 수녀회의 마법진이 연결된 11개의 도시 중 하나가 트리어라 가는데 어려움은 없었다.

"당분간 서남부는 라인 강을 기준으로 나뉘어 소강상태일 겁니다. 그동안 이곳을 맡아주십시오."

"알겠다. 본녀가 이 일대를 철통같이 지키겠다."

발푸르기스에게 뒤를 부탁한 뒤 막스만 대동해 트리어로 순간이동 했다. 트리어에 있는 발푸르가 수녀회를 나서자 제국에서 가장 오래된 도시다운 광경이 펼쳐졌다. 곳곳이 유적지라 할 수 있을 정도로 고풍스러운 모습이었다.

"주군, 어디로 향합니까?"

막스의 물음에 나는 잠시 생각에 잠겼다. 이곳으로 온 목적은 간단하다. 가을이 올 무렵 협상장에서 함께 폭사하는 트리어 선제후와 불의 마왕 쟈케르를 중재하기 위해서다. 그리고 불의 마왕 쟈케르를 라인강 서부로 투입해 물의 마왕 아문데를 엿 먹이려 한다.

원래 트리어 선제후나 불의 마왕 쟈케르나 내겐 별 도움이 안 되니 서로 상잔하게 내버려두려고 했다. 하지만 그 마왕 아문데의 발칙한 도발 때문에 계획이 바뀐 것이다.

"아직은 시간이 좀 있으니 먼저 만나볼 사람이 있다."

고민하던 나는 우선 트리어에 온 김에 점찍어 두고 있던 인재를 등용하기로 했다. 나는 근자에 갑자기 세력이 커져 인재가 부족한 상황이었다.

그간 언데드의 도움을 받아 해결해 왔는데, 과거처럼 음지에서 움직이는 게 아니라 비텐바이어 백작이 된 이상 죽은 자들을 부리는데 어려움이 생겼다.

현재 중요한 임무를 수행 중임에도 옆에 따르는 이가 일반인A에 불과한 막스인 걸 볼 때 얼마나 인재난인지 알 만하다.

"콘츠로 간다."

콘츠는 트리어 바로 아래 있는, 자르 강과 모젤 강의 접하는 곳에 있는 아담하고 예쁜 도시다. 지금 시점이라면 그곳에 내가 원하는 영웅이 있을 터.

"누구를 찾아가는 겁니까?"

"세뇨르 까삐딴 지아꼬모 알비노다."

"세뇨… 까삐? 뭐요?"

세뇨르는 남성을 향한 존칭이다. 여자는 세뇨리따라고 한다. 그리고 까삐딴은 대장이란 뜻. 영어로 하면 캡틴이다. 이점을 설명해 주자 막스가 혀를 내두른다.

"주군께서는 박학하셔서 별걸 다 알고 계시는군요. 아무튼, 그렇다면 대장님이란 뜻 아닙니까? 그게 어느 나라 말입니까? 평생 처음 듣는데."

"저 먼 이베리아 반도의 언어다. 세뇨르 까삐딴은 이베리아에 있는 발렌시아란 도시에서 왔다고 한다."

"아니, 그 먼 곳에서 왜 여기까지 왔답니까?"

"그거야 나도 모르지. 지금은 그저 마을에서 소일거리 삼아 검을 가르치곤 한다더구나."

지아꼬모 알비노는 단순히 검술 대가의 경지를 넘어 검호를 바라보고 있을 정도의 강자다. 별 생각 없이 콘츠에 사는 것 같지만, 불의 마왕의 부하들은 그의 실력을 알아보고 함부로 콘츠로 오지 않고 있단 얘기도 있었다.

"그나저나 그런 강자가 쉽게 응하겠습니까? 대체로 그런 사람들은 괴팍한 법입니다."

"맞다. 그런 인물은 돈으로 꾀어낼 수도 없지. 그렇다고 세상을 구하겠다는 신념이 있는 것도 아니라 대의를 운운하기도 어렵고."

"하면 어쩌시려고요?"

"너는 그냥 보고만 있어라. 내가 대책 없이 부딪치는 성격은 아니잖느냐?"

막스는 혼자 고개를 끄덕인다.

"어째 표정이 수상하구나?"

"주군의 입꼬리가 올라가셨군요. 만면에 사악한 미소가 가득한 걸보니 뭔가 획책하고 있다는 것만은 소인이 알겠습니다요."

"어허! 이놈이. 매우 정확하구나!"

잡담을 하면서 나가자 벌써 목적지에 도착했다. U자형으로 굽어진 강변에 위치한 아기자기한 집들이 아름다웠다.

"마을 안으로 안 가십니까?"

"이 시간쯤 그는 마을 밖 공터에서 아이들을 가르치고 있을 거다."

"잘 아시는군요? 혹시 구면이십니까?"

"글쎄."

지난 회차에서 만났으니 구면이라면 구면일까. 나는 정확히 그가 검술을 교습하는 장소로 찾아갔다. 그러자 몸집이 큰 뚱뚱한 장년인이 아이들에게 검술을 알려주고 있었다.

"저 자가 그 대장님입니까? 도저히 검술가의 몸매로 안 보이는데요?"

"겉보기로 판단하지 말라. 중사."

과도한 살집 탓에 항아리형 몸매인 그는, 자기 몸에 어울리지 않게 굉장한 민첩성을 갖고 있었다. 게다가 놀랄 만큼 유연하고 발걸음은 가벼웠다.

나도 처음에 저런 몸매로 날 듯 움직이는 꼴을 보고 얼마나 놀랐는지 모른다. 현재 그는 쉰이 넘었음에도 발걸음의 신속함이 전혀 죽지 않았다.

"세뇨르 까삐딴!"

말에서 내려 부르자 그가 이쪽을 쳐다본다. 그는 아이들을 해산했다.

"손님이 오셨군. 오늘은 여기까지 하겠다. 돌아가서 쉬려무나!"

"네!"

아이들과 하나하나 인사를 한 뒤에야 그는 내게 왔다.

"귀하신 분께선 누구시오?"

"저는 비텐바이어 백작입니다. 평소 세뇨르 까삐딴의 명성을 흠모해 이렇게 들리게 되었습니다."

"시골에 박힌 촌부가 뭐라 예까지 발걸음 하셨소이까?"

그는 귀족 출신답게 내가 백작이라 해도 놀라는 기색은 없었다.

"오늘 온 것은 세뇨르 까삐딴의 절기인 기간티가 벤타글리오를 견식하고자 함입니다."

내 말에 그는 놀라는 표정을 지었다.

"어찌 그 기예를 아는 것이오?"

[기간티가 벤타글리오]

오직 그만이 사용할 수 있는 기술로, 실로 일절이라 칭할만한 것이다. 현재는 그는 이런 시골에서 은둔 중이지만, 과거 그 기술로 큰 명예를 얻었다.

나는 그런 과거를 끄집어낸 셈이었다.

"어찌 그 대단한 검술을 모르겠습니까? 일찍이 이베리아에서 떨쳤던 검명을 이미 들었습니다. 기간티가 벤타글리오를 사용해, 세 명의 검술 대가를 상대로 상처하나 없이 승리한 일은 지금도 유명하지 않습니까?"

"허허! 그런 허명이 아직도 남아있구려."

내 말에 그는 추억에 잠긴 표정이었다. 그가 이베리아에서 한창 명성을 얻던 건 벌써 20년 전이다.

"당시 세 검술 대가를 홀로 격파하여 검술에 열정을 가진 모든 신사들에게 큰 찬사를 받았음을 알고 있습니다. 세뇨르 까삐딴."

"과거에 우연히 얻은 명예일 뿐. 이제는 늙고 기운을 잃어 그런 훌륭한 방어는 더는 내 것이 아니오."

기간티가 벤타글리오는 상대의 공격을 무효화하고 받아치는 능력이다. 궁극에 달하면 무효화하거나 튕겨내지 못하는 기술이 없다고 할 정도다.

심지어 마법까지 능수능란하게 무력화시킬 수 있으니, 실로 검술의 성취가 드높다.

"세뇨르 까삐딴. 저는 당신이 그날 이후 그 기예를 계속 발전시켜오고 있음을 모르지 않습니다."

"어찌 그리 말하시오?"

"후훗. 저 역시 검객이기 때문입니다."

나는 망토를 끌러 막스에게 넘겼다. 그리고 허리춤에서 류블라냐를 뽑아들었다.

"대검호가 이런 말을 남기셨죠. 검술에 대한 검객의 욕심은 푸른 풀 자라나듯 끝이 없다고."

"…그렇지만 겨울이 오는 법 아니겠소."

"하지만 그 뿌리가 어디로 가겠습니까? 자, 검을 뽑으십시오. 세뇨르 까삐딴. 새로운 계절이 오고 있습니다."

그의 허리에는 오래 사용한 듯한 레이피어와 대거가 있었다. 지금도 손질하고 있는 듯, 기름이 잘 칠해져 있고 작은 녹 하나 없었다.

역시 그것만 봐도 검술에 대한 미련이 남았음을 짐작할 만하다. 하지만 그는 꽤 고민이 되는 듯 자신의 허리춤의 검을 매만질 뿐이다. 그러다 눈빛이 일변해서는 묻는다.

"진정 검을 뽑아야겠소?"

단순한 물음에 불과했지만 그 순간 내 심장이 크게 뛰었다. 절대강자와 부딪친다는 생각에 손끝이 벌써 파르르 떨려온다. 하지만 내 입은 내 손보다 훨씬 용감했다.

"기왕 이리된 거, 세뇨르 까삐딴의 검에 새겨져 있는 말로 대답해 드리지요."

생각지도 못한 말이었는지 그의 눈동자가 커졌다.

"No me saques sin razon / No me enbaines sin honor(이유 없이 나를 뽑지 말며 / 명예 없이 나를 집어넣지 말라)."

그건 이제는 기억하는 사람이 드물어진 지아꼬모 알비노의 좌우명이었다. 그의 레이피어 검면에 새겨진 글귀로 과거 이베리아 반도에서 유명했었다.

많은 검객들이 그를 따라 하기 위해 자기 검에 같은 명문을 새기곤 했을 정도였다. 내가 그걸 지적하자 그의 얼굴은 흥분으로 달아올랐다. 만감이 교차하는 모양이었다.

"저는 명예 없이 이 검을 집어넣지 않을 작정입니다. 세뇨르 까삐딴."

류블라냐의 검끝으로 정확히 그를 겨누며 앞을 향했다.

내가 이렇게 도전적인 태도를 보이는 데는 이유가 있다.

죽어버린 그의 검술적인 열정을 되살려주는 게 바로 등용의 조건이기 때문이다. 그를 상대로 승리하는 게 제일 간단하지만 지금 실력으로는 어림도 없다. 대안으로, 그가 자랑하는 절기인 기간티가 벤타글리오를 뚫어 자극을 줘도 된다. 나는 나름대로 자신이 있었다.

"세뇨르 까삐딴. 오늘 이 검으로 당신의 옷깃을 벤다면 제 승리입니다."

"너무 내게 불리한 조건이 아니오?"

"하지만 기간티가 벤타글리오란 그런 기술이 아닙니까?"

나는 일부러 조금 이죽거렸다.

"설마 검술 대가에도 이르지 못한 제 검이 당신께 근심을 더해드린 겁니까?"

"크….."

결국 지아꼬모 알비노는 허리춤의 레이피어와 대거를 뽑아들었다.

스릉.

칼을 뽑은 순간 그의 얼굴에선 더 이상 어떤 망설임도 보이지 않았다. 내 눈앞에는 완성의 경지에 이른 검술가만이 있을 뿐이었다. 일순간 거대한 장벽이 앞에 버티고 있는 듯한 착각이 들 정도였다.

그가 사자처럼 일갈했다.

"좋다. 오라! 젊은 기사여! 절대 방어를 보여주겠다!"

세상에, 강한 건 알았지만 이 정도라니. 느껴지는 기운만으로도 수호자였던 절세검객 팔케보다도 훨씬 위였다. 처음부터 전력을 부딪쳐야겠군.

구우우우웅!

찬란한 빛을 뿌리며 류블라냐가 새하얀 검신을 드러냈다. 그러자 지아꼬모 알비노는 감탄사를 터뜨렸다.

"대단한 검이로군!"

"아직 놀라긴 이릅니다!"

그리 외치며 귀신의 발걸음을 사용해 치고 들어갔다. 마치 유령처럼 스르륵, 흐려지며 움직이는 내 보법에 그가 화들짝 놀라 눈을 치켜뜬다.

"그대의 경지는 그대의 검만큼이나 대단하오! 좋소! 그렇다면 이 몸도 진심을 다하지!"

카아앙!

날카로운 쇳소리와 함께 격렬한 검격이 오갔다. 귀신의 발걸음을 쓰자 실력차이에도 불구하고 초전에는 제법 대등함을 유지할 수 있었다.

"백작의 보법은 정말 놀랍구려! 흡사 유령이랑 싸우는 기분이오!"

그럴 수밖에. 죽은 자의 왕이라 불리는 존재의 기술이니까. 하지만 놀랍게도 그는 점점 공략법을 찾아내고 있었다. 길게 싸웠다가는 이쪽 밑천이 탈탈 털릴 지경이다.

"역시 이베리아에서 떨친 그 검술, 허명이 아니었음을 깨달았습니다!"

"내 사실 방어보다 공격이 특기요!"

그가 다리를 굽히며 깊게 찔러오자, 나는 검으로 받아낸 뒤 뒷날로 글루츠하우(Glutzhauw)를 먹였다.

글루츠하우는 불꽃 튀는 베기란 소리인데, 이 기술이 상대의 검신을 타고 들어가기 때문에 붙여진 명칭이다. 내 칼이 지아꼬모의 칼에 마찰을 일으키며 불꽃이 튀었다.

카앙!

하지만 지아꼬모 알비노는 왼손에 든 패링대거를 세워 막아낸다.

"이상하군."

"뭐가 말입니까?"

"백작은 겉으로는 영락없이 검객이나 그 진면목은 다른 듯하오."

감이 대단하다. 나는 순순히 인정했다.

"호기롭게 나서긴 했지만 사실 검이 주특기가 아닙니다."

"역시! 하면 그대의 주특기를 펼쳐보시오. 내 절대 방어를 뚫을 수 있는지 승부해 봅시다."

이쪽에선 기꺼운 제안이었다. 평생 검을 다뤄온 천재와의 싸움에 암담함을 느끼던 차였다.

"좋습니다. 이것을 받아보십시오."

나는 왼손을 머리 위로 올렸다. 그러자 하늘에 먹구름이 끼기 시작한다.

"아니, 이런 강대한 힘이!"

지아꼬모 알비노는 화들짝 놀라서 검을 들고 자세를 취한다. 내 공격을 기간티가 벤타글리오로 받아낼 생각인 것 같았다. 그건 검을 부채 모양으로 휘저어 모든 공격을 무력화시키는 그만의 절기였다.

"어디 받아보시길!"

내 외침과 함께 어둠의 번개가 떨어져 내렸다.

콰앙!

하지만 그 순간 지아꼬모 알비노가 거의 보이지도 않을 속도로 팔을 휘저어 번개를 검신에 감더니, 그대로 내게 쏘아 보냈다.

쾅!

폭음이 터지고, 내 주위로 수많은 마력의 입자가 파편처럼 비산했다. 때마침 전개한 마력방패가 번개를 막아낸 것이다. 대신 마력 수치가 눈에 띄게 떨어졌다.

"정말 대단하시군요. 세뇨르 까삐딴."

설마 검은 번개를 되돌려 보낼 줄이야. 감탄사가 절로 나왔다. 마법으로 만든 번개는 실제 번개처럼 빠르진 않다. 그래도 검으로 쳐내다니 보고도 믿기 어려웠다. 하지만 놀란 건 그도 마찬가지였다.

"어찌 백작은 생채기가 하나도 없소? 정말 인간인 것이오? 내 백작이 쏘아낸 번개에 놀라 되돌리긴 했으나 과한 듯해 아차 했다오. 한데 그런 걱정이 무색할 정도로 멀쩡하구려."

"검이 아니라 다른 분야라면 제법 자신이 있습니다."

"허언이 아니었구려!"

그는 한층 더 날 경계하며 검끝을 살랑살랑 흔들었다.

"세뇨르 까삐딴. 슬슬 다음 수에 모든 것을 걸고 붙어보는 게 어떻겠습니까?"

"바라던 바요. 백작의 숨겨진 힘이 더 나왔다가는 감당하지 못할까 두렵소."

"엄살이 심하십니다."

다음 일격에 승부를 보기로 했다. 나는 과거의 인연 덕에 기간티아 벤타글리오의 약점을 알기 때문이다.

구우우웅!

다시 한 번 검은 번개를 사용하기 위해 손을 위로 올렸다. 그러자 지아꼬모 알비노가 일갈한다.

"똑같은 수법으론 어림없소!"

하지만 대답대신 귀신의 발걸음을 사용해 앞으로 쇄도하면서 번개를 떨어뜨렸다.

콰앙!

그러자 이번에도 지아꼬모 알비노는 자신의 검으로 번개를 휘감아 쏘아내려 했다. 하지만 내가 노리는 건 그 순간이었다. 나는 그를 향해 똑같이 찌르고 들어갔다.

번쩍!

빛이 작렬하며 내 몸에 감긴 마력을 터뜨린다. 그러거나 말거나 정신을 집중하여 검을 찔러 들어갔다. 그러자 지아꼬모 알비노가 낭패한 기색이 역력했다. 하지만 내 검끝의 예기가 무디다고 느꼈는지 안심하며 고개를 틀어 피해냈다. 그리고 곧장 반격이 이어졌다.

"크악!"

흉부에 묵직한 통증을 느끼며 나는 수십 미터 굴러갔다. 워낙 순식간에 일어난 일이라 무엇에 당한지도 모를 정도였다. 하지만 마력 방패 덕에 상처는 없었다. 몸을 툴툴 털고 일어났다. 그 모습에 지아꼬모 알비노는 질린 얼굴이었다.

"백작은 정말 사람이 아니군. 방금 일격을 맞으면 검술 대가라도 몇 달은 요양해야할 텐데."

"제가 좀 튼튼합니다."

"그렇다기 보다 마력을 방어막으로 응용하고 있구려?"

"맞습니다. 역시 안목이 있으십니다."

하지만 그는 표정이 좋지 않았다. 나를 일격에 날려버렸음에도 말이다. 그는 살짝 입술을 깨물며 물어왔다.

"어찌 알았소? 내 기예의 약점을 말이오."

"번개를 처리하려는 시점을 노려 찔러 들어간 것을 말입니까?"

저 대단한 기간티아 벤타글리오에 딱 하나 약점이 있으니, 검을 상대로는 절대 빈틈이 드러나지 않지만 마법을 처리할 때는 아직 완벽하지 못했다. 하여 그가 번개를 되돌리는 순간이 가장 큰 약점이었다.

"그렇소. 보통의 경우라면 약점이 드러날 일이 없소. 상대의 마법을 도로 쏘아내면 다들 피하는 것만으로 바쁘니까. 설마 그 순간이 가장 취약한 때라는 걸 누가 생각이나 하겠소?"

반대로 나 같이 마력 방패로 피해를 무시하고 들어가면, 기간티아 벤타글리오의 틈이 노출되고 마는 것이다.

그가 이베리아를 떠나 은거한 것도 자신의 처음으로 그런 약점이 드러났기 때문이었다. 그는 검과 마법을 동시에 사용하는 영웅에게 패배하고 큰 실의에 빠졌다.

나는 어떤 핑계로 변명할까 하다가 과거 회차에서 들은 얘기로 무마하기로 했다.

"세뇨르 까삐딴이 패했던 전투에 대해 알고 있었습니다."

"역시 그랬군! 허허. 거의 알려지지 않은 싸움이라 생각했건만."

"하지만 그날 참관인이 몇이나 있지 않았습니까?"

"다들 입이 무거운 자라 여겼소."

한숨을 길게 내쉬는 지아꼬모 알비노. 나는 그를 달랬다.

"세월이 지났습니다. 어쩌다 당시의 얘기를 했던 자가 있었겠죠. 저는 우연히 그 얘기를 듣고 기간티아 벤타글리오의 약점을 짐작했습니다."

"백작은 참으로 영재구려. 과거의 결투를 듣는 것만으로도 그 약점을 통찰해 냈으니 실로 대단하오이다!"

그는 크게 감탄한 표정을 감추지 못했다. 하지만 사실 그 정도의 말도 안 되는 통찰력은 내게 없다. 과거 회차에서 그와 함께 의논해 그 기술의 약점을 보완하다가 알게 됐을 뿐이다. 하지만 사실대로 말할 수 없으니 그때 들었던 비사를 핑계 삼았다.

"하지만 결국 땅에 구른 건 그대요. 백작."

자신의 승리를 주장하려는 지아꼬모 알비노. 하지만 나는 고개를 저었다.

"본인의 승리입니다. 세뇨르 까삐딴."

나는 그에게 처음에 이 결투를 하기 전에 주지시켰던 조건을 말했다.

"세뇨르 까삐딴의 옷깃을 자르면 제 승리라고 하지 않았습니까?"

"아!"

황급히 자기 옷깃을 살피는 지아꼬모 알비노. 그제야 그는 자기 옷깃 일부가 찢겨져 있음을 알았다.

"애초에 그 찌르기는 내가 아니라 옷깃을 노린 거였구려! 아이구! 이런!"

지아꼬모 알비노는 손바닥으로 이마를 때렸다. 나는 기간티아 벤타글리오의 약점을 파고든 뒤 의외로 날카롭지 못한 찌르기를 했다.

하여 궁지에 몰린 그가 고개를 움직여 피해냈는데 사실 그건 처음부터 옷깃만 노렸기 때문이었다. 치명적인 부위가 아니라 옷을 겨냥했으니 살기가 없고 무뎌보였겠지.

지아꼬모 알비노는 혀를 내두르고 있었다.

"처음부터 계획적이었군! 예기가 떨어지는 공격으로 본인을 방심하게 한 뒤 옷깃만 노릴 생각이었구려. 살벌한 공방이 오고가는 바람에 백작이 제시한 조건을 깜빡했고 말았소."

"황망하십니까?"

"이렇게 진 적은 처음이오. 사기당해서 집이라도 날린 기분이구려."

"하하하하!"

그의 말이 재밌어서 웃으니 그도 크게 따라 웃는다. 지아꼬모 알비노는 호탕하고 웃음이 많은 사람이었다.

"크하하하핫! 참으로 멋지게 당했구려! 으하하하하!"

사람들이 그에 대해 평하기를 유머있고, 상냥하고 선량했으며, 그가 모습을 나타낸 곳이라면 어떤 두려움과 심각한 일이든 문제될 게 없었다고 했다.

평소 그의 성격을 짐작해 볼 수 있는 부분이다. 지아꼬모 알비노는 이베리아 검객의 예법에 따라, 검끝을 땅에 내렸다가 손잡이를 얼굴 높이까지 올리길 세 번 반복하고는 선언했다.

"백작, 이론의 여지가 없는 본인의 패배요."

"좋은 경험을 했습니다. 감사합니다. 세뇨르 까삐딴."

이미 승패가 갈렸다. 지아꼬모 알비노는 한 걸음에 달려와 내 팔을 잡고는 껄껄 웃었다.

"아직 젊은데 참으로 그 경지가 높으시오. 또한 마법에도 능숙한 듯하니 내 영웅을 몰라봤소이다. 이럴 게 아니라, 본인의 집으로 가서 술이라도 한 잔 합시다. 하하하."

역시 술을 좋아하는군. 저 뱃살은 아마 술자리에서 만들어진 게 틀림없었다.

"이를 말입니까. 거절할 이유가 없지요. 승리의 대가로 배가 터질 때까지 마셔야겠습니다."

"언젠가 좋은 날이 있을까 준비한 위스키가 있소이다. 오늘을 위해 개봉할 테니, 기대하셔도 좋소이다."

싸움이 끝나자 우리는 의기투합했다. 번개가 떨어지고 난리가 난 탓에 마을 사람들이 잔뜩 몰려왔다.

"오늘은 귀한 손님이 오셔서 코가 삐뚤어지도록 마셔야겠소. 내 어찌된 일인지 차후 해명하리라."

"그리시오. 신사분."

지아꼬모 알비노의 말에 다들 그러려니 하는 분위기였다. 평소 그의 인물됨이나 덕망을 느낄 수 있는 부분이었다.

"자자, 먹을 것도 충분하니 즐거운 술자리가 될 것이오."

우리는 그의 집으로 이동, 정말 늦은 밤까지 주향에 취해 흥청거렸다. 결국 기억이 끊기고 말았다. 해가 중천에 뜬 후에야 겨우 눈을 부비며 일어날 수 있었다.

"젊은 사람이 잠이 많구려."

"생각이 많은 사람은 자연히 잠이 많아지는 법입니다."

"하하하. 변설도 제법이오."

지아꼬모 알비노는 식탁 위에서 망중한을 즐기고 있었던 모양이다.

"커피 아닙니까?"

"오? 커피를 아시오?"

이 세계에선 커피가 잘 알려지지 않은 귀한 음료이다. 하지만 나는 대한민국에서 달고 살았으니….

"좋아합니다."

"하하하. 이 향취를 알아주는 이가 있어 기쁘구려. 마을 사람들에게 대접했더니 쓰다고 난리더이다."

"우유와 설탕을 섞으면 괜찮아질 겁니다."

"오! 그런 방법이!"

생각지도 못했다는 듯 그는 웃으며 감탄했다.

"백작은 참으로 박학하시구려. 본인도 한 번 시도해 봐야겠구려."

"대신 세뇨르 까삐딴의 뱃살이 더 두꺼워질 겁니다."

"뭐요! 하하하."

아침부터 집 밖까지 들릴 정도로 웃는 그였다. 하지만 곧 진중한 얼굴로 내게 묻는다.

"어제 백작과 대작해 보니 참으로 그 사람 됨됨이가 맘에 들었소이다. 도탄에 빠진 라인강의 백성들을 구하겠다는 그 높은 뜻, 이 촌부도 감탄을 금치 못했소."

음… 그러고 보니 술 먹고 내가 한 일은 좀 포장했었군. 그 때문에 어째 나란 인간을 오해하는 것 같은데. 물론 비텐바이어 백작령의 백성들이라면 아끼긴 하지만. 뭐, 그 돼지들이 좋아서 그런 게 아니라 그냥 내 재산이라 그런 것뿐이다.

"과찬이십니다."

"허허, 지나친 겸손은 안 좋은 법이오. 한데 그런 백작께서 어찌 예까지 찾아온 것이오? 공사가 다망할 터인데 단순히 검을 겨루고자 함은 아닌 걸 짐작하겠소. 본디 백작은 순수한 검객도 아니지 않소이까?"

"옳은 지적이십니다."

나 역시 진지한 얼굴로 그를 마주봤다.

"사실은 세뇨르 까삐딴을 등용하고자 이곳까지 왔습니다."

"허허, 본인은 볼품없는 늙은이일 뿐이오."

"세뇨르 까삐딴. 만약 이곳에서 언제까지나 자기 마음을 무시하다가는 말씀하신 것처럼 볼품없는 늙은이로 끝날 겁니다. 하지만 저와 함께하신다면 그 기술의 끝을 보실 수 있을 겁니다."

그는 깊은 침묵에 빠져있다 되물었다.

"어찌 그리 자신하시오?"

"제가 싸울 대상이 마왕들이기 때문입니다. 그 정도 존재들이라면 기간티아 벤타글리오를 실험해 보기에 최고의 상대가 아닙니까. 그리고….”

“그리고?”

내겐 그의 마음을 돌릴 비장의 카드가 있었다.

“제가 그 사람의 소식을 알고 있습니다.”

“누구 말이오?”

“지라드 티볼트.”

내 말에 지아꼬모 알비노가 대경해서는 벌떡 일어났다.

“그게 정말이오!”

“물론입니다.”

그의 이런 반응은 당연하다. 지라드 티볼트는 과거 그에게 뼈아픈 패배를 안긴 마검사였으니까.

“현재 그는 한 마왕의 휘하에 들어가 있습니다. 저와 함께하신다면 후일 부딪치게 될 터이니, 부디 세뇨르 까삐딴의 힘을 빌려주십시오.”

내 말에 그는 더 생각해 볼 것도 없다는 듯 일어났다. 그리고 내게 살짝 고개를 숙여 보인 뒤 말했다.

“한적한 시골에서 모든 걸 잊을 생각이었으나 백작께서 이 마음에 불을 지르시는구려. 숙적의 얘기를 듣자마자 그간 내려놓았다고 생각했던 마음이 다 헛됨을 깨달았소이다. 백작께서 원하시지 않아도 제가 먼저 청하고 싶으니, 부디 본인의 임관을 받아주시오.”

“세뇨르 까삐딴!”

그가 자신의 검을 뽑아 양손으로 바치며 말했다.

“충의로 섬기겠습니다! 주군.”

나는 그 검을 받아 돌려주며 크게 웃었다. 제국에서 가장 훌륭한 검객이 내 휘하에 합류하게 된 것이다.

"좋소! 이제 함께 마왕을 사냥해 봅시다!"

이보시오, 까삐딴. 내가 조만간 찔러 죽이고 싶은 마왕이 있는데 같이 가서 푹푹 찌릅시다.

지아꼬모 알비노의 합류는 이루 말할 수 없는 든든함을 줬다. 그간 필요한 곳에 투입할 뛰어난 무력을 가진 인물이 그만큼 간절했단 소리다.

"주군, 어디로 가시겠습니까?"

지아꼬모 알비노는 그날로 가산을 정리하고 따라나섰다.

"바스토뉴 요새로 갑니다."

바스토뉴는 원래 평범한 도시였으나, 근처에 있던 룩셈부르크가 마왕 쟈케르에게 폐허가 된 후 요새도시로 변모한 곳이다.

바스토뉴를 다스리던 안토니 백작은 룩셈부르크가 불타는 꼴을 보고는 대경해서는, 전재산을 투입해 바스토뉴를 슈퍼 포트리스로 바꾼 것이다.

"무슨 볼일이십니까?"

"그곳에 이번 사태를 해결할 열쇠가 있습니다."

내 말에 지아꼬모 알비노는 큰 흥미를 보였다.

"주군께서는 불의 마왕 쟈케르와 트리어 선제후의 다툼을 중재하겠다고 하셨지요. 그 해결책이 바스토뉴에 있군요?"

"맞습니다."

두 거물이 다투게 된 이유는 간단하다. 바스토뉴의 지배자였던 안토니 백작이 후계자 없이 죽어버린 것. 그 때문에 생전에 그가 다스리던 영지를 누가 갖냐는 문제로 다툼이 일어났다.

바스토뉴, 호슈포흐, 말메디. 이렇게 세 곳이 생전에 안토니 백작이 다스리던 땅이었다. 제국의 여러 귀족과 마왕이 계승권을 주장하고 나섰는데, 그중 가장 유력한 게 불의 마왕 쟈케르와 트리어 선제후였다.

"제가 전후사정을 잘 모르니 설명을 좀 해주실 수 있겠습니까? 주군."

"물론이지요. 세뇨르 까삐딴. 하지만 그 전에 대략 20여년 전부터 불의 마왕 쟈케르가 인간을 대하는 태도가 변했음을 짚고 넘어가야 합니다."

원래 마왕 쟈케르는 '룩셈부르크의 대학살'이라 불리는 혈겁을 벌인 강경파 마왕이다. 한데 갑자기 20여 년 전부터 유화책을 펴며 인간을 자기 영지로 흡수하고 있었다.

"세뇨르 까삐딴. 저는 그게 전형적인 화전양면 전술이라고 생각합니다. 과거 자기 성질머리대로 굴었지만, 시간이 지나면 그게 손해라는 걸 알게 된 거죠. 지금 제국 동부의 마왕들을 보십시오. 모두 하나같이 부유하지 않습니까?"

강경파가 득세하고 있는 제국 서부와 다르게, 제국 동부는 온건파 마왕의 텃밭이었다. 제국 동부에서는 마왕과 인간 제후의 연대가 지나쳐 이제는 서로가 없으면 살 수 없을 지경에 이르렀다. 세작왕 쿠발트가 다스리는 부유한 도시 플젠이 그런 전형적인 예다.

"마왕 쟈케르가 그런 꼴을 보니 고개가 갸웃거렸겠죠. 자기는 마족의 신념대로 인간을 멸했는데 그 대가로 지지리 궁상만 떨고 있으니까요. 반면 이단자이자 배신자인 동부의 마왕들은 나날이 그 창고에 재물이 가득 차고 있습니다. 그들의 궁전에 상아와 황금이 넘치는 걸 모두가 잘 알지요."

"그래서 불의 마왕 쟈케르도 마음을 바꿔먹었다는 거군요?"

"맞습니다. 점령지의 인간을 살려둬야 자기 주머니가 찬다는 걸 알게 된 겁니다. 하지만 그건 한시적인 조치일 뿐입니다. 마왕 쟈케르는 자신이 전쟁을 감당하기에 충분한 식량과 금화를 얻었다고 생각하면, 반드시 다시 한 번 혈겁을 벌일 겁니다."

그래서 화전양면 전술이다. 그를 위해 마왕 쟈케르는 꽤나 공을 들였다. 20년 전에 바스토뉴를 다스리던 안토니 백작의 친누나와 결혼했던 것. 내가 그 점을 언급하자 지아꼬모 알비노는 쓴웃음을 짓는다.

"확실히 파격이긴 했지요. 그 불의 마왕이 인간과 결혼하다니."

"안토니 백작 입장에선 바스토뉴를 지키기 위해서 어쩔 수 없었을 겁니다. 마왕 쟈케르가 그의 주군이 머물던 룩셈부르크를 잿더미로 만들었으니 안전을 보장 받기 위해서라면 뭐든 했겠죠."

"신이 듣기로 둘 사이에 장성한 딸이 있다고 합니다."

"맞습니다. 아름다운 묘령의 처자지요. 그리고 이번 사태의 원인이기도 합니다."

불의 마왕 쟈케르는 안토니 백작이 후사 없이 사망하자, 자신의 딸이 그걸 상속할 권리가 있다고 주장하고 나선 것이다.

"하하하! 주먹에 의지하던 마왕이 머리를 제법 썼군요."

지아꼬모는 기가 막힌다는 듯 혀를 내둘렀다.

"아마 그의 머리에서 나온 건 아닐 겁니다. 불의 마왕 쟈케르는 성질이 급하고 아둔합니까요."

대신 본신의 힘만은 최고다. 과거 내 함정에 걸려 죽은 서열 3위 마왕 오드가쉬를 떠올리게 하는 자다. 개인적으로는 음흉한 물의 마왕 아뮨데보다 훨씬 상대하기 쉬운 스타일이다.

"훌륭한 책사를 두고 있나 보군요?"

"맞습니다. 누군지 짐작이 되긴 합니다."

이번 일의 성패를 위해서 그 책사를 처리할 필요가 있었다.

"세뇨르 까삐딴. 부탁이 있습니다."

"말씀하십시오. 제 첫 임무가 하달될 모양이군요."

"제가 적당한 시기를 잡겠습니다. 그때 그 책사를 암살해 주십시오. 다만 그를 보호하는 자들이 한가닥하는 마족들이라 쉽지는 않을 겁니다."

"크흐흐흐. 재밌겠군요. 오랜만에 몸을 풀기 딱 적당한 임무입니다. 주군."

일이 한창 진행되는 중에 마왕 쟈케르의 책사를 죽여버릴 생각이다. 머리가 제거된다면 마왕 쟈케르는 다시 어리석은 판단을 할 터.

"적당한 때에 부탁드리겠습니다. 일단 설명을 계속하죠."

지금 상황대로라면 죽은 안토니 백작의 영지를 조카가 승계하면서 마무리될 사안이었다. 하지만 문제는 계승권을 주장할 조카가 하나 더 있었다는 사실.

"안토니 백작은 생전에 여러모로 불안한 상황이었죠. 그래서 근처에 또 다른 강자인 트리어 선제후와도 혈연관계를 맺습니다. 그에게 여동생이 하나 있었는데, 그녀를 트리어 선제후의 후처로 보냅니다."

트리어 선제후는 성직제후지만, 결혼하는데 문제는 없었다. 그가 섬기는 '정의의 신격 루우벤'은 자신의 사제들이 혼인하는 걸 딱히

금하지 않았으니까.

그는 삼처사첩을 거느리고 있었다. 그 삼처 중 하나가 안토니 백작의 여동생이다.

"그 트리어 선제후에게 시집간 안토니 백작의 여동생은 아들을 낳았습니다. 그 자도 올해 약관을 넘겼죠. 당연히 트리어 선제후는 자기 아들이 죽은 안토니 백작의 영지를 계승할 권리가 있음을 주장했습니다."

상황이 묘하게 흘러간 것이다.

서열상으로는 여동생보다 언니의 자식이 우선이다. 그 점에선 불의마왕 쟈케르의 딸의 손을 들어줄 수 있다.

하지만 장자계승의 원칙을 따져보면 트리어 선제후의 아들 편을 들어줄 수 있다. 제국법은 여군주를 인정하고 있으나 장자계승이 기본이다.

"즉, 언니의 딸과 여동생 아들의 대결이군요? 그 뒤에는 마왕 쟈케르와 트리어 선제후라는 거물 아버지들이 버티고 있구요."

"그렇습니다."

역사대로라면 결국 둘이 만나서 담판을 짓기로 하는데, 거기서 대판 붙고 같이 폭사한다. 두 거물이 한꺼번에 초대형 폭발 마법을 발동해서, 본인들은 물론 참가했던 참모진도 모조리 증발하고 마는 것.

진짜 한 편의 희극이 따로 없었다. 게다가 더 웃기는 건, 결국 안토니 백작의 유산은 리슐리외라 불리는 제3자가 차지한다.

그야말로 죽 쒀서 개 준 꼴이다.

나는 원래 역사대로 둘이 폭사하고 리슐리외가 어부지리를 챙기는 걸 구경하려 했지만, 이제는 상황이 바뀌었다. 기왕 이렇게 된 거 중재를 하면서 안토니 백작의 영지 중 일부를 내가 먹을 생각이었다.

"세뇨르 까삐딴. 바스토뉴로 가면 이번 사태를 해결할 방안이 있습니다."

"대단하십니다. 신은 그저 전후사정만 이해할 뿐, 안개가 낀 듯 대책이 안 보입니다. 한데 주군께선 일의 해결을 자신하시니 실로 그 지혜가 놀랍습니다."

"저는 대국을 보는 능력은 없습니다만, 사건이 터지면 그 속을 비집고 들어가는 재주는 있습니다."

전형적인 사기꾼의 지혜랄까. 지금까지는 그럭저럭 잘해왔지만, 점점 다스릴 땅이 넓어지면서 사정이 바뀌고 있었다.

특히 나는 밖으로 돌며 전쟁을 벌일 일이 많으니 안살림을 해줄 재상이 필요했다. 이번 바스토뉴 행에는 그런 재상을 확보하기 위한 계획도 있었다.

바스토뉴에 도착하자마자 황제에게 보낼 편지의 초안을 작성했다.

폐하, 신이 서부의 동정을 살피니 양 진영 모두 내심 타협을 원하고 있습니다. 다만 안토니 백작의 영지를 어떻게 나눌지 합의에 이르지 못한 상태이옵니다.

상속령은 바스토뉴, 호슈포흐, 말메디라는 세 도시를 중심으로 하고 있습니다. 여기서 호슈포흐는 마왕 자케르가, 말메디는 트리어 선제후가 차지하는 걸로 얘기가 됐다고 합니다. 이는 두 도시가 각각, 자기들의 영지에 가깝기 때문입니다.

문제는 그 가운데 있는 바스토뉴입니다. 이를 두고 개와 원숭이처럼 다투며 무익한 시간만 보내니, 제국의 혼란이 날이 갈수록 더해지고 있습니다.

하여 신이 폐하에게 주청드리오니, 황제의 위엄을 바스토뉴에 보이소서. 비록 마왕과 선제후가 바스토뉴에 눈독을 들이고 있다고 하나, 천하만민은 본디 폐하의 자식이 아니옵니까.

바스토뉴의 신민들 역시 폐하의 품으로 보듬지 못할 이유가 없나이다. 그리하면 결국 마왕 자케르와 트리어 선제후는 그들이 세웠던 많은 계획이 다 허사가 되었음을 깨달을 것이옵니다.

각자 호수포흐, 말메디를 나눠 갖고 분쟁은 그칠 것이며 폐하의 위엄과 은혜를 제국이 칭송하리라 믿어 의심치 않습니다.

만약 신계 바스토뉴의 관리를 맡겨만 주신다면 성심을 다해 제국만방을 다스리는 폐하의 위엄을 보이고자 노력하겠나이다.

구구절절한 이 편지를 간략히 줄이면 바스토뉴를 내게 달라는 내용이었다. 나는 이 내용을 칼리오네와 상담했다. 아직 제국의 수도인 빈에 머물고 있는 그녀라, 황제의 동향이나 황실의 분위기를 잘 알고 있기 때문이었다.

- 주군, 너무 오랜만에 연락을 주는 게 아닙니까?

마법의 반지로 연락을 하자마자 칼리오네가 불만을 표했다.

- 저는 태생부터 공주의 신분으로 마족 중 저보다 귀한 이가 없다고 자부합니다.

- 미안하구나. 그 점은 인정하노라.

- 또한 그 미모 역시 제국제일이란 소리를 듣습니다.

- 네가 무슨 소리를 하고 싶은지는 모르겠다만, 그것 역시 사실이니 인정하노라. 네 미모는 전략병기다.

머릿속에 칼리오네의 인형처럼 아름다운 얼굴이 떠올랐다. 생기 넘치고 자주 볼을 붉히는 발푸르기스와 다르게 차가운 인상이 눈의 나라의 공주님 같았다.

- 한데 어찌 제게 관심이 그리 적으십니까?

- 갑자기 왜 그러느냐?

- 저는 수도에서 제 미모가 지니는 가치를 절절히 느꼈습니다. 황제 폐하를 제외한 모든 사내들이 제 눈길 한 번 받겠다고 매달리니 하루도 편할 날이 없었습니다. 정말 하찮은 돼지 새끼들 같은 자입니다. 당장이라도 그들을 질근질근 밟아주고 싶으나, 그랬다가는 도리어 좋아할 변태들이 있어 엄두를 내지 못합니다. 아무래도 제 꽃 같은 미모는 죄가 크니, 속히 이곳을 떠나야만 할 것 같습니다.

내가 예쁘다, 예쁘다 해도 자기 얼굴이 얼마나 강력한 무기인지 몰랐던 순진한 소녀가, 수도 사교계의 때가 잔뜩 묻어 속물 같은 발언을 쏟아내고 있었다.

아무래도 그간 여러 가지로 외로웠던 모양이다. 하긴 의지할 사람도 없이 수도에서 버티려니 힘들었겠지. 나는 칼리오네의 수다겸 하소연을 웃으며 받아줬다.

- 그나저나 황제는 제게 관심이 없었습니다. 참으로 다행스럽게 생각하오나 실로 이상하기도 합니다. 제 미모란 만국공통이며 남녀노소 가리지 않는다고 생각합니다. 한데 어찌 제게 관심이 없을까요?

애가 갈수록 공주병이 심해지네. 아니 순도 100%짜리 공주님이니까 병이 아닐지도 모르겠구나.

- 그건 이유가 있다. 황제가 드래곤이라 그렇다.

- 으아아?

칼리오네는 깜짝 놀랐는지 품위 없는 소리를 냈다. 내가 재밌어서 낄낄거리자 그녀가 버럭한다.

- 숙녀의 실수를 비웃다니 주군은 정말 신사답지 못합니다!

- 미안하구나, 얘야.

- 어린애 취급도 하지 마십시오! 이 수도를 봐도 저보다 여성스러운 몸매를 가진 이가 없습니다.

한 번 다시 투덜거린 그녀는 황제가 드래곤이었다는 사실에 놀라움을 감추지 못했다. 그래도 내가 말한 거라고 의심 없이 받아들이네. 기특하군.

- 하지만 여전히 의문은 남습니다.

- 뭐가 그리 의문인 것이냐?

- 세상 천지에 제게 관심 없는 남자가 둘이 있습니다.

- 뭐? 둘이나 있어?

- 맞습니다. 정말 비이성적이고, 비상식적이고, 통탄할 일이 아닐 수 없습니다. 제 미모는 언어를 몰라도 통하는 것 같은 상식이거늘, 어찌 그런 자가 세상천지에 둘이나 있단 말입니까.

상당히 분한 기색이었다.

- 하나는 황제 프란츠 4세입니다만 그는 드래곤이라 하니 이해하겠습니다. 본디 드래곤의 여자취향이란 비늘이 반짝거리고 아담한 뿔을 가져야 하지 않겠습니까?

- 그렇지. 하면 다른 하나는 누구냐?

- 누구긴 누굽니까! 바로 주군입니다!

- 허?

- 어찌 저 같이 여리고 사랑스러운 숙녀를 수업이란 빌미로 홀로 던져놓고, 야속하게 연락도 제대로 하지 않았던 것입니까? 제가 비록 주군의 품위에 어울리는 숙녀가 되기 위해 절치부심하고 있다고 하지만 실로 마음이 좋지 않았습니다.

얘가 대체 왜 이래?

- 아니, 우리는 군신관계가 아니더냐. 무슨 소리를 하는 것이야?

- 그건 그렇습니다만, 저는 좀 더 많은 관심을 요구합니다.

저렇게 당당히 나오자 뭐라 할 말이 없었다. 게다가 뭔가 이성적인 느낌이라기보다 애정에 굶주린 아이 같다고 할까. 투덜거리는 딸을 보는 것 같았다.

- 알겠다.

- 말만으로는 부족합니다. 정기적인 연락을 약속해 주십시오.

- …안 본 사이에 철두철미해졌구나.

원래는 뭔가 허술한 공주님 이미지였는데 말이지.

- 다 주군의 가르침 덕입니다.

좀만 더 가르쳐줬다가는 제국 수도에서 사기라도 칠 것 같았다. 나는 칼리오네가 수도의 귀부인을 상대로 곗돈 들고 날랐다는 소리를 듣지 않기를 진심으로 기원했다.

- 끄응… 요구 사항을 수용하마.

그제야 칼리오네는 희희낙한 목소리로 협조적인 자세가 됐다. 하여 나는 편지에 대해 의논해 볼 수 있게 됐다. 우선 내 의도를 그녀에게 설명했다.

- 이 제안이 황제의 구미를 끌 것이라고 확신했다. 그는 제국의 현

상 유지를 위해 전력투구하고 있다. 이 계승권이 어느 한쪽으로 넘어간다면, 지금까지 유지해온 제국 서부의 균형이 무너짐을 의미하니까.

- 요컨대, 황제 폐하는 둘 중 어느 한쪽이 승리하길 원치 않는다는 거군요?

- 맞다. 제국 서부의 평화는 두 거물이 서로 눈치를 보며 움직이지 못했기에 유지되고 있는 거지. 균형이 무너지면 분명히 강한 쪽이 약한 쪽을 토벌하려 군세를 일으킬 것이다.

그래서 나는 그들이 도시를 하나씩 갖게 하고 그 가운데 슈퍼 포트리스인 바스토뉴는 황제의 영향력 아래 두고자 한 것이다.

- 대신 그렇게 하면 황권을 견제하는 다른 선제후의 눈치가 보인다. 하여 황제의 충복을 자처하는 내가 다스리며 나름대로 눈가림을 할 필요가 있는 거지.

- 실로 적절한 제안인 것 같습니다. 분명히 황제 폐하의 관심을 끌수 있다고 생각합니다. 역시 주군은 훌륭하십니다. 남의 분쟁에서 이득을 얻는 데에는 특화되어 있는 것 같습니다. 그 비결이 있다면 듣고자 하옵니다.

칭찬인지 욕인지 모르겠군.

- 한 가지만 알려주지. 무릇 계책을 낼 때는 상대가 원하는 걸 제시해야 하는 법이다. 그러면 실패가 없을 것이다.

내 말에 칼리오네는 감탄한 기색을 감추지 못했다.

- 아하! 오늘 큰 공부를 했습니다. 주군의 말대로만 하면 100번 사기를 쳐도 100번 성공함을 확신했습니다!

- …….

아니, 얘가 대체 뭘 배우는 거야.

칼리오네와 충분히 협의한 후, 황제에게 편지를 보냈다. 그리고 초조하게 답이 오길 기다렸다.

"주군, 느긋하게 기다리시죠. 답은 언제고 오기 마련입니다."

지아꼬모 알비노는 커피 한 잔을 권하며 연신 서성이는 날 위로한다. 그는 불의 마왕 쟈케르와 트리어 선제후가 같이 죽는 역사를 모르니 저렇겠지.

요 며칠 사이에 잠자리에 들 때 날이 서늘해졌다. 이제 그 협상장의 폭사 사건이 얼마 남지 않았다는 소리다. 그 전에 일처리를 해야 하니 애가 탈 수밖에.

"황제의 답신이 올 때까지 손만 빨고 기다릴 생각은 없습니다."

나는 바스토뉴 일대를 돌아다니며 사람들을 관찰했다. 그리고 이 요새도시 곳곳에 팽배한 불안감을 발견할 수 있었다.

공포와 증오를 느끼고 있었으나 일상이란 모습으로 그걸 애써 억누르는 모습이었다. 하루는 내가 맥주홀에서 옆에 있던 노인에게 물었다.

"이곳 사람들의 마치 치료되지 못하는 질병처럼 만성의 불안감을 안고 있는 것 같습니다. 노인장. 마치 언제고 파국이 올 것이라 생각하는 사람들을 보는 기분입니다."

"에끼! 그런 소리 함부로 하지 말게. 우리는 마족을 두려워하지 않아!"

노인은 성을 냈지만 이미 답을 알려줬다. 애초에 나는 마족에 대해 일언반구도 하지 않았으니까. 우선 그에게 술을 한 잔 사주며 살살 달랬다.

"물론 이곳 사람들의 용맹을 의심하는 건 아닙니다. 하지만 마족을 병균으로 비유하며 무시하지만, 내면에는 공포를 갖고 있는 것 같습니다."

"하아…."

결국 노인은 울적한 얼굴로 고개를 끄덕였다.

"자네는 통찰력이 있구먼. 솔직히 인정하겠네. 아직 이 도시에는 룩셈부르크가 어떻게 파괴됐는지 기억하는 이가 많지. 타향인인 자네는 잘 모르겠지만, 이곳에서의 삶은 늘 공포를 동반하고 있어. 하루가 멀다 하고 불의 마왕 쟈케르와 트리어 선제후가 으르렁 거려. 그러니 언제고 이 바스토뉴가 잿더미로 변할지 모르는 거지."

노인의 말 나는 이 도시에서 인기를 끌어 모을 방법을 깨달았다. 이 요새에 숨어사는 자들은 각종 부정적인 감정이 억눌릴 대로 억눌린 상태다. 그러니 내가 그걸 살살 긁어 주리라.

나는 수백 명이 모여서 술을 마시고 있는 거대한 맥주홀의 한 가운데로 걸어 나갔다. 다들 날 신경 쓰지 않았지만 몇몇은 호기심을 보였다.

"존경하는 바스토뉴의 시민들이여!"

맥주홀 한 가운데서 외치자 안에 있던 수백 명의 술꾼들이 모두 날 쳐다본다. 시장판 같은 소란이 일순간 멈췄다. 나는 그런 주정뱅이 중 하나가 성질을 내기 전에 재빨리 외쳤다.

"오늘 내가 여러분께 맥주 한 잔씩을 대접해도 되겠소?"

그 말에 술꾼들은 환호를 터뜨렸다. 공짜 술 싫어할 사람이 어디에 있겠는가.

"와아아아! 좋소!"

"고맙소이다! 나리! 북 받으시구려!"

다들 그저 가끔 등장하는 술자리 한 턱 정도로 여기는 듯했다. 내가 손짓하자 술집 주인은 헤벌쭉 웃으며 종업원들을 호령한다. 수백 잔의 술이 맥주홀 곳곳으로 퍼져나갔다.

"술도 얻어먹었으니 한 말씀 해보시구려!"

"득남이라도 하신 게요?"

다들 내가 말하는 걸 들어주겠다는 듯 귀를 기울인다. 보통 맥주홀에서 한 턱 내면 경사가 있어 알리는 경우다. 하지만 내가 할 말은 그게 아니다.

"며칠 전에 있었던 일을 하나 들려드리고 싶소. 사실 본인은 이 도시의 주민은 아니오이다. 볼일이 있어 바스토뉴에 들린 것이오. 한데 최근 의아한 일을 겪었소."

다들 내가 무슨 소리를 하는지 의아해하며 귀를 기울인다.

"가도를 따라오며 검문소를 두 곳이나 거쳤다오. 웃기게도 그 검문소 하나는 불의 마왕 쟈케르의 것이고, 다른 하나는 트리어 선제후의 것이었소."

곧 맥주홀에서 나직한 욕설과 함께 불평불만이 터져 나왔다.

"그 빌어먹을 놈들이!"

"남의 도시 앞에서 뭐하는 거!"

나는 그런 반응에 흡족해 하며 이어갔다.

"그들은 본인에게 각각 통행세를 요구했소. 이 바스토뉴 앞에서 말이오이다. 이 얼마나 황당한 일이오? 바스토뉴를 찾는 여행자를 상대로, 바스토뉴의 가도 앞에서 마왕과 선제후가 멋대로 통행세를 걷고 있으니!"

"이런 시발!"

그때 누가 욕을 내뱉으며 맥주잔을 내던졌다. 사방에서 욕설이 터져 나오기 시작했다. 그 불합리함은 이들 자신이 가장 잘 알고 있겠지.

"이 얼마나 황당한 일이오? 본인이 이 도시민은 아니지만 그 개새끼들이 거기서 통행세를 받으면 안 된다는 것만은 알겠더이다."

열렬한 동의가 터져 나왔다.

"옳소!"

"나리의 말이 맞습니다!"

나는 그런 그들을 더욱 자극했다.

"시민들이여. 왜 바스토뉴의 앞마당에서 거물들이 아웅다웅하는 걸 봐야하오?"

그들의 마음속에 팽배했던 불만을 신랄하게 지적했다. 원색적인 선동이 이어졌다. 뭔가 세련되고 탁월한 이론이 필요한 게 아니었다. 억눌려 있던 이들의 적개심을 찔러대면 되는, 무척 간단한 문제였다.

"본인은 여러분께 거창한 걸, 해야 한다고 말하는 게 아니오이다. 그 개새끼들이 남의 도시 앞에 검문소를 설치하는 일은 없어야 하지 않냐 묻는 것이오!"

나는 교묘하게 말하며, 분노하는 것이야말로 의식있는 시민이 정의를 표출하는 것이라 단정 지었다.

"여러분께선 수치와 부끄러움을 아셔야 하오이다. 그렇지 않고서야 어찌 본인 같은 타향인 앞에서 고개를 들고 바스토뉴의 시민이라고 하겠소?"

"빌어먹을 마족 놈들!"

"트리어 선제후도 똑같아!"

이 말이 모두를 불길처럼 성나게 했다. 평소 계속 불만이던 이 문제를 누구도 속 시원히 말해본 적이 없었겠지. 다들 쉬쉬하고 지냈던 거다.

한데 타향인이 와서 부끄러움을 알라고 하며 자극하자 다들 눈이 돌아가고 말았다. 게다가 얼큰하게 술이 취한 상태다. 사고치기 딱 좋은 상황이었다.

"나리! 아무리 나리라고 말이 심하지 않소!"

"그렇다! 뭘 알고 지껄이는 거야!"

화를 쏟아내는 그들에게 지지 않고 대꾸했다.

"왜 본인에게 분노하는 것이오? 본인이 아니라 저 도시 앞의 검문소를 때려 부숴야 맞는 게 아니겠소? 그 검문소가 살아있는 한 여러분의 부끄러움을 결코 사라지지 않을 것이오!"

그 말에 일순간 모두 놀란 표정이 됐다. 늘 생각만 해 온 문제를 딱 지적했기 때문이다.

"때려 부순다?"

"그게 괜찮은데!"

"맞다! 그게 남자다운 해결 방법이야!"

다들 달아오른 기색이다. 하지만 사람들이 무기를 들 정도로 선동하는 게 말처럼 쉬운 일은 아니다.

그들이라고 불만이 그간 없었겠는가? 그럼에도 참을 수밖에 없는 거다. 맥주홀에서 술 좀 사주고 부추긴다 하여 터질 거였으면 진작 터졌다.

하지만 내겐 절대적인 스킬이 있었다. 바로 제국 전체를 뒤흔들 수 있는 강철 선제후의 제국선동이다.

"내 그대들에게 요청하오!"

<SS등급 스킬 제국 선동을 발동합니다!>

"도시의 수치인 검문소를 부숩시다! 제국의 법정은 결코 그대들의 죄를 묻지 않을 것이니!"

열렬한 외침과 함께 스킬이 맥주홀의 모두의 마음을 휘어잡았다. 사람들은 홀린 듯한 얼굴이 됐다. 그리고 스킬 판정이 떴다.

<제국선동이 성공했습니다!>

강철 선제후의 스킬을 발동하자 다들 눈이 돌아가고 표정이 바뀐다. 그리고 다들 분연히 자리에서 일어났다.

"가자! 오늘로 도시의 수치를 불태우겠다!"

"바스토뉴의 도로는 바스토뉴의 것이다!"

<맥주홀의 모두가 당신의 뜻대로 검문소 파괴에 참여합니다!>
<제국선동이 숙련 3단계에 오릅니다! 일반인 2,000명을 선동할 수 있습니다!>

다들 광장에서 만나기로 하고는 서둘러 무기를 가지러 떠났다. 시대가 시대인지라 시민들도 모두 저마다의 무기는 하나씩 갖고 있었다.

할버드, 장검, 아퀘버스총 등을 들고 분분이 일어나는데 도시 경비대가 놀라서 줄행랑을 칠 정도였다. 수백 명이 흥분해서 무기를 들고 소리치자 관청이라도 공격할 줄 알았던 모양이다.

도시 경비대는 저마다 중요한 관청을 지키기 위해 뭉쳤는데 시민들은 정작 그들은 거들떠보지도 않았다.

"가자! 성문을 열어!"

"다 때려 부수자!"

맥주홀에서 선동된 수백 명이 자신의 지인과 가족을 끌어들였다. 그러자 거의 천 명 규모의 무장한 시민들이 뭉치게 됐다.

그만큼 현재 상황에 불만을 가졌던 자가 많았다는 소리다. 딱히 제국선동 스킬을 먹이지 않았는데도 눈이 뒤집혀서 날뛰는 자들이 많았다. 나는 그런 그들에게 외쳤다.

"서두르시오! 놈들이 수금한 돈을 빼돌릴지 모르니까!"

그 말이 결정적이었다. 분노로 들고 일어났는데 한몫 챙길 수 있다는 소리에 다들 의욕이 충만해졌다. 기왕 때려 부수는 것, 돈도 얻으면 좋은 게 인지상정이다. 나는 그런 그들의 양심을 가볍게 해줬다.

"어차피 그 돈은 바스토뉴가 벌어들여야 했을 돈! 정당한 주인의 권리로 되찾아야 할 것이오!"

"옳소! 구구절절 지당하십니다!"

타당! 탕!

그때 누군가 흥분을 이기지 못하고 권총을 머리 위로 쏴댔다. 그러다 시민들은 우르르 성 밖으로 몰려나갔다. 말이 있는 자는 말을 타고 와 기병대 행세를 했다.

"죽여! 죽여! 마족을 죽여!"

"다 쓸어버려라!"

흥분한 시민들은 이미 멈출 수 없는 상황이었다. 나는 그들에게 소리쳤다.

"이 모든 울분과 혼란은 얄궂게도 오로지 폭력에 의해서만 해결될 수 있소! 저들에게 우리의 힘을 보여줍시다!"

"와아아아아!"

몰려간 시민들은 내 지휘 하에 두 패로 나뉘어, 들불과도 같은 기세로 검문소를 덮쳤다. 그 과정에서 몇몇 시민들이 병사들의 반격에 죽음을 맞이했는데, 그건 불에 기름을 붙는 행위였다. 가뜩이나 울화통이 터져있던 시민들은 완전히 눈이 돌아갔다.

"이 새끼들! 살려 보내지 마!"

"죽여! 팔 다리를 뜯어서 개 먹이로 주겠다!"

시민들이 악을 쓰자 병사들도 거칠게 반항했다.

"감히 우리가 누구의 군인 줄 알고!"

"이 비천한 노예 새끼들이!"

하지만 병사들의 반항은 오래가지 못했다. 수적으로 워낙 차이가 컸기 때문이었다. 시민들은 진작 죽은 그들을 계속 욕하고 걷어찼다.

또한 검문소의 목재 건물이 불타올랐다. 시민들은 검문소에서 탈취한 세금을 서로 갖겠다고 주먹질을 하며 다툼을 벌였다. 실로 재밌는 꼴이었다.

"하하하핫!"

나는 결국 웃음을 참지 못했다. 이제 이들의 운명은 내 손에 떨어지겠지.

다음날.

'검문소 습격사건'은 제국을 뒤흔들었다. 가뜩이나 이 서부에 시선이 쏠려 있던 찰나에 이런 사건이 터졌으니 난리가 났다.

간밤에 영웅호걸처럼 날뛰던 시민들은 그제야 자신들이 무슨 일을 했는지 깨닫고 두려움에 빠져 떨었다.

그도 그럴 게, 불의 마왕 쟈케르와 트리어 선제후가 당장이라도 군대를 움직일 기세였기 때문이었다. 도시를 향해 양쪽에서 갖은 협박이 이어졌다.

당장이라도 바스토뉴는 초토화될 것 같은 분위기였다. 하지만 그제야 나는 만족해서는 지아꼬모 알비노가 타주는 커피를 마셨다.

"오늘은 커피향이 유난히 좋군요."

"주군은 참 알다가도 모르겠습니다. 간밤의 일은 주군께서 주도하셨다면서요?"

"맞습니다."

"어째서 그러셨습니까?"

"황제 폐하의 칙서가 내려와도 바스토뉴가 절 받아들이지 않을 확률이 높거든요. 하니, 제게 의지할 수밖에 없는 상황을 만들 필요가 있었습니다. 제가 손만 빨고 기다리지는 않을 거라고 했었죠?"

내 일처리에 지아꼬모 알비노는 감탄을 터뜨렸다.

"참으로 대단하신 분입니다."

"세뇨르 까뻬딴. 칭찬보다는 부탁드릴게 있습니다."

"예의 그 일입니까?"

나는 얼마 전 그에게 마왕 쟈케르의 책사를 암살해 달라고 부탁했다.

"맞습니다. 때가 온 것이죠. 자, 이 종이를 받으시죠. 자세한 정보를 적어놨습니다."

마왕 쟈케르는 서쪽에 있는 라임스란 도시에 거주하고 있다.

"그곳에 울투투란 늙은 마녀가 살고 있습니다. 그녀가 바로 쟈케르의 지낭 역할을 하는 자이죠."

"마왕궁에 같이 있는 게 아닙니까? 그렇다면 암살이 꽤 힘들 텐데요."

"아닙니다. 쟈케르의 마왕궁은 오직 그와 그의 여자들만이 기거하고 있습니다."

"동방의 하렘 같은 거군요?"

나는 고개를 끄덕이며 지도를 펼쳐 설명에 들어갔다.

"그의 관료와 총신들은 마왕궁을 중심으로 각각 대저택을 짓고 거주합니다. 여기가 마녀 울투투의 거처입니다."

과거 회차에 울투투 암살 퀘스트는 꽤 여러 번 했던 거다. 마왕 쟈케르를 공략하기 앞서 그녀를 처리하는 게 필수조건이나 마찬가지기 때문이다.

그래서 나는 지아꼬모 알비노에게 대단히 상세한 정보를 알려줄 수 있었다. 그러자 그는 놀라움을 감추지 못했다.

"마치 그곳에 몇 번이고 다녀오신 듯한 수준입니다. 이 정도라면 제법 수월히 처리할 수 있을 것 같습니다."

경비 배치도나 시간 별로 울투투가 어디 머무는지 부터, 라임스에 머물 때 주의할 점까지 온갖 걸 다 알려줬다.

"보름만 주십시오. 그 정도면 충분합니다."

"참, 세뇨르 까삐딴. 가능하다면 마녀의 숨겨진 보물도 회수해 오십시오."

나는 울투투가 자기 보물을 숨겨놓은 장소와 비밀문을 여는 방법을 알려줬다. 그러자 지아꼬모 알비노는 여력이 되면 회수해 오겠다고 했다.

"무운을 빕니다. 세뇨르 까삐딴."

"걱정 마십시오. 마녀의 목을 금방 따오죠."

아마 그 정도의 실력자면 어렵지 않게 처리해줄 거다. 암살이 어려운 건 상대에 대한 정보가 없기 때문이다. 하지만 나는 맵핵 수준으로 저택의 지도를 그려줬다. 그 외에 수없이 암살 퀘스트를 수행하면서 얻은 공략법과 팁을 꼼꼼히 알려줬으니, 이건 낙승이라고 봐도 좋았다.

"좋아. 제일 문제되는 울투투는 이걸로 재꼈고…."

혼자 앞으로의 일을 정리하고 있는데 머물고 있는 집의 문을 두들기는 소리가 들렸다.

"막스, 나가봐라."

"네, 주군."

막스가 나가더니 고함이 터졌다. 그리고 도시 경비대의 병사들이 우르르 안으로 몰려들어와 날 포위한다. 나는 조만간 이들이 올 걸 알고 있었기에 느긋한 태도를 잃지 않았다.

커피를 마저 마시려고 잔을 들어 올리는데, 순간 레이피어의 빛이 번뜩이며 잔이 깨져나갔다. 손가락에 손잡이만 남겨져 덜렁거리고 있었다.

"신사가 커피 마시는 걸 방해하다니 꽤나 무례하구나."

나는 무리의 리더로 보이는 흑의 차림의 사내를 보았다. 상대는 짧은 콧수염을 기른 미남자로 머리 위에는 멋진 깃털 모자를 쓰고 있었다.

"비텐바이어 백작님, 저희와 함께 가주셔야겠습니다. 성백 (Burggraf)께서 찾으십니다."

"당연히 협조해 줘야지. 한데 그대는 누군가?"

사실 나는 그가 누군지 알고 있었다. 하지만 이번 회차에선 처음 만나는 거니 물어본 것이다. 그는 허리를 살짝 숙이며 인사해 온다.

"샤를 드 바츠카텔모르 달타냥이라고 합니다."

억지로 예의를 지키는 태도와 다르게 눈빛은 차갑고 적대적이었다. 성에서 사람이 올 거라 여겼지만 설마 달타냥이 직접 올 줄은 몰랐다. 이거 일이 재밌게 되어가는구나.

"좋네. 가세."

내가 일어나자 도시 경비대가 포위하듯 섰다. 백작위를 갖고 있어 차마 포승줄로 묶지는 않았지만 완전히 죄인 취급이었다. 하긴, 저런 태도가 이해가 안 되는 건 아니다. 어젯밤의 내가 한 행동 때문에 바스토뉴가 순식간에 나락으로 떨어지게 생겼으니까. 내가 백작만 아니었으면 커피잔이 아니라 얼굴로 칼이 날아들었을 거다.

"날씨가 좋군."

하지만 태연하게 모자를 쓰며 중얼거리자 앞서가던 달타냥이 움찔한다. 간신히 화를 참고 있는 듯하다.

그나저나 영웅 캐릭터인 달타냥을 보니까 기분이 좋구나. 흔히 <삼총사>로 유명한 달타냥은 실존인물이다. 그는 프랑스의 태양왕 루이 14세의 밑에서 첩보원으로 활동했고, 1673년 네델란드와 벌어진 마스트리흐트 전투에서 탄을 맞고 사망한다.

그런 현실 역사가 반영된 건지, 게임 속에서는 최고의 첩보원 클래스를 가진 영웅으로 등장한다. 앞으로 살벌하게 이어질 첩보전을 고려하면 반드시 영입해야할 인재라 할 수 있었다.

"자네, 모자가 멋지군. 어디서 샀나?"

"으윽! 닥치고 걸으십쇼. 백작."

하지만 첫 인상은 최악인 거 같았다.

달타냥을 따라 유유자적 나아갔다. 자꾸 내 걸음이 느려지지 그가 신경질을 냈지만 별로 신경 쓰지 않았다.

"무슈 달타냥. 거 천천히 좀 가지."

"윽!"

달타냥이 다시 한 번 간신히 화를 참아냈다. 주위의 병사들이 나를 쏘아봤지만, 마주 쳐다봐주자 황급히 고개를 돌린다. 어디 감히 하룻강아지들이 눈을 부라리는 건가. 내 안광을 1초도 못 버틸 것들이 말이야.

"무슈 달타냥, 그 모자 어디서 샀냐니까?"

"그냥 달타냥이라 부르시면 됩니다."

일부러 무슈, 무슈 거리자 더 화가 난 듯했다. 무슈(Monsieur)는 ~씨, ~님이란 뜻으로 달타냥의 고향 언어다.

나는 계속 "달타냥 씨, 거 천천히 좀 가지.", "달타냥 씨, 그 모자 어디서 샀냐니까?" 하는 식으로 뭔가 존중해 주는 것 같으면서도 은근히 신경을 긁고 있는 셈이었다.

"그나저나 달타냥. 자네는 이주 2세대인가? 제국어가 아주 자연스럽군."

"백작께선 종달새처럼 수다스러우시군요."

"하하하. 성까지 걸어가는 동안 심심하지 않나?"

"끄응…."

달타냥은 영 마음에 안 든다는 듯한 소리를 내더니 결국 맞다고 대답해 왔다.

과거 제국의 서쪽에는 프랑스를 기반으로 한 '글로리에 루미에르'란 국가가 있었다. 한데 그곳은 마왕의 침략과 통제 불능의 거대 마수들이 날뛰는 바람에 멸망해 버렸다.

그 뒤 글로리에 루미에르에서 수많은 유민이 몰려와 제국의 서부에 정착했다. 달타냥도 그런 이주 2세대인 셈.

현재 글로리에 루미에르는 소수의 인간들이 살아남아서 그야말로 암흑시대를 연출하고 있다. 그 땅은 마왕조차 제어할 수 없는 거대 마수가 날뛰는 인외마경이다. 듣자니 거기서 시작하면 장르가 생존물로 바뀐다고 하더라.

"이 성에는 무슨 음식이 맛있나?"

"…백작께선 구루메 기질도 있으신 듯하군요. 아주 가지가지 하십니다."

"인생은 다채로움이 있어야 지루하지 않은 법이라네."

"지금 벌어진 일을 보고도 그런 말씀이 나오시나 보군요."

대화를 하다 보니 어느새 성에 도착했다. 안내받은 곳에 가보니 십여 명의 사내들이 기다리고 있었다. 아는 얼굴이 꽤 여럿이라 먼저 인사를 했다.

"봉쥬르 메슈(Bonjours messieurs)."

여러분, 안녕하시오? 란 뜻이다. 그러자 2/3정도의 사람들이 알아듣는 기색이었다. 내가 괜히 외국어를 쓴 게 아니다. 성백의 지도부에

글로리에 루미에르 출신이 얼마나 되는 지 알아보려는 거였다. 예상보다 많았다.

"어서 오십시오. 비텐바이어 백작님."

일행 중 가운데에 있던, 검박한 의복의 성직자가 나서서 인사해왔다.

"저는 바스토뉴의 성백이자, 바스토뉴 교구장인 리슐리외라고 합니다."

나는 눈앞에 있는 인물을 보고 내심 미소를 지었다. 이 인물 역시 걸출한 영웅 캐릭터였기 때문이다.

리슐리외는 프랑스의 실존인물로, 절대왕정의 완성에 큰 공헌을 한 자다. 추기경이자, 공작이었으며, 재상이었다.

<삼총사>의 등장인물로 유명한데, 삼총사 일행과 대립각을 세우던 붉은 옷의 추기경이 이 인물이다. 어째 악역으로 그려지는 느낌이지만 실제로는 프랑스의 부국강병을 위해 힘쓴 명재상이다.

하지만 이 세계에선 프랑스에 해당하는 글로리에 루미에르가 멸망하는 바람에 제국에 흘러들어온 유민 2세대일 뿐이었다. 나는 꼭 이 자를 등용할 작정이었다.

점점 내 세력이 거대해지고 있는 상황이라, 훌륭한 재상이 간절하다. 원래라면 몇 년 뒤에 등용하려 했지만 물의 마왕 아문데 때문에 일정이 이리 달라져 버렸다.

"반갑네. 리슐리외. 아직도 리슐리외라 칭하는 걸 보니 두고 온 고향땅을 잊지 않았나 보구려."

리슐리외는 그의 조상대대로 내려오던 영지의 이름이다.

"애향심을 품는 건 인간 본연의 마음이지요. 다들 이제는 고향땅을 수복하기 틀렸다고 하지만 저는 아직 포기하지 않았습니다."

"훌륭한 자세군. 성백."

잠시 덕담을 나누던 나는 부른 용건을 물었다. 주변에 있는 사내들의 눈빛이 흉흉한 걸 보니 좋은 의도로 부른 것 같지는 않았다. 그래도 리슐리외만큼은 예의바르고 친절했다.

원래 그는 그런 성격이다. 자기 정적 앞에서도 친근하게 웃을 수 있을 정도의 능구렁이니까.

"비텐바이어 백작님. 이런 용건으로 만나게 되어 유감입니다만, 간밤에 하신 일로 인해 이 도시가 큰 위험에 빠졌습니다."

리슐리외의 지적에 나는 일단 시치미를 뗐다.

"그저 시민들의 불만을 대변해줬을 뿐이네. 그걸로 문제가 생겼다고 하면 너무 과도한 책임을 씌우는 게 아닌가? 본인은 검문소를 향해 권총 한 발 발사하지 않았다네."

내 말에 주변에서 불평이 터져 나왔다.

"백작! 그런 궤변으로 넘어가려 하지 마십시오!"

"맞습니다! 어찌 그리 뻔뻔하신 거요!"

그러거나 말거나 나는 근처 탁자에서 의자를 빼서 앉았다. 그리고 차나 한 잔 가져오라 시켰다.

"기왕이면 자두 쿠키도 내오지. 자네들의 조국에서 자두로 쿠키를 굽는 걸 알고 있어. 과거 앙리 드 기즈 공작이 그걸 좋아했다고 들었지."

의외로 내가 그들의 문화나 인물에 대해 잘 알고 있자 다들 놀란 기색이었다. 리슐리외는 가볍게 웃으며 준비하겠다고 했다. 그리고 맞은편에 앉는다.

"자, 이걸 보시지요. 오늘 양측에서 보내온 전언입니다."

리슐리외는 탁자 위에 종이 두 개를 펼쳤다. 각각 마왕과 선제후의 인장이 찍혀있었다.

먼저 불의 마왕 자케르.

- 간이 배 밖으로 나왔구나. 본왕이 네놈들의 팔다리를 뜯어내고 눈알을 뽑아….

거기까지 보던 나는 혀를 차며 편지를 던져버렸다.

"에이, 쯧쯧! 무식한 새끼. 누가 못 배운 마왕놈 아니랄까 편지도 이렇게 썼는가."

인상을 찌푸린 나는 다음은 트리어 선제후의 편지를 살폈다.

- 우리는 간밤의 사태에 깊은 우려를 나타내는 바이오. 하여 조속하고 원만한 해결을 위해 특사를 파견하고자 하오. 또한 앞으로 이런 불미스러운 상황을 방지하기 위해 바스토뉴에 병사들을 주둔시키는 방안을…….

거기까지 보던 나는 다시 혀를 차고 편지를 치워버렸다.

"에이, 욕심 많은 새끼. 말은 그럴 듯하게 하면서 군대를 주둔시키겠다니."

나는 의자 뒤로 기대며 중얼거렸다.

"이놈이나 저놈이나 여길 처먹으려고 안달이구먼."

이런 내 태도에 결국 주변의 사내들은 분노를 감추지 못했다.

"모두 당신 때문이 아니오!"

"책임지시오!"

"부끄러움을 아시오! 백작!"

성이 나는지 어째 말투가 무례해지고 있었다. 별로 기분 상하거나

하지 않았다. 한줌도 안 되는 놈들이기 때문이었다.

"비텐바이어 백작님."

"말하게, 성백."

지금 내가 협상할 중요 인물은 리슐리외뿐이다. 더불어 저 뒤에서 인상 구기고 있는 달타냥의 점수도 좀 따면 좋은데, 어째 그건 쉽지가 않겠군.

"오늘 이렇게 뵙자고 한 건 현실적인 해결책을 찾기 위해서입니다. 백작님을 겁박하거나 책임을 묻고자 함이 아닙니다."

"참으로 이성적인 의견이네. 성백. 내 그대가 맘에 드는구려."

"칭찬은 감사합니다만, 간밤의 일은 분명 도가 지나쳤습니다. 공식적인 사과와 함께 해결책을 요구하는 바입니다."

해결책을 운운하는 걸 보니, 내가 뭔가 생각이 있으니 그런 짓을 한 게 아니냐고 묻는 것이다. 물론 그 해결책이야 있다. 내가 바보도 아니고 무작정 일만 벌렸을 리가 없지 않은가.

"작금의 위기를 타파할 묘안이 있네."

"오! 그게 정말입니까?"

리슐리외의 얼굴에 기대감이 피어올랐다. 그뿐 아니라 다른 이들도 모두 귀를 기울였다. 나는 그런 그들에게 웃어보였다.

"성의 전권을 내게 넘기시게. 내 이 사태를 멋지게 해결해 주지."

그 말에 사내들이 다시 폭발했다.

"아니! 보자보자 하니까!"

"완전 도둑놈 심보가 아니시오!"

그러거나 말거나 나는 귓구멍을 손가락으로 후빌 뿐이라 다들 뒷목을 잡는다. 소란이 더 커질 것 같자 리슐리외가 나섰다.

"조용히들 하게. 지금 제국의 백작님 앞이라는 걸 잊었나!"

도가 지나치다 여겼는지 다들 입을 다물었다. 자칫 더 무례하게 굴다가는 역풍을 맞을 수 있기 때문이었다. 하여 나는 지체 높은 자의 여유를 보여줬다.

"하하하, 내 귀족에 대한 무례를 물을 생각은 없으니 성백께선 안심하시게나."

"참으로 관대하십니다. 비텐바이어 백작님."

말은 그렇게 하면서도 리슐리외는 답답한지 내게 설명한다.

"전권을 넘기라는 건 무리한 요구입니다."

"그러면 무얼 원하나?"

"현실적인 조치를 바랍니다. 지금 성난 양쪽을 달랠 금전이나, 위태로운 이 도시를 방위해줄 군대 같은 것을 말이지요."

지극히 합리적인 요구였다.

"백작님께서 라인강 일대에서 활약하시며 상당한 대군을 운용할 걸 알고 있습니다. 또한 전비 역시 넉넉하시다고 들었습니다."

"맞네. 잘 알고 있구려. 하지만 내 전제조건은 변하지 않았다네. 도시의 전권을 넘기게. 그러면 이 문제를 해결해 주지."

"백작님!"

급기야 리슐리외도 소리를 지르며 의자에서 일어난다. 그러다 설레설레 고개를 젓고는 도로 앉아 차를 입에 댄다. 상당히 갑갑한 기분이겠지.

하지만 내가 이들의 의도대로 해줄 리가 없잖은가. 애초에 맥주홀에서 선동한 것도 도시를 차지하기 위한 행동이었다. 지금 모든 게 뜻대로 돼가고 있으니 여유가 넘칠 수밖에.

"본인에게 전권을 주면 아무 걱정이 없을 걸세. 그 두 욕심쟁이도 간단히 처리해 보일 텐데 그렇게 걱정인가?"

"불가합니다."

"그렇다면 협상 결렬이로군. 이만 일어나 보겠네."

하지만 내 말에 리슐리외는 고개를 저었다.

"이대로는 어렵겠습니다."

그의 말에 나는 피식 웃음을 터뜨렸다.

"왜? 본인을 재판이라도 하려고?"

성백 주제에 백작을 재판한다니 어이없는 일이다. 만약 날 고소하려면 상급기관에 행해야 한다. 이 근처의 상급기관은 제국대법관의 직위를 갖고 있는 트리어 선제후이다.

만약 어제의 일에 소요죄라도 적용하고 싶다면 트리어 선제후에게 읍소하는 수밖에 없다. 그렇다면 결국 이 도시를 탐내는 욕심쟁이가 개입할 명분을 주는 일에 불과했다.

결국 이들은 방법이 없었다.

"정 원한다면 황제 폐하께 알리는 방법이 있는데, 폐하께서 본인을 요즘 많이 아끼신단 말이지? 뭐, 자신 있으면 해보고. 제국 전례원에 올라간 이름을 걸고 붙어보겠나?"

제국 전례원은 귀족의 명부를 관리하고 있다. 그 이름 걸고 하자는 건, 속칭 작위빵이다. 작위 걸고 대결하자고 하니 리슐리외는 질린 표정이 됐다.

"대체 백작님의 뜻을 모르겠군요. 무엇을 원하고 이곳에서 분탕을 치신 겁니까? 역시 이 도시를 원하시는 것이라 생각합니다만, 도무지 모를 일이로군요. 설령 이 도시의 수장이 된다 해도 이후 마왕과 선제후의 압력을 어찌 이겨내려 하십니까?"

"그거야 본인이 할 일이고. 성백이 걱정할 건 아닐세."

"하아…."

리슐리외가 긴 한숨을 내쉬더니 결론지었다.

"이 도시를 떠나주실 것을 정중히 요구합니다. 백작님."

그는 내가 도무지 써먹을 수 없는 똥이라 판단하고 치우기라도 할 셈인 것 같았다.

"거절하네."

"…대체 무슨 생각이십니까. 그렇다면 간밤과 같은 불미스러운 일이 또 벌어지지 않는다는 법이 어디에 있습니까?"

"믿음을 주시게나."

내 말에 리슐리외는 기가 막힌 얼굴이 됐다. 그리고 단호히 고개를 저었다.

"그럴 수 없습니다. 하면 도시에 계시는 동안은 저희가 모시겠습니다. 충분한 경비가 배치된 저택에 머무실 겁니다. 일요일 정도에는 산책도 하게 해드리죠."

쉽게 말해 날 연금하겠다는 거다.

내쫓는 게 아니면 저택에 가두고 감시하겠다는 거니, 이제는 내버려둘 생각이 없다는 게 확실하다. 그리고 지금까지 온화한 태도를 보이던 리슐리외는 경고해 왔다.

"스스로의 힘과 지위에 자신이 있는 건 알겠습니다. 하지만 그게 언제나 백작님을 보호해 주지 못한다는 걸 고려해 주시길."

"지금 본인을 협박하는 겐가?"

"글쎄요. 그저 재난이란 게 왕후장상을 가리지 않는다는 걸 말씀드리고 싶었을 뿐입니다."

"재밌는 말이구먼. 하지만 이따금씩은 믿을 수 없이 명줄이 질긴 자도 있는 법이라네."

"그게 백작님은 아닐 겁니다."

"나중에 보면 알겠지."

그것으로 우리의 면담을 끝냈다. 나는 그곳을 떠나기 전에 돌아서서 말했다.

"거, 한 일주일만 잘 버텨보게. 좋은 소식이 있을 테니까."

도시의 한 저택에 연금됐다. 하지만 이곳에는 멋진 정원이 있었고, 매끼마다 내 품위에 어울리는 근사한 식사를 할 수 있었다.

또한 저택 밖에는 어느새 시민들이 소식을 듣고 구름떼처럼 몰려들고 있었다. 그날 검문소 습격사건을 이끌던 내가 부당하게 연금되어 있단 사실이 그들을 들끓게 했다.

"비텐바이어 백작님 만세!"

"저희는 비텐바이어 백작님을 지지합니다!"

사람들은 내가 머무는 저택으로 꽃을 뿌리고 소리를 질러댔다. 면담을 청하는 사람은 수백이었고 매일 선물이 이어졌다. 일일이 응할수도 없을 정도였다. 내가 문 밖으로 나가 손을 들어 올리자 연예인을 보는 듯한 환호가 터져 나왔다.

"와아아아! 해방자 비텐바이어 백작 만세!"

"이 도시를 지킬 건 오직 백작님뿐이시다!"

이건은 일종의 잘 기획된, 지지자를 확보하기 위한 정치쇼였다. 그래서 나는 몰려든 시민들에게 외쳤다.

"저는 오로지 여러분들을 위해 이곳에 갇혔습니다! 자유가 사라졌지만 시민들의 목소리는 제게 들리고 있습니다!"

사실 나는 원하기만 하면 언제든 도시를 떠날 수 있다. 다신 돌아오지 않겠다는 서약이 필요했지만 말이다. 하지만 이런 사정을 모르는 사람들은 크게 감동했다. 눈물을 흘리는 이도 여럿이었다.

"우리를 돌봐주실 분은 백작님뿐이다!"

"부모처럼 따르겠습니다!"

민중을 위해 압제받는 투사란 이미지가 생겨나기 시작하자 도시의 지도부는 당황하는 기색이 역력했다. 나는 허둥대며 사태를 수습하려는 그들을 조소할 수밖에 없었다.

"그렇게 정치를 모르나?"

조만간 황제의 특사가 도착할 것이다. 그때까지 이 여유를 한껏 즐기기로 했다.

"오늘따라 홍차가 달구나, 달아."

그렇게 나의 연금 생활이 시작되었다.

<3권에서 계속>

 +034

글 : 박제후 / 그림 : GAMBE

가격 : 10,000원

피도 눈물도 없는 용사 2

1판 1쇄 발행   2017년 11월 30일
1판 2쇄 발행   2018년 06월 25일

저자 박제후
그림 GAMBE

편집 전준호
디자인 윤아빈
주간 홍성완
마케팅 김정훈
발행인 원종우
발행처 (주)이미지프레임

주소 (13814) 경기도 과천시 뒷골1로 6, 3층
영업부 02- 3667- 2653   **편집부** 02- 3667- 2654   **팩스** 02- 3667- 2655
메일 edit03@imageframe.kr   **웹** vnovel.co.kr

ISBN 979- 11- 6085- 230- 1 02810 (세트) 979- 11- 6085- 228- 8 02810